Diogenes Taschenbuch 24245

AF203883

Zelda Fitzgerald

Ein Walzer für mich

Roman
Aus dem Amerikanischen
von pociao

Diogenes

Titel der 1932
bei Charles Scribner's Sons, New York,
erschienenen Originalausgabe:
›Save Me the Waltz‹
Copyright © 1932 by Charles Scribner's Sons
Copyright © renewed 1960 by
Frances Scott Fitzgerald Lanahan
Die vorliegende Neuübersetzung erschien
erstmals 2011 im Diogenes Verlag
Die Übersetzerin dankt der Stiftung nrw für ihr
großzügiges Stipendium sowie ihren Vorgängerinnen
Elisabeth Schnack und Anita Eichholz
Das Motto ist übersetzt von pociao nach der
englischen Übersetzung von Gilbert Murray:
Oedipus, King of Thebes by Sophocles, New York, 1911
Umschlagillustration: Copyright ©
Bettmann/Corbis/Dukas

Für Mildred Squires

...sahen wir seit jeher blaue Himmel
   und Sommermeere,
Wenn Theben schwankte in Sturm und Regen,
Wie um zu sterben.
Ach, dass du es nicht mehr vermöchtest,
Blaue Himmel, blaue Himmel ...!

Ödipus, König von Theben

Teil 1

Diese Mädchen«, sagten die Leute. »Sie glauben, sie könnten machen, was sie wollen, und kämen damit durch.«

Das lag an dem Gefühl der Sicherheit, das ihr Vater ihnen vermittelte. Er war eine lebende Festung. Die meisten Leute zimmern ihr Bollwerk gegen das Leben aus Kompromissen zusammen, errichten einen uneinnehmbaren Bergfried aus kalkulierter Gefügigkeit, konstruieren ihre philosophischen Zugbrücken aus sentimentalen Anwandlungen und über-schütten Eindringlinge mit einem kochenden Sud aus sauren Trauben. Richter Beggs hatte sich schon als junger Mann hinter seiner Integrität verschanzt; seine Türme und Kapellen beruhten auf intellektuellen Konzepten. Soweit Familie oder Freunde wussten, gewährte er in der Nähe seines Schlosses weder dem braven Ziegenhirten noch drohenden Lehnsherren Wegerecht. Diese Unzugänglichkeit war der einzige blinde Fleck auf seinem Glorienschein und hatte möglicherweise eine Karriere in der Politik des Landes ver-hindert. Dass die Obrigkeit trotz seiner Überheblichkeit Nachsicht walten ließ, befreite seine Kinder von dem frü-hen gesellschaftlichen Zwang, sich eigene Bastionen im Le-ben aufzubauen. Ein Patriarch, der seinen Nachkommen im lebendigen Zyklus der Generationen über die Erfahrung von Unglück und Krankheit hinweghilft, genügt, um ihr Überleben zu sichern.

Ein starker Mann kann viele Mäuler stopfen, wenn er für seine Nachkommen jene vorteilhaften Aspekte der Naturphilosophie in Anspruch nimmt, die seiner Familie zumindest den Anschein einer Bestimmung verleihen. Als die Beggs-Kinder gelernt hatten, den wechselnden Erfordernissen ihrer Zeit gerecht zu werden, saß ihnen der Teufel bereits im Nacken. Verkrüppelt klammerten sie sich lange an die feudalen Wehrtürme ihrer Vorfahren und hüteten deren geistiges Erbe – das durchaus größer hätte sein können, wenn sie beizeiten für einen passenden Speicher gesorgt hätten.

Eine Schulfreundin von Millie Beggs hatte einmal geäußert, dass sie nie im Leben eine missratenere Bande erlebt hätte als diese Kinder, solange sie klein waren. Wenn sie etwas haben wollten, sorgte Millie mit allen Kräften dafür, dass sie es bekamen, und wenn das nicht reichte, wurde ein Arzt gerufen, um gegen die Unerbittlichkeit einer Welt anzugehen, die für derart außergewöhnliche Kinder nur ungenügend eingerichtet war. Austin Beggs, von seinem Vater nicht gerade großzügig ausgestattet, war Tag und Nacht in seinem zerebralen Labor zugange, um der Familie ein besseres Leben zu ermöglichen. Anstandslos holte Millie morgens um drei Uhr die Kinder aus dem Bettchen, klapperte mit einer Rassel oder sang ihnen leise etwas vor, damit sie mit ihrem Geschrei nicht die Quellen des Code Napoléon aus dem Kopf ihres Mannes plärrten. Ohne den geringsten Funken von Humor pflegte er zu sagen: »Eines Tages baue ich mir ganz oben auf einem Berg eine Zitadelle mit einem

Schutzwall, von wilden Tieren bewacht und mit Stachel-
draht bewehrt, um dieser Meute zu entkommen.«

Austin liebte Millies Kinder mit jener distanzierten, nach
innen gekehrten Zärtlichkeit, die bedeutenden Menschen
eigen ist, wenn sie sich Relikten ihrer eigenen Jugend ge-
genübersehen: Erinnerungen an eine Zeit, als sie noch nicht
daran dachten, ihre Erfahrungen selbst zu steuern, statt
sich ihnen einfach zu überlassen. Wer je Beethovens unbe-
schwerter Frühlingssonate gelauscht hat, weiß, was gemeint
ist. Vielleicht hätte Austin eine innigere Beziehung zu seiner Familie entwickelt, hätte er nicht so früh den einzigen
Sohn verloren. Um diese Enttäuschung zu überwinden,
verbarrikadierte sich der Richter hinter seinen Sorgen. Und
da finanzielle Probleme das Einzige sind, was Männer und
Frauen gleichermaßen beschäftigt, lief er damit zu Millie.
Er warf ihr die Rechnung für die Beerdigung des Jungen in
den Schoß und rief verzweifelt: »Wie in Gottes Namen soll
ich das bezahlen?«

Millie, die nie besonders realistisch gewesen war, konnte
diese Grausamkeit ihres Mannes nicht mit seinem Gerech-
tigkeitssinn und seinem vornehmen Charakter in Einklang
bringen. Fortan erlaubte sie sich keine Urteile mehr über
andere, sondern schob die Tatsachen so lange hin und her,
bis sie nicht mehr widersprüchlich erschienen, so dass sie
selbst mit ihrer unbeirrbaren Loyalität die Harmonie einer
Heiligen um sich verbreitete.

»Wenn meine Kinder missraten sind«, hatte sie ihrer
Freundin geantwortet, »so ist es mir nie aufgefallen.«

All diese Exkurse in die Zwiespältigkeit der menschlichen Natur lehrten sie einen Trick, der ihr dann auch über

die Geburt des letzten Kindes hinweghalf. Wenn Austin, erzürnt über die Unbelehrbarkeit der Zivilisation, seine Frustration und schwindende Hoffnung für die Menschheit an sich, gepaart mit seinen Geldsorgen, über ihrem geduldigen Haupt ausschüttete, schrieb sie ihren Groll einfach Joans Fieber oder Dixies verstauchtem Knöchel zu. So umschiffte sie die Probleme des Alltags mit der entrückten Trauer eines griechischen Chors. Angesichts ihrer Armut stürzte sie sich mit Haut und Haar in einen stoischen, unerschütterlichen Optimismus und machte sich unempfindlich gegenüber allen persönlichen Kümmernissen, die sie bis zuletzt verfolgten.

Bebrütet wurde die Familie von der mystischen Wärme schwarzer Ammen, und es schlüpfte ein Mädchen nach dem anderen. Der Richter, zunächst der Inbegriff für einen Extra-Penny, eine Straßenbahnfahrt zu weißgetünchten Picknickanlagen oder eine Tasche voller Pfefferminzbonbons, wurde mit zunehmender Wahrnehmungsfähigkeit zu einer strafenden Instanz, dem unerbittlichen Schicksal, der Verkörperung von Recht, Ordnung und althergebrachter Disziplin. Jugend und Alter: eine Art hydraulische Seilbahn, in der das Alter zwar weniger Überzeugungskraft in die Waagschale werfen kann, aber dennoch darauf pocht, dasselbe Gewicht zu haben wie die Jugend. Die Mädchen wuchsen in die Attribute der Weiblichkeit hinein und baten bei ihrer Mutter um Aufschub vor der öffentlichen Zurschaustellung als »junge Damen«, so wie man in einem schattigen Hain Schutz vor der grellen Sonne sucht.

Die Schaukel quietscht auf Austins Veranda, ein Glühwürmchen tanzt hektisch über der Klematis, Insekten umschwirren das goldene Inferno der Lampe in der Diele. Schatten wischen wie schwere nasse Putzlappen durch die südliche Nacht, nehmen ihre Nachricht auf und geben sie der schwarzen Hitze zurück, der sie entsprungen ist. Traurige Prunkwinden bilden ein schützendes, dunkles Geflecht auf den Spalieren.

»Erzähl mir, wie ich war, als ich klein war«, bettelt die jüngste Tochter. Sie drängt sich an ihre Mutter, als wollte sie sich ihrer besonderen Beziehung vergewissern.

»Du warst ein braves Kind.«

Die Kleine besaß keinerlei Vorstellung von sich, da sie so spät ins Leben ihrer Eltern hineingeboren worden war, dass deren Bewusstsein von den Bedürfnissen eines Kindes bereits aufgebraucht war und sie sich unter dem Begriff Kindheit eher etwas vorstellen konnten als unter dem Kind selbst. Die Kleine aber möchte erfahren, wer sie ist, denn noch ist sie zu jung, um zu verstehen, dass jeder Mensch einzigartig ist und sein Wesen selbst entwickeln muss – so wie ein General eine Schlacht rekonstruiert, indem er Vorstöße und Rückzüge seiner Truppen mit bunten Stecknadeln markiert. Sie weiß noch nicht, dass die Entwicklung des Ichs eigene Anstrengung erfordert. Erst sehr viel später wird sie begreifen, dass das Knochengerüst ihres Vaters ihr lediglich die eigenen Grenzen aufzeigen konnte.

»Habe ich nachts so laut gebrüllt, dass Daddy und du mich zum Teufel gewünscht habt?«

»Wie kommst du auf so was? Ich hatte nur brave Kinder.«

»So wie Grandma?«

»Hmmm.«

»Warum hat sie dann Onkel Cal vor die Tür gesetzt, als er aus dem Bürgerkrieg zurückkam?«

»Deine Großmutter war eine seltsame alte Dame.«

»So wie Cal?«

»Ja. Als Cal nach Hause zurückkam, schickte Großmutter eine Nachricht an Florence Feather: Falls sie darauf warte, dass sie den Löffel abgab, um Cal heiraten zu können, sollten die Feathers zur Kenntnis nehmen, dass die Beggs eine äußerst zähe Rasse seien.«

»War sie so reich?«

»Nein. Mit Geld hatte das nichts zu tun. Florence behauptete, nur der Teufel könne mit Cals Mutter auskommen.«

»Hat Cal deshalb nie geheiratet?«

»Genau. Großmütter setzen sich immer durch.«

Die Mutter lacht. Es ist das Lachen einer Siegerin, die über ihre geschäftlichen Heldentaten spricht, obgleich ihr das damit verbundene Streben nach Sicherheit ein wenig peinlich ist, das Lachen einer erfolgreichen Familie, die eine andere, ebenso erfolgreiche im ewigen Konkurrenzkampf ausgestochen hat.

»Ich an Onkel Cals Stelle hätte mir das nicht gefallen lassen«, verkündet das Kind rebellisch. »Ich hätte mit Miss Feather gemacht, was ich will.«

Der tiefe Klang der väterlichen Stimme dringt durch die Dunkelheit und läutet den Beginn der Schlafenszeit für die Beggs ein.

»Warum müsst ihr das eigentlich alles immer wieder aufwärmen?«, fragt er auf seine besonnene Art.

Er klappt die Läden zu und schirmt damit die besonderen

Eigenschaften seines Hauses von der Außenwelt ab: seine Affinität zu Licht, seine Rüschenvorhänge, die so lange der Sonne ausgesetzt waren, dass sich der geblümte Chintz wellt wie eine alte Garteneinfassung. Die Dämmerung erzeugt keine Schatten oder Verfälschungen in seinen Räumen, sondern versetzt sie, so wie sie sind, in unbestimmte, graue Welten. Im Winter und Frühling strahlt das Haus, als wäre es auf einen Spiegel gemalt. Ramponierte Sessel und zerschlissene Teppiche fallen in diesem Glanz gar nicht auf. Das Haus ist ein Vakuum, in dem Austin Beggs seine Rechtschaffenheit kultiviert. Wie ein blitzendes Schwert ruht es bei Nacht in der Scheide matter Vornehmheit.

Das Blechdach knackt in der Hitze, im Innern herrscht eine Luft wie in einer lange nicht geöffneten Truhe. Aus dem Oberlicht der Flurtür im ersten Stock fällt kein Licht.

»Wo ist Dixie?«, fragt der Vater.

»Mit ein paar Freunden ausgegangen.«

Die Kleine spürt das instinktive Ausweichen der Mutter und schmiegt sich aufmerksam an sie, in dem Gefühl, an bedeutenden Familienangelegenheiten teilzuhaben.

Was bei uns alles los ist, denkt sie. Ganz schön aufregend, eine Familie zu sein.

»Eins sag ich dir, Millie, wenn Dixie sich wieder mit Randolph McIntosh herumtreibt, setze ich sie endgültig vor die Tür«, poltert ihr Vater.

Ärgerlich schüttelt er den Kopf, vor lauter Empörung rutscht ihm fast die Brille von der Nase. Die Mutter geht leise über die warmen Strohmatten ihres Zimmers, und das kleine Mädchen liegt im Dunkeln, im aufrechten Bewusstsein seiner tugendhaften Unterwerfung unter die Regeln des

Familienclans. Der Vater begibt sich in seinem Batistnachthemd nach unten, um zu warten.

Aus dem Obstgarten weht der Duft reifer Birnen über das Bett des Kindes. In der Ferne probt eine Kapelle Walzermelodien. Lauter weiße Dinge schimmern im Dunkeln – Blumen und Pflastersteine. Der Mond rutscht von den Fensterscheiben in den Garten und kräuselt die feuchten Ausdünstungen der Erde wie ein silbernes Paddel. Die Welt scheint jünger als sie ist, und Alabama kommt sich sehr alt und weise vor, während sie ihre Probleme erfasst und mit ihnen ringt, als seien es Dinge, die nur sie etwas angingen und nichts mit dem Erbe ihrer Vorfahren zu tun hätten. Alles erscheint hell und neu; sie untersucht das Leben voller Stolz, als beträte sie einen Garten, den sie selbst dem unwirtlichsten aller Böden abgetrotzt hat. Schon jetzt verachtet sie sauber angelegte Beete und verlässt sich lieber auf die Möglichkeit eines Gärtnergenies, das noch aus dem steinigsten Untergrund duftende Blüten und aus wüstem Land nachtblühende Kletterpflanzen zaubern kann, das den Atem der Dämmerung sät und Ringelblumen erntet. Sie wünscht sich das Leben einfach und voll angenehmer Erinnerungen.

Beim Nachdenken verfällt sie in romantische Träumereien über den Verehrer ihrer Schwester. Randolphs Haar ist wie ein Füllhorn aus Perlmutt, aus dem das Licht fällt, das sein Gesicht beleuchtet. Sie findet, dass sie in ihrem Innern genauso leuchtet, und verwechselt beim nächtlichen Grübeln ihre Gefühle mit ihrem Schönheitsempfinden. In ihrer Erregung sieht sie in Dixie den erwachsenen Teil ihrer selbst, lediglich durch ein paar alles entscheidende Jahre von ihr getrennt, wie ein sonnengebräunter Arm, der einem fremd

vorkommt, wenn man die Veränderung nicht bewusst beobachtet hat. Insgeheim macht sie sich die Liebesaffäre ihrer
Schwester zu eigen. Das verwirrt sie derart, dass sie schläfrig wird. Im Bann der sich auflösenden Träumereien entglei-
tet ihr das eigene Ich. Sie schläft ein. Sanft wiegt der Mond
ihr gebräuntes Gesicht. Sie wird älter im Schlaf. Eines Tages
wird sie aufwachen und feststellen, dass die Pflanzen in den
Steingärten hauptsächlich Pilze sind, die kaum Nahrung
brauchen, und die weißen Dinger, die um Mitternacht duften, eigentlich gar keine Blüten, sondern unausgereifte Ge-
wächse, und wenn sie älter ist, wird sie verbittert die geo-
metrischen Wege philosophischer Le Nôtres abschreiten
statt die verwunschenen Seitenpfade voller Birnbäume und
Ringelblumen aus ihrer Kindheit.

Alabama wusste nie ganz genau, was sie geweckt hatte,
wenn sie morgens dalag und sich umschaute, im Bewusstsein der Ausdruckslosigkeit, die auf ihrem Gesicht lag wie
ein nasser Waschlappen. Sie reckte sich. Die lebhaften Augen eines weichen, wilden Tiers in der Falle lugten miss-
trauisch und herausfordernd aus dem straffen Netz ihrer
Züge; strohblondes Haar floss ihren Rücken hinunter. Mit
lässigen Bewegungen zog sie sich für die Schule an und
beugte sich dabei vor, um ihren Körper zu betrachten. Die
Schulglocke verklang im stillen Dunst des Südens wie der
Hall einer Boje im leisen Rauschen des Meers. Auf Zehenspitzen lief sie zu Dixies Zimmer und schmierte sich das
Rouge ihrer Schwester ins Gesicht.

Wenn die Leute sagten: »Du trägst ja Rouge, Alabama«,
antwortete sie nur: »Ich habe mir das Gesicht mit der Nagelbürste geschrubbt.«

Dixie war die perfekte große Schwester für Alabama, ihr Zimmer war voll mit ihren Habseligkeiten, und überall lag Seidenzeug herum. Die kleine Plastik mit den drei Affen auf dem Kaminsims enthielt Streichhölzer zum Rauchen. *Die dunkle Blume, Ein Haus aus Äpfeln der Granate, Das Licht erlosch, Cyrano de Bergerac* und eine illustrierte Ausgabe von Omar Kayyams *Rubáiyát* standen zwischen zwei »Denkern« aus Gips. Alabama wusste, dass sich in der obersten Schublade der Kommode das *Dekameron* versteckte – die schlimmsten Passagen hatte sie gelesen. Über den Büchern beäugte ein Gibson Girl mit Hutnadel einen Mann durch ein Vergrößerungsglas. Auf dem kleinen weißen Schaukelstuhl lümmelten sich zwei Teddybären. Dixie besaß einen rosa Florentiner, eine Amethystbrosche und eine elektrische Brennschere. Dixie war fünfundzwanzig. Alabama würde am vierzehnten Juli um zwei Uhr morgens vierzehn. Die letzte andere Beggs-Schwester, Joan, war dreiundzwanzig. Joan war nicht da und im Übrigen so ordentlich, dass es ohnehin keine Rolle spielte, ob sie anwesend war oder nicht.

Alabama rutschte erwartungsvoll das Treppengeländer hinunter. Manchmal träumte sie, dass sie die Treppe hinunterfiel und rittlings auf dem breiten Handlauf am unteren Absatz landete – gerettet! Beim Hinunterrutschen kam ihr dieser Traum wieder in den Sinn.

Dixie saß bereits am Tisch und hatte sich hinter einer lauernden Trotzhaltung verschanzt. Ihr Kinn war gerötet, und auf ihrer Stirn zeichneten sich rote Flecken ab, vom Weinen. Unter der Haut brodelte es wie kochendes Wasser in einem Topf.

»Ich habe euch nicht darum gebeten, mich zur Welt zu bringen«, erklärte sie.

»Bedenke, dass sie eine erwachsene Frau ist, Austin.«

»Der Mann ist keinen Pfifferling wert, ein Nichtsnutz, wie er im Buche steht. Er ist nicht einmal geschieden!«

»Ich verdiene mir meinen Lebensunterhalt selbst, und ich kann tun und lassen, was ich will.«

»Dieser Mann setzt keinen Fuß mehr in mein Haus, Millie.«

Alabama saß ganz still da und rechnete mit einem spektakulären Aufschrei gegen die Einmischung des Vaters in den Verlauf der Liebesaffäre. Doch nichts von alledem geschah, und das Stillschweigen des Kindes wirkte dadurch umso lauter.

Die Sonne schien auf die silbrigen Farnwedel und den silbernen Wasserkrug, und als der Richter zur Arbeit aufbrach, waren seine Schritte auf den blauen und weißen Fliesen eine Messlatte für Zeit und Raum – sonst nichts. Alabama hörte die Straßenbahn unter den Trompetenbäumen an der Ecke halten, und dann war der Richter fort. Ohne ihn fiel das Licht eigenmächtiger über die Farne; alles in seinem Heim unterstand seinem Willen.

Alabama betrachtete die Trompetenwinden, die den Gartenzaun überwucherten wie Halsbänder aus Korallensplittern, die sich um einen Stock schlängeln. Der morgendliche Schatten unter dem Paternosterbaum war genauso wie das Licht – spröde und anmaßend.

»Mama, ich möchte nicht mehr in die Schule«, sagte sie nachdenklich.

»Warum nicht?«

»Ich glaube, ich weiß schon alles.«

Ihre Mutter sah sie überrascht und ein wenig böse an, worauf das Kind sich doch lieber anders besann und das Gespräch auf die Schwester lenkte, um das Gesicht zu wahren.

»Was glaubst du, was Daddy mit Dixie machen wird?«

»Ach, wenn's weiter nichts ist ... zerbrich dir nicht dein hübsches Köpfchen über Dinge, die dich nichts angehen.«

»Ich würde mir das an Dixies Stelle nicht gefallen lassen. Ich mag Dolph.«

»Es ist nicht so einfach; man bekommt nicht immer das, was man sich wünscht. Und jetzt ab mit dir, sonst kommst du noch zu spät zur Schule.«

Erhitzt von der Wärme bebender Wangen schwankte das Klassenzimmer von den großen rechteckigen Fenstern bis zu der tristen Lithographie von der Unterzeichnung der Unabhängigkeitserklärung, dort blieb es hängen. Die trägen Junitage verschmolzen an der fernen Tafel zu einem Lichtklümpchen. Weiße Kreidepartikel aus alten Schwämmen tanzten in der Luft. Der Geruch von Haaren, Winterwolle und eingetrockneter Tinte erstickte den weichen Frühsommer draußen, der sich weiße Tunnel unter den Bäumen auf der Straße grub und die Fenster mit widerlich süßer Hitze bedeckte. Der unablässige Singsang trauriger schwarzer Stimmen durchbrach die Stille.

»He ho, Tomaten, schöne reife Tomaten. Kohl, prima Kohlgemüse.«

Die Jungs trugen lange schwarze Winterstrümpfe, die in der Sonne grün schimmerten.

Alabama schrieb »Randolph McIntosh« unter »Eine Debatte in der Athener Ratsversammlung«. Dann zeichnete sie einen Kreis um »Alle Männer wurden sogleich zum Tode verurteilt, Frauen und Kinder als Sklaven verkauft«, malte die Lippen von Alkibiades rot und verpasste ihm einen modischen Bubikopf, bevor sie *Myers Geschichte der Antike* zuklappte. Ihre Gedanken schweiften ziellos umher. Wie schaffte Dixie es bloß, so perfekt auszusehen, immer auf alles vorbereitet zu sein? Alabama glaubte, dass sie selbst nie irgendetwas auch bloß ein einziges Mal so hinkriegen würde, dass sie diesen Zustand geistiger Flexibilität erreichte. In den Augen ihrer Schwester spielte Dixie virtuos auf dem Instrument des Lebens.

Sie arbeitete als Redakteurin der Klatschspalte beim Lokalblatt. Wenn sie aus dem Büro kam, hing sie bis zum Abendessen am Telefon. Dixies leicht schleppende Stimme, schmeichelnd und affektiert, murmelte leise.

»Ich kann jetzt nicht sprechen –« Darauf folgte ein langes, leises Glucksen, wie Wasser, das in den Abfluss der Badewanne läuft.

»Ach, ich erzähl es dir, wenn wir uns sehen. Nein, jetzt geht es nicht.«

Richter Beggs lag auf seinem schlichten Eisenbett und sortierte die Stapel vergilbter Nachmittage. In Leder gebundene Bände der *Annals of British Law* und *Annotated Cases* lagen wie vertrocknetes Grünzeug auf seinem Körper verstreut. Das Telefon störte ihn in seiner Konzentration.

Der Richter wusste genau, wenn es Randolph war. Nach einer halben Stunde stürmte er mit vor Wut bebender Stimme in die Diele.

»Wenn du nicht sprechen kannst, warum redest du dann immer weiter?«

Schroff riss er ihr den Hörer aus der Hand. Seine Stimme war grausam, schneidend und präzise wie die Hände eines Tierpräparators bei der Arbeit.

»Ich wäre Ihnen sehr verbunden, wenn Sie davon absähen, meine Tochter wiederzusehen oder anzurufen.«

Dixie schloss sich in ihrem Zimmer ein und ließ sich zwei Tage nicht blicken, nicht mal zum Essen. Alabama hingegen schwelgte in ihrem Anteil an der Aufregung.

»Ich möchte mit Alabama auf dem Schönheitsball auftreten«, hatte Randolph am Telefon gesagt.

Unweigerlich riefen Dixies Tränen Millie auf den Plan.

»Warum behelligt ihr auch euren Vater damit? Könnt ihr solche Dinge nicht allein regeln?«, meinte sie beschwichtigend. Die uneingeschränkte, gesetzlose Großzügigkeit ihrer Mutter war das Resultat des jahrelangen Zusammenlebens mit dem Richter und der Unumstößlichkeit seiner Ansichten. Ein Dasein, in dem weibliche Toleranz nichts gilt, war für ihr mütterliches Wesen unerträglich, und so hatte sich Millie Beggs in punkto Herzensangelegenheiten mit fünfundvierzig in so etwas wie eine Anarchistin verwandelt. Auf diese Weise bewies sie sich, wie notwendig ihr Überleben war. Falls sie es drauf angelegt hätte, wäre ihre Inkonsequenz ein Zeichen dafür gewesen, dass sie das Heft in der Hand hatte. Austin durfte angesichts von drei Kindern, Geldsorgen, den im nächsten Herbst bevorstehenden Wahlen, seinen Versicherungsbeiträgen und einem gesetzestreuen Lebenswandel auf keinen Fall sterben oder auch nur krank werden; Millie jedoch, die weniger fest in dieses System eingebunden war, hatte immer das Gefühl, bei ihr käme es im Zweifelsfall nicht so drauf an.

Alabama verschickte einen Brief, den Dixie auf Vorschlag ihrer Mutter geschrieben hatte, und dann trafen sie sich mit Randolph im Café Tip-Top.

Alabama, die in einem Sprudelbad rigoroser Entschiedenheit durch ihre Jugend schwamm, betrachtete die »Bedeutung« dessen, was sich zwischen Randolph und ihrer Schwester abspielte, mit instinktiver Skepsis.

Randolph war Reporter bei Dixies Lokalblatt. Seine Mutter kümmerte sich in einer ungestrichenen Bretterbude in den Zuckerrohrfeldern weiter unten im Süden um seine kleine Tochter. Randolph war es nie gelungen, einen angemessenen Ausdruck für seine weichen Züge und die Form seiner Augen zu finden, als wäre seine körperliche Existenz das Erstaunlichste, was ihm je widerfahren war. Abends hielt er Tanzkurse ab, für die Dixie die meisten Schüler besorgte – die Krawatten übrigens auch, sowie alles andere an ihm, das einer sorgfältigen Auswahl bedurfte.

»Du musst das Messer auf den Teller legen, wenn du es nicht benutzt, Schatz«, sagte Dixie, in dem Versuch, ihn den Vorstellungen ihrer eigenen Gesellschaftsschicht genehm zu machen.

Man wusste nie, ob er zugehört hatte, obgleich er immer auf irgendetwas zu horchen schien – eine Elfenserenade vielleicht oder einen phantastischen, überirdischen Hinweis auf seine gesellschaftliche Stellung im Sonnensystem.

»Ich möchte gefüllte Tomaten, Kartoffelgratin, gegrillte Maiskolben, Muffins und Schokoeis«, unterbrach Alabama sie ungeduldig.

»Ach, du lieber Himmel! Wir werden also das *Stundenballett* aufführen, Alabama, ich im Harlekin-Trikot und du mit einem Röckchen aus Tüll und einem Dreispitz. Kannst du dir in drei Wochen einen Tanz ausdenken?«

»Klar. Ich weiß noch ein paar Schritte vom Karneval im letzten Jahr. Die gehen so, guck mal!« Alabama ließ ihre Finger übereinanderspazieren, bis sie ein unentwirrbares Knäuel bildeten. Sie hielt einen Finger fest auf den Tisch gedrückt, um die Stelle zu markieren, löste die übrigen und fing noch einmal von vorn an. »------ und dann kommt das ------ und ganz am Ende ein br – rr – rr – upp!«, erklärte sie.

Randolph und Dixie beobachteten sie stirnrunzelnd.

»Sehr hübsch«, sagte Dixie schließlich zögernd, von der Begeisterung ihrer Schwester angesteckt.

»Du kannst die Kostüme nähen«, sagte Alabama schließlich und sonnte sich im Glanz des Erreichten. Jedes noch so flüchtige Zeichen von Bewunderung heimste sie ein und verstaute ihre Beute, wo es ihr gerade einfiel, bei ihren Schwestern und deren Verehrern, auf Bühnen und zwischen den Kulissen. Da sie so sprunghaft war, wirkte alles irgendwie improvisiert.

Jeden Nachmittag probten Alabama und Randolph im alten Auditorium, bis es anfing zu dämmern und die Bäume draußen hell und feucht erschienen, fast wie bei Veronese, als hätte es geregnet. Von hier war einst das erste Regiment aus Alabama in den Bürgerkrieg gezogen. Die schmale Empore hing trotz mehrerer gebrechlicher Pfeiler durch, und der Boden war voller Löcher. Eine steile Treppe führte hinunter zum Markt der Stadt: Geflügel in Käfigen, Fisch, vereiste Sägespäne beim Fleischer, Girlanden von Negerschuhwerk und ein Torweg voller Militärmäntel.

Glühend vor Aufregung erging sich das Kind in Vorstellungen phantastischer Berufsaussichten.

»Alabama hat die wundervoll frische Farbe ihrer Mutter geerbt«, stellten die Profis fest, wenn sie dabei zusahen, wie sie Pirouetten drehte.

»Ich hab mir die Wangen mit der Nagelbürste geschrubbt«, rief Alabama von der Bühne aus zurück. Das war ihre Routinebemerkung in punkto Teint, nicht immer ganz passend oder angemessen, aber sie blieb dabei.

»Das Kind hat Talent«, sagten sie. »Man muss es fördern.«

»Hab ich mir alles ganz allein ausgedacht«, antwortete sie, nicht ganz wahrheitsgemäß.

Als am Ende des Balletts der Vorhang fiel und sie noch auf der Bühne stand, hörte sie den Applaus – er klang wie eine Woge dröhnenden Verkehrslärms. Und während zwei Kapellen für den Ball aufspielten und der Gouverneur persönlich die Polonaise anführte, stand sie noch in dem dunklen Gang, der zur Garderobe führte.

»Einmal habe ich was vergessen«, flüsterte sie erwartungsvoll. Von draußen drang das gedämpfte Fieber des Fests herüber.

»Ach was, du warst großartig«, lachte Randolph.

Das Mädchen hing an seinen Worten wie ein Kleidungsstück, das darauf wartet, angezogen zu werden. Verständnisvoll packte Randolph sie an den langen Armen und streifte mit seinen Lippen ihren Mund, so wie ein Seefahrer den Blick über den Horizont schweifen lässt, wenn er Ausschau nach anderen Schiffen hält. Dieses äußerliche Zeichen ihres Erwachsenwerdens trug sie wie eine Tapferkeitsmedaille –

tagelang verließ es ihr Gesicht nicht mehr, und jedes Mal, wenn sie aufgeregt war, kam es wieder.

»Du bist schon fast erwachsen, nicht?«, fragte er.

Alabama gestand sich nicht das Recht zu, derartig vage Vermutungen genauer unter die Lupe zu nehmen, in denen alle möglichen Facetten ihres erträumten Frauseins enthalten sein mochten, die er mit dem Kuss hinter seinem Rücken hervorgezaubert hatte. Sich darauf einzulassen hätte ihr Selbstbild zerstört. Sie hatte Angst und glaubte, dass ihr Herz ein stampfendes menschliches Wesen war. Und so war es tatsächlich. Es war alle stampfenden menschlichen Wesen auf der Welt gleichzeitig. Die Show war vorbei.

»Warum tanzt du nicht, Alabama?«

»Ich habe noch nie getanzt. Ich traue mich nicht.«

»Ich gebe dir einen Dollar, wenn du mit dem jungen Mann tanzt, der da drüben wartet.«

»Na gut, aber was, wenn ich stürze oder er über mich stolpert?«

Randolph stellte sie einander vor. Sie kamen sehr gut miteinander zurecht, außer wenn er sich seitwärts bewegte.

»Du bist so süß«, sagte der junge Mann. »Ich hätte nie gedacht, dass du von hier kommst.«

Sie erklärte ihm und noch ein paar anderen, dass er sie gern einmal besuchen könne, und versprach einem rothaarigen Mann, der über die Tanzfläche glitt wie ein Schlittschuhläufer übers Eis, mit ihm in den Country Club zu gehen. Alabama hatte noch nie darüber nachgedacht, wie es wäre, eine Verabredung zu haben.

Als sie sich am nächsten Morgen das Make-up vom Gesicht abwaschen musste, war sie traurig. So blieb ihr lediglich Dixies Rougetöpfchen für ihre Maskerade bei den bevorstehenden Verabredungen.

Während der Richter hinter der Morgenzeitung seinen Kaffee schlürfte, entdeckte er den Artikel über den Schönheitsball. »Die begabte Miss Dixie Beggs, älteste Tochter von Richter Austin Beggs und seiner Frau, trug erheblich zum Gelingen der Veranstaltung bei, indem sie sich als Impresario ihrer jüngeren Schwester, der überaus talentierten Miss Alabama Beggs, und deren Partner Mr. Randolph McIntosh betätigte. Der Tanz war von überwältigender Schönheit, die Aufführung hervorragend«, las er vor.

Der Richter explodierte. »Falls Dixie glaubt, sich wie eine Hure aufführen zu können, will ich sie nicht mehr meine Tochter nennen. Schwarz auf weiß in der Zeitung zu stehen, obendrein in einem Atemzug mit diesem Taugenichts! Ich erwarte, dass meine Kinder meinen guten Namen in Ehre halten! Das ist schließlich alles, was sie auf der Welt haben werden!«

Deutlicher hatte der Richter in Alabamas Gegenwart noch nie geäußert, was er von seinen Kindern verlangte. Da er wegen seiner überragenden Intelligenz jede Hoffnung auf Kommunikation mit seinesgleichen aufgegeben hatte, führte er ein isoliertes Dasein, erwartete höchstens eine einigermaßen angenehme und kultivierte Unterhaltung von seiner Umgebung oder zumindest in Ruhe gelassen zu werden.

Nachmittags kam Randolph vorbei, um sich zu verabschieden.

Die Schaukel quietschte, die Kletterrosen welkten in der Sonne und im Staub. Alabama saß auf der Verandatreppe und sprengte den Rasen mit einem von der Sonne erwärmten Schlauch. Aus der undichten Düse tropfte das Wasser schwermütig auf ihr Kleid. Sie war traurig, denn sie hatte gehofft, Randolph erneut küssen zu können. Auf alle Fälle wollte sie versuchen, sich das erste Mal für die nächsten Jahre gut zu merken.

Der Blick ihrer Schwester folgte den Händen des Mannes, als erwartete sie, dass der Weg, den seine Finger wiesen, sie ans Ende der Welt führte.

»Vielleicht kommst du wieder, wenn du geschieden bist«, hörte Alabama Dixie mit erstickter Stimme sagen. Randolphs Augen hoben sich schwer und endgültig vor dem Hintergrund der Rosen ab. Seine klare, kühle Stimme drang bis hinüber zu Alabama.

»Dixie«, sagte er. »Du hast mir beigebracht, wie man mit Messer und Gabel umgeht, wie man tanzt und seine Anzüge aussucht, aber Gott steh mir bei, keine zehn Pferde bringen mich ins Haus deines Vaters zurück. Für ihn ist nichts gut genug.«

Und genauso war es, er kehrte nie zurück. Alabama wusste bereits aus Erfahrung, dass mit hoher Wahrscheinlichkeit etwas Unerfreuliches bevorstand, wenn der Erlöser ins Spiel kam. Der Geschmack ihres ersten Kusses verflog mit der Hoffnung auf eine Wiederholung.

Der leuchtende Lack auf Dixies Fingernägeln verblich, und durch das Rot schimmerten Zeichen der Vernachlässigung. Sie gab ihren Job bei der Zeitung auf und nahm eine Stelle in der Bank an. Alabama erbte den rosa Hut, und irgendwer trat auf die Brosche. Als Joan wieder nach Hause kam, war das Zimmer so unordentlich, dass sie ihre Kleider bei Alabama unterbrachte. Dixie sparte ihr Geld; das Einzige, was sie in diesem Jahr kaufte, waren der Mittelteil von Botticellis *Primavera* und eine deutsche Lithographie mit dem Titel *Septembermorgen.*

Außerdem dichtete sie das Fenster in ihrer Tür mit Pappe ab, damit ihr Vater nicht merkte, dass sie bis nach Mitternacht aufblieb. Freundinnen kamen und gingen. Wenn Laura bei ihnen übernachtete, hatte die ganze Familie Angst, sich an ihrer Tuberkulose anzustecken; Paula, ein strahlender Sonnenschein, hatte einen Vater, der wegen Mordes vor Gericht stand; Marshall war hübsch und boshaft, hatte viele Feinde und einen schlechten Ruf; und Jessie, die zu Besuch aus New York gekommen war, brachte sogar ihre Strümpfe in die Reinigung. Das fand Austin Beggs höchst unmoralisch.

»Ich weiß nicht, warum meine Tochter ihre Freunde unbedingt in der Gosse aufsammeln muss«, erklärte er.

»Es kommt drauf an, wie man es sieht«, widersprach Millie. »Selbst in der Gosse kann man wertvolle Entdeckungen machen.«

Dixies Freundinnen lasen einander laut vor. Alabama saß auf dem kleinen weißen Schaukelstuhl und hörte zu. Sie imitierte ihre Eleganz und registrierte das höflich-affektierte Lachen, mit dem sie sich gegenseitig ansteckten.

»Das versteht sie sowieso nicht«, sagten sie oft und musterten sie mit ihren hellen, angelsächsischen Augen.

»Was verstehe ich nicht?«, fragte Alabama.

Der Winter erstickte unter den Rüschen der Mädchen. Jedes Mal, wenn Dixie sich von einem Mann zu einer Verabredung überreden ließ, musste sie weinen. Im Frühling kam die Nachricht von Randolphs Tod.

»Ich wünschte, ich wäre auch tot«, schluchzte sie hysterisch. »Ich hasse das Leben, ich hasse es, ich hasse es! Hätte ich ihn geheiratet, wäre es nicht so weit gekommen.«

»Ruf den Arzt, Millie!«

»Es ist nichts Ernstes, Richter Beggs, bloß nervöse Überspanntheit. Nichts, worum Sie sich sorgen müssten«, erklärte der Arzt.

»Ich halte diese Gefühlsduselei nicht mehr aus«, brummte Austin.

Als es Dixie wieder besserging, zog sie nach New York, um sich dort eine Stelle zu suchen. Sie weinte, als sie alle zum Abschied küsste, und brach mit einem Sträußchen Vergissmeinnicht in der Hand auf. In New York teilte sie sich mit Jessie ein Zimmer auf der Madison Street und besuchte alle Freunde von zu Hause, die es hierher verschlagen hatte. Jessie besorgte ihr einen Job bei der Versicherungsgesellschaft, in der sie selbst arbeitete.

»Ich möchte auch nach New York, Mama«, sagte Alabama, als sie Dixies Briefe lasen.

»Wozu, um alles in der Welt?«

»Ich will auf eigenen Füßen stehen.«

Millie lachte. »Zerbrich dir darüber nicht den Kopf«, sagte sie. »Das ist keine Frage des Ortes. Du kannst auch zu Hause auf eigenen Füßen stehen.«

Innerhalb von drei Monaten war Dixie verheiratet – mit einem Mann aus dem Süden von Alabama. Sie kamen auf Besuch, und sie weinte viel, als bedauerte sie den Rest der Familie, der weiter zu Hause leben musste. Sie stellte das Mobiliar in dem alten Haus um und kaufte eine Anrichte fürs Esszimmer. Alabama bekam eine Kodak-Kamera, und dann machten sie zusammen Fotos auf den Stufen des State Capitol, unter den Pekannussbäumen und Hand in Hand auf der vorderen Veranda. Sie sagte, sie wünsche sich eine Patchworkdecke von Millie, und schlug vor, einen Rosengarten ums Haus anzulegen. Und Alabama solle sich nicht so stark schminken, sie sei viel zu jung dafür; in New York würden die jungen Mädchen das auch nicht machen.

»Ich bin ja nicht in New York«, sagte Alabama. »Aber sollte ich mal hinkommen, mache ich es trotzdem.«

Dann reisten Dixie und ihr Mann wieder ab, fort aus der Trübsal des Südens. Am Tag der Abfahrt saß Alabama auf der hinteren Veranda und sah zu, wie ihre Mutter Tomaten fürs Mittagessen würfelte.

»Die Zwiebeln schneide ich schon eine Stunde vorher«, sagte Millie, »und dann nehme ich sie raus, damit der Salat gerade den richtigen Geschmack behält.«

»Ja, Ma'am. Kann ich die Endstücke haben?«

»Möchtest du nicht lieber eine ganze?«

»Nein, Ma'am. Ich mag das Grüne am liebsten.«

Ihre Mutter verrichtete ihre Arbeit wie eine Burgherrin, die sich eines armen Bauern annimmt. Es gab eine feine, vornehme Beziehung zwischen ihr und den Tomaten, die ausschließlich darauf beruhte, dass Miss Millie sie zu einem Salat verarbeitete. Die Lider ihrer blauen Augen bildeten erschöpfte Bögen, während die sanften Hände liebevoll die notwendige Aufgabe erledigten. Ihre Tochter war gegangen. Doch auch in Alabama schlummerte etwas von Dixie – dieselbe Unbändigkeit. Sie forschte im Gesicht des Kindes nach Ähnlichkeiten. Und Joan würde wieder nach Hause kommen.

»Mama, hast du Dixie sehr lieb gehabt?«

»Natürlich. Das tue ich immer noch.«

»Aber sie war anstrengend.«

»Nein. Sie war nur immerzu verliebt.«

»Hast du sie beispielsweise lieber gehabt als mich?«

»Ich habe euch alle gleich lieb.«

»Ich werde auch anstrengend sein, wenn ich nicht machen darf, was ich will.«

»Nun, Alabama, anstrengend ist jeder auf die eine oder andere Art. Aber man darf sich davon nicht beherrschen lassen.«

»Ja, Ma'am.«

Draußen am Spalier reiften Granatäpfel zwischen ihren ledrigen Blättern – ein exotisches Dekor. Die Bronzeknospen einer traurigen Myrte am Ende des Grundstücks zerplatzten zu einem Strudel lavendelblauer Gazebällchen. Japanische Pflaumen ließen den Sommer gleich sackweise auf dem Dach des Hühnerstalls zerplatzen.

Gack, *gack,* gack, *gack.*

»Die alte Henne scheint wieder zu legen.«

»Vielleicht hat sie einen Maikäfer erwischt.«

»Aber die Feigen sind noch nicht so weit.«

Aus dem Haus schräg gegenüber rief eine Mutter ihre Kinder zum Essen. In der Eiche nebenan gurrten die Tauben. Aus der Küche eines Nachbarn drang das rhythmische Klopfen eines Fleischhammers.

»Eins verstehe ich nicht, Mama. Warum musste Dixie bis nach New York fahren, um einen Mann zu heiraten, der hier aus der Gegend kommt?«

»Es ist ein sehr netter Mann.«

»Aber ich an Dixies Stelle hätte ihn nicht geheiratet. Ich hätte einen New Yorker genommen.«

»Warum?«, fragte Millie neugierig.

»Ach, weiß ich auch nicht.«

»Eine größere Eroberung?«, spöttelte Millie.

»Ja, richtig.«

In der Ferne hörte man die Straßenbahn auf den verrosteten Schienen quietschen.

»War das nicht die Straßenbahn? Ich wette, jetzt kommt dein Vater.«

2

Und ich sage dir, wenn du den Saum so machst, ziehe ich das Ding nicht an«, kreischte Alabama und schlug mit der Faust auf die Nähmaschine.

»Aber Schätzchen, das ist der letzte Schrei!«

»Wenn schon blauer Serge, dann auf keinen Fall so lang!«

»Wenn du mit Jungs ausgehen willst, kannst du doch keine kurzen Kleidchen mehr tragen.«

»Ich gehe schließlich nicht tagsüber aus – im Leben nicht!«, gab sie zurück. »Tagsüber will ich spielen und abends ausgehen.«

Alabama stellte den Spiegel schräg und inspizierte die langen Bahnen des Rocks. Dann brach sie ohnmächtig vor Zorn in Tränen aus.

»Ich will ihn nicht! Wirklich nicht – wie soll ich denn darin rennen oder so was?«

»Er ist entzückend, stimmt's, Joan?«

»Wenn sie meine Tochter wäre, würde ich ihr eine kleben«, sagte Joan knapp.

»Das sieht dir ähnlich! Und ich würde dir eine zurückkleben!«

»Als ich so alt war wie du, war ich froh, wenn ich überhaupt etwas bekam. Ich musste Dixies abgelegte Kleider auftragen. Was bist du für ein verwöhntes Gör!«

»Joan! Alabama will doch nur, dass ich ihr das Kleid ändere…«

»Mamas kleiner Engel! Es ist genau so, wie sie es haben wollte.«

»Woher sollte ich wissen, dass es so aussehen würde?«

»Ich weiß jedenfalls, was ich mit dir machen würde, wenn du meine Tochter wärst«, drohte Joan.

Alabama stand in der Samstagsnachmittagssonne und rückte den Matrosenkragen gerade. Dann fuhr sie probehalber mit den Fingern in die Brusttasche und betrachtete finster ihr Spiegelbild.

»Die Füße sehen aus, als gehörten sie jemand anderem«, sagte sie. »Aber vielleicht ist es doch nicht so übel.«

»Ich habe noch nie erlebt, dass jemand so ein Gezeter um ein Kleid macht. Ich an Mamas Stelle würde dir einfach eins von der Stange kaufen.«

»In den Geschäften gibt es nichts, was mir gefällt. Außerdem hast du nur Kleider mit Spitze.«

»Ich bezahle schließlich auch selbst dafür.«

In diesem Augenblick knallte Austins Tür.

»Wirst du jetzt endlich aufhören mit diesem Theater, Alabama? Ich hatte mich gerade hingelegt.«

»Euer Vater, Kinder!«, mahnte Millie bestürzt.

»Ja, Sir, aber es ist nur Joans Schuld«, schrie Alabama.

»Herrgott noch mal! Ständig muss sie anderen die Schuld in die Schuhe schieben. Wenn nicht mir, dann eben Mama oder sonst wem – nur nicht sich selbst!«

Verstimmt dachte Alabama, wie ungerecht das Leben doch war, dass es Joan vor ihr in die Welt gesetzt hatte. Und nicht nur das, obendrein hatte es ihrer Schwester, dunkel

wie ein schwarzer Opal, unvergleichliche Schönheit geschenkt. Niemals würden ihre Augen so golden und braun
leuchten, ihre Augenhöhlen über den Wangenknochen so
tief und rätselhaft wirken. Wenn man Joan im Schein einer
Lampe betrachtete, sah sie aus wie ihr eigener Geist, der
darauf wartet, belebt zu werden. Ein durchsichtig blaues
Licht umfloss ihre Zähne, und das glatte Haar glänzte farb-
los.

Die Leute fanden Joey nett – verglichen mit den anderen.
Jetzt, mit über zwanzig, hatte sie sich das Recht erkämpft,
im Rampenlicht der Familie zu stehen. Wenn Alabama die
vagen Pläne hörte, die ihre Eltern für sie schmiedeten, klammerte sie sich an diese Bemerkungen, von denen sie sich
Aufschluss über das eigene Ich erhoffte. Während sie auf
diese Weise Fetzen von Familienattributen mitbekam, die
auch sie in sich tragen musste, war es, als hätte sie plötzlich
entdeckt, dass sie alle fünf Zehen hatte, nachdem sie bislang
lediglich bis vier hatte zählen können. Es war gut, bestimmte Informationen über sich zu haben, auf denen man
aufbauen konnte.

»Millie«, sagte Austin eines Abends nervös. »Wird Joey
eigentlich diesen jungen Acton heiraten?«

»Das weiß ich nicht, Liebster.«

»Nun, also ich finde, sie hätte nicht quer durchs Land
gondeln und seine Eltern besuchen müssen, wenn sie es nicht
ernst meint. Wenn aber doch, dann trifft sie sich zu häufig
mit diesem Harlan.«

»Ich kenne Actons Familie aus der Zeit, als ich noch bei
meinem Vater zu Hause lebte. Warum hast du sie denn überhaupt fahren lassen?«

»Weil ich nichts von Harlan wusste. Es gibt nun mal Verpflichtungen –«

»Kannst du dich noch an deinen Vater erinnern, Mama?«, fiel Alabama ihm ins Wort.

»Aber sicher. Einmal wurde er in Kentucky aus einem Rennwagen geschleudert, da war er dreiundachtzig.« Dass der Vater ihrer Mutter ein eigenes, wahrhaftiges Leben gehabt hatte, das sich dramatisieren ließ, war in Alabamas Augen verheißungsvoll. Es gab also ein Stück, bei dem man mitspielen konnte. Die Zeit würde schon dafür sorgen, und sie würde unausweichlich ihre Rolle finden – an irgendeinem passenden Ort, wo sie die Geschichte ihres Lebens aufführen konnte.

»Was ist mit diesem Harlan?«, bohrte Austin.

»Nichts, was soll schon sein?«, entgegnete Millie unverbindlich.

»Ich weiß nicht. Joey scheint ihn sehr zu mögen. Aber er kann sich kaum über Wasser halten. Acton dagegen ist sehr gut situiert. Ich werde nicht zulassen, dass meine Tochter von der Wohlfahrt leben muss.«

Harlan kam jeden Abend vorbei und sang mit Joan die Songs, die sie aus Kentucky mitgebracht hatte. *The Time, The Place and The Girl, The Girl from the Saskatchewan, The Chocolate Soldier,* in Notenheften mit zweifarbig bedruckten Umschlägen, auf denen Pfeife rauchende Männer, Prinzen vor einer Balustrade oder Wattewolken um den Mond zu sehen waren. Er hatte eine feierliche Stimme, wie eine Orgel, und blieb zu oft zum Essen. Seine Beine waren dermaßen lang, dass der Rest wie ein rein dekoratives Anhängsel wirkte.

Alabama erfand Tänze, um bei Harlan Eindruck zu schinden, und steppte an den Rändern des Teppichs entlang.

»Geht er denn immer noch nicht nach Hause?«, schimpfte Austin bei jedem Besuch. »Ich weiß nicht, was Acton davon halten würde, Millie. Joan sollte wirklich etwas mehr Verantwortung zeigen.«

Harlan war den Eltern nicht unsympathisch, aber sein gesellschaftlicher Status entsprach nicht ihren Erwartungen. Wenn Joan ihn heiratete, würde sie da wieder anfangen müssen, wo einst Austin und Millie begonnen hatten, und Austin besaß im Gegensatz zu Millies Vater keine Rennpferde, um ihnen notfalls unter die Arme greifen zu können.

»Hallo, Alabama, was für ein hübsches Lätzchen.« Alabama errötete. Sie bemühte sich nach Kräften, dieses angenehme Gefühl andauern zu lassen. Es war das erste Mal, dass sie bewusst errötet war, noch ein Beweis für dies oder das, beispielsweise, dass sie zu Recht Erbin all der alten Reaktionen war – Verlegenheit, Stolz und auch ein Gefühl von Verantwortung dafür.

»Es ist eine Schürze. Ich habe ein neues Kleid und helfe Mama beim Abendessen.« Sie hob die Schürze, damit Harlan den neuen blauen Serge bewundern konnte.

Er zog das schlaksige Mädchen auf seine Knie.

Alabama, die das Gespräch nicht so schnell von sich ablenken wollte, fuhr hastig fort: »Aber zum Tanzen habe ich ein ganz besonders schönes Kleid, noch schöner sogar als das von Joan.«

»Du bist noch viel zu jung zum Tanzen. Du siehst aus wie ein Kind, ich würde mich schämen, dich zu küssen.« Alabama fand Harlans väterliches Getue enttäuschend.

Harlan schob ihr das blonde Haar aus dem Gesicht. Geometrische Formationen, glänzende Wölbungen und etwas von der Verschlossenheit einer Odaliske zeigten sich darin. Ihre glatten Züge waren streng wie die ihres Vaters, obwohl sie noch fast ein Kind war.

In diesem Moment kam Austin herein, auf der Suche nach seiner Zeitung.

»Alabama, du bist zu groß, um dich jungen Männern auf den Schoß zu setzen.«

»Aber er ist doch nicht *mein* Verehrer, Daddy.«

»Guten Abend, Richter.«

Der Richter spuckte bedächtig ins Feuer, um sich seine Missbilligung nicht anmerken zu lassen.

»Das hat nichts zu sagen, du bist zu alt dafür.«

»Bin ich eigentlich für alles zu alt?«

Dann sprang Harlan auf und schüttelte sie ab. Joan stand in der Tür.

»Miss Joey Beggs«, erklärte er. »Das hübscheste Mädchen weit und breit.«

Joan kicherte, so wie man kichert, wenn man in einer beneidenswerten Position gezwungen ist, auf seine Überlegenheit zu verzichten, um andere nicht vor den Kopf zu stoßen – und als hätte sie schon immer gewusst, dass sie die Hübscheste war.

Alabama beobachtete neidisch, wie Harlan Joey in den Mantel half und sie besitzergreifend am Arm nahm, um sie hinauszubegleiten. Aufmerksam registrierte sie, wie ihre Schwester sich in ein anlehnungsbedürftigeres, zutraulicheres Wesen verwandelte, wenn sie mit ihm zusammen war. Sie wünschte, sie wäre an ihrer Stelle. Beim Abendessen würde ihr Vater am Tisch sitzen. Es war fast dasselbe; die Notwendigkeit, jemand zu sein, der man nicht war, blieb sich gleich. Ihr Vater hatte keine Ahnung, wie sie in Wirklichkeit war.

Das Abendessen war immer lustig; es gab Toast, der nach Holzkohle schmeckte, und manchmal Hühnchen, so lauwarm wie ein Lufthauch von unter einer Steppdecke, wozu Millie und der Richter sich ernsthaft über Haushalt und Kinder unterhielten. Ihr Familienleben war ein durch Austins feste Überzeugungen gefiltertes Ritual.

»Kann ich noch etwas Erdbeermarmelade haben?«

»Dir wird noch schlecht.«

»Meiner Meinung nach verlobt sich ein anständiges Mädchen nicht, um dann mit einem anderen anzubändeln, Millie.«

»Da ist nichts Schlimmes dran. Joan ist ein braves Mädchen. Und sie ist nicht mit Acton verlobt.«

Ihre Mutter wusste genau, dass Joan mit Acton verlobt war, denn in einer Sommernacht, als es wie aus Kübeln schüttete, die triefenden Kletterranken rauschten wie Damen, die ihre Seidenkleider um sich raffen, die Regenrinnen gurgelten und glucksten wie schwermütige Tauben und schaumiger Schlamm durch die Rinnsteine strömte, hatte Millie Alabama, ihre Jüngste, mit einem Schirm losgeschickt, und Alabama hatte die beiden gefunden – sie klebten aneinander wie zwei feuchte Briefmarken in einer Brieftasche. Anschließend hatte Acton Millie erklärt, dass sie vorhätten zu heiraten. Trotzdem schickte Harlan jeden Sonntag Rosen. Der Himmel wusste, woher er das Geld für die vielen Blumen nahm. Er war so arm, dass er Joan nicht bitten konnte, seine Frau zu werden.

Als die Parkanlagen der Stadt so hübsch in Blüte standen, nahmen Harlan und Joan Alabama mit auf ihre Spaziergänge. Alabama und die großen Kamelien, deren Blätter an rostiges Blech erinnerten, die Schneeballsträucher, Verbenen und die Blüten japanischer Magnolien, die auf dem Rasen verstreut waren wie Fetzen von Ballkleidern, sorgten für ein stilles Einvernehmen zwischen ihnen. Die Gegenwart des Kindes bedeutete, dass ihre Gespräche belanglos blieben. In Alabamas Gegenwart kam die entscheidende Frage nicht zur Sprache.

»So einen Strauch möchte ich auch haben, wenn ich mal ein eigenes Haus habe«, rief Joan.

»Joey! Das kann ich mir nicht leisten!«, protestierte Harlan. »Aber vielleicht könnte ich mir stattdessen einen Bart stehen lassen.«

»Ich liebe kleine Bäume, Thuja oder Wacholder; ein langer Weg wird sich in meinem Garten zwischen ihnen entlangschlängeln wie ein Federstich und zu einer von Kletterrosen überwucherten Terrasse führen.« Alabama kam zu dem Schluss, dass es keine große Rolle spielte, ob ihre Schwester Acton oder Harlan in Betracht zog – aber ganz bestimmt würde der Garten sehr hübsch, für einen oder beide oder auch keinen von beiden, korrigierte sie sich verwirrt.

»Lieber Himmel! Warum verdiene ich bloß so wenig?«, rief Harlan.

Gelbe Schwertlilien, die an Zeichnungen aus einem Biologiebuch erinnerten, Teiche mit Lotusblüten, die braunweiße Batik der Schneeballsträucher, die unerwartete Intensität eines brennenden Dornbuschs und Joeys eierschalenfarbenes Gesicht unter dem Strohhut – all das machte diesen

Sommer aus. Alabama begriff intuitiv, warum Harlan statt mit Münzen mit den Schlüsseln in seiner Hosentasche klimperte und durch die Straßen schlenderte wie ein Schwindelnder, der über einen Baumstamm balanciert. Andere Leute hatten Geld, bei ihm reichte es gerade für die Rosen. Hätte er es nicht für Rosen ausgegeben, hätte er eine Ewigkeit lang nichts zu bieten gehabt, und eines Tages hätte sich Joan entweder verändert oder wäre verschwunden und für immer verloren.

Bei heißem Wetter mieteten sie eine Droschke und fuhren durch die staubigen Straßen zu Wiesen voller Gänseblümchen wie aus einem Kinderlied. Verträumte Kühe mit dunklen Flecken auf dem Rücken grasten den Sommer von den weißen Hängen. Alabama blieb hinter den beiden zurück und kam mit Blumensträußen wieder. Was sie in dieser fremden Welt verbotener Gefühle sagte, erschien ihr besonders geistreich, so wie man sich in einer ungewohnten Sprache bisweilen witziger als sonst empfindet. Joan beschwerte sich bei Millie, dass Alabama für ihr Alter zu viel rede.

Knatternd und flatternd wie ein Segel im aufkommenden Sturm rauschte ihre Affäre in den Juli. Eines Tages kam ein Brief von Acton. Alabama entdeckte ihn auf dem Kaminsims des Richters.

»Und da ich Ihrer Tochter ein angenehmes Leben bieten und sie, wie ich fest glaube, glücklich machen kann, bitte ich Sie um die Hand Ihrer Tochter.«

Alabama fragte, ob sie den Brief behalten dürfe. »Ich möchte ihn als Familiendokument aufheben«, sagte sie.

»Nein«, entschied der Richter. Millie und er hoben nie etwas auf.

Alabama erwartete alles Mögliche für ihre Schwester, nur nicht, dass die Liebe weiterging und man mit denen, die an ihr zerbrachen, die Löcher im Handlungsablauf stopfte. Es dauerte eine Weile, bis sie gelernt hatte, sich mit der unromantischen Vorstellung anzufreunden, dass das Leben eine lange, kontinuierliche Abfolge unabhängiger Ereignisse ist, in der eine emotionale Erfahrung lediglich die Vorbereitung auf eine nächste darstellt.

Als Joey einwilligte, hatte Alabama das Gefühl, um ein Drama betrogen worden zu sein, für dessen Eintrittskarte sie bereits bezahlt hatte. Heute fällt die Vorstellung aus, dachte sie. Die Hauptdarstellerin hat kalte Füße bekommen.

Sie hätte nicht sagen können, ob Joan Tränen vergoss oder nicht. Alabama saß im oberen Flur und polierte ihre weißen Schuhe. Sie konnte ihre Schwester auf dem Bett sehen, als hätte sie sich dort hingelegt, wäre dann weggegangen und hätte vergessen, zurückzukommen, aber sie schien keinen Mucks von sich zu geben.

»Warum willst du Acton denn nicht heiraten?«, fragte der Richter liebevoll.

»Ach – weil ich keinen passenden Koffer habe, außerdem würde es bedeuten, dass ich von zu Hause wegmuss, und meine Kleider sind alle so abgetragen«, antwortete Joan ausweichend.

»Ich besorge dir einen Koffer, Joey, und er wird dir neue Kleider kaufen, ein schönes Heim bieten und alles, was man im Leben braucht.«

Der Richter war sanft mit Joan. Sie ähnelte ihm weniger als die anderen Töchter. Ihre Schüchternheit ließ sie ausgeglichener erscheinen, als wäre sie eher bereit, sich mit ihrem Los abzufinden als Alabama oder Dixie.

Die Hitze lag drückend über der Erde. Sie blähte die Schatten auf und dehnte Tür- und Fensterrahmen, bis der Sommer sich in einem gewaltigen Donnerschlag entlud. Im Licht der Blitze konnte man sehen, wie sich die Bäume bogen und, Furien gleich, mit den Ästen um sich schlugen. Alabama wusste, dass Joan Angst vor Gewitter hatte. Sie schlüpfte zu ihrer Schwester ins Bett und legte ihren gebräunten Arm über sie, wie einen starken Bolzen, der eine wacklige Tür hält. Alabama ahnte, dass Joan die Dinge richtig machte und die richtigen Dinge haben musste; wenn man so war wie Joan, ging es nicht anders. Alles in Joans Umgebung musste seine feste Ordnung haben. Manchmal verspürte auch Alabama dieses Bedürfnis, an Sonntagnachmittagen, wenn niemand im Haus war bis auf sie selbst und die absolute Stille.

Sie wollte ihre Schwester beruhigen. Am liebsten hätte sie gesagt: »Ach ja, Joey, und wenn du je wissen willst, wo all die Kamelien und die Gänseblumenwiesen geblieben sind, dann ist es nicht schlimm, dass du es vergessen hast, denn ich kann dir erzählen, wie es war, Gefühle zu haben, an die du dich nicht mehr richtig erinnern kannst – irgendwann, in Jahren, wenn etwas geschieht, das dich an heute erinnert.«

»Verschwinde aus meinem Bett«, sagte Joan unvermittelt.

Traurig geisterte Alabama durchs Haus, in bleiche Acetylenblitze hinein und wieder hinaus.

»Joey hat Angst, Mama.«

»Nun, möchtest du vielleicht hier bei mir übernachten, Liebling?«

44

»*Ich* habe keine Angst; ich kann nur nicht schlafen. Aber ich bleibe trotzdem hier bei dir, wenn ich darf.«

Häufig saß der Richter abends da und las Fielding. Er schloss das Buch über dem Daumen, um den Abend für beendet zu erklären.

»Was macht man eigentlich in der katholischen Kirche?«, fragte er. »Ist Harlan katholisch?«

»Nein, ich glaube nicht.«

»Ich bin froh, dass sie Acton heiraten wird«, sagte er unergründlich.

Alabamas Vater war ein kluger Mann. Allein seiner Liebe zu den Frauen verdankten Millie und die Mädchen ihr Dasein. Er weiß alles, sagte sich Alabama. Nun ja, vielleicht – wenn Wissen bedeutet, dass man nur das wahrnimmt, was zum äußerlich sichtbaren Teil des Lebensmosaiks passt, dann ja. Wenn Wissen eine klare Haltung gegenüber Dingen meint, die man selbst nie erlebt hat, und eine unentschiedene gegenüber denen, die man kennt, dann ja.

»Ich nicht«, erwiderte Alabama entschieden. »Harlans Haar steht ab wie bei einem spanischen König. Ich hätte es lieber, dass Joey *ihn* heiratet.«

»Vom Haar spanischer Könige kann man nicht leben«, erklärte ihr Vater. Acton kabelte, dass er Ende der Woche kommen werde und wie glücklich er sei.

Harlan und Joey saßen in der Schaukel, deren Kette quietschte und ruckelte, schleiften mit den Füßen über den abgenutzten grauen Anstrich und rissen die Ranken der Trichterwinden ab.

»Nirgends ist es kühler und duftet es besser als auf dieser Veranda«, sagte Harlan.

»Das liegt am Geißblatt und am Sternjasmin, sie duften so süß«, sagte Joan.

»Nein«, widersprach Millie, »es liegt am Gras, das sie drüben gemäht haben, und an meinen duftenden Geranien.«

»Ach, Miss Millie, es fällt mir so schwer zu gehen.«

»Sie kommen ja wieder.«

»Nein, es ist vorbei.«

»Es tut mir so leid, Harlan –« Millie küsste ihn auf die Wange. »Sie sind noch so jung, nehmen Sie es nicht so tragisch. Es wird andere geben.«

»Mama, der Duft kommt von den Birnbäumen«, sagte Joan leise.

»Es ist mein Parfum«, erklärte Alabama ungeduldig. »Es hat sechs Dollar pro Unze gekostet.«

Aus Mobile schickte Harlan Joan einen Eimer voll Krebse für Actons Abendessen. Sie krabbelten überall in der Küche herum und verkrochen sich unter den Herd. Millie warf die lebenden grünen Dinger eins nach dem anderen in einen Topf mit kochendem Wasser.

Alle aßen sie, nur Joan nicht.

»Sie sind so unförmig«, sagte sie.

»Sie müssen im Reich der Tiere etwa da angekommen sein, wo auch wir uns jetzt mit unserer militärischen Entwicklung befinden. Sie funktionieren genauso wie gewöhnliche Panzer«, meinte der Richter.

»Sie ernähren sich von Aas«, erklärte Joan.

»Wir sind beim Essen, Joey!«

»Aber das tun sie tatsächlich«, bestätigte Millie schaudernd.

»Ich glaube, ich könnte einen bauen«, meinte Alabama. »Wenn ich das passende Material hätte.«

»Nun, Mr. Acton, hatten Sie eine angenehme Reise?«

Joans Aussteuer füllte das ganze Haus – blaue Taftkleider und schwarzweiß karierte Röcke, ein muschelrosa Satinkleid, eine türkisblaue Bluse und schwarze Schuhe aus Wildleder.

Beigefarbene Seide, Spitze, schwarze und weiße Seide, ein elegantes Kostüm und Duftkissen mit Rosenduft lagen bereits in dem neuen Koffer.

»So kann ich es nicht tragen«, schluchzte sie. »Mein Busen ist zu groß dafür.«

»Es steht dir sehr gut und wird dir in der Stadt noch nützlich sein.«

»Ihr müsst mich besuchen kommen«, sagte Joan zu ihren Freundinnen. »Ich will, dass ihr alle vorbeikommt, wenn ihr in Kentucky seid. Und eines Tages ziehen wir nach New York.«

Nervös hatte sich Joan in irgendeinen unfassbaren Widerspruch gegen ihre Aufgabe im Leben verbissen, wie ein junger Hund, der an einem Schnürsenkel zerrt. Sie war gereizt und anspruchsvoll Acton gegenüber, als erwartete sie, dass er ihr zusammen mit dem Ehering auch den Schlüssel zu ihrem Glück überreichte.

Um Mitternacht brachten sie die beiden zum Zug. Joan weinte nicht, aber sie schien sich dafür zu schämen, dass sie den Tränen nahe war. Als sie über die Gleise zurück nach Hause gingen, spürte Alabama Austins Kraft und Zielstrebigkeit stärker als je zuvor. Joan war gezeugt, aufgezogen und unter die Haube gebracht worden. Als er sich von seiner Tochter verabschiedete, schien ihr Vater um Joans Lebensspanne älter geworden; jetzt stand bloß noch Alabamas Zukunft zwischen ihm und der endgültigen Wiedererlangung seiner Vergangenheit. Alabama war das einzige noch ungelöste Detail, das aus seiner Jugend übriggeblieben war.

Sie dachte an Joan. Verliebt zu sein, fand sie, heißt eigentlich nur, einem anderen Menschen die eigene Vergangenheit zu offenbaren, und die ist meistens ein so sperriges Paket, dass man all die losen Strippen nicht mehr allein zusammenhalten mag. Das Streben nach Liebe ist wie die Suche nach einem neuen Ausgangspunkt, einer neuen Chance im Leben. Altklug, wie sie war, machte sie noch einen Zusatz: Niemand strebt danach, die Zukunft mit einem anderen Menschen wirklich zu teilen; die heimlichen Erwartungen der Menschen sind allzu selbstsüchtig. Alabama hatte ein paar schöne und viele nüchterne Vorstellungen, doch beeinflussten sie ihr Verhalten nicht sonderlich. Mit siebzehn war sie Expertin in punkto philosophische Erkenntnisse, nachdem sie jahrelang an den Knochen der Frustration genagt hatte, die von den Mahlzeiten ihrer Familie abgefallen waren, ohne damit ihren Hunger stillen zu können. Aber sie trug einiges von ihrem Vater in sich, das für sich selbst sprach und ihr Urteilsvermögen schärfte.

Wie er fragte sie sich, warum dieses herrliche, bedeutende Gefühl, an der Lösung einer festgefahrenen Situation beteiligt zu sein, nicht anhalten konnte. In allen anderen Bereichen war dies offenbar möglich. Und wie er freute sie sich, dass der Übergang ihrer Schwester von einer Familie in die andere so reibungslos vonstattengegangen war.

Es war einsam ohne Joan im Haus. Man hätte sie aus all

dem Krimskrams, den sie zurückgelassen hatte, beinahe wieder zusammensetzen können.

»Wenn ich traurig bin, muss ich mich immer irgendwie beschäftigen«, sagte ihre Mutter.

»Warum kannst du so gut nähen?«

»Weil ich immer für euch Kinder genäht habe.«

»Könntest du mir dieses Kleid so ändern, dass es ganz ohne Ärmel ist, und die Rosen hier oben auf die Schulter setzen?«

»Meinetwegen, wenn du unbedingt willst. Aber meine Hände sind in letzter Zeit so rauh, dass sie an der Seide hängenbleiben und mir das Nähen nicht mehr so leicht von der Hand geht wie sonst.«

»Es ist trotzdem wunderschön. Mir steht es viel besser als Joan.«

Alabama zog die fließende Seide des ganzen Kleids auseinander, um zu sehen, wie sie sich in einer Brise bauschen würde oder wie es in einem Museum an der »Venus von Milo« ausgesehen hätte.

Am liebsten würde ich bis zu dem Ball genau so stehen bleiben, dachte sie. Aber ich werde schon lange vorher aufgeben.

»Alabama! Woran denkst du?«

»Daran, wie viel Spaß ich haben werde.«

»Das ist ein gutes Thema.«

»Und daran, wie großartig sie ist«, neckte sie Austin. Er durchschaute die kleinen Eitelkeiten seiner Familie, und da sie ihm selbst ganz fremd waren, belustigten ihn derartige Dinge an seinen Kindern. »Sie bewundert sich immerzu im Spiegel.«

»Daddy! Das stimmt nicht!« Doch sie wusste, dass sie viel öfter in den Spiegel sah, als es die Zufriedenheit mit ihrer Erscheinung rechtfertigte, in der Hoffnung, mehr zu finden, als sie erwartete.

Verlegen schweifte ihr Blick über das leere Grundstück nebenan, das sich vor dem Fenster ausbreitete wie eine Schlüsselblumenhalde. Der zinnoberrote Hibiskus hatte fünf freche Schilde gegen die Sonne aufgespannt, die welken Malven bildeten einen blassen violetten Baldachin vor der Scheune. Der ganze Süden hatte sich in eine gestochene Einladung verwandelt – zu einem Fest ohne Adresse.

»Sie darf nicht so viel in die Sonne, wenn sie solche Kleider tragen will, Millie.«

»Sie ist doch noch ein Kind, Austin.«

Joans altes rosa Kleid war fertig für den Ball. Miss Millie hakte es im Rücken zu. Es war zu heiß, um sich im Haus aufzuhalten. Der fertige Teil von Alabamas Frisur war vom Schweiß im Nacken bereits feucht, ehe sie mit dem Rest so weit war. Millie brachte ihr eine kalte Limonade. Der Puder trocknete rings um die Nase. Sie gingen hinunter auf die Veranda. Alabama setzte sich in die Schaukel. Für sie war es beinahe ein Musikinstrument; spielte sie mit der Kette, konnte sie ihr eine heitere Melodie oder auch einen schläfrigen Protest gegen den Ablauf einer langweiligen Verabredung entlocken. Sie war schon so lange fertig, dass sie sich vermutlich völlig aufgelöst haben würde, bis die anderen eintrafen. Warum erschien denn niemand, um sie abzuholen, oder rief wenigstens an? Warum passierte nichts? Die Uhr eines Nachbarn schlug zehn.

»Wenn sie nicht bald kommen, wird es zu spät, um überhaupt noch hinzugehen«, sagte sie obenhin und tat so, als wäre es ihr gleichgültig, ob sie den Ball verpasste oder nicht.

Plötzlich zerriss abgehacktes, undeutliches Geschrei die Stille der Sommernacht. Vom Ende der Straße wurde ihnen der Ruf eines Zeitungsjungen durch die Hitze zugetragen.

»*Extra*-blatt! *Extra*-blatt!«

Die Rufe flogen von einer Seite zur anderen, hoben und senkten sich, wie Antwortgesänge in einer Kathedrale.

»Was ist denn los, mein Junge?«

»Ich weiß es nicht, Ma'am.«

»Hier, Kleiner. Gib mir eine Zeitung.«

»Ist das nicht schrecklich, Daddy? Was hat das zu bedeuten?«

»Es könnte Krieg für uns bedeuten.«

»Man hatte sie doch gewarnt, auf der *Lusitania* zu fahren«, sagte Millie.

Austin warf ungeduldig den Kopf zurück.

»Unsinn«, sagte er. »Neutrale Staaten brauchen keine Warnung.«

Das mit Jungs vollgestopfte Automobil hielt am Gehsteig. Ein langer, schriller Pfiff tönte durch die Dunkelheit; niemand stieg aus.

»Du gehst nicht aus dem Haus, ehe einer von ihnen heraufkommt, um dich abzuholen«, erklärte der Richter streng.

Im Licht der Diele sah er sehr fein und ernst aus – so ernst wie der Krieg, in den sie jetzt vielleicht hineinschlitterten. Alabama schämte sich für ihre Freunde, als sie sie mit ihrem Vater verglich. Dann stieg einer der Jungs aus und öffnete den Wagenschlag. Für ihren Vater und sie ließ es sich als Kompromiss bezeichnen.

Krieg! Es wird Krieg geben, dachte sie.

Die Erregung weitete ihr Herz und hob ihre Füße, so dass es aussah, als schwebte sie die Stufen hinab zu dem wartenden Automobil.

»Es gibt Krieg«, sagte sie.

»Dann wird es bestimmt ein besonders gelungener Ball«, gab einer ihrer Begleiter zurück.

Die ganze Nacht dachte Alabama an den Krieg. Alles würde in neuen Aufregungen untergehen. In ihrem von Nietzsche beflügelten jugendlichen Überschwang plante sie bereits, den Umschwung in der Welt zu nutzen, um dem Gefühl des Erstickens zu entfliehen, das ihre Familie, ihre Schwestern und ihre Mutter bedrohte. Sie selbst, so sagte sie sich, würde heiter alle möglichen Höhen erklimmen, Grenzen überschreiten und hin und wieder innehalten, um sich bewundernd umzusehen. Und wenn sie dafür bezahlen müsste – nun, dann hätte es jedenfalls nicht viel Sinn, schon im Voraus zu sparen, um später seine Strafe bezahlen zu können. Von derart vermessenen Vorsätzen erfüllt, nahm sie sich vor, ihre Seele, wenn sie einst Hunger litte, klag- und reuelos mit Wasser und Brot abzuspeisen. Unerbittlich hämmerte sie sich ein, das einzig Wichtige sei, sich vom Leben zu nehmen, was einem gefiel, solange man die Möglichkeit dazu hatte. Das tat sie nach Kräften.

3

Sie ist zwar die Wildeste von allen Beggs, aber sie hat
was«, sagten die Leute.

Alabama wusste genau, was über sie getuschelt wurde –
es gab so viele Jungs, die sie »beschützen« wollten, dass es
ihr gar nicht entgehen konnte. Sie lehnte sich in der Schaukel zurück und führte sich ihre gegenwärtige Lage vor Augen.

Hat was!, dachte sie. Das heißt, dass ich sie dramatur-
gisch nicht enttäusche – oder anders gesagt, dass ihnen eine
verdammt gute Vorstellung biete.

Sie warf einen Blick auf den hochgewachsenen Offizier,
der neben ihr saß, und befand: Nichts weiter als ein stattli-
cher Hund, ein edler Dackel! Ob er die Ohren wohl über
die Nase klappen könnte? Der Mann verschwand hinter der
Metapher.

Sein langes Gesicht gipfelte traurig und sentimental in
einer schüchternen Nasenspitze. Ständig zupfte er an sich
herum, so dass andauernd etwas auf sie herabrieselte. Nervöse Anspannung, das war nicht zu übersehen.

»Glaubst du, dass du von fünftausend im Jahr leben
könntest, junges Fräulein?«, fragte er liebevoll. »Für den
Anfang«, setzte er dann rasch hinzu.

»Könnte ich, will ich aber nicht.«

»Warum hast du mich dann geküsst?«

»Weil ich noch nie einen Mann mit Schnurrbart geküsst habe.«

»Das ist wohl kaum ein Grund –«

»Nein. Aber nicht schlechter als der, den manche Leute für ihren Eintritt ins Kloster angeben.«

»Dann hat es wohl nicht viel Sinn, wenn ich noch länger bleibe«, sagte er traurig.

»Vermutlich nicht. Es ist schon halb zwölf.«

»Du bist unverschämt, Alabama. Du weißt genau, was für einen schrecklichen Ruf du hast. Trotzdem biete ich dir an, dich zu heiraten, und —«

»Und jetzt bist du böse, weil ich dich nicht zu einem ehrbaren Mann machen will.«

Er verkroch sich unsicher hinter seiner steifen Uniform.

»Das wird dir noch leid tun«, sagte er grantig.

»Hoffentlich«, gab Alabama zurück. »Ich zahle nämlich gern für das, was ich angestellt habe – es gibt mir das Gefühl, quitt zu sein mit der Welt.«

»Du kommst mir vor wie eine wilde Komantschin. Als wolltest du mit aller Macht böse und herzlos sein.«

»Schon möglich – auf alle Fälle vermerke ich es auf der Hochzeitseinladung, falls es mir eines Tages wirklich leidtun sollte.«

»Ich schicke dir ein Foto, damit du mich nicht vergisst.«

»Von mir aus!«

Alabama schob den Riegel für die Nacht vor und schaltete das Licht aus. Dann wartete sie in der stockdunklen Umgebung, bis ihre Augen die Umrisse der Treppe erkennen konnten. Vielleicht hätte ich seinen Antrag annehmen sollen, immerhin bin ich bald achtzehn und er könnte gut für mich sorgen, überlegte sie. Man braucht schließlich einen gewissen Rahmen. Jetzt hatte sie den Treppenabsatz erreicht.

»Alabama!« Die Stimme ihrer Mutter war leise, kaum vom Sog der Nacht zu unterscheiden. »Dein Vater will dich morgen früh sprechen. Du wirst zum Frühstück aufstehen müssen.«

Richter Austin Beggs saß vor dem Tafelsilber, beherrscht, kontrolliert und souverän in seinem zerebralen Dasein, wie ein Spitzensportler in den reglosen Augenblicken kurz vor dem Einsatz seiner Kräfte.

Als er sich Alabama zuwandte, hatte sie keine Chance.

»Eins sage ich dir, ich werde nicht zulassen, dass man an jeder Straßenecke über meine Tochter tratscht.«

»Austin! Sie ist doch gerade erst mit der Schule fertig!«, protestierte Millie.

»Umso schlimmer. Was weißt du schon über diese Offiziere?«

»B-I-T-T-E---«

»Joe Ingham hat mir erzählt, dass man seine Tochter völlig betrunken nach Hause schaffen musste. Sie hat behauptet, du hättest ihr das Zeug gegeben.«

»Sie hätte es ja nicht trinken müssen – es war eine Abschlussfeier für die Schulabgänger, und ich hatte ein Fläschchen Gin dabei.«

»Den du dann der kleinen Ingham aufgedrängt hast?«

»Ach, Unsinn! Sie wollte auf Teufel komm raus mitlachen, bloß fiel ihr kein eigener Witz ein, um die anderen zum Lachen zu bringen«, gab Alabama überheblich zurück.

»Du wirst versuchen, dich in Zukunft etwas zu zügeln.«

»Jawohl, Sir. Ach, Daddy! Ich bin es so satt, auf der Veranda zu sitzen, Verabredungen zu treffen und zuzusehen, wie alles vor die Hunde geht.«

»Mir scheint, dass du eine Menge tun kannst, auch ohne anderen Flausen in den Kopf zu setzen.«

Ja, trinken und Männern den Kopf verdrehen, dachte sie bei sich.

Ihre Bedeutungslosigkeit war ihr genauso stark bewusst wie die Tatsache, dass das Leben verging, während die Maikäfer die saftigen Früchte in den Feigenbäumen mit der gleichen stillen Betriebsamkeit bedeckten wie Fliegen eine offene Wunde. Im trockenen Bermudagras rund um die Pekannussbäume wimmelte es von unsichtbaren braunen Raupen. Die verschlungenen Ranken der Kletterpflanzen welkten in der Herbsthitze und hingen wie leere Heuschreckenpanzer im versengten Dickicht rings um die Pfeiler des Hauses. Eine gelbe Sonne schrammte über die bauschigen Kapseln der Baumwollpflanzen und versackte im Gras. Die fruchtbaren Felder, die zu anderen Jahreszeiten alles Mögliche hervorbrachten, lagen flach zwischen den Straßen wie die Rippen eines zerbrochenen Fächers. Der Gesang der Vögel war schrill. Weder ein Maultier auf den Feldern noch ein Mensch auf den sandigen Wegen ertrug die Hitze zwischen den Gräben und den Zypressensümpfen, die das Feldlager und die Stadt voneinander trennten. Manche Soldaten starben an Hitzschlag.

Die Abendsonne knöpfte die rosigen Schleier des Himmels zu und folgte einer Busladung von Offizieren in die Stadt, jungen und alten Leutnants, die an diesem Abend Ausgang hatten und herausfinden wollten, welche Erklärung für den Weltkrieg die kleine Stadt zu bieten hatte. Alabama kannte sie alle und hegte unterschiedliche Gefühle für sie.

»Ist Ihre Frau in der Stadt, Captain Farreleigh?«, fragte eine Stimme in dem schwankenden Fahrzeug. »Sie wirken heute Abend so aufgekratzt.«

»Sie ist da, aber ich bin auf dem Weg zu meiner Geliebten, das ist der Grund«, gab der Captain knapp zurück und pfiff vor sich hin.

»Ach so.« Der noch sehr junge Leutnant wusste nicht, was er darauf antworten sollte. Wenn er »Fabelhaft!« oder »Wie schön!« sagte, wäre es vermutlich so, als gratulierte er jemandem zu einer Totgeburt. Mahnte er aber: »Also, Captain, das ist ja wirklich skandalös!«, brächte ihn das womöglich vor ein Militärgericht.

»Na, dann viel Glück, ich treffe meine erst morgen«, antwortete er schließlich, und um zu zeigen, dass er keine moralischen Vorurteile hatte, wiederholte er noch einmal: »Viel Glück.«

»Treiben Sie sich eigentlich immer noch in der Beggs Street herum?«, fragte Farreleigh plötzlich.

»Ja.« Der Leutnant lachte unsicher.

Der Bus setzte sie mitten in der Stadt ab, wo kein Lüftchen ging. Auf dem weiten, von niedrigen Gebäuden umgebenen Platz wirkte er so winzig wie eine Kutsche im Schlosshof auf einem alten Stich. Die Ankunft des Busses machte keinerlei Eindruck auf die Stadt in ihrem Dornröschenschlaf. Dann spie der alte Klapperkasten seine Ladung strammer, ehrenhaft wirkender Männer in den Schoß dieser wirbellosen Welt.

Captain Farreleigh ging quer über den Platz zum Taxistand.

»Beggs Street, Nr. 5«, sagte er laut und vernehmlich, damit der Leutnant ihn auch ja hörte. »Und geben Sie Gas!«

Als der Wagen davonrauschte, lauschte Farreleigh befriedigt dem gezwungenen Lachen des Offiziers, das hinter ihm die Nacht zerriss.

»Hallo, Alabama!«

»Ach, du bist es, Felix.«

»Ich heiße nicht Felix.«

»Trotzdem passt es zu dir. Wie heißt du dann?«

»Captain Franklin McPherson Farreleigh.«

»Ach, ich bin so sehr mit dem Krieg beschäftigt, dass es mir entfallen war.«

»Ich habe ein Gedicht über dich geschrieben.«

Alabama nahm das Blatt, das er ihr reichte, und hielt es ins Licht, das durch die Ritzen der Fensterläden fiel wie durch Notenlinien.

»Es handelt ja von West Point«, sagte sie enttäuscht.

»Das ist dasselbe«, gab Farreleigh zurück. »Genau dasselbe empfinde ich für dich.«

»Dann weiß die Militärakademie der Vereinigten Staaten zu schätzen, dass dir ihre grauen Augen gefallen. Hast du die letzte Strophe im Taxi vergessen oder lässt du es warten, für den Fall, dass ich schieße?«

»Es wartet, weil ich dachte, wir könnten eine Spazierfahrt machen. Wir sollten heute lieber nicht in den Club gehen«, sagte er ernst.

»Felix!«, schimpfte Alabama. »Du weißt doch, es macht mir nichts aus, dass sich die Leute den Mund über uns zerreißen. Niemand wird mitkriegen, dass wir zusammen da sind – um einen anständigen Krieg zu führen, braucht man nun mal viele Soldaten.«

Felix tat ihr leid; es rührte sie, dass er sie nicht kompromittieren wollte. In einem Anflug von Freundschaft und Zärtlichkeit sagte sie: »Vergiss es einfach.«

»Dieses Mal ist es wegen meiner Frau – sie ist hier«, sagte Farreleigh knapp. »Und es könnte sein, dass sie auch dort ist.«

Eine Entschuldigung blieb aus.

Alabama zögerte.

»Na gut, dann fahren wir eben spazieren«, sagte sie schließlich. »Wir können ja an einem anderen Samstag tanzen gehen.«

Er hätte besser in eine Kneipe gepasst als in seine knappe Uniform, dieser typische Vertreter des aufgeblasenen britischen Empires mit seiner unschlagbar gefühllosen und polternden Höflichkeit. Unermüdlich sang er *The Ladies* vor sich hin, während sie an den Horizonten der Jugend und des vom Mond beschienenen Krieges entlangfuhren. Der Südstaatenmond ist ein voller Mond und schwül obendrein. Wenn er die Felder, die knirschenden Feldwege und die klebrigen Geißblatthecken in ihrem süßen Nichtstun überflutet, ist der Versuch, sich an die Realität zu klammern, genauso sinnlos wie das Aufbäumen gegen ein Betäubungsmittel. Felix legte den Arm um ihren spröden, schlanken Körper. Sie roch nach Cherokee-Rosen und Häfen in der Abenddämmerung.

»Ich werde mich versetzen lassen«, erklärte er ungeduldig.

»Warum?«

»Damit ich nicht aus einem Flugzeug falle und den Stra-
ßenverkehr aufhalte wie deine anderen Verehrer.«

»Wer ist denn aus einem Flugzeug gefallen?«

»Dein Freund, der mit dem Dackelgesicht und dem
Schnurrbart. Er war auf dem Weg nach Atlanta. Der Mechaniker ist ums Leben gekommen, und den Leutnant stellen sie vor ein Kriegsgericht.«

»Angst ist eine Frage der Nerven«, sagte Alabama und
spürte, wie sich ihre Muskeln in der Vorahnung einer Ka-
tastrophe verkrampften. »Wie alle Gefühle vielleicht. Egal,
wir müssen uns zusammennehmen und dürfen nicht daran
denken.«

Einen Augenblick später fragte sie beiläufig: »Wie ist es
passiert?«

Felix schüttelte den Kopf. »Ich kann nur hoffen, dass es
ein Unfall war, Alabama.«

»Es hat keinen Zweck, sich über den Dackel Gedanken
zu machen«, wand sie sich heraus. »Ich finde, diese Leute,
die auf alles so übertrieben empfindlich reagieren, sind Pro-
stituierte des romantischen Gefühls, Felix, sie bezahlen damit, dass keiner sie ernst nimmt. Bei mir jedenfalls zielen
Schuldzuweisungen für das Unvermeidliche ins Leere.«

»Du hattest kein Recht, ihn an der Nase herumzuführen,
weißt du.«

»Nun, das ist ja jetzt vorbei.«

»Für den armen Mechaniker war es in einem Kranken-
hauszimmer vorbei«, bemerkte Felix.

Ihre hohen Wangenknochen glitten durch das Mond-
licht wie eine Sichel durch ein reifes Weizenfeld. Für einen

Offizier war es wahrlich nicht einfach, Alabama zu verur-
teilen.

»Und der blonde Leutnant, der mit mir in die Stadt gefahren ist?«, fuhr Farreleigh fort.

»Den kann ich nicht wegerklären, fürchte ich«, sagte sie.

Captain Farreleigh imitierte die krampfhaften Bewegungen eines Ertrinkenden. Er hielt sich die Nase zu und sackte
auf den Boden des Wagens.

»Herzlos«, sagte er. »Aber ich werde es überleben.«

»Ehre, Pflicht, Vaterland und West Point«, antwortete
Alabama verträumt. Sie lachte. Beide lachten. Es war wirklich traurig.

»Beggs Street Nr. 5«, wies Captain Farreleigh den Taxifahrer an. »Schnell. Das Haus steht in Flammen.«

Der Krieg lockte Männer in die Stadt. Wie Schwärme
von nützlichen Heuschrecken fraßen sie die Plage unver-
heirateter Frauen auf, die seit dem wirtschaftlichen Nieder-
gang des Südens hier grassierte. Da war der kleine Major,
der wie ein japanischer Krieger mit funkelnden Goldzäh-
nen durch die Gegend stürmte, oder ein irischer Captain,
mit Augen wie Blarney-Stein und Haaren wie brennender
Torf. Es gab Fliegeroffiziere mit weißen Rändern um die
Augen, von der Schutzbrille, und mit Nasen, die von Wind
und Wetter geschwollen waren. Es gab Männer, die in ihrer
Uniform besser aussahen als je zuvor und daraus folger-
ten, an einem großen Fest teilzunehmen, Männer, die nach
Fitchs Haartonikum vom Lagerfriseur dufteten, Männer
aus Princeton und Yale, die nach Russischem Leder rochen
und wussten, was leben heißt, Snobs, die alle möglichen
Markenartikel aufzählen konnten, Männer, die mit Sporen

an den Stiefeln Walzer tanzten und sich nicht abklatschen lassen wollten. Und die Mädchen flogen im erregenden Rausch eines modernen Virginia Reel von einem Mann zum anderen.

Den ganzen Sommer über sammelte Alabama Rangabzeichen von Soldaten. Bis zum Herbst hatte sie einen Handschuhkasten voll. Kein anderes Mädchen besaß mehr als sie, dabei hatte sie sogar einige verloren. So viele Tänze und Spazierfahrten, so viele goldene und silberne Querstreifen, Bomben, Schlösser und Flaggen und sogar eine Schlange, die in ihrem gepolsterten Schächtelchen für alle anderen stand. Jeden Abend trug Alabama ein anderes Abzeichen.

Richter Beggs hielt nichts von diesem Firlefanz, doch Millie lachte und riet ihrer Tochter, alles zu behalten; es sei sehr hübsch.

Es wurde so kalt, wie es in diesem Land nur werden kann. Das heißt, die Vollkommenheit der Schöpfung vernebelte die einsamen grünen Dinge draußen, der Mond strahlte und sonderte milchige Schichten ab wie eine Perle während ihrer Entstehung; die Nacht pflückte sich eine weiße Rose. Trotz der Dunstschleier und Wolken in der Luft wartete Alabama draußen auf den Mann, mit dem sie verabredet war, und schwang auf der alten Schaukel hin und her, von der Vergangenheit in die Zukunft, von Träumen in Mutmaßungen und zurück.

Ein blonder Leutnant mit fehlendem Rangabzeichen stieg die Treppe zur Beggsschen Veranda hinauf. Er hatte sich keinen Ersatz besorgt, weil er sich gern vorstellte, dass das Abzeichen, das er in der Schlacht um Alabama verloren hatte, unersetzlich war. Irgendeine himmlische Kraft unter seinen Schulterblättern schien ihm Flügel zu verleihen, als könnte er insgeheim fliegen und ginge nur deshalb zu Fuß, weil er nicht gegen die üblichen Gepflogenheiten verstoßen wollte. Im Schein des Mondes fiel das modisch lockige Haar grün und golden wie bei einem Renaissance-Fresko in die gefurchte Stirn. Über den Augen blitzte mysteriös eine elektrische Bläue, die das ganze Gesicht erleuchtete. Seine männliche Schönheit, in zweiundzwanzig Jahren entwickelt, hatte seine Bewegungen fließend und sparsam gemacht, wie bei einem Eingeborenen, der schwere Steine auf dem Kopf balanciert. Nie wieder würde er »Beggs Street, Nr. 5« zu einem Taxifahrer sagen können, ohne dass in seinem Kopf Captain Farreleighs Geist mitfuhr.

»Du bist ja schon fertig!«, rief er. »Warum sitzt du draußen?« Es war viel zu kühl, um im Nebel auf der Schaukel zu sitzen.

»Daddy ist nicht besonders gut gelaunt, deshalb habe ich mich aus der Schusslinie entfernt.«

»Was hast du denn diesmal angestellt?«

»Ach, aus irgendwelchen Gründen meint er, die Army hätte ein Anrecht auf ihre Rangabzeichen.«

»Ist es nicht herrlich, dass es mit der elterlichen Autorität genauso bergab geht wie mit allem anderen?«

»Großartig – trotzdem liebe ich die Konvention.«

Sie standen in einem Meer aus Nebelschwaden auf der mit Raureif bedeckten Veranda, weit voneinander entfernt, und doch hätte Alabama schwören können, dass sie ihn berührte, so magnetisch zogen sich ihre Blicke an.

»Und –?«

»Liebeslieder im Sommer. Diese Kälte ist einfach grässlich.«

»Und was noch?«

»Blonde Männer auf dem Weg zum Country Club.«

Das Clubhaus spross neugierig unter den Eichen in die Höhe, wie ein dichter Haufen Zwiebelblumen, die im Frühling ihre Blätter ans Licht strecken. Der Wagen rollte die mit Kies bestreute Auffahrt entlang und steckte seine Nase in ein rundes Canna-Beet. Die Erde um das Clubhaus war zertrampelt und blank wie der Platz vor einem Spielhaus für Kinder. Das schlaffe Netz auf dem Tennisplatz, das abblätternde stumpfe Grün des Sommerhauses am ersten Abschlag des Golfplatzes, der tröpfelnde Wasserhydrant, die unter einer Staubschicht versunkene Veranda, all das war erfüllt von wohltuender, natürlicher Atmosphäre. Es ist wirklich schade, dass gleich nach dem Krieg eine Flasche Whisky in einem der Spinde explodierte und das Haus bis auf die Grundmauern verbrannte. So viel Jugend, theoretische Jugend – und damit sind nicht nur die flüchtigen frühen Jahre des Lebens gemeint, sondern auch die Ängste und Ausbrüche völlig überforderter Menschen in dramatischen Zeiten –, so viel Jugend also hatte sich unter die niedrigen Dachbalken gequetscht, dass die Zerstörung dieses Schreins nostalgischer Kriegserinnerungen möglicherweise auch eine Folge emotionaler Übersättigung war. Kein Offizier konnte das Clubhaus dreimal aufsuchen, ohne dass er verliebt, verlobt und verheiratet war und das Land mit lauter neuen kleinen Country Clubs bevölkerte, die genauso aussahen wie dieser.

Vor der Tür blieben Alabama und der Leutnant stehen.

»Ich will den Schauplatz unserer ersten Begegnung für die Nachwelt markieren«, sagte er.

Er nahm ein Messer aus der Tasche und schnitzte etwas in den Türrahmen.

»David«, las sie. »David, David, Knight, Knight, Knight und Miss Alabama Nobody.«

»Egoist«, protestierte sie.

»Ich liebe diesen Ort«, sagte er. »Lass uns ein bisschen draußen sitzen.«

»Warum? Der Tanz dauert nur bis zwölf.«

»Kannst du mir nicht wenigstens für drei Minuten vertrauen?«

»Ich vertraue dir ja. Genau deshalb möchte ich lieber reingehen.« Sie war ein bisschen verstimmt wegen der Namen. David hatte ihr schon mehr als einmal erzählt, wie berühmt er eines Tages sein würde.

Wenn sie mit David tanzte, roch er immer ganz neu. Ihm nahe zu sein, das Gesicht zwischen seinem Ohr und dem steifen Armeekragen, fühlte sich an, als würde man ins unterirdische Warenlager eines feinen Tuchgeschäfts geführt, in dem es herrlich nach Ballen von Batist, Leinen und Luxus duftete. Sie beneidete ihn um seine blasse Noblesse. Wenn sie sah, dass er mit anderen Mädchen die Tanzfläche verließ, nahm sie ihm weniger übel, dass er sich überhaupt mit ihnen abgab, als dass er auch andere in jene kühlen, fernen Gefilde mitnahm, die er allein bewohnte.

Er brachte sie nach Hause, und sie saßen zusammen vor dem Kamin, wo alles still und die Welt ausgesperrt war. Die Flammen schimmerten auf seinen Zähnen und verliehen seinem Gesicht einen Hauch von Entrücktheit. Seine Züge tanzten unbeständig vor ihren Augen wie Zielscheiben aus Zelluloid in einer Schießbude. Sie dachte zurück an die

Ratschläge ihres Vaters; da war viel von Vernunft die Rede gewesen, aber nie von Charme. Und da sie verliebt war, halfen ihr auch ihre persönlichen Leitsätze kaum weiter.

In den letzten paar Jahren war sie hoch aufgeschossen, und ihr Haar strahlte aufgrund dieser zusätzlichen Nähe zur Sonne noch blonder als früher. Die Beine streckten sich lang und schlank wie prähistorische Zeichnungen vor ihr aus, die Hände fühlten sich rührend schwer an, als hätten Davids Blicke ihre Handgelenke mit Gewichten beschwert. Sie wusste, dass ihr Gesicht im Schein des Feuers glühte wie die Kreation eines Konditors, wie das Reklamebild eines hübschen Mädchens im Juni, das einen Erdbeerbecher löffelt. Ob David mitkriegte, wie eitel sie war?

»Dir gefallen also blonde Männer?«

»Ja.« Wenn man sie unter Druck setzte, sprach Alabama, als wären die Wörter ein unerwartetes Hindernis in ihrem Mund, das sie erst schleunigst beseitigen musste, ehe sie sich mitteilen konnte.

Er warf einen prüfenden Blick in den Spiegel: helles Haar, das an Mondschein aus dem achtzehnten Jahrhundert erinnerte, und abgrundtiefe Augen, die blaue Grotte, die grüne Grotte, in deren dunklen Pupillen Stalaktiten und Malachiten schwebten. Es sah aus, als hätte er eine Bestandsaufnahme seiner selbst gemacht, bevor er aufgebrochen war, und wäre froh, alles noch intakt vorzufinden.

Sein Hinterkopf war stark und moosig, der Schwung seiner Wange erinnerte an eine sonnige weite Wiese. Ihre Schultern schmiegten sich in seine Hände wie in die warmen Kuhlen eines Kissens.

»Sag ›Liebster‹«, bat er.

»Nein.«

»Aber du liebst mich doch. Warum nicht?«

»Ich sage nie etwas, zu niemandem. Hör auf damit.«

»Warum willst du nicht mit mir reden?«

»Weil es alles nur verdirbt. Sag mir, dass du mich liebst.«

»Oh – ja, ich liebe dich. Du mich auch?«

So sehr liebte sie diesen Mann, so nah und immer näher fühlte sie sich ihm, dass ihre Sicht verschwamm, als presste sie die Nase an einen Spiegel und blickte in ihre eigenen Augen. Sie spürte die Konturen seines Halses und sein angeschlagenes Profil wie Segmente des Windes, der ihr Bewusstsein streifte. Sie hatte das Gefühl, dass ihr Innerstes immer feiner und dünner gezogen wurde, wie Fäden gesponnenen Glases, die so lange gedreht und gedehnt werden, bis sie nur noch Reste einer flimmernden Illusion sind. Weder fällt der Faden, noch reißt er, er wird lediglich immer dünner. Sie fühlte sich klein und verzückt. Alabama war verliebt.

Sie kroch in die heimelige Höhle seines Ohrs. Hier drin war es grau und auf unheimliche Art zeitlos. Sie sah sich in den tiefen Furchen des Kleinhirns um. Es gab weder Auswüchse noch irgendwelche blumigen Substanzen in den glatten Windungen, lediglich das Auf und Ab grauer Materie. Ich muss an die vorderste Front, sagte sich Alabama. Die wulstigen Wälle erhoben sich feucht über ihrem Kopf, und sie machte sich auf den Weg durch ihre Schluchten. Wenig später hatte sie sich verirrt. Wie in einem mystischen Irrgarten türmten sich trostlose Senken und Hügel vor ihr auf; ein Weg sah aus wie der andere. Sie stolperte weiter und kam zur Medulla oblongata. Unüberschaubare Furchen führten sie immer nur im Kreis; es war eine einzige Qual. Schließlich begann sie in ihrer Verzweiflung zu rennen. David, der von dem Kitzeln am oberen Ende seines Rückgrats abgelenkt war, löste die Lippen von den ihren.

»Ich werde mit deinem Vater sprechen«, sagte er. »Um zu klären, wann wir heiraten können.«

Richter Beggs wippte auf den Füßen vor und zurück und wog die Vor- und Nachteile ab.

»Äh – ähem, ja, warum nicht, wenn Sie glauben, dass Sie für sie sorgen können.«

»Ganz bestimmt, Sir. Meine Familie verfügt über ein gewisses Vermögen – ganz abgesehen von meinen eigenen Möglichkeiten, Geld zu verdienen. Es wird reichen.«

Insgeheim dachte David skeptisch, dass das Geld nie und nimmer reichen würde. Vielleicht hätten seine Mutter und Großmutter zusammen hundertfünfzigtausend; er aber wollte in New York leben und Künstler werden. Vielleicht hatte seine Familie gar nicht die Absicht, ihn zu unterstützen. Na, egal, auf alle Fälle waren sie jetzt verlobt. Er musste Alabama unbedingt haben, und das Geld – nun, einmal hatte er von einer Truppe konföderierter Soldaten geträumt, die ihre blutenden Füße zum Schutz vor dem Schnee mit Geldscheinen umwickelt hatten. Als David zu ihnen stieß, stellten sie gerade zu ihrer Genugtuung fest, dass die Scheine wertlos geworden waren, nachdem sie den Krieg verloren hatten.

Der Frühling kam und verstreute seine schimmernden Apfelblüten über Kränze von Osterglocken. Die Heckenkirschen klammerten sich an ihre verholzten Stiele, und der alte Garten war von einem Kinderblumentraum erfüllt:

Schneeglöckchen und Schlüsselblumen, Weidenkätzchen und Ringelblumen. David und Alabama schoben mit den Fußspitzen das Eichenlaub von den dicken Wurzeln im Wald und pflückten weiße Veilchen. Sonntags gingen sie ins Varieté und setzten sich ganz nach hinten, um ungestört Händchen halten zu können. Sie lernten Songs wie *My Sweetie* oder *Baby,* saßen bei Hitchy-Koo in einer Loge, und beim Refrain *How Can You Tell?* blickten sie sich ernst in die Augen. Der Frühlingsregen setzte den Himmel unter Wasser, bis endlich die Wolken aufrissen und der Sommer den Süden mit Schweiß und Hitzewellen übergoss. Alabama trug rosa und helles Leinen und saß mit David unter den Flügeln der Deckenventilatoren, die dem Sommer Beine machten. Draußen vor dem breiten Portal des Country Clubs pressten sie sich an den Kosmos – die Jazzkapelle dudelte, und die Hitze lag schwarz über dem grünen Golfplatz –, als wollten sie einen Abdruck für eine neue Menschheit hinterlassen. Sie schwammen im Mondschein, der das Land überzog wie Zuckerguss. David schimpfte, fluchte über die steifen Kragen seiner Uniformen und fuhr lieber durch die Nacht zum morgendlichen Appell zurück, als auf die paar Stunden mit Alabama nach dem Abendessen zu verzichten. Sie zerschlugen den Rhythmus des Universums, um ihr eigenes Tempo zu finden, und ließen sich von seinem hinreißenden Takt in Trance versetzen.

Über den verbrannten Grashügeln wurde die Luft diesig. Der Sand in den Bunkern wirbelte trocken wie Schießpulver unter den schweren Golfschlägern auf. Im Wirrwarr der Goldruten erschien die Sonne zerstückelt, und der famose Sommer lag zu Staub zermahlen auf den harten Wegen. Dann kam die Verlegung, und der erste Schultag brachte neuen Schwung in die Vormittage. Wieder einmal ging ein Sommer in den Herbst über.

Als David aufbrach, um sich nach Europa einzuschiffen, schrieb er Alabama Briefe aus New York. Vielleicht würde sie ja doch noch nachkommen und ihn heiraten.

»Eine Stadt voller glitzernder Möglichkeiten«, schrieb David euphorisch. »Spreu aus einer Zaubermühle vor dem leuchtenden Blau des Himmels! Die Menschen kleben auf den Straßen wie Fliegen auf Melasse. Die Spitzen der Gebäude glänzen wie die goldenen Kronen von Königen, die die Köpfe zusammenstecken – ahh, und du, mein Liebling, du bist meine Prinzessin, die ich am liebsten auf ewig zu meinem eigenen Vergnügen in einen Elfenbeinturm sperren möchte.«

Als er die Prinzessin zum dritten Mal ins Spiel brachte, bat Alabama ihn, den Turm nie mehr zu erwähnen.

Abends dachte sie an David Knight und ging mit dem dackelgesichtigen Flieger ins Varieté, bis der Krieg vorbei war. Eines Tages erschien eine Meldung auf dem Vorhang des Theaters. Der Krieg war also zu Ende – doch die Vorstellung ging weiter. Man wartete auf die beiden letzten Akte.

David wurde zur Entlassung aus dem Militärdienst in den Süden zurückversetzt. Er erzählte Alabama von der jungen Frau im Hotel Astor, von jener Nacht, in der er sehr betrunken gewesen war.

O Gott, sagte sie sich. Aber ich kann es nun mal nicht ändern. Sie dachte an den abgestürzten Bordmechaniker, an Felix und an den treuen Leutnant mit dem Dackelgesicht. Schließlich war auch sie kein Engel gewesen.

Daher erklärte sie David, es mache ihr nichts aus. Sie sei der Meinung, dass man sich lediglich treu sein solle, wenn einem danach sei. Und vermutlich habe sie es sich selbst zuzuschreiben, dass er nicht mehr an sie gedacht habe.

Sobald David alles vorbereitet hatte, ließ er sie nachkommen. Der Richter schenkte ihr zur Hochzeit die Reise in den Norden, und sie zankte sich mit ihrer Mutter über das Hochzeitskleid.

»So will ich es nicht. Die Schultern sollen frei bleiben.«

»Besser kriege ich es nicht hin, Alabama. Wie soll es denn halten, ohne Träger?«

»Ach, komm, Mama, das schaffst du schon!«

Millie lachte, geschmeichelt, traurig und nachsichtig zugleich.

»Meine Kinder glauben immer, ich könnte zaubern«, sagte sie selbstgefällig.

Am Abreisetag legte Alabama ihrer Mutter einen Zettel in die Schreibtischschublade:

Meine liebste Mama,
ich war nicht immer so, wie Du mich haben wolltest, aber ich liebe Dich von ganzem Herzen und werde jeden Tag an Dich denken. Es fällt mir schwer, Dich allein zu lassen, jetzt, wo alle Deine Kinder aus dem Haus sind. Vergiss mich nicht.

Alabama

Der Richter brachte sie zum Zug.

»Leb wohl, Kind.«

Er erschien Alabama sehr attraktiv und unwirklich. Sie

war nahe daran, loszuheulen; ihr Vater war so stolz. Auch Joan hatte mit den Tränen gekämpft.

»Wiedersehn, Daddy.«

»Wiedersehn, Baby.«

Der Zug fuhr an und zog Alabama aus dem in Schatten versunkenen Land ihrer Kindheit heraus.

Millie und der Richter saßen allein auf der vertrauten Veranda. Millie spielte nervös mit ihrem Palmenfächer; der Richter spuckte gelegentlich durch die Ranken.

»Findest du nicht, wir sollten uns ein kleineres Haus suchen?«

»Ich habe achtzehn Jahre hier gelebt, Millie, und ich denke gar nicht dran, in diesem Alter meine Gewohnheiten zu ändern.«

»Aber das Haus hat keine Fliegengitter, und jeden Winter frieren die Leitungen ein. Außerdem ist es so weit weg von deinem Büro, Austin.«

»Mir gefällt es, und ich bleibe hier.«

Die leere alte Schaukel quietschte leise in der Brise, die jeden Abend über dem Golf aufkam. Von der Straßenecke wehten die Stimmen der Kinder herüber, die im Licht der Straßenlaterne der Zeit ein Schnippchen schlugen. Millie und der Richter wiegten sich stumm in den ausgebleichten Schaukelstühlen. Schließlich nahm Austin die Füße vom Geländer und schloss die Läden für die Nacht. Endlich war es *sein* Haus.

»Wer weiß?«, sagte er. »Nächstes Jahr um diese Zeit bist du womöglich Witwe.«

»Ach, Unsinn«, gab Millie zurück. »Das sagst du schon seit dreißig Jahren.«

Die sanften Pastellfarben ihres Gesichts waren blass vor Kummer und die Falten zwischen Nase und Mund schlaff wie die Seile einer Fahne auf Halbmast.

»Deine Mutter war genauso«, sagte sie vorwurfsvoll. »Immerzu sprach sie vom Sterben, und dann wurde sie zweiundneunzig.«

»Tja, aber am Ende ist sie doch gestorben«, lachte der Richter leise.

Er löschte das Licht in seinem friedlichen Haus, und sie gingen nach oben, zwei alte Leute, allein. Der Mond zuckelte über das Blechdach und schwang sich dann unbeholfen auf Millies Fenstersims. Der Richter las noch eine halbe Stunde in seinem Hegel und schlief ein. Sein durchdringendes, gleichmäßiges Schnarchen, das die ganze Nacht anhielt, beruhigte Millie. Noch war das Leben nicht zu Ende, obwohl Alabamas Zimmer im Dunkeln lag, Joan nicht mehr da, die Pappe vor dem Fenster von Dixies Tür schon längst im Müll gelandet war und ihr einziger Sohn in einem kleinen Grab neben der gemeinsamen Ruhestätte von Ethelinda und Mason Cuthbert Beggs lag. Millie dachte nicht allzu viel über sich selbst nach. Sie lebte in den Tag hinein. Und Austin dachte gar nicht über ihr Leben nach, weil er ins Jahrhundert hineinlebte.

Aber trotzdem war es schrecklich für die Familie, Alabama zu verlieren, denn sie war die Letzte, die das Haus verließ, und das bedeutete, dass ihrer beider Leben ganz anders werden würde …

Alabama lag im Zimmer 2109 des Biltmore Hotel und dachte, dass ihr Leben jetzt, da ihre Eltern so weit weg waren, ganz anders werden würde. David David Knight Knight Knight zum Beispiel konnte sie unmöglich dazu bringen, das Licht zu löschen, bevor sie nicht dazu bereit war. Keine Macht der Welt konnte sie noch zu irgendetwas zwingen, dachte sie voller Angst, es sei denn, sie selbst.

David störte das Licht nicht. Alabama war seine Braut, und er hatte ihr mit dem letzten Geld, das sie noch hatten – was sie allerdings nicht wusste –, gerade diesen Krimi gekauft. Es war ein guter Krimi; er handelte von Geld, Monte Carlo und der Liebe. Und er fand, dass Alabama sehr süß aussah, wie sie so dalag und las.

Teil II

Es war das größte Bett, dass sie sich beide vorstellen konnten. Es war breiter als lang und bildete den auf die Spitze getriebenen Gegenentwurf zu allem, was sie an traditionellen Betten verachteten. Es gab glänzende schwarze Kopfteile, weiße Emaillebeschläge, die an die Kufen einer Wiege gemahnten, und speziell angefertigte Bettdecken, die in einem zerknüllten Durcheinander auf einer Seite hinunterhingen. David wälzte sich auf seine Seite; Alabama rutschte über den Stapel von Sonntagszeitungen in die warme Kuhle hinterher.

»Kannst du nicht ein bisschen mehr Platz machen?«

»Ach, du lieber Him– «, stöhnte David plötzlich.

»Was ist denn los?«

»In der Zeitung steht, dass wir berühmt sind!« Er blinzelte wie eine Eule.

Alabama richtete sich auf.

»Wie nett – lass mal sehen.«

David raschelte ungeduldig mit dem Immobilienteil für Brooklyn und den Börsennotierungen.

»Nett!«, wiederholte er. Es war beinahe ein Schluchzen. »Nett! Aber hier steht auch, dass wir wegen unserer Verrücktheiten in einem Sanatorium gelandet sind. Was werden unsere Eltern denken, wenn sie das lesen?«

Alabama strich sich mit den Fingern durch die Dauerwelle.

»Nun«, sagte sie zögernd. »Ich glaube, sie werden denken, dass wir da schon seit Monaten hingehören.«

»– Aber wir waren nicht da.«

»Wir sind es auch jetzt nicht.« In plötzlicher Panik schlang sie ihre Arme um David. »Oder doch?«

»Keine Ahnung – sind wir es?«

Sie lachten.

»Guck mal in der Zeitung nach.«

»Sind wir nicht albern?«, sagten sie.

»Schrecklich albern. Aber es macht Spaß – jedenfalls freue ich mich, dass wir berühmt sind.«

Alabama sprang mit drei Sätzen quer über das Bett und zu Boden. Vor dem Fenster zogen graue Straßen den Horizont von Connecticut auf allen Seiten zu einer gewaltigen Kreuzung zusammen. Ein steinerner Freiwilliger aus dem Unabhängigkeitskrieg wachte über den Frieden auf den verschlafenen Feldern. Unter den fedrigen Kastanien kroch eine Auffahrt hervor. Eisenkraut welkte in der Hitze; verfilzte dunkelrote Asternblüten hingen an den Stengeln. In der Sonne schmolz der Teer auf den hügeligen Straßen. Das Haus stand schon seit einer Ewigkeit in einem Gewirr von Goldruten und lachte in sich hinein.

Der Sommer in New England ist so etwas wie das Hochamt in einer Episkopalkirche. Das Land sonnt sich tugendhaft in seiner schlichten grünen Weite, und dann schleudert der Sommer den Menschen seine Thesen entgegen, die wie grellbunte Abbildungen auf dem Rücken japanischer Kimonos ihre würdevolle Erhabenheit verletzen.

Sie tanzte fröhlich im Zimmer herum, zog sich an, in dem Gefühl, sehr anmutig zu sein, und dachte darüber nach, wie sie ihr Geld ausgeben könnten.

»Was steht sonst noch da?«

»Dass wir fabelhaft sind.«

»Du verstehst also –«, begann sie.

»Nein, ich verstehe gar nichts, aber es wird schon seine Richtigkeit haben.«

»Ich verstehe auch nichts – David, es sind bestimmt deine Bilder.«

»Na klar, wir jedenfalls sind es bestimmt nicht, du Größenwahnsinnige.«

Sie tollten im gläsernen Licht der Morgensonne durchs Zimmer wie zwei zerzauste Sealyham-Terrier.

»Oh«, jammerte Alabama, halb im Wandschrank verschwunden. »David, schau dir den Koffer an, den du mir zu Ostern geschenkt hast!«

Als sie den grauen Schweinslederkoffer herauszog, kam ein hässlicher, wässrig-gelber Fleck zum Vorschein, der das Satinfutter verunzierte. Unglücklich starrte Alabama ihren Mann an.

»Eine Dame in meiner Position kann sich unmöglich mit so etwas blicken lassen«, sagte sie.

»Du musst aber zum Arzt – wie ist das bloß passiert?«

»Ich habe ihn Joan geliehen, als sie neulich hier war, um mich zur Schnecke zu machen. Sie brauchte ihn für ihre Babywindeln.«

David lachte leise.

»War es sehr unangenehm?«

»Sie meinte, wir sollten unser Geld lieber sparen.«

»Warum hast du ihr nicht gesagt, dass wir es schon ausgegeben hatten?«

»Hab ich ja. Offenbar fand sie, dass das ein Fehler war, deshalb habe ich ihr erklärt, dass wir umgehend neues besorgen würden.«

»Und wie hat sie reagiert?«, wollte David wissen.

»Skeptisch; sie meint, wir würden gegen alle Regeln verstoßen.«

»Verwandte finden immer, dass man sich möglichst gut absichern soll.«

»Wir laden sie einfach nicht mehr ein – also, wir sehen uns um fünf, David, im Foyer des Plaza – ich verpasse noch den Zug.«

»Okay. Wiedersehen, Liebling.«

David umarmte sie mit ernstem Gesicht. »Falls jemand im Zug versucht, dich zu stehlen, sag, dass du mir gehörst.«

»Wenn du mir versprichst, dass du dich nicht überfahren lässt –«

»Wie – der – sehn!«

»Wir lieben uns sehr, nicht?«

Vincent Youmas komponierte die Musik für diese Dämmerstunden gleich nach dem Krieg. Wundervolle Stunden. Sie hingen über der Stadt wie eine indigoblaue Schicht, die sich aus dem Staub des Asphalts, den rußigen, dunklen Flecken unter den Brüstungen und lauen Luftstößen bildete, wie sie beim Schließen der Fenster entstanden. Sie lagen in den Straßen wie weiße Dunstschwaden auf einem Sumpf. In ihrem Licht begab sich alle ganze Welt zum Tee. Junge Frauen mit kurzen, formlosen Capes, langen, fließenden Röcken und Hüten wie Badewannen aus Stroh warteten vor

dem Plaza Grill auf ein Taxi; junge Frauen mit langen Män-
teln aus Satin, farbigen Schuhen und Hüten wie Gullideckel
aus Stroh steppten einen Wolkenbruch auf die Tanzfläche
des Lorraine oder St. Regis. In diesen blassen Stunden zwischen Tee und Dinner, die von den pompösen Fenstern auf
Abstand gehalten wurden, löste sich unter den düsteren spöt-
tischen Papageien des Biltmore der Glanz blonder Bubi-
köpfe in schwarzer Spitze und Ansteckblüten auf. Und im
Ritz übertönte das Stimmengewirr schlanker, eleganter Sil-
houetten das Klappern des Teegeschirrs.

Leute, die auf andere Leute warteten, drehten die Spit-
zen der Palmwedel zu braunen Schnurrbartenden oder rissen feine Schlitze in die unteren Blätter. Alle waren jung:
Lillian Lorraine war um Mitternacht genauso beschwipst wie
die anderen auf dem Dach des New Amsterdam, und ganze
Football-Teams erschreckten im Herbst, wenn sie das Trai-
ning unterbrachen, die Kellner mit ihrem Alkoholkonsum.
Die Welt war voller Eltern, die sich um ihre Kinder sorgten.
Debütantinnen flüsterten einander zu: »Sind das nicht die
Knights?« oder »Ich habe ihn auf einem Abschlussball ge-
sehen. Bitte stell uns einander vor, meine Liebe.«

»Wozu? Sie sind doch total v-e-r-k-n-a-l-l-t«, raunte es
durch die mondäne Eintönigkeit von New York.

»Natürlich sind das die Knights«, sagten viele junge
Frauen. »Habt ihr seine Bilder gesehen?«

»Ich würde lieber ihn ansehen, und zwar jeden Tag«, ant-
worteten andere junge Frauen.

Seriöse Menschen nahmen sie ernst; David hielt Vorträge
über visuelle Rhythmen und die Wirkung der Nebularhypothese auf das Verhältnis der Primärfarben. Draußen vor

den Fenstern zog sich die Stadt zu einer goldgekrönten Beratung zurück, ohne sich im mindesten um ihre eigene Bedeutung zu kümmern. Das Dach von New York funkelte wie ein goldener Thronhimmel. David und Alabama standen fassungslos voreinander – ein Baby lässt sich nicht wegargumentieren.

»Was hat der Arzt genau gesagt?«, bohrte er.

»Hab ich dir doch schon erzählt – ›Hallo!‹, hat er gesagt.«

»Sei nicht albern, was noch? Wir müssen doch wissen, was er gesagt hat.«

»Dann werden wir das Baby behalten«, erklärte Alabama, auf ihr Besitzrecht pochend.

David kramte in seinen Hosentaschen. »Tut mir leid, ich muss sie zu Hause vergessen haben.« Er dachte daran, dass sie dann zu dritt wären.

»Was denn?«

»Die Beruhigungspillen.«

»Ich sprach von einem Baby.«

»Ach so.«

»Wir sollten jemanden fragen.«

»Wen denn?«

Fast jeder in ihrer Umgebung hatte irgendwelche Theorien: dass die Longacre-Apotheken den besten Gin der Stadt führten, dass Anchovis gut gegen Kater sind, dass man Methanol am Geruch erkennt. Jeder hier wusste, wo Cabell Blankverse verwendet hatte und wo man Plätze für das Yale Game ergatterte, dass Mr. Fish im Aquarium wohnte und dass sich außer dem Wachtmeister auch noch andere in der Polizeistation am Central Park versteckten – doch niemand hätte ihnen sagen können, wie man ein Baby bekommt.

»Vielleicht solltest du deine Mutter fragen«, schlug David vor.

»Ach David, hör auf! Sie glaubt, ich hätte keine Ahnung.«

»Nun ja«, sagte er zögernd. »Ich könnte meinen Kunsthändler fragen – er weiß wenigstens, wohin die U-Bahnen fahren.«

Die Stadt wogte im gedämpften Lärm, ferner Applaus, der dem Schauspieler auf der Bühne eines großen Theaters entgegenbrandete. *Two Little Girls in Blue* und *Sally* aus dem New Amsterdam dröhnten gegen ihr Trommelfell, und eigenwillig schnelle Rhythmen forderten sie auf, sich wie Schwarze oder Saxophonspieler zu fühlen, nach Maryland und Louisiana zurückzukehren, sprachen sie als Mammys und Millionäre an. Die Verkäuferinnen sahen aus wie Marilyn Miller. College-Studenten sprachen von Marilyn Miller, so wie sie früher von Rosie Quinn gesprochen hatten. Filmschauspielerinnen waren Stars. Paul Whiteman demonstrierte auf seiner Violine, wie wichtig es war, sich zu amüsieren. Sie alle sorgten dafür, dass man in diesem Jahr Schlange stehen musste, wenn man ins Ritz wollte. Alle kamen. Leute begegneten anderen, die sie aus Hotelfoyers kannten, wo es nach Orchideen, Plüsch und Kriminalromanen roch, und erkundigten sich, wo sie seit dem letzten Mal überall gewesen seien. Charlie Chaplin trug einen gelben Wollmantel. Man hatte das Proletariat satt – jetzt war jeder berühmt. All die anderen, nicht so bekannten, waren im Krieg umgekommen. Einzelschicksale interessierten nicht.

»Da sind sie wieder, die Knights, da auf der Tanzfläche«, hieß es. »Ist das nicht fabelhaft? Seht euch das an.«

»Du bist aus dem Takt, Alabama«, sagte David.

»Lieber Himmel, musst du mir dauernd auf die Zehen treten?«

»Mit Walzern hatte ich schon immer Probleme.«

Es gab hunderttausend Dinge, die einen traurig stimmen konnten, wenn man all den Refrains Glauben schenken wollte.

»Ich muss dann noch mehr arbeiten«, sagte David. »Es wird sich sicher komisch anfühlen, für andere der Nabel der Welt zu sein.«

»Und wie! Ich bin froh, dass meine Eltern kommen, bevor mir übel wird.«

»Woher weißt du, dass dir übel wird?«

»Es müsste.«

»Das ist doch kein Grund.«

»Nein.«

»Lass uns woanders hingehen.«

Im Palais Royal spielte Paul Whiteman *Two Little Girls in Blue;* es war eine große, teure Veranstaltung. Frauen mit markanten Profilen wurden mit Gloria Swanson verwechselt. New York bestand mehr aus Spiegelbildern als aus sich selbst – das einzig Konkrete in der Stadt waren die Einbildungen. Und im Varieté wollte jeder die Rechnung übernehmen.

»Wir haben ein paar Gäste eingeladen«, sagte einer zum anderen, »kommen Sie doch auch.« Und alle sagten: »Wir telefonieren.«

In ganz New York wurde telefoniert. Man rief von einem Hotel ins andere an oder erklärte Leuten auf anderen Partys, dass man es nicht schaffen würde, nachzukommen – man sei noch anderweitig verpflichtet. Es war immerzu Teezeit oder spät abends.

David und Alabama luden ihre Freunde ein, eine Trommel im Plantation mit Orangen zu bewerfen oder in den Brunnen am Union Square zu springen. Sie summten *The New Testament* oder *Our Country's Constitution* und ließen sich wie triumphierende Inselbewohner auf einem Surfbrett von der Welle nach oben tragen. Den Text von *Star-Spangled Banner* kannte niemand.

In der Stadt standen alte Frauen, deren Gesichter so weich und so schlecht beleuchtet waren wie die Seitenstraßen in Mitteleuropa, und boten ihre Stiefmütterchen an; Hüte flogen aus dem Bus auf der Fifth Avenue; vom bewölkten Himmel flatterten Reklamezettel über den Central Park. Die Straßen von New York rochen durchdringend und süß nach dem Öl eines mechanischen Metallgartens, der nur nachts blühte. Die wechselnden Gerüche, die Menschen und die Erregung, die in unregelmäßigen Abständen von den Hauptverkehrsadern in die Nebenstraßen eingesogen wurden, schwollen in ihrem eigenen Rhythmus an und ab.

Das gefräßige, alles verschlingende Ego der Knights riss ihre Umgebung mit und trieb die Leichen hinaus ins Meer. New York ist ein guter Platz für Aufsteiger.

Der Hotelangestellte im Manhattan glaubte nicht, dass sie verheiratet waren, gab ihnen das Zimmer aber trotzdem.

»Was ist los?«, fragte David vom Doppelbett unter dem Bild der Kathedrale aus. »Schaffst du es nicht?«

»Doch, sicher. Wann kommt der Zug an?«

»In diesen Minuten. Ich habe gerade noch zwei Dollar bei mir«, sagte David und kramte in seinen Hosentaschen.

»Ich wollte ihnen ein paar Blumen kaufen.«

»Wie unnütz, Alabama«, gab David nüchtern zurück. »Du denkst nur noch in ästhetischen Theorien – bist sozusagen eine chemische Formel fürs Dekorative geworden.«

»Mit zwei Dollar können wir jedenfalls nicht viel anfangen«, gab sie zurück. Das war einleuchtend.

»Stimmt…«

Die zarten Düfte des Hotelfloristen pochten gegen die Hülle ihres samtigen Vakuums wie silberne Hämmerchen.

»Und wenn wir das Taxi bezahlen müssen –«

»Daddy wird schon Geld haben.«

Weiße Dampfwolken stiegen zum gläsernen Dach des Bahnhofs auf. Es war ein grauer Tag. Die Lampen an den Stahlträgern erinnerten an unreife Zitrusfrüchte. Unzählige Schwärme von Menschen drängten sich auf den Treppen aneinander vorbei. Der Zug fuhr ein und kreischte wie zahllose Schlüssel, die sich in zahllosen rostigen Schlössern drehten.

»Wenn ich gewusst hätte, wie es in Atlantic City aussieht«, sagten die Reisenden – oder: »Stellt euch vor, eine halbe Stunde Verspätung!« – oder: »Jedenfalls hat sich die Stadt in unserer Abwesenheit kaum verändert.« Sie suchten ihr Gepäck zusammen und merkten plötzlich, dass ihre Hüte in der Stadt völlig fehl am Platz waren.

»Da ist Mama!«, rief Alabama.

»Na, wie geht es euch –«

»Ist das nicht eine großartige Stadt, Richter?«

»Ich war das letzte Mal achtzehnhundertzweiundachtzig hier. Seitdem hat sich allerhand verändert«, antwortete der Richter.

»Hattet ihr eine gute Reise?«

»Wo ist deine Schwester, Alabama?«

»Sie konnte nicht.«

»Sie konnte nicht«, bestätigte David lahm.

»Weißt du«, sagte Alabama, als sie den überraschten Blick ihrer Mutter sah, »als Joan das letzte Mal hier war, hat sie sich meinen besten Koffer ausgeliehen, um ihre nassen Windeln mitzunehmen, und seitdem – nun ja, haben wir sie nicht mehr so oft gesehen.«

»Was ist denn so schlimm daran?«, fragte der Richter streng.

»Es war mein bester Koffer«, erklärte Alabama geduldig.

»Aber das arme Kind«, seufzte Miss Millie. »Wir können sie doch anrufen?«

»Wenn ihr erst selbst Kinder habt, werdet ihr solche Dinge ganz anders sehen«, sagte der Richter.

Alabama fragte sich beklommen, ob man ihrer Figur schon etwas ansah.

»Aber ich kann verstehen, was die Sache mit dem Koffer für sie bedeutet«, fuhr Millie nachsichtig fort. »Schon als kleines Kind war Alabama immer sehr eigen mit ihren Sachen – sie wollte nie etwas teilen.«

Das Taxi schnaufte die dunstige Bahnhofsunterführung entlang.

Alabama wusste nicht, wie sie den Richter bitten sollte, das Taxi zu bezahlen – nichts schien ihr mehr klar, seit ihre Heirat die ungebetenen Regeln des Richters außer Kraft gesetzt hatte. Genauso wenig wusste sie, wie sie reagieren sollte, wenn junge Mädchen vor David posierten, damit er eine Skizze von ihnen auf seine Hemdbrust zeichnete, oder was sie tun sollte, wenn David einen Tobsuchtsanfall bekam und behauptete, es würde sein Talent ruinieren, wenn in der Wäscherei ständig seine Hemdenknöpfe verschwanden.

»Ich zahle das Taxi, und ihr Kinder könnt schon mal unser Gepäck zum Zug bringen«, erklärte der Richter.

Die grüne Hügellandschaft von Connecticut war wie eine beruhigende Predigt nach dem Holpern des tapferen Zugs. Die eintönigen, disziplinierten Gerüche neuenglischen Rasens und der Duft unsichtbarer Gemüsegärten band die Luft zu festen Sträußen. Ein paar Bäume beugten sich als Ehrenrettung über die Veranda, Insekten zirpten in den glühend heißen Feldern, die man ihrer Ernte bereits beraubt hatte. In dieser gepflegten Landschaft schien alles Unerwartete fehl am Platz. Und wenn man jemanden um die Ecke bringen wollte, dachte Alabama, müsste man es in seinem eigenen Garten tun. Die Schmetterlinge auf der Straße klappten ihre Flügel auf und zu wie die Blende eines Kameraobjektivs. »Ihr könntet niemals Schmetterlinge sein«, sagten sie. Dumme Schmetterlinge, flatterten einfach so daher und rieben den Menschen ihr Unvermögen unter die Nase.

»Wir wollten den Rasen mähen«, fing Alabama an, »aber –«

»Er ist viel besser so«, beendete David den Satz. »Malerischer.«

»Nun, mir gefällt das Gras«, sagte der Richter liebenswürdig.

»Ja, es riecht so gut auf dem Land«, setzte Miss Millie hinzu. »Aber wird es abends nicht ein bisschen einsam?«

»Oh, Davids Freunde aus dem College kommen gelegentlich vorbei, und manchmal fahren wir auch in die Stadt.«

Alabama erwähnte nicht, wie oft sie nach New York fuhren, wo sie die freien Nachmittage in irgendwelchen Junggesellenbuden verbummelten, Orangensaft tranken und den Sommer hinter verschlossenen Türen priesen. Sie gingen allen voran und wussten bereits, dass die parteilose Party der New-York-Boomer bald zu Ende sein würde, so sicher wie auf Weihnachten die Heilsarmee folgt. Und da die Unrast von allen Besitz ergriffen hatte, würde man sich dann gegenseitig von aller Schuld lossprechen.

»Mister«, begrüßte sie Tanka auf der Treppe des Hauses, »und Missy.«

Tanka war der japanische Butler. Ohne den Vorschuss von Davids Kunsthändler hätten sie ihn sich nicht leisten können. Er kostete eine Menge Geld, weil er aus Gurken ganze botanische Gärten und aus Butter die blumigsten Dekorationen zaubern konnte und obendrein das Geld für seine Flötenstunden vom Haushaltsgeld abzweigte. Sie hatten versucht, ohne ihn auszukommen, bis Alabama sich an einer Dose Baked Beans die Hand aufgeschlitzt und David beim Rasenmähen sein Malerhandgelenk verstaucht hatte.

Der Asiate verbeugte sich und fegte mit einer Rundumdrehung des Oberkörpers tief über den Boden, um klarzustellen, dass er die Achse war, um die sich hier alles drehte. Dann brach er unvermittelt in ein verstörendes Gelächter aus und wandte sich an Alabama.

»Missy, kann ich Sie splechen eine Sekunde – bloß eine Sekunde, hiel entlang, bitte.«

Bestimmt braucht er wieder Kleingeld, dachte Alabama unbehaglich, während sie ihm zu einem Vorbau auf der Seite des Hauses folgte.

»Sehen Sie!«, sagte Tanka und deutete missbilligend auf eine Hängematte, die zwischen zwei Pfeiler des Hauses gespannt war. Zwei junge Männer mit einer Flasche Gin lagen darin und schnarchten laut.

»Nun«, sagte sie zögernd, »sagen Sie bitte dem Hausherrn Bescheid – aber nicht vor der Familie, Tanka.«

»Volsichtig«, nickte der Japaner, spitzte beruhigend die Lippen und hielt sich den Finger vor den Mund.

»Warum geht ihr nicht ein bisschen nach oben und ruht euch aus, ehe wir essen«, schlug Alabama vor. »Die Reise war doch sicher anstrengend.« Als sie offensichtlich ratlos aus dem Zimmer ihrer Eltern die Treppe wieder herunterkam, wusste David sofort, dass etwas nicht stimmte.

»Was ist los?«

»Was soll schon los sein? Ein paar Betrunkene liegen draußen in der Hängematte. Wenn Daddy das sieht, ist die Hölle los!«

»Schick sie weg.«

»Sie können sich nicht regen.«

»Mein Gott! Tanka muss dafür sorgen, dass sie bis nach dem Essen draußen bleiben.«

»Glaubst du, der Richter würde es merken?«

»Ich fürchte ja –«

Alabama starrte niedergeschlagen vor sich hin.

»Tja, vermutlich kommt einfach irgendwann der Punkt, an dem man sich zwischen seinen Freunden und seinen Verwandten entscheiden muss.«

»Ist es so schlimm?«

»Hoffnungslos. Und wenn wir einen Krankenwagen rufen, gibt es nur eine Szene«, antwortete sie unschlüssig.

Der Moiré-Glanz des Nachmittags vergoldete die sterilen Räume im malerischen Kolonialstil und verstärkte das Gelb der Blumen, die sich über den Kaminsims rankten wie eine Schlingenstickerei. Es war ein priesterliches Licht, das sich den Kurven, dem Auf und Ab eines melancholischen Walzers anschmiegte.

»Keine Ahnung, was wir machen sollen.« Darin waren sie sich einig.

Nervös standen sie da, bis der Klang eines Löffels gegen ein Blechtablett zum Abendessen rief.

Austin saß vor den zu Rosen geformten roten Beten. »Es freut mich, dass es dir gelungen ist, Alabama ein wenig zu zähmen. Sie scheint eine sehr gute Hausfrau geworden zu sein.« Der Richter war sichtlich beeindruckt von den roten Beten.

David dachte an seine Hemdenknöpfe. Alle verschwunden.

»Ja«, antwortete er unbestimmt.

»David kann hier sehr gut arbeiten«, mischte sich Alabama nervös ein.

Sie wollte gerade ein Bild ihres häuslichen Glücks zeichnen, als ein lautes Stöhnen aus der Hängematte sie aufschreckte. Dann stolperte ein junger Mann mit verträumtem Ausdruck durch die Tür ins Esszimmer und musterte die Versammlung. Im Großen und Ganzen wirkte er bei Sinnen, allerdings ein bisschen unordentlich – das Hemd hing ihm aus der Hose.

»Guten Abend«, sagte er höflich.

»Ich glaube, ihr solltet eurem Freund etwas zu essen vorsetzen«, schlug Austin in seiner Verblüffung vor.

Der Freund prustete vor Lachen.

Miss Millie inspizierte verwirrt Tankas blumige Gebilde. Natürlich *wollte* sie, dass Alabama Freunde hatte. Sie hatte ihre Kinder immer in diesem Sinne erzogen, aber die Umstände ließen doch gelegentlich zu wünschen übrig.

Dann tastete sich ein zweites, ebenso zerzaustes Phantom durch die Tür, und die Stille wurde nur noch von ein paar mühsam unterdrückten, hysterischen Kieksern unterbrochen.

»Er ist gerade operiert worden«, sagte David hastig. Der Richter wirkte verstimmt.

»Man hat ihm den Kehlkopf entfernt«, setzte David alarmiert hinzu. Sein gehetzter Blick blieb an dem amorphen Gesicht hängen. Zum Glück schienen die beiden zu hören, was er sagte.

»Dann ist man stumm«, erklärte Alabama in einer plötzlichen Eingebung.

»Nun, das freut mich«, antwortete der Richter seltsamerweise. Sein Ton war leicht feindselig. Er schien hauptsächlich erleichtert, dass damit weitere Unterhaltungen ausgeschlossen waren.

»Ich kann kein Wort sprechen«, platzte der Geist heraus. »Ich bin stumm.«

Na prima, dachte Alabama. Das war's. Was können wir jetzt noch sagen?

Miss Millie sagte, dass die salzige Luft das Silber verderben würde. Der Richter sah seine Tochter unversöhnlich und vorwurfsvoll an. Es war gar nicht nötig, etwas zu sagen, die merkwürdige Carmagnole rund um den Tisch erklärte sich von selbst. Wobei man es nicht unbedingt als Tanz bezeichnen konnte, eher als demonstrativen Protest gegen die aufrechte Haltung des Zweibeiners, unterbrochen von herrlich ekstatischem Siegesgeheul, rhythmischem Schulterklopfen und lautstarken Aufforderungen an die Knights, sich doch anzuschließen. Selbst der Richter und Miss Millie wurden großzügig in die Einladung einbezogen.

»Das ist wie ein Fries, ein griechischer Fries«, bemerkte Miss Millie zerstreut.

»Nicht besonders erbaulich«, ergänzte der Richter.

Schließlich taumelten die beiden Männer erschöpft zu Boden.

»Vielleicht könnte David uns zwanzig Dollar leihen«, keuchte der Massigere. »Wir wollten gerade rüber in die Kneipe. Aber wenn nicht, leisten wir euch gern noch ein bisschen Gesellschaft.«

»Oh«, sagte David versteinert.

»Könntest du uns zwanzig Dollar leihen, Mama, bis wir morgen auf der Bank waren?«

»Aber sicher, Kind – oben in der Nachttischschublade. Wie schade, dass eure Freunde schon gehen müssen; sie scheinen sich so gut zu unterhalten«, setzte sie verloren hinzu.

Das Haus kam zur Ruhe. Das kühle Zirpen der Grillen erinnerte an das Geräusch knackiger Salatblätter und vertrieb alle Misstöne. In den Wiesen, wo die Goldrute blühte, quakten die Frösche. Die Familie überließ sich den einlullenden Geräuschen der Nacht, die durch das Geäst der Eiche herüberwehten.

»Geschafft«, seufzte Alabama, als sie sich in ihrem exotischen Bett aneinanderkuschelten.

»Ja«, sagte David. »Alles ist gut.«

Es gab Leute, die in ihren Automobilen die Boston Post Road entlangfuhren und überzeugt waren, alles sei gut. Dann prallten sie in ihrem betrunkenen Zustand gegen Wasserhydranten, Lastwagen und alte Steinmauern. Und die Polizei war zu sehr davon überzeugt, dass alles gut würde, um sie festzunehmen.

Um drei Uhr morgens wurden die Knights von lautstarkem Flüstern auf dem Rasen geweckt.

Jetzt war es schon eine Stunde her, seit David sich angezogen hatte und nach unten gegangen war. Das Flüstern steigerte sich zu einem immer ausgelasseneren, gedämpften Tumult.

»Na gut, dann trinke ich ein Glas mit euch, aber nur, wenn ihr versucht, eine Spur leiser zu sein«, hörte Alabama David sagen, während sie sich sorgfältig zurechtmachte. Irgendetwas würde passieren, und wenn die Obrigkeit eintraf, gehörte es sich einfach, dass man sich von seiner besten Seite zeigte. Sie mussten in der Küche sein. Streitlustig streckte sie den Kopf durch die Schwingtür.

»Halt dich da lieber raus, Alabama«, begrüßte David sie. Dann raunte er ihr heiser und melodramatisch zu: »Auf die Schnelle ist mir nichts anderes eingefallen…«

Fassungslos ließ sie den Blick über die Verwüstung in der Küche schweifen.

»Ach, halt den Mund!«

»Jetzt hör doch erst mal zu, Alabama«, setzte David an.

»Du warst derjenige, der immer darauf bestanden hat, dass wir uns halbwegs benehmen, und jetzt sieh dich an!«, explodierte sie.

»Es ist alles gut, David geht's gut«, murmelten die Männer, die auf dem Boden lagen.

»Und was passiert, wenn mein Vater runterkommt? Was glaubt ihr wohl, was er dazu sagt?« Alabama deutete auf das Durcheinander. »Was sind das für leere Dosen?«, fragte sie missbilligend.

»Tomatensaft. Macht einen wieder nüchtern. Ich habe unseren Gästen welchen vorgesetzt«, erklärte David. »Erst Tomatensaft und dann Gin.«

Alabama versuchte, nach der Flasche in seiner Hand zu greifen. »Gib sie her.« Doch er wich ihr aus, und Alabama fiel gegen die Tür. Um zu vermeiden, dass der Lärm bis in den Flur drang, warf sie sich gegen den Türrahmen und bekam die Schwingtür ins Gesicht. Das Blut sprudelte wie eine frisch angezapfte Ölquelle aus der Nase und tropfte auf ihr Kleid.

»Ich sehe mal nach, ob wir ein Beefsteak im Kühlfach haben«, bot David an. »Halt sie unter den Wasserhahn, Alabama. Wie lange kannst du die Luft anhalten?«

Bis sie die Küche einigermaßen wieder in Ordnung gebracht hatten, hatte die Connecticut-Dämmerung das Land durchtränkt wie Wasser aus einem Feuerwehrschlauch. Die beiden Männer torkelten davon, um im Dorfgasthaus ihren Rausch auszuschlafen. Alabama und David inspizierten niedergeschlagen ihr blaues Auge.

»Sie werden denken, dass ich es war«, sagte er.

»Na klar, egal, was ich sage.«

»Wenn sie uns so zusammen sehen, glauben sie es vielleicht doch nicht.«

»Die Leute glauben die sensationelleren Geschichten.«

Der Richter und Miss Millie erschienen in aller Herrgottsfrühe zum Frühstück und warteten zwischen Bergen von feuchten, aufgequollenen Zigarettenstummeln, während Tanka in Erwartung weiterer Probleme den Frühstücksspeck anbrennen ließ. Nirgendwo konnte man sich hinsetzen, ohne an angetrockneten Ringen von Gin oder Orangensaft kleben zu bleiben.

Alabama fühlte sich so, als hätte jemand versucht, in ihrem Schädel Popcorn zu machen. Sie hatte das geschwollene Auge unter einer dicken Puderschicht verborgen. Hinter der Maske fühlte sich ihr Gesicht wie gehäutet an.

»Guten Morgen«, sagte sie fröhlich.

Der Richter blinzelte gereizt.

»Deine Mutter und ich haben beschlossen, Joan schon heute anzurufen, Alabama«, sagte er. »Wahrscheinlich kann sie mit dem Baby unsere Hilfe gebrauchen.«

»Ja, Sir.«

Alabama hatte gewusst, dass sie so reagieren würden, trotzdem konnte sie nicht verhindern, dass ihre Eingeweide sich verkrampften. Es war ihr klar, dass man auf lange Sicht niemals den Vorstellungen der anderen Leute entsprechen kann – früher oder später erkennen sie doch dein wahres Gesicht.

Na schön, sagte sie sich herausfordernd. Jedenfalls hat keine Familie das Recht, einen auf etwas festzunageln, was sie einem eingetrichtert hat, bevor man alt genug war, um sich dagegen aufzulehnen.

»Da deine Schwester und du anscheinend nicht auf bestem Fuß miteinander steht, dachten wir daran, morgen früh allein hinzufahren.«

Alabama saß stumm da und betrachtete die Trümmer der vergangenen Nacht.

Vermutlich wird Joan sie mit ihrer Wohlanständigkeit einwickeln und sich beklagen, wie schwer sie es hat, dachte sie verbittert. Und bestimmt wird sie uns gegeneinander ausspielen, damit am Ende wir den Schwarzen Peter haben, egal, von welcher Seite aus man es betrachtet.

»Ich möchte betonen, dass ich dein Verhalten nicht verurteile«, sagte der Richter. »Du bist eine erwachsene Frau, das ist deine Angelegenheit.«

»Verstehe«, gab sie zurück. »Da du es aber trotzdem missbilligst, willst du es dir nicht weiter antun. Wenn ich deine Ansichten nicht teile, soll ich eben allein sehen, wie ich zurechtkomme. Tja, vermutlich habe ich nicht einmal das Recht, euch zum Bleiben zu bitten.«

»Menschen, die keine Verpflichtung übernehmen, haben überhaupt keine Rechte.«

Der Zug, der den Richter und Miss Millie in die Stadt bringen sollte, transportierte Milchkannen und ähnlich hübsche Accessoires des vorüberziehenden Sommers. Beim Abschied gaben sie sich zurückhaltend und abweisend. In ein paar Tagen fuhren sie wieder nach Hause. Zurück hierher aufs Land würden sie nicht noch einmal kommen. David wäre ohnehin nicht da, denn er musste sich um seine Bilder kümmern, und sie fanden, dass Alabama während seiner Abwesenheit zu Hause besser aufgehoben war. Sie freuten sich über Davids Popularität und seinen Erfolg.

»Mach nicht so ein trauriges Gesicht«, sagte David. »Wir werden sie wiedersehen.«

»Aber es wird nie mehr so sein wie früher«, schluchzte

sie. »Von nun an besteht unsere Rolle darin, ihnen zu beweisen, dass wir nicht diejenigen sind, für die sie uns halten.«

»War das denn nicht schon immer so?«

»Doch. Aber es ist schwer, zwei Menschen auf einmal zu sein, David, einer, der sich selbst bestimmt, und ein anderer, der all die schönen Dinge von früher behalten möchte, der geliebt und beschützt werden will.«

»Ich glaube, das haben schon viele Leute vor uns gemerkt. Vermutlich verbindet einen mit anderen letztendlich nur eine Vorliebe für dasselbe Wetter.«

Vincent Youmans schrieb einen neuen Song. Die alten Melodien schwebten aus einer Drehorgel durch die Fenster des Krankenhauses herein, als das Baby zur Welt kam, während die neuen in Hotelhallen und Grillrestaurants, in Palmengärten und auf den Dächern der Wolkenkratzer ihre luxuriöse Runde machten.

Miss Millie schickte Alabama eine Kiste mit Babysachen und eine Liste mit Anweisungen zum Baden von Säuglingen, die sie an die Badezimmertür heften sollte. Als ihre Mutter das Telegramm mit der Nachricht von Bonnies Geburt erhielt, hatte sie zurückgekabelt: »Mein kleines Mädchen ist erwachsen geworden. Wir sind sehr stolz.« Western Union hatte »Rädchen« daraus gemacht. In ihren Briefen bat Millie Alabama inständig, sich anständig zu benehmen, und ließ durchblicken, dass sie ihren Lebensstil für einigermaßen unschicklich hielt. Wenn Alabama die Briefe las, hatte sie plötzlich das träge Quietschen der Schaukel wieder im Ohr, das sich mit dem heiseren Quaken der Frösche in den Zypressensümpfen vermischte.

An den Flussufern von New York schaukelten Lichter wie Laternen an einer Schnur, und das Marschland von Long Island streckte sich im Zwielicht zu einer blauen Campagna aus. Flimmernde Gebäude überzogen den Himmel mit einer leuchtenden Patchworkdecke. In der kitschigen Abenddämmerung stürzten sich Bruchstücke von Philosophie, Fetzen von scharfsinnigen Beobachtungen und die zerfransten Enden diverser Visionen in den Tod. Das Marschland lag da – schwarz und flach, rot und umgeben von Verbrechen. Ja, Vincent Youmans schrieb die Musik. Gefangen in der verwirrenden Gefühlswelt des Jazz warfen sie die Köpfe hin und her oder nickten einander zu, quer durch die Stadt, stromlinienförmige Körper ganz vorn am Bug der Nation, metallene Maskottchen auf einer vorwärtsrasenden Kühlerhaube.

Alabama und David waren stolz auf sich und das Baby und gaben sich auf ihre beiläufige Art betont lässig bezüglich der fünfzigtausend Dollar, die sie ausgaben, um die barocke Fassade ihres Lebens für die nächsten zwei Jahre aufrechtzuerhalten. In Wirklichkeit gibt es niemanden, der materialistischer denkt als ein Künstler; er fordert das, was er zu emotionalen Wucherzinsen liefert, doppelt und dreifach vom Leben zurück.

In diesen Jahren hatten die Leute Götter auf der Bank.

»Guten Morgen«, sagten die Bankangestellten in den Marmorhallen. »Möchten Sie etwas von Ihrer Pallas Athene abheben?« oder »Soll ich die Diana dem Konto Ihrer Frau gutschreiben?«

Es kostet mehr, auf dem Verdeck eines Taxis zu fahren als in seinem Innern; Joseph Urbans himmlische Gefilde sind teuer, wenn sie echt sind. Die Sonne steigt höher und flickt mit silbernen Nadeln die Hauptverkehrsadern aneinander – ein Faden Glamour, eine Faser Rolls-Royce und ein Fitzchen O. Henry. Müde Monde fordern höhere Löhne. Mit den fünfzigtausend Dollar und ihren Träumen planschten sie sorglos im dunklen Pool der Befriedigung und leisteten sich das übliche Kindermädchen für Bonnie, einen Wagen aus zweiter Hand, Marke Marmon, eine Picasso-Radierung, ein weißes Satinkleid als Domizil für einen Papagei mit Knopfaugen, ein gelbes Chiffonkleid, mit dem sie ein ganzes Feld von Kuckuckslichtnelken hätten einwickeln können, ein Kleid so grün wie frische feuchte Farbe, zwei weiße, völlig identische Knickerbocker-Anzüge, einen Anzug für die Börse plus einen englischen aus Tweed, der aussah wie verbrannte Felder im August – und zwei Erste-Klasse-Schiffspassagen nach Europa.

In der Reisetruhe wurde eine Sammlung von Plüschteddybären, Davids Uniformjacke, das Silber, das sie zur Hochzeit bekommen hatten, und vier aus allen Nähten quellende Sammelalben verstaut, angefüllt mit lauter Dingen, um die andere sie beneideten. Und all das würden sie zurücklassen.

»Auf Wiedersehen«, sagten sie auf den eisernen Bahnhofstreppen. »Eines Tages müsst ihr unseren Selbstgebrannten probieren«, oder: »Diese Band spielt im Sommer auch in Baden-Baden, vielleicht sehen wir uns dort« und: »Vergiss nicht, was ich dir gesagt habe; der Schlüssel liegt da, wo er immer liegt.«

»Oh«, stöhnte David aus den wogenden Tiefen ihres allwissenden Emaillebetts, »bin ich froh, dass wir bald weg sind.«

Alabama inspizierte sich in einem Handspiegel.

»Noch so eine Party, und ich muss mit meinem Gesicht zu Viollet-le-Duc«, antwortete sie.

David betrachtete sie aufmerksam.

»Was ist denn los mit deinem Gesicht?«

»Nichts, ich habe nur so viel daran herumgefummelt, dass ich jetzt nicht zum Tee gehen kann.«

»Hmm«, sagte David verständnislos. »Wir müssen aber hin; schließlich verdanken wir die Einladung nur deinem Gesicht.«

»Hätte ich etwas zu tun, wäre es nicht so sehr zu Schaden gekommen.«

»Keine Ausreden, Alabama. Was für einen Eindruck würde es machen, wenn die Leute fragten: ›Und wie geht es Ihrer charmanten Frau, Mr. Knight?‹ ›Meiner Frau, oh, sie ist zu Hause und fummelt an ihrem Gesicht herum.‹ Was glaubst du, wie ich mir dabei vorkäme?«

»Ich könnte sagen, der Gin, das Klima oder irgendetwas anderes wäre schuld.«

Kummervoll musterte Alabama ihr Spiegelbild. Äußerlich hatten sich die Knights nicht groß verändert – sie sah immer so aus, als wäre sie gerade erst aufgestanden, und sein Gesicht konnte nach wie vor völlig unerwartet aufleuchten, als stünde er staunend vor den Attraktionen des *Million Dollar Pier.*

»Ich will da unbedingt hin«, sagte David. »Guck dir das Wetter an! Bei so einem Himmel kann ich unmöglich malen.«

Der Regen spann das Licht ihres dritten Hochzeitstags zu feinen Strahlen; es regnete Alt, es regnete Sopran, es regnete für Engländer und Farmer, es regnete Gummi und Eisen, es regnete Kristall. Die Standpauke eines Frühlingsgewitters in der Ferne trieb die Felder in großen Wellen vor sich her wie schweren Rauch.

»Da sind bestimmt viele Leute«, wandte sie ein.

»Wie überall«, pflichtete David bei und zog sie dann auf: »Möchtest du dich denn nicht von deinen Verehrern verabschieden?«

»David! Ich stehe viel zu sehr auf Seite der Männer, als dass ich ihnen romantische Flausen in den Kopf setzen wollte. Sie sind immer nur durch mein Leben gerauscht, in Taxis voller kaltem Rauch und philosophischen Problemen.«

»Darüber wollen wir nicht weiter diskutieren«, erklärte David kategorisch.

»Worüber?«, fragte Alabama träge.

»Über die mehr oder weniger gravierenden Verstöße gewisser Amerikanerinnen gegen die Konvention.«

»Grausige Vorstellung! Bloß nicht. Soll das etwa heißen, dass du eifersüchtig bist?«, fragte sie ungläubig.

»Na klar. Du etwa nicht?«

»Und wie! Aber ich dachte immer, das wäre für uns tabu.«

»Dann sind wir ja quitt.«

Sie sahen einander mitfühlend an. Mitgefühl in ihren unordentlichen Verhältnissen – zum Totlachen.

Um die Teezeit spuckte der schmuddlige Nachmittagshimmel einen weißen Mond aus. Er lag halb versunken in einem Riss zwischen den Wolken wie das Rad einer Lafette in einem zerfurchten, verlassenen Schlachtfeld, schmal, filigran und neu nach dem Sturm. Das Brownstone-Apartment wimmelte von Menschen; im Eingang duftete es herrlich nach frischem Zimttoast.

Ein Diener empfing sie mit den Worten: »Der Hausherr lässt seinen Gästen ausrichten, er habe sich aus dem Staub gemacht, aber man möge sich trotzdem wie zu Hause fühlen, Sir.«

»Also wirklich!«, bemerkte David. »Erst verabredet man sich auf einen Cocktail in der erstbesten Bar, und dann rennt man kreuz und quer, um sich gegenseitig zu entkommen.«

»Wieso ist er denn so plötzlich verschwunden?«, fragte Alabama enttäuscht.

Der Diener dachte ernsthaft nach; immerhin waren Alabama und David Stammgäste.

Schließlich beschloss er, es ihnen zu verraten. »Er hat hundertdreißig handgewebte Taschentücher, die *Encyclopedia Britannica* und zwei Dutzend Tuben Frances-Fox-Salbe eingepackt und ist abgereist. Finden Sie das nicht auch etwas exzentrisch, Sir?«

»Jedenfalls hätte er sich verabschieden können«, beharrte Alabama schmollend. »Immerhin wusste er, dass wir abreisen und er uns eine Ewigkeit nicht sehen würde.«

»Oh, aber er hat eine Nachricht hinterlassen, Madam: Auf Wiedersehen.«

Alle sagten, sie wünschten, sie könnten auch weg. Alle behaupteten, sie wären glücklich, wenn sie bloß ein anderes Leben führen könnten als das jetzige. Philosophen und von der Uni geflogene Studenten, Filmregisseure und Weltuntergangspropheten, alle behaupteten, die Menschen seien so rastlos, weil der Krieg vorbei war.

Andere Gäste auf der Teeparty behaupteten, dass kein

Mensch den Sommer an der Riviera verbrächte: das Kind würde Cholera bekommen, wenn sie es der Hitze aussetzten, die französischen Moskitos würden sie umbringen und zu essen bekämen sie höchstens Ziegenfleisch. Im Übrigen gäbe es am ganzen Mittelmeer keine vernünftige Wasserversorgung im Sommer, und die Highballs würden ohne Eiswürfel serviert; einer schlug sogar vor, sie sollten einen Koffer mit Konserven mitnehmen.

Der Mond glitt wie Quecksilber über die hellen, mathematisch klaren Umrisse des hochmodernen Mobiliars. Alabama saß in einer dämmrigen Ecke und dachte an ihre eigenen Angelegenheiten. Sie hatte vergessen, einer Nachbarin das Abführmittel zu bringen. Und Tanka könnte von ihr aus die halbe Flasche Gin austrinken. Wenn das Kindermädchen Bonnie um diese Zeit im Hotel schlafen ließ, würde sie auf dem Schiff kein Auge zutun – sie reisten erster Klasse, um Mitternacht ging es los, Deck C, Kabinen Nr. 35 und 37. Sie hätte ihre Mutter anrufen können, um sich zu verabschieden, aber das hätte Millie nur einen Schrecken eingejagt, so weit entfernt. Wirklich zu dumm.

Ihr Blick schweifte durch das ganz in Rosa und Beige gehaltene Wohnzimmer voller Menschen. Alabama sagte sich, dass sie glücklich seien – das hatte sie von ihrer Mutter geerbt. »Wir sind glücklich«, sagte sie sich, so wie es ihre Mutter auch getan hätte. »Aber es scheint uns nicht besonders wichtig zu sein. Wahrscheinlich erwarteten wir etwas Aufregenderes.«

Der Frühlingsmond zerhackte das Pflaster wie ein Eispickel, und sein scheues Licht überzog die Ecken der Gebäude mit glitzernden Sicheln.

Die Reise auf dem Schiff würde Spaß machen; es gäbe einen Ball, und das Orchester würde dieses Stück spielen, das *»um – ah – um«* ging, Sie wissen schon – den Song von Vincent Youmans, dessen Refrain erklärte, warum man so traurig war.

In der Schiffsbar war es stickig, die Luft abgestanden. Alabama und David saßen in Abendgarderobe, elegant wie zwei Russische Windhunde, auf den Barhockern. Der Steward verlas die Schiffsmeldungen.

»Da kommt Lady Sylvia Priestly-Parsnips. Soll ich sie zu einem Drink einladen?«

Alabama sah sich unschlüssig um. Niemand sonst war in der Bar. »Heißt es nicht, dass sie nur mit ihrem Mann schläft?«

»Aber doch nicht in der Bar. Wie geht es Ihnen, Madam?«

Lady Sylvia ruderte durch den Raum wie ein Klumpen undurchsichtiges Protoplasma, der sich über eine Sandbank kämpft.

»Ich habe Sie beide schon überall gesucht«, sagte sie. »Wir haben gehört, dass das Schiff sinken soll, daher findet der Ball schon heute Abend statt. Ich möchte Sie jedoch zu meiner Dinnerparty einladen.«

»Sie sind uns keine Einladung schuldig, Lady Parsnips, und wir gehören auch nicht zu den Leuten, die eine Passage fürs Zwischendeck bezahlen und dann in der Hochzeitssuite wohnen. Worum geht es also wirklich?«

»Ich habe keine eigennützigen Absichten«, rief sie aus. »Irgendwen muss ich schließlich auf meiner Party haben, obwohl ich gehört habe, dass Sie beide ziemlich verrückt aufeinander sein sollen. Da kommt mein Mann.«

Ihr Mann hielt sich für einen Intellektuellen; sein wahres Talent zeigte sich jedoch, wenn er am Flügel saß.

»Ich wollte Sie unbedingt kennenlernen. Sylvia hat mir erzählt, dass Sie ein sehr altmodisches Paar sind.«

»Eine Typhoid Mary aus alten Zeiten«, nickte Alabama, »aber ich sage Ihnen gleich, dass wir nicht für Ihre Drinks aufkommen.«

»Oh, das haben wir auch nicht erwartet. Keiner unserer Freunde bezahlt noch für uns – seit dem Krieg kann man sich auf niemanden mehr verlassen.«

»Sieht nach Sturm aus«, warf David ein.

Lady Sylvia rülpste. »Das Dumme an diesen Notalarmen ist, dass ich immer meine beste Unterwäsche anziehe, und dann passiert doch nichts.«

»Meiner Meinung nach geschieht am ehesten etwas Unerwartetes, wenn man gerade mit einer Cold-Cream-Maske im Bett liegt.« Alabama hievte ihre Beine auf den Tisch, wo sie ein Dreieck bildeten.

»Mein Platz an der Sonne der Unberechenbarkeit wäre schon für fünf Octagon-Seifenverpackungen zu haben«, erklärte David mit Nachdruck.

»Da kommen meine Freunde«, unterbrach ihn Lady Sylvia. »Drei Engländer, die man nach New York geschickt hat, um sie vor der heimischen Dekadenz zu retten, und der amerikanische Gentleman hier möchte sich in England den letzten Schliff verpassen lassen.«

»Ja, wir bündeln unsere Kräfte, so werden wir hoffentlich die Reise gut überstehen.« Sie bildeten ein hübsches Quartett, das unbedingt seine romantischen Träume verwirklichen wollte.

»Und Mrs. Gayle schließt sich uns an, nicht wahr, meine Liebe?«

Mrs. Gayle riss überzeugend die Augen auf.

»Nichts lieber als das, aber mein Mann kann Partys nicht ausstehen, Lady Sylvia. Sie öden ihn einfach an.«

»Das ist völlig in Ordnung, meine Liebe, mir geht es genauso.«

»Genau wie uns allen.«

»Mir aber ganz besonders«, beharrte Ihre Ladyschaft. »Ich habe in meinem Haus eine Party nach der anderen gegeben, bis das Inventar in allen Räumen hin war und es nicht einmal mehr einen Platz zum Lesen gab.«

»Warum haben Sie es nicht reparieren lassen?«

»Weil ich das Geld für die nächste Party brauchte. Natürlich wollte nicht ich lesen, sondern mein Mann. Ich verwöhne ihn nach Strich und Faden.«

»Die Lampen gingen zu Bruch, als Sylvia mit ihren Gästen einen Boxkampf veranstaltete«, setzte Mylord hinzu. »Das hat sie dermaßen geärgert, dass sie mich bis nach Amerika und wieder zurück schleift.«

»Aber als du dich einmal an die rustikale Art dort gewöhnt hattest, gefiel es dir ganz gut«, bemerkte seine Frau entschieden.

Das Dinner entpuppte sich als eine jener typischen Schiffsmahlzeiten, bei denen alles nach salzigen Wischlappen schmeckt.

»Wir müssen wenigstens so tun, als wüssten wir, was sich gehört«, ordnete Lady Sylvia an, »schon, um den Kellnern entgegenzukommen.«

»Aber das mache ich ohnehin«, trällerte Mrs. Gayle. »Mir

bleibt doch gar nichts anderes übrig. Man bringt uns so viel Misstrauen entgegen, dass ich keine Kinder haben wollte, aus lauter Angst, dass sie mit mandelförmigen Augäpfeln oder blauen Fingernägeln zur Welt kommen könnten.«

»Ja, gute Freunde sind das«, sagte Lady Sylvias Mann. »Sie schleppen uns zu langweiligen Abendessen, gehen uns an der Riviera aus dem Weg, starren uns in Biarritz nach und verbreiten in ganz Europa grässliche Gerüchte über den Zustand unserer Zähne.«

»Die Frau, die ich einmal heirate, muss auf alle weiblichen Funktionen verzichten, um sich der Kritik der Gesellschaft gar nicht erst auszusetzen«, erklärte der Amerikaner.

»Dann nehmen Sie am besten eine, für die Sie nicht viel übrighaben, damit Ihnen ihr Gezeter nichts ausmacht«, meinte David.

»Ach, dieses ewige Einverständnis, meiner Meinung nach gehört es abgeschafft«, sagte Alabama mit Nachdruck.

»Ja«, bemerkte Lady Sylvia. »Die Toleranz hat einen Grad erreicht, an dem so etwas wie Privatsphäre in Beziehungen völlig abhandengekommen ist.«

»Unter Privatsphäre versteht Sylvia etwas Anrüchiges«, erklärte ihr Mann.

»Ach, ist doch alles dasselbe, Liebster.«

»Ja, vermutlich hast du recht.«

»Heutzutage erhebt sich jeder über das Gesetz.«

»Ja, überall wartet der Mob«, seufzte Lady Sylvia. »Man hat gar keine Gelegenheit mehr, die eigenen Abwehrmechanismen in Stellung zu bringen.«

»Wahrscheinlich ist die Ehe das einzige Konzept, das wir nie ganz abschütteln können«, sagte David.

»Angeblich führen Sie beide ja eine sehr erfolgreiche Ehe.«

»Wir sind dabei, sie dem Louvre anzubieten«, stimmte Alabama zu. »Die französische Regierung will sie auf jeden Fall haben.«

»Ich glaubte lange, Lady Sylvia und ich wären die Einzigen, die zusammenbleiben – natürlich ist das viel schwieriger, wenn man nichts mit Kunst zu tun hat.«

»Die meisten Leute von heute haben das Gefühl, dass Ehe und Leben nicht zusammenpassen«, sagte der amerikanische Gentleman.

»Nichts passt mit dem Leben zusammen«, stimmte der Engländer zu.

»Wenn Sie finden, dass wir uns in den Augen unseres Publikums ausreichend in Szene gesetzt haben, könnten wir jetzt noch etwas Champagner bestellen«, unterbrach Lady Parsnips.

»O ja, es ist bestimmt besser, den Auflösungsprozess in Gang zu setzen, bevor der Sturm losbricht.«

»Ich habe noch nie einen Sturm auf hoher See erlebt. Vermutlich wird es schlimm nach allem, was man uns darüber erzählt hat.«

»Ich glaube, rein theoretisch geht es darum, nicht zu ertrinken.«

»Aber mein Mann hat gesagt, nirgendwo ist es sicherer als auf einem Schiff, wenn es stürmt, meine Liebe.«

»Gewiss doch.«

»Ganz bestimmt.«

Es begann ganz plötzlich. Im Salon krachte ein Billardtisch gegen einen Pfeiler. Das Geräusch des splitternden Hol-

zes durchfuhr das Schiff wie eine Vorankündigung des To-
des. Eine stille, entschlossene Organisation übernahm die
Kontrolle. Stewards eilten durch die Gänge und vertäuten
hastig das Gepäck unter den Waschbecken. Gegen Mitternacht waren die Seile gerissen, und die meisten Armaturen
hatten sich aus der Wand gelockert. Das Wasser flutete in die
Ventilatoren und überschwemmte die Korridore; Gerüchten zufolge war der Funkkontakt des Schiffs abgerissen.

Die Stewards und Stewardessen standen in Reih und
Glied am Fuß der Treppe. Alabama staunte über die nervö-
sen Gesichter und die unsteten, verunsicherten Blicke der
Leute, deren bisheriges Selbstbewusstsein den Eindruck er-
weckt hatte, dass sie Naturgewalten, die ihre oberflächliche
Disziplin in blanken Egoismus verwandeln könnten, mit
Verachtung begegnen würden. Sie hätte nie gedacht, dass
Erziehung der Natur lediglich übergestülpt sein könnte;
vielmehr war sie immer überzeugt davon gewesen, dass die
Natur durchaus imstande war, selbstlos zu handeln.

Fast alles Schlimme lässt sich gemeinsam aushalten,
dachte sie, als sie durch die überschwemmten Gänge zu ihrer Kabine rannte, aber an der Spitze gibt es kaum Gesellschaft. Ich glaube, deshalb war mein Vater immer so allein.
In diesem Augenblick hob sich das Schiff und schleuderte
sie von einer Koje gegen die andere. Es fühlte sich an, als
hätte sie sich den Rücken gebrochen. O Gott, kann es nicht
wenigstens eine Sekunde aufhören zu schlingern, bevor es
untergeht?

Bonnie sah ihre Mutter skeptisch an. »Du brauchst keine
Angst haben«, sagte sie.

Alabama ängstigte sich zu Tode.

»Ich habe keine Angst, Schätzchen«, sagte sie. »Aber wenn du aufstehst, passiert dir was, also leg dich wieder hin und halt dich gut fest, während ich Daddy suchen gehe.«

Das Schiff schaukelte hin und her. Alabama versuchte sich den Bewegungen anzupassen und klammerte sich am Geländer fest. Die Gesichter der Mannschaft starrten sie stumm an, als sie an ihnen vorbeiging. Hatte sie den Verstand verloren?

»Warum geben Sie kein Signal für die Rettungsboote?«, schrie Alabama einem Funkoffizier ins Gesicht. Sie war fast hysterisch.

»Gehen Sie zurück in Ihre Kabine«, antwortete er unbewegt. »Bei so schwerem Seegang kann man keine Boote herunterlassen.«

Sie fand David mit Lord Priestly-Parsnips in der Bar. Die Tische waren übereinandergestapelt, schwere Sessel mit Bolzen am Boden befestigt und zusätzlich vertäut worden. Die beiden tranken Champagner und verschütteten ihn überall, als wäre es Wasser aus einem Putzeimer.

»Das ist das Schlimmste, was ich seit meiner Rückkehr aus Algier erlebt habe. Damals bin ich wortwörtlich die Wände meiner Kabine hochgegangen«, sagte Mylord seelenruhig. »Und auch die Überfahrt während des Krieges war ziemlich übel. Stundenlang glaubte ich, wir müssten das Schiff aufgeben.«

Alabama kämpfte sich durch die Bar, von einer Säule zur nächsten. »David, komm sofort runter in die Kabine.«

»Aber Schatz«, widersprach er relativ nüchtern, auf alle Fälle nüchterner als der Engländer. »Was um Himmels willen kann ich schon machen?«

»Ich dachte, es wäre besser, wenn wir alle zusammen untergehen –«

»Unsinn!«

Während sie sich durch die Bar kämpfte, hörte sie die Stimme des Engländers, die ihr folgte: »Ist es nicht verrückt, welch heftige Gefühle Gefahren auslösen können? Im Krieg –«

So verängstigt kam sie sich ziemlich minderwertig vor. Die Kabine schien immer mehr zu schrumpfen, als würden die wiederholten Erschütterungen die Wände zusammenstauchen. Nach einer Weile gewöhnte sie sich an das Gefühl, keine Luft zu bekommen, und an den Aufruhr in den Eingeweiden. Bonnie schlief fest an ihrer Seite.

Hinter dem Bullauge war nichts als Wasser zu sehen, kein Fitzchen Himmel. Das Auf und Ab des Schiffes machte sie verrückt. Die ganze Nacht war sie überzeugt, dass sie alle am nächsten Morgen tot wären.

Bei Tagesanbruch war sie so seekrank und nervös, dass sie es in der Kabine nicht mehr aushielt. David half ihr an der Reling entlang zur Bar. Lord Parsnips schlief in einer Ecke. Aus der Tiefe zweier Ledersessel drang eine gedämpfte Unterhaltung. Alabama bestellte eine Folienkartoffel und hörte zu, während sie gleichzeitig wünschte, irgendetwas würde die Männer zum Schweigen bringen. »Ich bin ziemlich asozial«, bemerkte sie. David gab zurück, das gelte für alle Frauen. Wahrscheinlich hat er recht, dachte sie resigniert.

Eine der Stimmen hatte etwas naiv Missionarisches. Sie hatte den Ton, mit dem minderbemittelte Ärzte ihren Patienten die medizinischen Theorien brillanterer Kollegen erläutern. Die andere strahlte jene verdrießliche Gewichtigkeit aus, die einem nur im Unterbewusstsein überlegen erscheint.

»Es ist das erste Mal, dass ich über solche Dinge nachdenke – Menschen in Afrika und anderswo. Das brachte mich auf den Gedanken, dass wir gar nicht so viel wissen, wie wir uns einbilden.«

»Wie meinen Sie das?«

»Nun, vor Hunderten von Jahren wusste man dort ungefähr genauso viel darüber, wie man Leben rettet, wie wir heute. Die Natur sorgt für sich selbst, das steht fest. Etwas, das weiterleben soll, kann man nicht umbringen.«

»Stimmt, was den Willen zum Leben in sich trägt, lässt sich nicht ausmerzen. Man kriegt es einfach nicht klein.«

Die Stimme klang beunruhigend vorwurfsvoll. Die andere wechselte lieber das Thema.

»Waren Sie in New York viel im Theater?«

»Drei- oder viermal, aber immer waren es banale und anstößige Stücke. Ich habe nichts gefunden, was mich wirklich begeistert hätte. Völlig überflüssig, das Ganze«, schwang sich die zweite Stimme erneut vorwurfsvoll auf.

»Man muss dem Publikum geben, wonach es verlangt.«

»Neulich habe ich mit einem Zeitungsfritzen gesprochen, und er hat das auch gesagt. Aber schauen Sie sich nur mal den *Cincinnati Enquirer* an. Der bringt nie Skandale und dergleichen, und es handelt sich immerhin um eine der größten Zeitungen landesweit.«

»Am Publikum liegt es jedenfalls nicht – das muss sich mit dem begnügen, was es kriegt.«

»Natürlich gehe ich nur hin, um mich auf dem Laufenden zu halten.«

»Ich gehe auch nicht oft – höchstens drei- oder viermal im Monat.«

Alabama rappelte sich auf. »Das halte ich nicht aus«, erklärte sie. Die Bar stank nach Olivenlake und kalter Zigarettenasche. »Sag dem Mann, dass ich meine Kartoffel draußen esse.«

Sie hielt sich an der Reling fest und kämpfte sich zum hinteren Sonnendeck vor. Ein gigantischer Brecher ergoss sich über das Deck, darauf folgte ein mächtiger Sog. Sie hörte, wie ein paar Liegestühle über Bord gingen. Die Wellen begruben alles unter sich wie marmorne Grabsteine, und als sie wieder abflossen, war nichts mehr wie zuvor. Das Schiff hob sich gefährlich steil dem Himmel entgegen.

»In Amerika ist alles so wie seine Stürme«, sagte der Engländer auf seine gespreizte Art. »Oder meinen Sie, wir sind schon in Europa?«

»Engländer kennen keine Angst«, bemerkte sie.

»Mach dir keine Sorgen um Bonnie, Alabama«, sagte David. »Schließlich ist sie noch ein Kind. Sie empfindet alles ganz anders.«

»Dann wäre es noch viel schrecklicher, wenn ihr etwas zustieße!«

»Nein. Wenn ich die Wahl hätte, jetzt mal rein theoretisch, eine von euch beiden zu retten, würde ich mich für das Bewährte entscheiden.«

»Ich nicht. Ich würde zuerst sie retten. Vielleicht wird sie ja ein ganz wunderbarer Mensch.«

»Vielleicht. Wir sind es zwar beide nicht, wissen aber zumindest, dass wir nicht absolut unmöglich sind.«

»Jetzt mal im Ernst, David, glaubst du, dass wir das überstehen?«

»Laut Aussage des Chefstewards handelt es sich um eine Flutwelle aus Florida, dazu kommt eine Windstärke von neunzig Meilen – bei siebzig spricht man von einem Hurrikan. Das Schiff hat eine Schlagseite von siebenunddreißig Grad, umkippen tut es erst bei vierzig. Er glaubt, dass der Wind nachlassen wird. Wie auch immer, wir können nichts daran ändern.«

»Nein. Woran denkst du?«

»An nichts. Ich muss zu meiner Schande gestehen, dass ich zu viel französischen Brandy getrunken habe. Jetzt ist mir ein bisschen übel.«

»Ich denke auch an nichts. Die Elemente sind fabelhaft – es ist mir wirklich egal, ob wir sinken. Ich bin ganz schön primitiv geworden.«

»Ja, wenn man merkt, dass man sich von einigem Ballast trennen muss, um nicht unterzugehen, dann tut man es eben – so lässt sich wenigstens der Rest retten.«

»Wie auch immer, es gibt niemanden auf diesem Schiff oder sonst wo, um den es wirklich schade wäre, wenn wir sinken.«

»Du meinst ein Genie?«

»Nein. Ich meine die Glieder in der kaum wahrnehmbaren Evolutionskette, die einerseits zur Naturwissenschaft, andererseits zur Zivilisation etwas beizutragen haben.«

»Um die Vergangenheit zu verstehen?«

»Mehr als Wegweiser für die Zukunft.«

»Menschen wie dein Vater?«

»So ungefähr. Er hat seine Aufgabe wenigstens erfüllt.«

»Das haben andere auch getan.«

»Aber sie wissen es nicht. Ich habe das Gefühl, dass Bewusstheit das Ziel ist.«

»Dann müsste Erziehung darauf ausgerichtet sein, einem beizubringen, wie man sich möglichst dramatisch in Szene setzt und seine menschlichen Fähigkeiten voll ausspielt – meinst du das?«

»Ja, genau.«

»Was für ein Humbug!«

Nach drei Tagen öffnete der Salon erneut seine Türen. Bonnie verlangte lautstark, den Film sehen zu dürfen, der dort gezeigt wurde.

»Finden Sie, dass wir es erlauben sollten? Ich glaube, er ist voller sexueller Anspielungen«, sagte Alabama.

»Aber natürlich«, gab Lady Sylvia zurück. »Wenn ich eine Tochter hätte, würde ich sie in sämtliche Vorstellungen schicken, damit sie etwas Nützliches für später lernt. Schließlich sind es immer die Eltern, die am Ende bezahlen müssen.«

»Ich weiß nie, was ich über derartige Fragen denken soll.«

»Ich auch nicht – aber Sex ist eine Sache für sich, meine Liebe.«

»Was möchtest du lieber, Bonnie: einen Film mit sexuellen Anspielungen oder einen Spaziergang an Deck in der Sonne?«

Bonnie war zwei Jahre alt, eine Priesterin obskurer Weisheiten, und wurde von ihren Eltern wie eine Zweihundertjährige verehrt. Nachdem die Knights während der langen Monate der Entwöhnung ihr Interesse an Kindern weitgehend erschöpft hatten, genoss sie mittlerweile den Status eines stimmberechtigten Familienmitglieds.

»Bonnie will *hinterher* spazieren«, erklärte sie jetzt prompt.

Die Luft fühlte sich schon sehr unamerikanisch an, der Himmel machte einen deutlich weniger dynamischen Eindruck. Europas Pracht hatte den Sturm davongefegt.

Klipp-klapp-klipp-klapp hallten Alabamas und Bonnies Schuhe auf dem Deck wider. An der Reling blieben sie stehen und schauten in die Nacht.

»Ein vorbeifahrendes Schiff wäre jetzt ein hübscher Anblick«, sagte Alabama.

»Guck mal, der Wagen«, sagte Bonnie und zeigte mit dem Fingerchen.

»Ich sehe Zeit und Raum in einem Augenblick ewiger Verbundenheit. Ich habe mir einmal in einem kleinen Glaskasten im Planetarium angeschaut, wie sie vor Jahren aussahen.«

»Anders als jetzt?«

»Nein, die Menschen haben sie bloß mit anderen Augen gesehen. Es war anders, als sie die ganze Zeit geglaubt hatten.«

Hier an der Reling schmeckte die Luft wunderbar frisch und salzig.

Es ist die Weite, die es so schön macht, dachte Alabama. Das Unermessliche ist das Allerbeste überhaupt.

Eine Sternschnuppe, ein ektoplasmischer Pfeil, schoss durch diese Nebularhypothese wie ein übermütiger Kolibri. Von der Venus über den Mars bis zum Neptun schleppte sie den Geist der Erkenntnis hinter sich her und erleuchtete ferne Horizonte über den blassen Schlachtfeldern der Realität.

»Schön«, kommentierte Bonnie.

»Die heben wir in einem Glaskasten für die Enkel deiner Ururenkel auf.«

»Ururenkel im Glaskasten«, bemerkte Bonnie tiefgründig.

»Nein, Schätzchen, ich meine die Sterne! Vielleicht werden sie denselben Glaskasten benutzen – Außerirdisches ist scheinbar das Einzige, was Bestand hat.«

Klipp-klapp! Klipp-klapp!, drehten sie ihre Runde ums Deck. Die Nachtluft war wunderbar.

»Du musst ins Bett, Kleines.«

»Aber wenn ich wach werde, sind keine Sterne mehr da.«

»Die kommen wieder.«

David und Alabama stiegen zusammen zum Bug des Schiffes. Ihre Gesichter leuchteten im phosphoreszierenden Glanz des Mondes. Sie setzten sich auf ein zusammengerolltes Schiffstau und schauten zurück auf das Netz von Lichtern.

»Deine Beschreibung des Schiffs war falsch, die Schornsteine sind wie Damen, die ein höfisches Menuett tanzen«, sagte sie.

»Vielleicht. Der Mond verändert die Dinge, und das mag ich nicht.«

»Warum nicht?«

»Weil er die Dunkelheit verdirbt.«

»Ach, aber sie ist so profan.« Alabama stand auf. Sie reckte den Hals und stellte sich auf die Zehenspitzen.

»David, ich fliege für dich, wenn du mich liebst.«

»Dann flieg.«

»Ich kann nicht fliegen, aber liebe mich trotzdem.«

»Armes, flügelloses Ding!«

»Ist es so schwer, mich zu lieben?«

»Glaubst du etwa, es sei einfach mit dir, mein trügerisches Ding?«

»Ich wollte so gern irgendwie für meine Seele belohnt werden.«

»Dann wende dich an den Mond – seine Adresse steht unter Brooklyn und Queens.«

»David! Ich liebe dich, sogar dann, wenn du anziehend bist.«

»Was selten vorkommt.«

»Doch, oft, und es hat überhaupt nichts mit dir zu tun.«

Alabama lag in seinen Armen und empfand ihn viel älter als sich selbst. Sie rührte sich nicht. Das dumpfe Dröhnen der Schiffsmotoren bildete einen einschläfernden Singsang.

»Es ist lange her, dass wir eine solche Fahrt gemacht haben.«

»Eine Ewigkeit. In Zukunft machen wir jeden Abend eine.«

»Ich habe ein Gedicht für dich geschrieben.«

»Lass hören.«

Warum bin ich dies, warum bin ich das?
Warum folgt mein Ich meinem Selbst voller Hass?
Wer ist meine vernünftige Wenigkeit?
Wer setzt sich durch mit Dringlichkeit?

David lachte. »Muss ich darauf antworten?«

»Nein.«

»Wir haben ein Alter erreicht, in dem man vorsichtig wird und alles, selbst die intimsten Reaktionen, zu kontrollieren versucht.«

»Wie langweilig.«

»Bernard Shaw behauptet, alle Menschen über vierzig seien Lumpen.«

»Und wenn wir diesen erstrebenswerten Status bis dahin nicht erreicht haben?«

»Hört die Welt auf, sich zu drehen.«

»Wir verderben uns den Abend.«

»Gehen wir hinein.«

»Nein, bleiben wir noch – vielleicht kommt die Magie zurück.«

»Bestimmt. Ein anderes Mal.«

Auf dem Weg nach unten kamen sie an Lady Sylvia vorbei, die hinter einem Rettungsboot stand und sich stürmisch mit einem Schatten küsste.

»War das ihr Mann? Also scheint es doch zu stimmen – dass sie so verliebt sind.«

»Ein Matrose – manchmal hätte ich Lust, in eine Marseiller Tanzdiele zu gehen«, sagte Alabama unbestimmt.

»Wozu?«

»Weiß nicht – vermutlich ist es genauso, wie ein Rumpsteak zu essen.«

»Ich wäre stinkwütend.«

»Du würdest Lady Sylvia hinter einem Rettungsboot küssen.«

»Nie im Leben!«

Im Schiffssalon schmetterte das Orchester das Blumenduett aus *Madame Butterfly*.

Und wer anders nimmt die Veilchen, David wartet noch ein Weilchen, summte Alabama.

»Sind Sie künstlerisch veranlagt?«, fragte der Engländer.

»Nein.«

»Aber Sie haben gesungen.«

»Nur weil ich so froh bin, ein so unabhängiger Mensch zu sein. Ich habe es gerade erst gemerkt.«

»Ach, wirklich? Wie narzisstisch!«

»Ja, sehr. Es gefällt mir außerordentlich, wie ich gehe, wie ich spreche und auch fast alles andere. Soll ich Ihnen mal zeigen, wie gut ich das kann?«

»Bitte.«

»Dann müssen Sie mich aber zu einem Drink einladen.«

»Kommen Sie mit in die Bar.«

Alabama ging mit wiegenden Hüften voraus und ahmte einen Gang nach, den sie irgendwo einmal bewundert hatte.

»Aber ich warne Sie«, sagte sie. »Ich bin eigentlich immer nur dann ich selbst, wenn ich jemand anders bin, den ich mit meiner Phantasie wundervoll ausgestattet habe.«

»Dagegen ist nichts einzuwenden«, antwortete der Engländer in dem unklaren Gefühl, sich auf etwas gefasst machen zu müssen. Für viele Menschen unter fünfunddreißig hat alles, was sie nicht gleich begreifen, einen sexuellen Unterton.

»Und ich warne Sie, dass ich theoretisch nicht, aber im Grunde meines Herzens doch monogam bin«, fuhr Alabama fort, als sie seine Unsicherheit spürte.

»Wie das?«

»Meiner Theorie zufolge ist das einzige Gefühl, das nicht reproduzierbar ist, der Reiz der Abwechslung.«

»Wie geistreich!«

»Ja. Aber keine meiner Theorien funktioniert.«

»Sie sind unterhaltsam wie ein Buch.«

»Ich bin ja auch eins! Reine Erfindung!«

»Und wer hat Sie erfunden?«

»Der Kassierer der First National Bank, um ein paar Abrechnungsfehler auszubügeln, die er begangen hatte. Man hätte ihn gefeuert, wenn er das Geld nicht *irgendwie* zusammengekratzt hätte, verstehen Sie.«

»Der Arme!«

»Ohne ihn wäre ich für immer und ewig auf mein altes Ich beschränkt geblieben und hätte nie das Potenzial gehabt, Ihnen zu gefallen.«

»Sie hätten mir auch so gefallen.«

»Warum sagen Sie das?«

»Weil Sie im Grunde Ihres Herzens sehr anständig sind«, sagte er ernsthaft.

Aus Angst, sich blamiert zu haben, setzte er hastig hinzu: »Wollte Ihr Ehemann nicht nachkommen?«

»Mein Ehemann genießt die Sterne hinter dem dritten Rettungsboot links.«

»Sie scherzen! Woher wollen Sie das so genau wissen?«

»Okkultistische Fähigkeiten.«

»Sie sind eine unerhörte Schwindlerin.«

»Ganz bestimmt. Aber jetzt habe ich genug von mir. Reden wir lieber über Sie.«

»Ich wollte in Amerika Geld machen.«

»Das wollen alle.«

»Ich hatte Empfehlungsschreiben.«

»Das können Sie einbauen, wenn Sie Ihr Buch schreiben.«

»Ich bin doch kein Schriftsteller.«

»Alle Leute, denen es in Amerika gefallen hat, schreiben ein Buch. Sie werden eine Neurose bekommen, wenn Sie sich von der Reise erholt haben, und dann wird Ihnen garantiert etwas einfallen, das besser ungesagt geblieben wäre, und Sie werden versuchen, es zu veröffentlichen.«

»Ja, vielleicht wäre es keine schlechte Idee, über meine Reisen zu schreiben. New York hat mir gefallen.«

»New York ist wie eine Illustration der Bibel, finden Sie nicht?«

»Lesen Sie die Bibel?«

»Ja, und zwar am liebsten die Schöpfungsgeschichte. Den Teil, in dem Gott mit allem zufrieden ist, was er geschaffen hat. Die Vorstellung, dass Gott glücklich ist, gefällt mir sehr.«

»Welchen Grund könnte er haben?«

»Das weiß ich auch nicht, aber vermutlich muss es *irgendwen* geben, der die Kontrolle über alles behält, was sich tut. Da niemand sonst diese Allmacht für sich beansprucht, haben wir sie Gott zugeschrieben – zumindest in der Schöpfungsgeschichte.«

Die Küste Europas hielt der Weite des Atlantiks stand. Das Beiboot glitt mitten hinein ins freundliche Cherbourg mit seiner grünen Landschaft, dem fernen Läuten der Glocken und dem Klappern von Holzpantinen auf dem Kopfsteinpflaster.

New York lag hinter ihnen. Die Kräfte, die sie hervorgebracht hatten, lagen hinter ihnen. Dass David und Alabama keinen fremden Pulsschlag je auch nur annähernd so intensiv empfinden könnten – denn erst in einer fremden Umgebung erkennt man das Vertraute in der eigenen –, hatten sie nicht erwartet.

»Ich könnte in Tränen ausbrechen!«, sagte David. »Ich wünschte, die Kapelle spielte einen Tusch. Das ist verdammt noch mal das Größte und Aufregendste von der Welt – alle Erfahrungen der Menschheit liegen ausgebreitet vor uns, man muss sich lediglich entscheiden.«

»Die Qual der Wahl nennt man das«, sagte Alabama.

»Es ist sagenhaft! Sensationell! Wir können zum Mittagessen Wein trinken!«

»Oh, Kontinent«, rief sie aus, »schick mir einen Traum!«

»Da ist er«, sagte David.

»Wo denn? Am Ende ist es bloß einer von vielen Orten, an denen wir mal jünger waren.«

»Mehr kann man auch nicht erwarten.«

»Du bist ein alter Stänkerer!«

»Und du eine Sprücheklopferin! Ich könnte vor lauter Übermut eine Bombe im Bois de Boulogne zünden!«

Als sie beim Zoll an Lady Sylvia vorbeikamen, rief sie ihnen hinter einem Berg feiner Unterwäsche, einer blauen Wärmflasche, einem komplizierten Elektrogerät und vierundzwanzig Paar amerikanischen Schuhen etwas zu.

»Gehen Sie heute Abend mit mir aus? Ich zeige Ihnen Paris, damit Sie es in Ihren Bildern verewigen können.«

»Nein«, antwortete David.

»Wenn du in einen Lastwagen rennst, wird er dir mit ziemlicher Sicherheit die Füße zerquetschen, und das gilt in Frankreich weder als *chic* noch *élégant*, Bonnie. Frankreich, so hat man mir erzählt, ist voll von solch kleinen, aber feinen Unterschieden«, mahnte Alabama.

Der Zug beförderte sie durch das rosafarbene Getümmel der Normandie, vorbei an dem filigranen Maßwerk von Paris und den terrassenförmigen Hügeln von Lyon, den Glockentürmen von Dijon und der weißen Romantik von Avignon mitten hinein in den Duft von Zitronen und das Rascheln dunkler Blätter, wo Schwärme von Nachtfaltern durch die heliotrope Abenddämmerung flatterten, bis in die Provence, wo man auf die Augen verzichten könnte, es sei denn, man möchte die Nachtigall sehen.

2

Das griechische Blau des Mittelmeers schwappte über die Ränder der glühenden Zivilisation. An den grauen Hängen zerbröselten Wachttürme und streuten den Staub ihrer Zinnen zwischen Olivenbäume und Kakteen. Uralte Festungsgräben schlummerten in einem Dickicht aus Geiß-blatt; zarter Mohn verblutete an den Chausseen; Weingär-ten klammerten sich an die zerklüfteten Felsen wie Stücke eines zerschlissenen Teppichs. Gelassen verkündete der Ba-riton müder mittelalterlicher Glocken Ferien von der Zeit. Lavendel blühte still zwischen den Felsbrocken. Im grellen Sonnenlicht konnte man kaum etwas erkennen.

»Ist das nicht fabelhaft?«, fragte David. »Es ist so unvor-stellbar blau, bis man genauer hinsieht. Dann ist es grau und malvenfarben, und nach einer Weile wird es hart und beinahe schwarz. Bei noch näherer Betrachtung ist es buch-stäblich ein Amethyst mit den Eigenschaften eines Opals. Was ist los, Alabama?«

»Ich sehe nichts vor lauter Aussicht. Warte mal eben.« Alabama presste ihre Nase in die moosigen Ritzen der Fes-tungsmauern. »Chanel Nr. 5«, sagte sie dann im Brust-ton der Überzeugung, »und es fühlt sich an wie dein Na-cken.«

»Nicht Chanel!«, widersprach David. »Ich glaube, es hat

mehr von Lanvin. Stell dich mal da rüber, ich möchte ein Bild von dir machen.«

»Von Bonnie auch?«

»Ja. Ich fürchte, es bleibt uns gar nichts anderes übrig.«

»Sieh Daddy an, du privilegiertes Kind.«

Das Kind betrachtete seine Mutter mit großen, ungläubigen Augen.

»Kannst du sie ein bisschen schräg halten, Alabama? Ihre Bäckchen sind breiter als die Stirn, und wenn du sie nach vorn beugst, würde sie etwas weniger an den Eingang der Akropolis erinnern.«

»Buh, Bonnie!«, machte Alabama.

Im nächsten Augenblick plumpsten beide in ein Gewirr von Heliotropen.

»Mein Gott, ich habe ihr das Gesicht zerschrammt! Du hast nicht zufällig Jod dabei, oder?«

Sie untersuchte die schmutzigen Kratzer auf Bonnies Fingerchen.

»Scheint nicht schlimm zu sein, aber wir sollten doch besser nach Hause und es desinfizieren«, sagte sie.

»Baby nach Hause«, erklärte Bonnie mühsam und quetschte die Worte zwischen den Zähnen hervor wie ein Koch, der das Püree durch ein Sieb streicht.

»Nach Hause, nach Hause, nach Hause«, sang sie unermüdlich vor sich hin, während sie auf Davids Arm den Berg hinabschaukelte.

»Da ist es, Schätzchen. Das Grandhotel Petronius und die Goldenen Inseln.«

»Vielleicht hätten wir doch lieber im Palace oder Universum absteigen sollen, die haben mehr Palmen in den Gärten.«

»Und uns einen Namen wie den des unseren entgehen lassen? Mangelndes historisches Bewusstsein ist die größte Schwachstelle in deiner Intelligenz, Alabama.«

»Ich verstehe nicht, warum ich ein chronologisches Bewusstsein haben muss, um diese weiß gepuderten Straßen schätzen zu können. Ich finde, wir sehen aus wie eine Truppe Troubadoure, du mit der Kleinen auf dem Arm.«

»Genau! Du sollst Daddy nicht am Ohr ziehen, Bonnie. Hast du schon mal eine solche Hitze erlebt?«

»Und die Fliegen! Ich weiß nicht, wie die Leute das aushalten.«

»Vielleicht sollten wir noch etwas weiter die Küste hinauffahren.«

»Auf den Pflastersteinen geht man wie auf Stelzen. Ich muss mir Sandalen besorgen.«

Sie folgten dem Pflaster der Französischen Republik, vorbei an den Bambusvorhängen von Hyères, an aufgereihten Filzpantoffeln und Ständen mit Damenunterwäsche, an Rinnsteinen, die vom üppigen Abfall südländischen Lebens verstopft waren, an extravaganten exotischen Schaufensterpuppen, bei deren Anblick gebräunte provenzalische Gesichter von der Freiheit der Fremdenlegion träumten, an skorbutzerfressenen Bettlern und mit Bougainvillea überwucherten Hausfassaden, an Staub und Palmen, einer Reihe Droschken, an der Zahnpasta-Reklame des Dorffriseurs, bei dem es nach Chypre duftete, und zu guter Letzt vorbei an der Kaserne, die den ganzen Ort zusammenhielt, so wie ein Familienporträt es bisweilen mit dem großen, unordentlichen Wohnzimmer tut.

»Da sind wir.«

David setzte Bonnie in der feuchten Kühle der Hotel-
halle auf einen Stapel *Illustrated London News* aus dem
letzten Jahr.

»Wo ist Nanny?«

Alabama streckte den Kopf durch die Tür des hässlichen,
mit Spitzendeckchen verzierten Plüschsalons.

»Das Wachsfigurenkabinett ist leer. Wahrscheinlich ist
sie unterwegs und sammelt Material für ihren britischen
Vergleichsverein, damit sie nach der Rückkehr nach Paris
sagen kann: ›Ja, aber die Wolken in Hyères gingen einen
Stich mehr ins Schlachtschiffgraue, als ich mit den David
Knights dort war.‹«

»Sie wird Bonnie einen Sinn für Tradition vermitteln. Ich
mag sie.«

»Ich auch.«

»Wo ist Nanny?« Bonnie rollte erschrocken mit den Augen.

»Aber Herzchen! Sie kommt gleich wieder. Sie ist nur
kurz weg, um ein paar nette Meinungen für dich zu sam-
meln.«

Bonnie starrte sie ungläubig an.

»Meins«, sagte sie und zeigte auf ihr Kleidchen. »Bonnie
will Orangensaft.«

»Aha, na gut – aber du wirst sehen, dass Meinungen entschieden nützlicher sind, wenn du groß bist.«

David läutete.

»Könnten wir wohl ein Glas Orangensaft bekommen?«

»Ach, Monsieur, es tut uns unendlich leid. Im Sommer
gibt es keine Orangen. Es ist die Hitze; wir hatten schon
daran gedacht zu schließen, weil man wegen des Wetters

keine Orangen bekommt. Warten Sie eine Sekunde, ich frage mal nach.«

Der Hotelbesitzer erinnerte an einen rembrandtschen Arzt. Er läutete. Ein *valet de chambre,* der genauso aussah wie er, eilte herbei.

»Haben wir Orangen im Haus?«, fragte der Hotelbesitzer.

»Nicht eine einzige«, gab der Mann mit düsterer Emphase zurück.

»Haben Sie gehört?«, erklärte der Besitzer offensichtlich erleichtert. »Nicht eine einzige.«

Er rieb sich zufrieden die Hände – das Vorhandensein von Orangen in seinem Hotel hätte ihm sicher allerhand Scherereien eingebracht.

»Orangensaft, Orangensaft«, quengelte das Kind.

»Wo zum Teufel steckt das Frauenzimmer?«, brüllte David plötzlich.

»Mademoiselle?«, fragte der Besitzer. »Aber die sitzt doch im Garten, unter unserem Olivenbaum, der über hundert Jahre alt ist. Ein herrlicher Baum! Den muss ich Ihnen zeigen!«

Er ließ ihnen den Vortritt.

»Was für ein hübscher englischer Junge«, bemerkte er dann. »Bald wird er Französisch sprechen. Ich habe früher sehr gut Englisch geredet.«

Dass Bonnie ein Mädchen war, zählte zu ihren hervorstechendsten Merkmalen.

»Das glaube ich gern«, sagte David.

Nanny hatte sich aus Eisenstühlen eine Art Privatzimmer gebaut. Überall lag Nähzeug herum, dazu ein Buch, mehrere Brillen und Bonnies Spielzeug. Auf dem Tisch

brannte eine Spirituslampe. Nanny hatte den Garten kom-
plett in Beschlag genommen. Jetzt sah er aus wie ein englisches Kinderzimmer.

»Ich habe mir die Speisekarte angesehen, Madam, schon
wieder Ziege. Also war ich beim Metzger – ich werde Bonnie ein kleines Ragout kochen. Mit Verlaub, Madam, aber
so etwas Schäbiges wie dieses Hotel habe ich noch nie erlebt. Ich glaube nicht, dass wir das aushalten.«

»Wir finden auch, dass es zu heiß ist«, sagte Alabama entschuldigend. »Mr. Knight wird sich nach einer Villa etwas
weiter die Küste hinauf erkundigen, es sei denn, wir finden
heute Nachmittag noch etwas Passendes.«

»Ich bin sicher, dass man uns etwas Besseres zu bieten
hat. Ich war mit den Horterer-Collins in Cannes, und dort
fanden wir es sehr angenehm. Im Sommer gehen sie natürlich nach Deauville.«

Alabama hatte irgendwie das Gefühl, dass sie vielleicht
auch nach Deauville hätten gehen sollen – schon aus Verpflichtung Nanny gegenüber.

»Vielleicht versuche ich es doch einmal in Cannes«, sagte
David eingeschüchtert.

Der verlassene Speisesaal war vom blendenden Mittagslicht des Südens überflutet. Ein gebrechliches englisches
Ehepaar saß noch vor dem gummiartigen Käse und dem
matschigen Obst. Die alte Frau beugte sich über die Stuhl-
lehne und strich verhalten mit dem Finger über Bonnies er-
hitzte Wangen.

»Genau wie mein Enkelchen«, sagte sie herablassend.

Nanny ging dazwischen. »Würden Sie bitte aufhören, das
Kind zu betatschen, Madam.«

»Ich habe es nicht betatscht. Ich habe es nur berührt.«

»Die Hitze hat ihr den Magen verdorben«, erklärte Nanny kategorisch.

»Kein Essen. Bonnie will nicht essen«, unterbrach das Kind das lange Schweigen des britischen Aufeinandertreffens.

»Ich auch nicht. Es riecht nach Kartoffeln. Lass uns lieber gleich auf die Suche nach dem Makler gehen, David.«

Alabama und David stolperten durch die glühende Sonne ins Zentrum des Dörfchens. Der Platz lag schläfrig und verzaubert da. Die Droschkenkutscher hatten sich an sämtliche schattigen Plätzchen verkrochen, die sie finden konnten, die Geschäfte waren geschlossen, und die unbarmherzige Sonne breitete sich rachsüchtig bis in den letzten Winkel aus. Als sie eine besonders ausladende Droschke fanden, sprangen sie aufs Trittbrett, um den Kutscher zu wecken.

»Zwei Uhr«, sagte der Mann mürrisch. »Ich habe bis zwei Uhr geschlossen.«

»Sie könnten uns trotzdem zu dieser Adresse bringen«, beharrte David. »Wir warten.«

Der Kutscher zuckte widerstrebend die Schultern.

»Warten kostet zehn Franc die Stunde«, brummte er missmutig.

»In Ordnung. Wir sind amerikanische Millionäre.«

»Setzen wir uns doch auf die Decke«, meinte Alabama. »Hier wimmelt es bestimmt von Flöhen.«

Sie falteten die braune Decke aus Armeebeständen zusammen und legten sie unter ihre schweißgebadeten Schenkel.

»*Tiens!* Da ist ja der Monsieur!« Träge zeigte der Droschkenkutscher auf einen gutaussehenden Südländer mit Augenklappe, der auf der anderen Straßenseite dabei war, den Griff seiner Ladentür abzumontieren.

»Wir möchten die Villa Blauer Lotus besichtigen. Soweit ich weiß, steht sie zur Vermietung«, begann David höflich.

»Unmöglich. Nichts zu machen. Ich habe noch nicht zu Mittag gegessen.«

»Natürlich wird Monsieur gestatten, dass ich ihn für seine verlorene Mittagsruhe entsprechend entschädige –«

»Ah, das ist etwas anderes!« Der Makler strahlte übers ganze Gesicht. »Verstehen Sie, Monsieur, seit dem Krieg ist alles anders, und man muss schließlich essen.«

»Selbstverständlich.«

Die wacklige Kutsche rollte an artischockenblau getupften Feldern vorbei und endlos weiter durch eine Vegetation, die in der flimmernden Hitze an eine Unterwasserlandschaft gemahnte. Hier und da erhob sich eine Schirmkiefer aus der flachen Landschaft. Der Weg schlängelte sich heiß und blendend Richtung Meer. Vor ihnen lag das von der Sonne geschliffene Wasser wie der Boden einer Lichtwerkstatt, bedeckt mit funkelnden Splittern.

»Da ist sie!«, erklärte der Makler stolz.

Die Villa Blauer Lotus brütete auf einem baumlosen Grundstück mit rotem Lehmboden vor sich hin. Sie öffneten die Tür und traten in die kühle, von Jalousien verdunkelte Eingangshalle.

»Hier ist das Elternschlafzimmer.«

Auf dem riesigen Bett lagen ein Pyjama aus Batikstoff und ein hellgrünes plissiertes Nachthemd.

»Faszinierend, wie locker die Menschen in diesem Land

die Dinge nehmen«, bemerkte Alabama. »Offenbar hat jemand die Nacht hier verbracht und ist dann einfach wieder verschwunden.«

»Ich wünschte, wir könnten auch so leben, ohne immer alles im Voraus planen zu müssen.«

»Schauen wir uns mal die sanitären Anlagen an.«

»Aber Madame, die Sanitäranlagen sind eins a. Sehen Sie?«

Eine schwere Holztür schwang auf und gab den Blick auf eine mit blauen Chrysanthemen geschmückte Kopenhagener Toilettenschüssel frei, deren Muster sich wie in einem wilden chinesischen Delirium über den Rand rankte. Die gekachelten Wände zeigten bunte Fischerszenen aus der Normandie. Alabama zog probehalber an der Messingstange, die diese malerische Traumwelt in Gang setzen sollte.

»Sie tut's nicht«, stellte sie fest.

Der Mann hob die Brauen wie ein Buddha.

»Na so was! Bestimmt, weil wir keinen Regen hatten! Manchmal gibt es kein Wasser, wenn es nicht genügend regnet.«

»Was machen Sie, wenn es den ganzen Sommer nicht mehr regnet?«, fragte David fasziniert.

»Irgendwann regnet es ganz bestimmt, Monsieur«, lächelte der Makler zuversichtlich.

»Und bis dahin?«

»Was für eine absurde Frage, Monsieur!«

»Nun, wir brauchen jedenfalls etwas Zivilisierteres.«

»Wir sollten nach Cannes fahren«, meinte Alabama.

»Sobald wir zurück sind, nehme ich den Zug.«

Später rief David sie aus St-Raphaël an.

»Genau das Richtige für uns«, sagte er. »Sechzig Dollar

im Monat, mit Garten, fließendem Wasser, Küchenherd und einer wundervollen Aussicht vom Dach aus – auf die Hallendächer eines Flugplatzes, soweit ich verstanden habe. Ich komme euch morgen früh abholen. Wir können sofort einziehen.«

Der Tag umschloss sie wie eine glühende Rüstung. Sie mieteten eine Limousine, deren muffiges Inneres Erinnerungen an bessere Zeiten verströmte. Ein Sträußchen Kapuzinerkresse aus vergilbtem Papier in einer kubistisch dreieckigen Glasvase versperrte die Sicht auf die Küste.

»Fahren, fahren, Bonnie will fahren«, quengelte das Kind.

»Erst müssen wir die Golfschläger verstauen. Die Staffelei kannst du hinten reinpacken, David.«

»Umm – brumm – brumm –«, machte die Kleine, zufrieden über all das Hin und Her.

Der Sommer schlängelte sich in ihre Herzen und summte auf der holprigen Chaussee. Alabama dachte an die Vergangenheit und konnte keine größeren Erschütterungen feststellen, obwohl ihr rasanter Lebensstil gelegentlich die Illusion aberwitziger Freiheit erzeugte. In diesem Moment war sie so glücklich, dass sie sich fragte, warum sie je von zu Hause weggegangen waren.

Drei Uhr nachmittags im Juli. Zärtlich dachte Nanny an England, während sie hier in einem gemieteten Wagen und unter seltsamen Umständen über Berghöhen fuhren, weißen Straßen unter Pinien folgten und sich vom Leben einlullen ließen. Aber keine Frage, dieses Leben war schön.

Die Villa Les Rossignols lag etwas abseits vom Meer im Landesinneren. Im verblassten blauen Satin des Louis-XV-Salons hielt sich der Tabakgeruch, ein Holzkuckuck protestierte gegen die Düsterkeit des mit Eichenmöbeln ausstaffierten Speisezimmers, Piniennadeln bildeten einen Teppich auf den blauen und weißen Kacheln des Balkons, und über die Balustrade ringelten sich Petunien. Die mit Kies bestreute Auffahrt führte um eine gewaltige, am Fuß mit Geranien bewachsene Palme herum und gab den Blick auf einen Laubengang aus roten Rosen frei. Die hell gekalkten Wände der Villa mit ihren farbig abgesetzten Fensterrahmen reckten sich und gähnten im goldenen Licht der Spätnachmittagssonne.

»Es gibt sogar ein Sommerhaus aus Bambus«, erklärte David voller Besitzerstolz. »Sieht aus, als hätte Gauguin sich als Landschaftsgärtner versucht.«

»Es ist himmlisch. Glaubst du, dass es hier wirklich Nachtigallen gibt?«

»Ganz bestimmt – auf Toast zum Abendessen.«

»*Comme ça, Monsieur, comme ça*«, sang Bonnie ausgelassen.

»Hör dir das an! Sie kann schon Französisch!«

»Es ist fabelhaft, dieses Frankreich, einfach fabelhaft. Finden Sie nicht, Nanny?«

»Ich lebe seit zwanzig Jahren hier, Mr. Knight, aber ich habe diese Leute nie verstanden. Natürlich hatte ich auch nicht viel Gelegenheit, Französisch zu lernen, da ich immer für Familien der gehobenen Gesellschaft tätig war.«

»Verstehe«, nickte David mitfühlend. Alles, was Nanny von sich gab, klang wie ein schrecklich kompliziertes Rezept für Karamellbonbons.

»Die drei in der Küche sind wohl ein Geschenk des Maklers, oder?«, fragte Alabama.

»So ist es – drei wundervolle Schwestern. Vielleicht Parzen, wer weiß?«

Bonnies Plappern hinter dem dichten Laub schwoll zu einem aufgeregten Geschrei an.

»Schwimm! Jetzt schwimm endlich!«

»Sie hat ihre Puppe in den Goldfischteich geworfen!«, rief Nanny aufgeregt. »Böse Bonnie! So darf man sein Goldlöckchen aber nicht behandeln!«

»Sie heißt *Comme ça*«, erklärte Bonnie. »Hast du gesehen, wie sie schwimmt?«

Die Puppe war am Grund des stillen grünen Wassers gerade noch zu erkennen.

»Wir werden glücklich sein, und weit weg von allem, was uns um ein Haar verschlungen hätte! Aber Gott sei Dank waren wir schlauer und sind rechtzeitig entwischt!« David legte seiner Frau den Arm um die Taille und schob sie durch die geöffneten Flügeltüren auf den gekachelten Boden ihres neuen Zuhauses. Alabama betrachtete die bemalte Decke. Pastellfarbene Amorfiguren tummelten sich zwischen Prunkwinden, und Rosen wucherten in den Girlanden wie Kröpfe oder bösartige Tumore.

»Glaubst du, dass es wirklich so schön ist, wie es aussieht?«, fragte sie zweifelnd.

»Wir sind im Paradies. Näher kann man ihm nicht kommen, und das hier ist der schlagende Beweis«, sagte er, als er ihrem Blick folgte.

»Ich kann nie an Nachtigallen denken, ohne dass mir das *Dekameron* einfällt. Dixie hatte es in der obersten Schublade ihrer Kommode versteckt. Komisch, wie unser Leben voller Assoziationen ist.«

»Ja, nicht? Vermutlich kann man nicht einfach so von einem zum anderen springen – man schleppt immer etwas von früher mit.«

»Hoffentlich ist es nicht nur unsere Ruhelosigkeit.«

»Wir werden einen Wagen brauchen, um zum Strand zu fahren.«

»Klar, aber morgen früh nehmen wir ein Taxi.«

Und schon war der Morgen da, hell und heiß. Der provenzalische Gärtner, der aus seinem passiven Widerstand gegen jede Form von Anstrengung keinen Hehl machte, weckte sie mit dem trägen Kratzen seines Rechens auf dem Kies. Das Hausmädchen servierte ihnen das Frühstück auf dem Balkon.

»Würden Sie uns ein Taxi bestellen, o Tochter dieser blühenden Republik?«

David war im siebten Himmel. Alabama dachte mit morgendlichem Zynismus, dass so viel Energie noch vor dem Frühstück nun wirklich nicht nötig war.

»Noch nie, Alabama, haben wir ein so starkes, überzeugendes Genie am Werk gesehen, Bilder eines gewissen David Knight! Nach einem morgendlichen Bad im Meer stürzt er sich Tag für Tag in seine Arbeit und hört erst gegen vier Uhr nachmittags mit einem weiteren erfrischenden Sprung ins Wasser wieder auf.«

»Und während David Knight von Tag zu Tag klüger wird, schwelge ich in der sinnlichen Luft und werde von Bananen und Chablis immer dicker.«

»Genau. Der Platz einer Frau ist beim Wein«, stimmte David nachdrücklich zu. »Ich kümmere mich derweil um die Kunst.«

»Aber du wirst nicht die ganze Zeit arbeiten, oder?«

»Ich hoffe, doch.«

»Männer regieren die Welt«, seufzte Alabama und räkelte sich in einem Sonnenstrahl. »Diese Luft ist geradezu lasziv …«

Das Getriebe der knightschen Existenz, von den drei Frauen in der Küche in Gang gehalten, lief reibungslos in dieser wohltuenden Umgebung, während der Sommer gemächlich seine ganze pompöse Pracht entfaltete. Die Blumen blühten klebrig und süß unter den Fenstern des Salons; die nächtlichen Sterne verfingen sich im Netz der Pinienwipfel. Im Garten flüsterten die Bäume vor sich hin, und die warmen dunklen Schatten machten »Uh-hu«. Aus den Fenstern von Les Rossignols sah man die römische Arena von Fréjus, sie schwamm im Licht des Mondes, der über dem Land hing wie ein prall gefüllter Weinschlauch.

David arbeitete an seinen Bildern; Alabama verbrachte viel Zeit allein.

»Was soll ich bloß machen, David?«

Er antwortete, sie könne nicht immer ein Kind bleiben und sich von anderen unterhalten lassen.

Eine uralte Klapperkiste brachte sie jeden Morgen zum Strand. Das Hausmädchen bezeichnete das Gefährt als *la voiture* und verkündete seine Ankunft am Morgen, wenn sie bei ihren Brioches mit Honig saßen, stets mit großem Trara. Es gab zahllose Familienstreitereien darüber, wie lange man nach einer Mahlzeit warten musste, ehe man ins Wasser gehen konnte.

Träge spielte die Sonne hinter der byzantinischen Silhouette der Stadt. Badehäuser und ein Tanzpavillon bleichten in der weißen Brise. Der Strand erstreckte sich meilen-weit am blauen Meer entlang. Nanny errichtete aus schierer Gewohnheit ein britisches Protektorat auf einem großzü-gig bemessenen Stück Sand.

»Es ist Bauxit, deshalb sind die Hügel so rot gefärbt«, erklärte sie. »Ach, übrigens, Bonnie braucht einen neuen Badeanzug, Madam.«

»Wir können versuchen, in den *Galeries des objectives perdues* einen zu finden«, schlug Alabama vor.

»Oder in der *Occasion des perspectives oubliés*«, sagte David.

»Genau. Bei einem vorbeidümpelnden Delphin oder im Bart dieses Manns da drüben.«

Alabama zeigte auf eine schmale, gebräunte Gestalt mit Segeltuchhose, glänzenden Rippen wie die einer Christus-figur aus Elfenbein und Augen wie die eines obszönen Fauns.

»Guten Morgen«, grüßte er mit vollendeter Höflichkeit. »Ich habe Sie schon öfter hier gesehen.«

Seine Stimme klang tief und metallisch und drückte das ganze Selbstbewusstsein eines Gentleman aus.

»Ich bin der Besitzer eines kleinen Lokals. Wir bieten Speisen an, und abends gibt es Tanz. Es ist mir eine Freude, Sie in St-Raphaël begrüßen zu dürfen. Im Sommer kom-men nicht viele Gäste, wie Sie sehen, aber wir machen das Beste daraus. Es wäre eine Ehre für mein Etablissement, wenn Sie im Anschluss an Ihr Bad die Einladung zu einem amerikanischen Cocktail annehmen würden.«

David war überrascht. Mit einem Begrüßungskomitee hatte er nicht gerechnet. Es war, als wären sie in einen Club aufgenommen worden.

»Mit größtem Vergnügen«, antwortete er hastig. »Dürfen wir einfach so in Strandkleidung kommen?«

»Ja, nur keine Umstände. Man nennt mich Monsieur Jean. Aber Sie müssen auch die anderen Gäste kennenlernen, ganz reizende Leute.« Er lächelte versonnen und verschwand dann im gleißenden Licht des Morgens.

»Es gibt überhaupt keine Leute hier«, sagte Alabama.

»Vielleicht hat er sie da drin in Flaschen eingeschlossen. Jedenfalls erinnert er dermaßen an einen Dschinn, dass es ihm zuzutrauen wäre. Wir werden es bald erfahren.«

Nanny, die weder Gin noch Dschinns zu schätzen wusste, rief über den Sand hinweg nach dem Kind.

»Nein, nein, nein!«

Die Kleine lief auf das Wasser zu.

»Ich hole sie, Nanny.«

Mr. und Mrs. David Knight stürzten dem Kind in die blaue Flut hinterher.

»Du müsstest eigentlich Matrose sein«, bemerkte Alabama.

»Aber ich bin schon Agamemnon«, gab David zurück.

»Und Bonnie ist ein kleiner Fisch«, krähte ihre Tochter dazwischen. »Ein klitzekleiner süßer Fisch!«

»Na gut. Du kannst im Wasser spielen, wenn du möchtest. Meine Güte! Ist es nicht ein herrliches Gefühl, dass uns jetzt nichts mehr stören kann und das Leben genauso ist, wie es sein soll?«

»Perfekt, großartig, fabelhaft, herrlich! Aber ich möchte auch Agamemnon sein!«, sagte Alabama.

»Bitte, spiel Fisch mit Bonnie«, bettelte die Kleine. »Fische sind viel schöner!«

»Na gut. Dann bin ich eben ein Agamemnonfisch. Ich kann nur mit den Beinen schwimmen, siehst du?«

»Aber wieso kannst du zwei Sachen gleichzeitig sein?«

»Weil ich so unerhört intelligent bin, mein Schatz, dass ich eine ganze eigene Welt sein könnte, wenn mir Daddys Welt nicht besser gefiele.«

»Das Salzwasser hat wohl dein Gehirn mariniert, Alabama!«

»Ha! Dann bin ich eben ein marinierter Agamemnonfisch, und das ist noch viel schwieriger. Dann muss man nämlich auch noch ohne Beine auskommen«, brüstete sich Alabama.

»Das wird bestimmt leichter nach einem Cocktail. Komm, wir schwimmen an Land.«

Nach dem grellen Licht des Strandes wirkte der Raum kühl und dunkel. Ein angenehm maskuliner Geruch nach verdunstetem Salzwasser hing in den Vorhängen. Die aufsteigenden Hitzewellen draußen versetzten die Bar in ständige Bewegung, als wäre ihr stilles Inneres bloß ein vorübergehender Rastplatz für die nimmermüden Winde.

Combs, yes, we have no combs today, sang Alabama, während sie sich in dem halbblinden Spiegel hinter der Bar betrachtete. Frisch, glatt und salzig, so fühlte sie sich! Sie befand, dass ihr der Scheitel auf der anderen Seite besser stehen würde. In der schwachen Reflexion des alten Spiegels entdeckte sie die Umrisse eines breiten Rückens in der steifen weißen Uniform der französischen Luftwaffe. Sie erkannte Gesten südländischer Zuvorkommenheit, die erst ihr, dann David galten, eine halb vom Spiegelglas verwischte Pantomime. Einen goldenen Kopf, wie auf einem Weihnachtstaler, der heftig nickte, und breite bronzefarbene Hände, die herumfuchtelten, in der unsinnigen Hoffnung, dass die schwere, tropische Luft geeignete englische Worte enthielt, um eine typisch südländische Botschaft zu überbringen. Die Schultern waren schmal, stark und fest, und während er sich bemühte, sich verständlich zu machen, zog er sie leicht nach vorn. Schließlich nahm der Offizier einen kleinen roten Kamm aus der Tasche und nickte Alabama aufmunternd zu. Als ihr Blick dem seinen begegnete, fühlte sie sich wie ein Einbrecher, dem der Hausherr unerwartet die Zahlenkombination für seinen Tresor vor die Nase hält. Als hätte man sie bei irgendeiner haarsträubenden Schandtat ertappt.

»*Permettez?*«, sagte der Mann.

Sie starrte ihn an.

»*Permettez*«, wiederholte er, »auf Englisch heißt das *permettez*, verstehen Sie?«

Dann verfiel der Offizier in ein wortreiches unverständliches Französisch.

»Nichts verstehen«, sagte Alabama.

»*Oui* verstehen«, gab er überheblich zurück. »*Permettez?*« Er verbeugte sich und küsste ihr die Hand. Ein ernstes, trauriges Lächeln huschte über sein goldenes Gesicht, ein Lächeln, das um Verzeihung bat – sein Ausdruck hatte den Charme eines Jungen, der plötzlich gezwungen war, eine Rolle in der Öffentlichkeit zu spielen, die er insgeheim schon lange eingeübt hatte. Ihre Bewegungen waren so übertrieben, als spielten sie Theater für zwei andere Menschen in der Ferne, blasse Schemen ihrer selbst.

»Ich bin kein *germe*«, sagte er dann verblüffenderweise.

»*Oui*, das sieht man – ich meine, das ist nicht zu übersehen«, antwortete sie.

»*Regardez!*« Der Mann fuhr sich effektvoll mit dem
Kamm durchs Haar, um dessen Funktion zu demonstrie-
ren.

»Ich würde ihn gern benutzen«, sagte Alabama und warf
David einen zweifelnden Blick zu.

»Darf ich vorstellen? Leutnant Jacques Chevre-Feuille
von der Französischen Luftwaffe, Madame«, mischte sich
Monsieur Jean mit tiefer Stimme ein. »Er ist völlig harmlos,
und das sind seine Freunde, Leutnant Paulette und seine
Frau, Leutnant Bellandeau, Leutnant Montague, ein Korse,
wie Sie bald merken werden, und die beiden da drüben sind
René und Bobbie aus St-Raphaël, sehr nette Jungs.«

Die orientalischen roten Lampen, die algerischen Teppiche, die das Tageslicht aussperrten, der Geruch nach Salzwasser und Räucherwerk verliehen Jeans *Plage* den Hauch
eines geheimen Ortes – einer Opiumhöhle oder eines Pira-
tenverstecks. An den Wänden hingen Krummsäbel, helle
Messingtabletts auf afrikanischen Trommeln blinkten in
den dunklen Ecken. Auf kleinen, mit Perlmutt geschmück-
ten Tischen sammelte sich das künstliche Zwielicht wie
eine Staubschicht.

Jacques bewegte sich so ungestüm und spontan wie ein
geborener Anführer. Im Schatten seiner strahlenden Erscheinung wartete die Kohorte: der fette, schmierige Bellandeau,
der mit ihm zusammenwohnte und sich in den Kämpfen
von Montenegro bewährt hatte; der Korse, ein düsterer Ro-
mantiker, der nur mit seiner Verzweiflung beschäftigt war
und in der Hoffnung, sich umzubringen, im Tiefflug über

den Strand raste, so dass die Badenden beinahe die Tragflächen seines Flugzeugs berühren konnten; der große untadelige Paulette, stets gefolgt von den Blicken seiner Frau, die eine Figur von Marie Laurencin hätte sein können. René und Bobbie steckten in blendend weißer Strandkleidung und unterhielten sich in leisen Tönen über Arthur Rimbaud. Bobbie hatte die Angewohnheit, an seinen Brauen zu zupfen, und den flachen, lautlosen Gang eines Butlers. Er war älter, hatte am Krieg teilgenommen, und seine Augen waren so grau und traurig wie die aufgewühlten Schlachtfelder von Verdun – René malte ihren wie vom Regen verwaschenen Glanz in diesem Sommer in sämtlichen Schattierungen von Ebbe und Flut. René war der künstlerisch veranlagte Sohn eines Anwalts aus der Provence. Seine braunen Augen verzehrten sich im kalten Feuer eines Tintoretto-Knaben. Die Ehefrau eines Schokoladenfabrikanten aus dem Elsass wachte verstohlen über dem billigen Grammophon und erzählte ihrer braungebrannten Tochter Raphaël sentimentale Erinnerungen an ihre unvergessene südliche Herkunft. Die hellen Locken zweier Halbamerikaner Anfang zwanzig, hin- und hergerissen zwischen südländischer Neugier und angelsächsischer Vorsicht, schwebten im Halbdunkel wie das Detail eines Cherubins auf einem dunklen Fries aus der Renaissance.

David fand das barbarische Nebeneinander des mediterranen Morgens außerordentlich inspirierend.

»Heute zahle ich, aber nur Portwein, denn ich habe kein Geld, verstehen Sie.« Trotz Jacques' großspuriger Versuche, Englisch zu sprechen, unterstrich er seine Wünsche mit möglichst dramatischen Gesten.

»Glaubst du, er könnte ein Gott sein?«, flüsterte Alabama David zu. »Er sieht genauso aus wie du – mit dem Unterschied, dass er ein sonniges Gemüt zu haben scheint, während du eher ein Mondtyp bist.«

Der Leutnant stand neben ihr und nahm zögernd Objekte in die Hand, die sie berührt hatte, als wollte er wie ein Elektriker, der eine komplizierte Sicherung einbaut, eine emotionale Verbindung zwischen ihnen herstellen. Wortreich wandte er sich an David und tat, als wäre ihm Alabamas Gegenwart gleichgültig. Glaubte er vielleicht, so sein spontanes Interesse vertuschen zu können?

»Ich komme Sie also mit meinem Flugzeug besuchen«, erklärte er großmütig, »und im Übrigen bin ich jeden Nachmittag zum Schwimmen hier.«

»Dann müssen Sie heute Nachmittag unser Gast sein«, sagte David amüsiert, »denn wir werden jetzt zum Lunch erwartet und haben keine Zeit mehr für einen Drink.«

Das klapprige Taxi rollte durch die herrlich schattigen Hohlwege der Provence und holperte durch die verdorrten Abschnitte zwischen den Weingärten. Es war, als hätte die Sonne alle Farben der Landschaft aufgesogen, um ihre eigene Sonnenuntergangsmischung zu brauen. Die zahlreichen Farbnuancen kochten und brodelten am Himmel, während das Land weiß und allen Lebens beraubt dalag und wartete, bis sich die verschwenderische Mixtur am späten Nachmittag durch die Reben und Felsen ergießen und sie abkühlen würde.

»Sehen Sie sich bloß die Ärmchen der Kleinen an, Madam. Wir brauchen unbedingt einen Sonnenschirm.«

»Ach wo, Nanny, lassen Sie sie ruhig braun werden. Ich

liebe diese schönen von der Sonne gebräunten Menschen. Sie sehen so aus, als hätten sie gar keine Geheimnisse.«

»Aber nicht zu viel. Es heißt, dass die Sonne die Haut ruiniert. Man muss immer an die Zukunft denken, Madam.«

»Also ich persönlich habe vor, schwarz wie ein Mulatte zu werden«, sagte David. »Würdest du es unmännlich finden, wenn ich mir die Beine rasierte, Alabama? Dann bräunen sie schneller.«

»Kann Bonnie ein Boot haben?« Der Blick der Kleinen suchte den Horizont ab.

»Die *Aquitania,* wenn du willst, aber erst muss ich mein nächstes Bild beenden.«

»Die ist *démodé*«, erklärte Alabama. »Ich hätte gern einen hübschen italienischen Passagierdampfer mit jeder Menge Bucht von Neapel im Frachtraum.«

»Typisch Alabama«, sagte David. »Jetzt zeigt sich wieder mal, wo du herkommst – aber wenn ich dich dabei erwische, dass du dem jungen Dionysos schöne Augen machst, drehe ich ihm den Hals um, ich warne dich.«

»Keine Sorge. Ich kann mich ja nicht mal vernünftig mit ihm unterhalten.«

Eine einsame Fliege summte gegen die Lampe über ihrem Mittagessen, das auf einem wackligen, zusammenklappbaren Billardtisch serviert wurde. Die Löcher im Filz bildeten Buckel unter dem Tischtuch. Der *Graves Monopole Sec* war lauwarm und sah in den blauen Weingläsern unappetitlich grün aus. Es gab Tauben mit Oliven. In der Hitze rochen sie nach Stall.

»Vielleicht wäre es schöner, im Garten zu essen«, schlug David vor.

»Dann würden wir von Insekten zerstochen«, wandte Nanny ein.

»Wie ist es möglich, dass man sich in einer so herrlichen Umgebung nicht wohl fühlt«, warf Alabama ein. »Am Anfang war hier alles so schön.«

»Tja, aber dann wurde es immer schlechter und teurer. Hast du je herausgekriegt, wie viel ein Kilo ist?«

»Zwei Pfund, glaube ich.«

»Dann können wir unmöglich vierzehn Kilo Butter in einer Woche verbraucht haben«, explodierte David.

»Vielleicht ist es auch bloß ein halbes Pfund«, sagte Alabama entschuldigend. »Ich hoffe, du wirst jetzt nicht alles verderben, bloß wegen eines Kilos –«

»Man muss ständig auf der Hut sein, wenn man es mit Franzosen zu tun hat, Madam.«

»Warum kannst du nicht wenigstens einigermaßen anständig den Haushalt führen, wenn du dich schon darüber beschwerst, dass du nichts zu tun hast? Das verstehe ich nicht.«

»Was soll ich denn machen? Jedes Mal, wenn ich mit der Köchin reden will, läuft sie schnell die Kellertreppe hinunter und schreibt noch mal hundert Franc auf die Rechnung.«

»Also, wenn es morgen wieder Tauben gibt, könnt ihr ohne mich zu Mittag essen«, drohte David. »Das geht so nicht weiter.«

»Haben Sie die neuen Fahrräder gesehen, die sie gekauft haben, seit wir hier sind, Madam?«

»Miss Meadow«, fiel David ihr unvermittelt ins Wort, »würde es Ihnen etwas ausmachen, Mrs. Knight bei der Buchführung zur Hand zu gehen?«

Alabama wünschte, David würde Nanny aus dem Spiel lassen. Sie wollte lieber daran denken, wie braun ihre Beine werden könnten und wie der Wein schmeckte, wenn er kalt wäre.

»Es sind die Sozialisten, Mr. Knight. Sie ruinieren das Land. Es wird noch einmal zum Krieg kommen, wenn sie nicht aufpassen. Mr. Horterer-Collins hat immer gesagt…«

Nanny hörte gar nicht mehr auf zu reden, und zwar so laut und deutlich, dass es unmöglich war, auch nur ein Wort ihres Sermons zu überhören.

»Unfug«, gab David gereizt zurück. »Die Sozialisten haben lediglich deshalb so viel Macht, weil das Land im Schlamassel steckt. Ursache und Wirkung.«

»Ich bitte Sie, Sir, die Sozialisten haben schon den Ersten Weltkrieg verursacht, und jetzt…« Nanny machte keinen Hehl aus ihrer politischen Meinung.

Im kühlen Schlafzimmer, wo sie ein wenig ausruhen wollten, ereiferte sich Alabama:

»So etwas können wir uns nicht jeden Tag anhören! Glaubst du, das kommt jetzt bei jeder Mahlzeit auf uns zu?«

»Wir können Bonnie und sie ja abends zum Essen nach oben schicken. Vermutlich ist sie einfach nur einsam. Jeden Morgen sitzt sie allein am Strand.«

»Aber das ist grässlich, David.«

»Ich weiß – aber *du* hast nun wirklich keinen Grund, dich zu beklagen. Stell dir mal vor, du müsstest über die Komposition eines Bildes nachdenken, während sie ihre Reden schwingt. Sie wird schon irgendwen finden, dem sie ihr Herz ausschütten kann. Dann wird es besser. Wir können uns doch nicht von wildfremden Menschen den Sommer verderben lassen.«

Alabama wandelte von einem Zimmer des Hauses zum anderen. Gewöhnlich unterbrachen nur die fernen Geräusche des Haushalts die Stille. Doch dieser plötzliche Lärm war ohrenbetäubend – entsetzlich. Es hörte sich an, als stürzte das Haus ein.

Sie rannte auf den Balkon, Davids Kopf erschien am Fenster.

Das unregelmäßige Dröhnen eines Flugzeugs kam auf die Villa zu. Es flog so tief, dass sie Jacques' goldenes Haar durch das braune Netz auf seinem Kopf schimmern sehen konnten. Wie ein wütender Raubvogel stürzte das Flugzeug herab, drehte in letzter Sekunde scharf ab und schraubte sich wieder hoch in den blauen Himmel. Dann machte es rasch kehrt und schoss mit funkelnden Tragflächen in einer atemberaubenden Spirale abwärts, bis es beinahe die Dachziegel streifte. Als es sich wieder aufrichtete, sahen sie, wie Jacques ihnen lässig zuwinkte und etwas in den Garten warf.

»Dieser verdammte Idiot wird sich noch den Hals brechen! Da kriegt man ja einen Herzinfarkt!«, protestierte David.

»Er muss unglaublich mutig sein«, sagte Alabama verträumt.

»*Eitel,* meinst du wohl«, rief er.

»*Voilà,* Madame. *Voilà! Voilà! Voilà!*«

Das aufgeregte Hausmädchen brachte Alabama eine braune Kuriertasche. In ihrer raschen französischen Auffassungsgabe war nicht vorgesehen, dass eine Maschine so gefährlich tief fliegen könnte, um eine Nachricht für den männlichen Teil des Haushalts abzuwerfen.

Alabama öffnete die Tasche. Sie enthielt ein kariertes Stück Papier, offensichtlich aus einem Notizbuch herausgerissen. Diagonal darüber hatte er mit Blaustift ein paar Worte gekritzelt: *»Toutes mes amitiés du haut de mon avion. Jacques Chevre-Feuille.«*

»Was könnte das heißen?«, fragte Alabama.

»Schöne Grüße«, sagte David. »Warum besorgst du dir nicht endlich ein französisches Wörterbuch?«

An diesem Nachmittag ging Alabama auf dem Weg zum Strand in der Buchhandlung vorbei. Die Bücher standen in Reih und Glied und hatten cremeweiße Seiten. Sie entschied sich für ein Wörterbuch und *Le Bal du Comte d'Orgel* auf Französisch, um die Sprache zu lernen.

Jeden Nachmittag pünktlich um vier wehte der Wind eine blaue Schneise durch die vom Meer getränkten Vorhänge bei Jean. Die Drei-Mann-Version einer Jazzband setzte dem Rauschen der ansteigenden Flut die Melancholie amerikanischer Schlager entgegen. Eine ausgelassene Interpretation von *Yes, We Have no Bananas* trieb mehrere Paare auf die Tanzfläche. Bellandeau tanzte gespielt kokett mit dem düsteren Korsen; Paulette und Madame wirbelten in rasender Geschwindigkeit durch die Feinheiten dessen, was sie für einen amerikanischen Foxtrott hielten.

»Sie bewegen die Füße wie ein Drahtseiltänzer bei seinen Lockerungsübungen«, bemerkte David.

»Das macht bestimmt Spaß. Ich will es unbedingt lernen.«

»Dann musst du aber auf Kaffee und Zigaretten in Zukunft verzichten.«

»Könnte sein. Werden Sie es mir beibringen, Monsieur Jacques?«

»Ich bin ein schlechter Tänzer. In Marseille habe ich immer nur mit Männern getanzt. Tanzen ist nichts für echte Männer.« Alabama verstand sein Französisch nicht, aber das spielte keine Rolle. Die goldene Kraft seines Blicks zog sie unbeirrt vor und zurück, vor und zurück, durch den Bananenmangel der Großen Republik.

»Gefällt Ihnen Frankreich?«

»Ich liebe es.«

»Sie können Frankreich gar nicht lieben«, sagte er herablassend. »Dazu müssten Sie zuerst einen Franzosen lieben.«

Beim Thema Liebe waren Jacques' Englischkenntnisse am besten. Er sprach *love* wie *lahve* aus und hob es besonders hervor, als hätte er Angst, es könnte ihm entwischen.

»Ich habe ein Wörterbuch gekauft, um Englisch zu lernen«, sagte er.

Alabama lachte.

»Ich lerne Französisch«, sagte sie. »Damit ich Frankreich noch ausgesprochener lieben kann.«

»Sie müssen sich Arles anschauen. Meine Mutter stammte aus Arles«, vertraute er ihr an. »Die Frauen dort sind besonders schön.«

Das düster-romantische Flair seiner Stimme degradierte den Rest der Welt zu einer unsäglichen Nebensächlichkeit. Gemeinsam lauschten sie dem Donnern der anrauschenden Wogen und schauten über die Kuppe des blauen Horizonts.

»Bestimmt«, murmelte sie, doch was sie meinte, hatte sie schon vergessen.

»Und Ihre Mutter?«, fragte er.

»Meine Mutter ist alt. Sehr liebevoll. Sie hat mich verwöhnt und mir alles gegeben, was ich wollte. Wenn ich etwas nicht haben konnte, fing ich an zu heulen, das war typisch für mich.«

»Erzählen Sie mir, wie Sie als kleines Mädchen waren«, sagte er zärtlich.

Die Musik brach ab. Er zog sie an sich, bis sie das Gefühl hatte, seine Knochen bohrten sich in die ihren. Er hatte bronzefarbene Haut und roch nach Sand und Sonne; unter dem gestärkten Leinenanzug war er nackt, sie spürte es. Alabama dachte nicht an David. Sie hoffte, dass er nichts gesehen hatte, aber es war ihr auch egal. Sie hatte Lust, Jacques Chevre-Feuille auf der Spitze des Arc de Triomphe zu küssen. Diesen in weißes Leinen gekleideten Fremden zu küssen war, als gäbe sie sich einem vergessenen religiösen Ritual hin.

Fortan fuhren David und sie nach dem Abendessen nach St-Raphaël. Sie kauften sich einen kleinen Renault. Lediglich die Fassade der Stadt war erleuchtet, wie eine flache Kulissenwand, hinter der ein Szenenwechsel stattfand. Unter den ausladenden Platanen auf der Promenade grub sich der Mond brüchige Höhlen. In einem runden Pavillon am Strand spielte die Dorfkapelle Melodien aus *Faust* und Karussellwalzer. Ein Jahrmarkt schlug seine Zelte auf, und die jungen Amerikaner und die jungen Offiziere schwangen sich auf schaukelnden Holzpferden in den südländischen Himmel.

»Dieser Jahrmarkt ist eine Brutstätte für Keuchhusten, Madam«, mahnte Nanny.

Bonnie und sie warteten im Wagen, um den Bazillen aus

dem Weg zu gehen, oder sie unternahmen langsame Spaziergänge auf dem sauber geharkten Platz vor dem Bahnhof. Dann wurde Bonnie bockig und schrie derart durchdringend nach dem Nachtleben der Kirmes, dass sie schließlich Kind und Kindermädchen abends zu Hause lassen mussten.

Nacht für Nacht trafen sie sich mit Jacques und seinen Freunden im Café de la Flotte. Die jungen Männer waren laut, tranken viel Bier, Portwein und sogar Champagner, wenn David bezahlte, und bezeichneten die Kellner ausgelassen als *amiraux*. René fuhr mit seinem gelben Citroën die Treppe zum Hotel Continental hinauf. Die Flieger waren Royalisten. Manche malten, und andere versuchten zu schreiben, wenn sie nicht mit ihren Flugzeugen herumrasten, und alle liebten das Garnisonsleben. Wenn sie nachts fliegen mussten, bekamen sie eine Sonderzulage. Die roten und grünen Lichter von Jacques und Paulette fegten immer wieder wie auf einer Flugschau über die Küste. Jacques konnte es nicht ausstehen, wenn David für ihn bezahlte, doch Paulette war froh drum, weil seine Frau und er ein Kind hatten, das bei seinen Eltern in Algier aufwuchs.

Die Riviera bezaubert mit ihrem blauen Leuchten und den weißen Palästen, die in der Hitze flimmern. Zumindest bevor die eleganten Passagiere des Train Bleu, Granden der Biarritzer Nachhut, amtierende Diktatoren oder angesagte Innenarchitekten die blauen Horizonte als Kulisse für ihre künstlerischen Ambitionen entdeckten. Eine kleine Gruppe von Menschen verschwendete ihre Zeit damit, glücklich zu sein, und verschwendete ihr Glück damit, diese Zeit zwischen den in der Sonne glühenden Palmen und Weinstö cken zu verbringen, die sich an die Lehmhänge klammerten.

An den langen Nachmittagen las Alabama Henry James. Während David arbeitete, las sie Robert Hugh Benson und Edith Wharton und Dickens. Die Nachmittage an der Riviera sind endlos, still und erfüllt von einer Vorahnung der Nacht, lange bevor es Abend wird. Boote voller heller Fischrücken und das gleichmäßige Tuckern von Motorbooten schleppten den Sommer über das Wasser.

Was soll ich nur mit meiner Zeit anfangen?, dachte sie ruhelos. Sie versuchte, sich ein Kleid zu schneidern, scheiterte jedoch kläglich.

Aus schierer Langeweile knöpfte sie sich Nanny vor. »Ich finde, Bonnies Essen ist zu stärkehaltig«, erklärte sie energisch.

»Der Ansicht bin *ich* nicht, Madam«, gab Nanny pikiert zurück. »Kein Kind, für das ich in den letzten zwanzig Jahren verantwortlich war, hat von mir zu stärkehaltiges Essen bekommen.«

Dann rannte sie zu David, um sich zu beschweren.

»Musst du dich überall einmischen, Alabama?«, sagte er. »Im Moment brauche ich absolute Ruhe für meine Arbeit.«

Als sie noch klein war und die Tage müßig in der ewig gleichen trägen Weise vergingen, hatte sie sich nicht vorstellen können, dass das Leben selbst diese langsamen, ereignislosen Abschnitte hervorbrachte, sondern geglaubt, dass der Richter dafür verantwortlich war und sie damit um die Aufregung brachte, die ihr nach eigener Ansicht zustand. Jetzt fing sie an, David für die Eintönigkeit ihres Lebens verantwortlich zu machen.

»Hmm, warum gibst du nicht eine Party?«, schlug er vor.

»Wen sollen wir denn einladen?«

»Keine Ahnung – die Frau des Maklers und die Elsässerin.«

»Sie sind grauenhaft –«

»Sie sind ganz in Ordnung, du musst sie nur mit den Augen eines Matisse betrachten.«

Die Frauen waren zu spießig, um ihre Einladung anzunehmen. Der Rest der Gruppe versammelte sich im Garten der Knights und trank Cinzano. Madame Paulette klimperte die Melodie von *Pas sur la bouche* auf dem verstimmten Teakholz-Piano. Die Franzosen redeten in einem fort und völlig unverständlich auf David und Alabama ein. Es ging um das Werk von Ferdinand Léger und René Crevel. Sie beugten beim Sprechen steif den Oberkörper vor und wirkten angespannt und förmlich in dem Bewusstsein, wie deplaciert sie hier waren – alle, bis auf Jacques. Er stellte seine unglückliche Liebe zu Davids Frau voll zur Schau.

»Haben Sie keine Angst bei Ihren Kunststücken?«, fragte Alabama.

»Ich habe immer Angst, wenn ich fliege. Deshalb gefällt es mir so«, sagte er herausfordernd.

Zwar ließen die drei Schwestern in der Küche an gewöhnlichen Wochentagen zu wünschen übrig, doch bei besonderen Gelegenheiten explodierten sie wie ein Feuerwerk am 14. Juli und servierten giftrote Hummer in Sellerienestern, Salate, bunt wie Osterkarten, und Unmengen von Mayonnaise. Der Tisch war verschwenderisch mit Stechwinde geschmückt, und es gab sogar Eis, wie Alabama sich vergewisserte, auf dem Betonboden im Keller.

Madame Paulette und Alabama waren die einzigen Frauen.

Monsieur Paulette gab sich distanziert und behielt seine Frau im Auge. Er schien das Gefühl zu haben, dass ein Essen mit Amerikanern etwa so riskant war wie die Teilnahme an einem Quatre-Arts-Ball.

»*Ah, oui*«, lächelte Madame, »*mais oui, certainement oui, et puis o-u-i.*« Es klang wie der Refrain eines Mistinguett-Stücks.

»Aber in Montenegro – Sie kennen Montenegro doch sicher? – tragen *alle* Männer Korsetts«, erzählte der Korse.

Irgendwer stieß Bellandeau in die Rippen.

Jacques richtete seinen Blick verzweifelt auf Alabama.

»In der französischen Marine ist der Kapitän froh, ja sogar stolz darauf, mit seinem Schiff unterzugehen«, erklärte er. »Und ich *bin* Offizier der französischen Marine.«

Die Party strebte ihrem Höhepunkt entgegen, und das französische Geplapper wurde dermaßen unverständlich, dass Alabamas Gedanken abschweiften.

»Darf ich Ihnen eine Kostprobe vom Gewand des Dogen anbieten?«, fragte sie und tauchte den Löffel ins Johannisbeergelee, »oder ein Häppchen Rembrandt?«

Sie saßen in der abendlichen Brise auf der Terrasse, sprachen über Amerika, Indochina und Frankreich und lauschten dem Kreischen und Klagen der Nachtvögel im Dunkeln. Der matte Mond war von der salzigen Sommerluft angelaufen, so dass sich die Schatten schwarz und vielsagend ausbreiten konnten. Eine Katze kletterte auf die Terrasse. Es war sehr heiß.

René und Bobbie gingen Salmiakgeist gegen die Moskitos holen; Bellandeau ging schlafen, Paulette ging mit seiner Frau nach Hause, auf französischen Anstand bedacht. Das

Eis schmolz auf dem Boden der Speisekammer, und sie brieten sich in der Küche Spiegeleier in einer geschwärzten gusseisernen Pfanne. Dann fuhren Alabama, David und Jacques in der kupferfarbenen Morgenröte nach Agay, dem kühlen goldenen Morgen entgegen, mit seinen blassen Sonnenkringeln auf den Pinien und dem weißen Duft sich schließender Nachtblüten.

»Da sind die Höhlen des Neandertalers«, sagte David und zeigte auf die roten Öffnungen in den Hügeln.

»Nein«, gab Jacques zurück, »die Fundstätten sind in Grenoble.«

Jacques saß am Steuer des Autos. Er lenkte es, als wäre es ein Flugzeug, die Reifen quietschten, die Karosserie klapperte, und der Lärm scheuchte die letzten Reste der Dämmerung auf wie Schwärme von Zugvögeln.

»Wenn das mein Wagen wäre, würde ich ihn jetzt ins Meer fahren«, sagte er. Sie rasten durch die Ausläufer der Provence und folgten der sich schläfrig räkelnden Straße, die sich um die Hügel knüllte wie zerwühlte Laken, bis zum Strand.

Es wird mindestens fünfhundert Franc kosten, den Wagen reparieren zu lassen, dachte David, als er Jacques und Alabama beim Pavillon absetzte.

Er selbst fuhr nach Hause, um zu arbeiten, bis sich das Licht veränderte. Er behauptete steif und fest, das grelle Mittagslicht des Südens eigne sich ausschließlich für Exterieurs. Dann kam er zu Fuß zurück, um vor dem Lunch noch einmal mit Alabama ins Wasser zu gehen. Er fand die beiden im Sand sitzend wie ein Paar von – nun ja, wie ein Paar von irgendwas, sagte er sich angewidert. Sie waren nass und glatt wie zwei Katzen, die sich geputzt hatten. David war es heiß vom Gehen. Der glühende Schweiß im Nacken brannte wie eine Halskrause aus Nesseln.

»Kommst du noch mal mit ins Wasser?« Er hatte das Gefühl, etwas sagen zu müssen.

»Oh, David. Es ist schrecklich kalt heute Morgen. Außerdem kommt Wind auf.« Alabamas Ton klang vorwurfsvoll, als schimpfte sie mit einem Kind, das sie gestört hatte.

So schwamm David trotzig allein hinaus und betrachtete vom Wasser aus die beiden glänzenden Gestalten, die Seite an Seite in der Sonne saßen.

»Das ist wirklich der Gipfel der Unverfrorenheit«, murmelte er wütend.

Der Wind hatte das Wasser bereits abgekühlt. Die schrägen Strahlen der Sonne zersägten das Mittelmeer in unzählige silberne Späne und spülten sie an den verlassenen Strand. Als David sich umziehen ging, sah er, wie Jacques sich zu Alabama hinüberbeugte und ihr in den ersten Böen des Mistrals etwas ins Ohr flüsterte. Er konnte nicht hören, was sie sagten.

»Versprich mir, dass du kommst«, flüsterte Jacques.

»Ja – ich weiß nicht. Ja«, sagte sie.

Als David aus der Kabine trat, brannte der aufgewirbelte Sand in seinen Augen. Tränen rannen über Alabamas Wangenknochen, ihre gebräunte golden schimmernde Haut. Sie versuchte es auf den Wind zu schieben.

»Du bist krank, Alabama, völlig verrückt. Wenn du dich weiter mit diesem Mann triffst, lasse ich dich hier und fahre allein nach Amerika zurück.«

»Das kannst du nicht machen!«

»Du wirst schon sehen, was ich alles kann!« Es klang wie eine Drohung.

Sie lag in dem schneidenden Wind im Sand wie ein Häufchen Elend.

»Ich gehe jetzt – soll er dich doch in seinem Flugzeug nach Hause bringen.« David stapfte davon. Sie hörte, wie der Renault ansprang. Das Wasser schimmerte wie ein metallener Spiegel unter den kalten weißen Wolken.

Jacques kehrte mit einem Glas Portwein zurück.

»Ich habe dir ein Taxi gerufen«, sagte er. »Wenn du willst, komme ich nicht mehr her.«

»Falls ich übermorgen, wenn er nach Nizza fährt, nicht in deine Wohnung komme, darfst du nicht mehr hierher kommen.«

»Ja –« Er zögerte einen Augenblick und reichte ihr das Glas. »Was wirst du deinem Mann sagen?«

»Ich muss es ihm erzählen.«

»Das wäre sehr unklug«, sagte Jacques alarmiert. »Es würde uns beiden schaden…«

Der Nachmittag war hart und blau. Der Wind fegte Staubwolken ums Haus. Draußen verstand man sein eigenes Wort nicht.

»Wir brauchen heute Nachmittag nicht zum Strand zu fahren, Nanny. Es ist zu kalt zum Schwimmen.«

»Aber Bonnie wird so zappelig bei diesem Wind, Madam. Ich glaube, wir sollten trotzdem fahren, wenn Sie nichts dagegen haben. Wir müssen ja nicht ins Wasser – aber es wäre wenigstens eine Abwechslung, verstehen Sie. Mr. Knight hat schon gesagt, dass er uns fährt.«

Der Strand war menschenleer. Die kristallklare Luft trocknete ihre Lippen aus. Alabama lag im Sand und sonnte sich, doch der Wind blies die Sonne davon, bevor sie ihren Körper erwärmt hatte. Es war unangenehm.

René und Bobbie kamen aus der Strandbar auf sie zugeschlendert.

»Hallo«, sagte David knapp.

Sie setzten sich, als kennten sie ein Geheimnis, das die Familie Knight betraf.

»Haben Sie die Fahne gesehen?«, fragte René.

Alabama wandte sich in Richtung Flugplatz um.

Über den Würfeldächern aus Blech, die in der dünnen Luft glänzten, stand eine Fahne auf Halbmast, steif im Wind.

»Irgendwer ist umgekommen«, fuhr René fort. »Ein Soldat meint, es sei Jacques – er ist bei diesem Mistral geflogen.«

Alabamas Welt wurde sehr still, als wäre sie angehalten worden, als käme es gleich zu einer entsetzlichen Kollision zwischen zwei Astralkörpern.

Sie stand unsicher auf. »Ich muss gehen«, sagte sie leise. Ihr war kalt und übel. David folgte ihr zum Wagen.

Wütend schaltete er einen Gang höher, aber der Wagen fuhr trotzdem nicht schneller.

»Können wir hinein?«, fragte er den Wachsoldaten.

»*Non,* Monsieur.«

»Es hat einen Unfall gegeben. Könnten Sie mir sagen, um wen es sich handelt?«

»Das ist gegen die Vorschriften.«

Der weiße Sand vor den Mauern leuchtete, und hinter

dem Mann bogen sich die Oleandersträucher auf beiden Seiten der Straße im Mistral.

»Wir würden gern wissen, ob es Leutnant Chevre-Feuille war.«

Der Mann musterte Alabamas verzweifeltes Gesicht.

»Das ... muss ich nachfragen, Monsieur«, sagte er schließlich.

Endlos lange mussten sie in den heftigen Windböen warten.

Dann kam der Wachmann zurück. Entschlossen und selbstsicher trat Jacques mit großen Schritten hinter ihm zum Wagen, eins mit der Sonne, eins mit der französischen Luftwaffe und eins mit dem blauweißen Ausschnitt des Strandes, eins mit der Provence und den gebräunten Menschen, die nach der strengen Disziplin der Armut lebten – eins mit der Drangsal des Lebens an sich.

»*Bonjour*«, sagte er. Er griff nach ihrer Hand und hielt sie fest, als wollte er eine Verletzung heilen.

Alabama schluchzte in sich hinein.

»Wir mussten uns vergewissern«, sagte David angespannt, als er den Wagen startete, »aber die Tränen meiner Frau gelten mir.«

Doch im nächsten Moment verlor er seine Beherrschung und schrie: »Sakrament! Wollen Sie sich mit mir schlagen?«

Jacques sagte ruhig, nur an Alabama gewandt: »Ich kann nicht, ich bin viel stärker als er.«

Die Hände, mit denen er den Wagenschlag umklammerte, waren wie eiserne Handschuhe.

Alabama versuchte ihn anzusehen. Die Tränen in ihren Augen ließen sein Bild verschwimmen. Sein goldenes Gesicht und das weiße Leinen, das sich von der gebräunten Haut seines Körpers abhob, verwischten zu einem leuchtenden Schleier.

»Du könntest es auch nicht, du könntest ihn genauso wenig schlagen!«, rief sie heftig.

Schluchzend warf sie sich an Davids Hals.

Der Renault schoss wütend im Wind davon. Kurz bevor er in den Holzzaun vor Jeans Café krachte, hielt David scharf an. Alabama griff nach der Notbremse.

»Bist du verrückt geworden?« David stieß sie zornig zurück. »Lass die Hände von der Bremse.«

»Schade, ich hätte doch lieber zulassen sollen, dass er dich zusammenschlägt«, schrie sie, außer sich vor Wut.

»Ich hätte ihn umbringen können, wenn ich gewollt hätte«, sagte David verächtlich.

»War es etwas Schlimmes, Madam?«

»Nur jemand, der umgekommen ist, mehr nicht. Ich verstehe einfach nicht, wie man das sein Leben lang ertragen kann.«

Zurück in Les Rossignols begab sich David geradewegs in das Zimmer, das er sich als Atelier eingerichtet hatte. Die melodischen, südländischen Stimmen zweier Kinder, die am Rand des Gartens Feigen aus einem Baum schlugen, stiegen als einschläfernder Singsang zum Himmel auf und wurden mit dem Auf und Ab des Windes in der Dämmerung jeweils lauter und leiser.

Nach langer Zeit hörte Alabama ihn aus dem Fenster rufen: »Macht, dass ihr wegkommt! Hol euch der Teufel, blödes Franzosenpack!«

Beim Essen wechselten sie kaum ein Wort.

»Dieser Wind ist allerdings sehr nützlich«, erläuterte Nanny. »Er bläst die Moskitos ins Landesinnere, und die Luft ist erheblich klarer, wenn er nachlässt, finden Sie nicht, Madam? Meine Güte, ich weiß noch, wie verrückt er Mr. Horterer-Collins gemacht hat! Beim ersten Anzeichen von Mistral wurde er zu einer wütenden Bestie. Aber Ihnen scheint er kaum etwas auszumachen, stimmt's, Madam?«

In seiner stillen Entschlossenheit, den Streit auszutragen, bestand David darauf, nach dem Essen ins Dorf zu fahren.

René und Bobbie saßen allein im Café und tranken Verveine. Die Stühle waren in einer geschützten Ecke auf die Tische gestapelt, damit der Mistral sie nicht mitnahm. David bestellte Champagner.

»Champagner ist bei diesem Wind nicht gut«, wandte René ein, trank aber trotzdem mit.

»Haben Sie Chevre-Feuille gesehen?«

»Ja, er hat mir erzählt, dass er nach Indochina gehen will.«

Aus seinem Tonfall schloss Alabama, dass David eine Schlägerei anfangen würde, wenn er Jacques aufstöberte.

»Wann fährt er los?«

»In acht bis zehn Tagen. Sobald man einen Platz für ihn hat.«

Die elegante Promenade unter den Bäumen, die so üppig und voller Leben und Sommer gewesen waren, schien nun aller Substanz beraubt. Jacques war wie ein Staubsauger über diesen Teil ihres Lebens gefegt. Jetzt war nichts mehr da, bis auf ein schäbiges Café und welke Blätter im Rinnstein, einen streunenden Hund und einen Neger namens

»Sans-Bas« mit einer sichelförmigen Narbe auf der Wange, der versuchte, ihnen eine Zeitung anzudrehen. Mehr war nicht übrig von Juli und August.

David sagte nicht, was er mit Jacques vorhatte.

»Vielleicht sitzt er drinnen«, meinte René.

David ging quer über die Straße.

»Hören Sie, René«, sagte Alabama hastig. »Bitte, suchen Sie Jacques und sagen Sie ihm, dass ich nicht kommen kann – bloß das. Können Sie das für mich tun?«

Mitgefühl erhellte sein träumerisches, leidenschaftliches Gesicht. Dann nahm er ihre Hand und küsste sie.

»Es tut mir so leid für Sie. Jacques ist ein anständiger Kerl.«

»Sie auch, René.«

Am nächsten Morgen war Jacques nicht am Strand.

»Ah, Madame«, begrüßte sie Monsieur Jean. »War es nicht ein schöner Sommer?«

»Es war reizend«, antwortete Nanny. »Aber ich glaube, Monsieur und Madame werden bald genug von der Gegend haben.«

»Nun ja, die Saison ist ja auch bald vorbei«, bemerkte Monsieur Jean philosophisch.

Es gab Tauben zum Mittagessen und den gummiartigen Käse. Das Hausmädchen flatterte mit dem Wirtschaftsbuch durchs Haus; Nanny redete zu viel.

»Ich muss sagen, es war in diesem Sommer sehr ange-nehm hier«, erklärte sie.

»Ich finde es unerträglich. Bitte packen Sie bis morgen unsere Sachen; wir fahren nach Paris«, sagte David schroff.

»Aber in Frankreich gibt es ein Gesetz, nach dem man

dem Personal zehn Tage im Voraus kündigen muss, Mr. Knight. Das ist unumstößlich«, protestierte Nanny.

»Ich zahle Sie aus. Für zwei Franc kann man hier den Präsidenten kaufen, nichts als Gauner und Halsabschneider!«

Nanny lachte, verwirrt von Davids Heftigkeit. »Sie haben es faustdick hinter den Ohren, das stimmt.«

»Ich packe erst heute Abend. Ich gehe lieber spazieren«, sagte Alabama.

»Du wirst doch nicht ohne mich ins Dorf gehen, Alabama?«

Ihr beider Starrsinn prallte aufeinander und steigerte sich zur nervösen Anspannung zweier Tänzer, die sich bei einem gewagten Tanzschritt aneinander festklammern.

»Nein, das verspreche ich dir, David. Ich nehme Nanny mit.«

Sie streiften durch die Pinienwälder und über die hochgelegenen Straßen hinter der Villa. Die anderen waren den ganzen Sommer über verschlossen gewesen. Die Platanen hatten die Auffahrten mit einer Laubschicht bedeckt. Ein paar Götterfiguren aus Jade vor dem Eingang des heidnischen Friedhofs wirkten auf dem Bauxitboden deplaciert; sie hätten besser ins Innere des Gebäudes gepasst. Dort oben waren die Straßen glatt und neu, um den Briten im Winter das Gehen zu erleichtern. Sie folgten einem Feldweg zwischen den Weinbergen. Eigentlich war es nur eine Wagenspur. Die Sonne ertrank in einer rotvioletten Blutlache – dunkles Arterienblut, das die Weinblätter färbte. Langgezogene schwarze Wolken zerfaserten am Horizont, und das Land darunter breitete sich in dem prophetischen Licht aus, so wie es in der Bibel geschrieben stand.

»Kein Franzose würde seine Frau auf den Mund küssen«, erzählte Nanny ihr vertraulich. »Dafür respektiert er sie zu sehr.«

Sie liefen so weit, dass Alabama Bonnie huckepack nehmen musste, um den kleinen Beinchen eine Pause zu gönnen.

»Hüa, Pferdchen, warum rennst du nicht schneller?«, quengelte das Kind.

»Psst – psst – pssst. Ich bin ein müder alter Gaul mit Maul- und Klauenseuche, Schätzchen.«

Ein Bauer auf dem offenen Feld machte eine obszöne Geste und winkte den Frauen zu. Nanny bekam es mit der Angst.

»Können Sie sich das vorstellen, Madam, und wir hier mit einem kleinen Kind? Das werde ich aber Mr. Knight erzählen. Seit dem Krieg ist man nirgends mehr sicher.«

Bei Sonnenuntergang ertönten Trommeln aus dem Lager der Senegalesen – Rituale für die Toten, die sie in ihrem von Ungeheuern bewachten Friedhof abhielten.

Ein einsamer Hirte, braungebrannt und gutaussehend, trieb eine wuselige Schafherde über den stoppeligen Pfad, der zur Villa führte. Die Tiere drängten sich um Alabama, Nanny und das Kind herum und an ihnen vorbei und wirbelten mit ihren trappelnden Hufen Staub auf.

»*J'ai peur*«, rief sie dem Mann zu.

»*Oui*«, gab er freundlich zurück, »*vous avez peur.* Hei–aa.« Dann lockte er seine Schafe schnalzend weiter den Weg entlang.

Sie konnten St-Raphaël erst Ende der Woche verlassen. Alabama blieb in der Villa und unternahm Spaziergänge mit Bonnie und Nanny.

Madame Paulette rief an. Ob Alabama Lust hätte, sie am Nachmittag zu besuchen? David sagte, sie könne hingehen, um sich zu verabschieden.

Madame Paulette überreichte ihr ein Foto von Jacques und einen langen Brief.

»Es tut mir so leid für Sie«, sagte Madame Paulette. »Wir wussten nicht, dass es derart ernst war – wir dachten, es wäre bloß eine Affäre.«

Alabama konnte den Brief nicht lesen. Er war auf Französisch geschrieben. Sie zerriss ihn in tausend Stücke und verstreute sie über dem schwarzen Wasser des Hafens, in dem die Masten zahlreicher Fischerboote aus Shanghai, Kolumbien und Portugal schaukelten. Sie zerriss auch das Bild, obwohl es ihr das Herz brach. Es war das Schönste, das sie je im Leben besessen hatte, dieses Foto. Doch wozu es behalten? Jacques Chevre-Feuille war nach China gegangen. Es gab keine Möglichkeit, an diesem Sommer festzuhalten, kein französischer Satz konnte die aufgekeimte und dann jäh zerrissene Harmonie zurückholen, und welche Hoffnungen sollte sie einem billigen französischen Foto entlocken? Was immer sie sich von Jacques gewünscht hatte, er hatte es mitgenommen, um es an die Chinesen zu verschleudern. Man nahm sich vom Leben, was einem gefiel, solange es ging, und alles andere war egal.

Vom Fenster des Zuges aus, der die Knights aus dem Land der Zitronen und der Sonne herausbrachte, erschien der Sand am Strand genauso weiß wie im Juni, das Mittelmeer so blau wie eh und je. Sie waren auf dem Weg nach Paris. Sie glaubten nicht wirklich daran, dass eine Reise oder ein Tapetenwechsel Wundermittel gegen seelische Erkrankungen sind; sie waren nur froh, wegzukommen. Und Bonnie jubelte. Kinder freuen sich immer über etwas Neues, ohne zu begreifen, dass alles schon in einem Sandkorn enthalten ist. Sommer, Liebe und Schönheit sind überall gleich, egal ob in Cannes oder Connecticut. David war älter als Alabama; seit seinem frühen Erfolg war er nicht mehr wirklich froh geworden.

3

Niemand wusste, wessen Party es war. Sie war schon seit Wochen im Gang. Wenn man fürchtete, die nächste Nacht nicht zu überleben, ging man nach Hause und schlief, und wenn man zurückkam, hatte eine neue Gruppe die Aufgabe übernommen, die Party in Schwung zu halten. Angefangen hatte sie vermutlich mit den ersten Schiffsladungen von Rastlosen, die sich neunzehnsiebenundzwanzig über Frankreich ergossen hatten. Alabama und David waren im Mai dazugestoßen, nach einem fürchterlichen Winter in einem Pariser Apartment, das nach Sakristei stank, weil es sich nicht lüften ließ. Dieses Apartment, in dem sie sich vor dem Winterregen verbarrikadiert hatten, war eine perfekte Brutstätte für die Keime der Verbitterung, die sie von der Riviera mitgebracht hatten. Vor den Fenstern schnitten die grauen Dächer im Vordergrund in die grauen Dächer dahinter, Floretten gleich, die leicht aneinanderklirren. Der graue Himmel senkte sich zwischen den Kaminen herab wie ein auf dem Kopf stehendes gotisches Luftschloss und zerlegte den Horizont in Türme und Spitzen, die wie die Röhren eines riesigen Brutkastens über ihrer Rastlosigkeit schwebten. Die filigranen Balkongitter an den Champs-Élysées und der Regen auf dem Pflaster am Arc de Triomphe waren alles, was sie von ihrem rotgoldenen Salon aus sahen.

David hatte ein Atelier am linken Seine-Ufer, in dem Viertel hinter dem Pont de l'Alma, wo Wohnhäuser aus der Rokokozeit und lange, mit Bäumen bestandene Alleen eine triste Aussicht ohne Perspektive boten.

Dort versenkte er sich in einen Rückblick auf den Herbst, den er aus dem Vergehen der Monate, der Hitze, der Kälte und den Ferien herauslöste, um einen monotonen Abgesang auf die Zeit zu komponieren. In Scharen fand sich die Avantgarde im Salon des Indépendents ein. Die Bilder waren fertig: Hier zeigte sich ein neuer, persönlicherer Aspekt von David, den es zu bestaunen galt. Man hörte seinen Namen in den Foyers der Banken und in der Bar des Ritz – Beweis dafür, dass man auch woanders von ihm sprach. Die eherne Präzision seiner Arbeit fand sogar Eingang in die Innenausstattung: das Musée des Arts Décoratifs zeigte ein Speisezimmer nach einem seiner Interieurs, das er bloß wegen einer grauen Anemone gemalt hatte. Die *ballets russes* wollten ein Bühnenbild von ihm – eine Phantasmagorie des Lichts am Strand von St-Raphaël, die den Beginn der Welt in einem Ballett namens *Evolution* darstellte.

Die steigende Anerkennung der David Knights führte dazu, dass Dickie Axton an ihrem Horizont auftauchte und eine Botschaft aus Babylon auf der Fassade ihres Erfolgs hinterließ. Doch sie nahmen sie kaum zur Kenntnis, so sehr gingen sie gerade im Duft des Flieders am dunkelnden Boulevard Saint Germain oder im teuren Mystizismus der Blauen Stunde unter dem Schleier der Place de la Concorde auf.

Das Telefon schrillte und schrillte. Ihre Träume zersprangen in blasse Splitter von Walhalla, Ermenonville und überirdischem Dämmerlicht in den Gängen plüschiger Hotels. Während sie in ihrem romantischen Bett gegen das Ende der Welt kämpften, drang das hartnäckige Läuten des Telefons in ihr Bewusstsein wie ferner Trommelwirbel. David griff nach dem Hörer.

»Hallo. Ja, Sie sprechen mit den Knights.«

Dickies Stimme schlängelte sich durch die Leitung und wechselte zwischen frecher Anmaßung und zuckersüßer Schmeichelei.

»Ich hoffe, dass Sie zu meinem Abendessen kommen.« Die Stimme hangelte sich von oben herab wie ein Akrobat von der Kuppel eines Zirkuszelts. Dickies Aktivitäten machten erst an der Grenze dessen halt, was in punkto Moral, Gesellschaft oder Romantik als unumstößlich galt, man kann sich also in etwa vorstellen, wie weit sie gingen. Die gesamte Bandbreite menschlicher Gefühle stand Dickie zur Verfügung, sie hatte für jeden Topf den passenden Deckel. Ihre Erscheinung war keine Überraschung in diesem Zeitalter der Mussolinis und der Bergpredigten von allen möglichen hergelaufenen Alpinisten. Für dreihundert Dollar kratzte sie jahrhundertealte historische Ablagerungen unter den Fingernägeln italienischer Aristokraten hervor und servierte sie Debütantinnen aus Kansas als Kaviar; für ein paar hundert mehr eröffnete sie den Wohlhabenden des Nachkriegsamerika Zugang zum Parnass von Bloomsbury und Chantilly oder ließ sie in den Adelskalender von Debrett's eingehen. Ihre undurchsichtigen Geschäftsmethoden servierten die zersprengten Grenzen Europas als bunte Gemüseplatte: Spanier, Kubaner, Südamerikaner, selbst der eine oder andere Schwarze zogen sich durch die Mayonnaise der

Gesellschaft wie Trüffelspäne. Die Knights hatten innerhalb dieser Hierarchie einen Grad von »Bekanntheit« erreicht, der sie als Stoff für Dickie interessant machte.

»Du brauchst nicht so hochnäsig zu tun«, zischte Alabama angesichts von Davids Zurückhaltung. »Alle werden weiß sein – oder waren es zumindest mal.«

»Na gut, dann kommen wir«, sagte David in den Hörer.

Alabama reckte und streckte sich. Die patrizische Spätnachmittagssonne breitete sich zurückhaltend über dem Bett aus, wo David und sie sich in ihrer Unordnung zurechtzufinden versuchten.

»Es ist durchaus schmeichelhaft, gefragt zu sein, allerdings wäre es wohl klüger, selber Fragen zu stellen«, sagte sie und verzog sich ins Bad.

David lag da und lauschte dem Rauschen des Wassers und dem Klappern der Zahnputzgläser auf der Ablage.

»Schon wieder ein Besäufnis!«, rief er. »Ich weiß, dass ich sehr gut ohne Prinzipien auskommen kann, aber meine Schwächen gebe ich nicht auf – und eine davon ist eine unstillbare Sucht nach Besäufnissen.«

»Was sagst du? Der Prince of Wales ist krank?«, rief Alabama zurück.

»Ich weiß nicht, warum du nie zuhörst, wenn ich was sage«, erwiderte David gereizt.

»Ich hasse Leute, die genau in dem Moment anfangen zu reden, wenn man sich die Zähne putzen will«, gab sie schnippisch zurück.

»Ich sagte, die Laken in diesem Bett verbrennen mir die Füße.«

»Aber der Alkohol hier enthält doch keine Pottasche«, sagte

Alabama ungläubig. »Wahrscheinlich eine Neurose – hast du ein neues Symptom entdeckt?«, fragte sie eifersüchtig.

»Ich habe so lange nicht geschlafen, dass ich nicht mehr weiß, wie ich Halluzinationen von der Realität unterscheiden soll.«

»Armer David – was machen wir bloß?«

»Ich weiß es nicht. Jetzt mal ernsthaft, Alabama, ich habe das Gefühl, dass meine Arbeit stagniert«, sagte David und zündete sich nachdenklich eine Zigarette an. »Ich brauche eine neue emotionale Inspiration.«

Alabama warf ihm einen kühlen Blick zu.

»Verstehe.« Sie begriff, dass sie ihr Recht auf Gekränktsein im Glanz des provenzalischen Sommers ein für alle Mal verspielt hatte. »Du könntest die Entwicklung von Mr. Berry Wall anhand der Kolumnen im *Paris Herald* verfolgen«, schlug sie vor.

»Oder an einem Chiaroscuro scheitern.«

»Wenn du es wirklich ernst meinst, David – ich glaube, es war zwischen uns immer klar, dass wir einander nicht im Weg stehen wollen.«

»Manchmal erinnert mich dein Gesicht an eine verirrte Seele im Nebel eines schottischen Hochmoors«, sagte David unvermittelt.

»Natürlich haben wir dabei die Eifersucht nicht bedacht«, fuhr sie fort.

»Hör zu, Alabama«, fiel David ihr ins Wort. »Es geht mir wirklich nicht besonders, meinst du, wir schaffen diesen Auftritt?«

»Ich jedenfalls möchte mein neues Abendkleid vorführen«, erklärte sie entschlossen.

»Und ich habe einen alten Anzug, den ich auftragen muss. Eigentlich dürften wir da nicht hingehen, wir sollten daran denken, was wir der Menschheit schuldig sind.« Verpflichtungen jedweder Art waren Alabama ein Dorn im Auge, eine Falle der Zivilisation, um ihr Glück zu beschneiden und der Zeit Fesseln anzulegen.

»Was moralisierst du da?«

»Ach, nichts. Ich bin ja selbst neugierig auf ihre Party. Dickies jüngste Soirées haben den Wohltätigkeitsvereinen nicht viel eingebracht, obgleich die Leute zu Hunderten an den Türen abgewiesen werden mussten. Allein die Herzogin von Dacne hat Dickie, gezielten Indiskretionen zufolge, drei Monate Amerika gekostet.«

»Sie sind genauso wie alle anderen. Man sitzt da und wartet auf das Unvermeidliche, und das ist das Einzige, was garantiert nicht eintritt.«

Die Extravaganz der Nachkriegszeit, die nicht nur David und Alabama, sondern noch etwa sechzigtausend andere Amerikaner nach Europa gespült und auf eine Art Schnitzeljagd ohne Schnitzel geschickt hatte, strebte ihrem Höhepunkt entgegen. Das Damoklesschwert, geschmiedet aus der überzogenen Erwartung, etwas umsonst zu bekommen, und der frustrierenden Ahnung, bald gar nichts mehr für sein Geld zu bekommen, schwebte am dritten Mai sozusagen schon über ihnen.

Es gab Amerikaner bei Nacht und Amerikaner bei Tag, und wir alle hatten Amerikaner auf der Bank, mit denen wir einkauften. In den mit Marmor ausgestatteten Foyers wimmelte es von ihnen.

Lespiaut kam mit den Blumen nicht mehr nach. Man stellte

Kapuzinerkresse aus Leder und Gummi her, Gardenien aus Wachs und Kuckuckslichtnelken aus Draht und Garn. Man produzierte winterfestes Immergrün, das im kargen Boden eines Hemdenträgers sprießen konnte, und Sträuße mit langen Stielen, die sich in die fruchtbaren Schatten unter dem Gürtel stecken ließen. Modistinnen bastelten Hüte aus den Segeln der Spielzeugboote in den Tuilerien, und wagemutige Modeschöpfer verkauften den Sommer gleich büschelweise. Die Damen gingen in Gießereien und gaben Frisuren in Auftrag oder ließen sich die Gesichter mit den dunklen Chrom-Phantasien von Helena Rubinstein oder Dorothy Gray zukleistern. Sie lasen den Kellnern die erklärenden Adjektive aus den Speisekarten vor und fragten einander: »Hättest du nicht gern?« oder »Willst du wirklich nicht?«, bis die Männer sich in die vergleichsweise ruhigen Straßen von Paris flüchteten, in denen es summte, als stimmte ein unsichtbares Orchester seine Instrumente. Amerikaner, die sich auskannten, kauften elegante Häuser mit allem Drum und Dran, in Neuilly und Passy, oder zwängten sich in die Ritzen der Rue du Bac wie der holländische Junge, der die Deiche rettete. Verantwortungslose Amerikaner ruinierten sich mit kostspieligen Spleens, ähnlich den Dienstboten an ihrem freien Tag auf einem kaputten Riesenrad, und stellten ihre Pläne so oft um, dass die ständigen Ergänzungen wie die Kasse eines Potin-Kaufhauses klingelten. Pelzhändler, die nur Eingeweihten bekannt waren, nahmen in der Rue des Petits-Champs eine verschwiegene Klientel aus, und man verschwendete ein Vermögen für Taxis, nur um irgendwo etwas besonders Ausgefallenes zu finden.

»Tut mir leid, ich kann nicht lange bleiben, ich wollte bloß schnell Hallo sagen«, grüßte man einander und lehnte die Einladung zum gemeinsamen Essen im Hotel ab. Man bestellte Veroneser Gebäck auf den Rasenflächen von Versailles, die wie Spitzengardinen aussahen, oder Hähnchen und Haselnüsse in Fontainebleau, wo die Bäume gepuderte Perücken trugen. Die Kreisel der Sonnenschirme ergossen sich über die städtischen Straßencafés, überschwenglich, weich und rund wie Walzer von Chopin. Man saß abgeschieden unter düsteren, tropfenden Ulmen, Ulmen wie Straßenkarten von Europa, Ulmen, deren Wipfel zerfranst waren wie grüne Wolle, Ulmen, so schwer und büschelig wie saure Trauben. Man bestellte das Wetter mit europäischem Gusto und hörte, wie sich der Zentaur über die Hufeisenpreise beschwerte. Die Speisekarten waren mit spießigen Blümchen verziert, die Kastanienbäume trugen hohe, kunstvoll arrangierte Blütendolden, und ein Glas Portwein wurde mit kristallisierten Rosenknospen serviert. Die Amerikaner machten gewisse Andeutungen über sich, aber immer nur ansatzweise, so dass es wie eine ewige Einführung war, der Notenschlüssel vor einem Taktstrich für eine Tonfolge im Moll der Phantasie. Alle hielten die französischen Schuljungen für Waisen, weil sie schwarze Uniformen trugen, und diejenigen unter ihnen, die die Bedeutung des französischen Wortes *insensible* nicht kannten, glaubten, dass man sie für verrückt hielt. Alle tranken zu viel. Amerikaner mit roten Schleifen im Knopfloch lasen den *Éclaireur* und tranken auf Gehsteigen, Amerikaner, die einem Tipps fürs Pferderennen gaben, tranken auf den Stufen einer Treppe, und Amerikaner mit Millionen von Dollar und einem

Dauerabonnement bei der Hotelmasseuse tranken in ihrer Suite im Meurice oder Crillon. Andere Amerikaner tranken in Montmartre, *»pour la soif«* und *»contre la chaleur«*, *»pour la digestion«* und *»pour se guérir«*. Sie waren heilfroh, dass die Franzosen sie für verrückt hielten.

Blumen im Wert von mehr als fünfzigtausend Franc waren allein in diesem Jahr auf den Altaren von Notre-Dame-des-Victoires erfolgreich verwelkt.

»Vielleicht passiert ja was«, sagte David.

Alabama wünschte, dass nie wieder etwas passierte, dennoch stimmte sie brav zu. Stillschweigend waren sie übereingekommen, die Gefühle des anderen zu schonen, und taten es mit einer mathematischen Präzision, die an das Kombinationsschloss eines Safes gemahnte. Es funktionierte, weil beide fest daran glaubten.

»Ich meine, vielleicht wäre es anregend, wenn jemand uns daran erinnerte, was wir früher mal über bestimmte Dinge dachten.«

»Ich weiß, was du meinst. Das Leben fordert uns schon jetzt absurde Verrenkungen ab, als wäre es ein rhythmischer Tanz.«

»Genau. Dagegen möchte ich Einspruch erheben, denn so kann man einfach nicht arbeiten.«

Mama said »Yes« and Papa said »Yes« zu den französischen Grammophonbesitzern. *Ariel* verwandelte sich von einem Buchtitel in drei Drähte auf dem Dach. Warum auch nicht? Er war bereits von einem Gott zu einem Mythos für Shakespeare geworden – und niemand schien sich daran zu stören. Die Leute erkannten das Wort noch immer: »Ariel!« hieß es. David und Alabama fiel der Unterschied kaum auf.

In einem Marne-Taxi rasten sie um sämtliche Ecken von Paris, die scharf genug waren, um ihre Aufmerksamkeit zu wecken, und stiegen vor dem Eingang des Hôtel George V aus. Über der Bar hing eine angenehm bedrohliche Atmosphäre. Phantasievolle Anleihen bei Picabia – der kommerzielle Versuch, mit schwarzen Linien und Klecksen Irrsinn vorzutäuschen – pressten das schiffsähnliche Innere zusammen, so dass es einem das Gefühl vermittelte, auf kleinstem Raum zusammengequetscht zu sein. Hochnäsig musterte der Barkeeper die Gruppe. Miss Axton war Stammgast und brachte immerzu neue Gesichter mit, Miss Axton kannte er. In der Nacht, als sie ihren Liebhaber in der Gare de l'Est erschossen hatte, war sie in seiner Bar gewesen und hatte getrunken. Alabama und David waren die Einzigen, die er noch nie gesehen hatte.

»Hat Mademoiselle Axton sich inzwischen von dem unerfreulichen Vorfall erholt?«

Mit faszinierend schneidender Stimme bejahte Miss Axton und verlangte einen Gin mit Eis und Soda, aber schnell. Miss Axtons Haar stand von ihrem Kopf ab wie das geistesabwesende Krikelkrakel, das man beim Telefonieren macht. Ihre langen Beine bewegten sich kräftig vorwärts; unwillkürlich hatte man den Eindruck, sie stünde bewusst mit einem Fuß auf dem Gaspedal des Universums. Es hieß, dass sie mit einem Neger geschlafen hätte. Der Barkeeper glaubte das nicht. Er konnte sich nicht vorstellen, wie Miss Axton auch dafür noch Zeit hätte finden sollen zwischen all den weißen Gentlemen – darunter der eine oder andere Boxer.

Miss Douglas dagegen war von einem ganz anderen Schlag. Sie war Engländerin. Mit wem sie ins Bett ging, blieb ihr

Geheimnis. Sie hatte es sogar geschafft, sich aus den Klatschspalten herauszuhalten. Sie war reich, so dass sie ihr Liebesleben natürlich erheblich diskreter gestalten konnte.

»Dasselbe wie immer, Mademoiselle?« Der Barkeeper lächelte liebenswürdig.

Miss Douglas schlug die glänzenden Augen auf. Sie war der Inbegriff schwarzer Eleganz, kaum mehr als ein dunkler Hauch. Blass und durchscheinend hielt sie sich allein mit den Prinzipien traumwandlerischer Selbstbeherrschung auf der Erde.

»Nein, mein Freund, diesmal hätte ich gern einen Scotch mit Soda. Ich werde allmählich zu dick für Sherry-Flips.«

»Da weiß ich einen Rat«, sagte Miss Axton. »Sie stapeln sechs Enzyklopädien auf Ihren Bauch und sagen das große Einmaleins auf. Nach ein paar Wochen ist Ihr Bauch so flach, dass er sich durch den Rücken drückt, und Sie können Ihr Leben noch einmal von hinten beginnen.«

Miss Douglas zwickte sich in das Pölsterchen, das aus dem Gürtel quoll wie frisch aufgegangener Hefeteig. »Es gibt nur eins…«, sagte sie und beugte sich vor, um Miss Axton etwas ins Ohr zu flüstern. Dann prusteten beide los.

»Entschuldigen Sie«, japste Dickie ausgelassen, »und in England gehört natürlich ein Highball dazu.«

»Ich mache nie Sport«, erklärte Mr. Hastings lustlos und betreten. »Seit meinem Magengeschwür esse ich bloß noch Spinat, und so gelingt es mir, nicht allzu wohlgenährt auszusehen.«

»Ein wirklich trister Fastenfraß«, nickte Dickie düster.

»Aber ich esse ihn mit Eiern oder Croutons, manchmal auch mit –«

»Nein, mein Lieber, du darfst dich nicht aufregen«, fiel Dickie ihm ins Wort. Zur allgemeinen Erklärung setzte sie hinzu: »Ich muss ein Auge auf Mr. Hastings haben, er wurde gerade aus einer Nervenheilanstalt entlassen, und wenn er nervös wird, kann er sich weder anziehen noch rasieren, ohne sein Grammophon anzustellen. Die Nachbarn lassen ihn einweisen, wenn es wieder einmal so weit ist, deshalb muss ich auf ihn aufpassen.«

»Das ist bestimmt sehr unangenehm«, murmelte David.

»Und wie – allein die Reise in die Schweiz, mit all den Platten und Spinatbestellungen in siebenunddreißig verschiedenen Sprachen.«

»Vielleicht kann Mr. Knight uns einen Tipp geben, wie man jung bleibt«, mischte sich Miss Douglas ein. »Er sieht aus, als wäre er keinen Tag älter als fünf.«

»Er ist ein Genie«, nickte Dickie. »Eindeutig.«

»In welchem Bereich?«, erkundigte sich Mr. Hastings skeptisch.

»In diesem Jahr geht es den Genies ausschließlich um die Frauen«, antwortete Dickie.

»Interessieren Sie sich für die Russen, Mr. Knight?«

»O ja, sehr. Wir lieben sie«, sagte Alabama. Sie hatte das Gefühl, seit Stunden nichts gesagt zu haben, obwohl etwas von ihr erwartet wurde.

»Kein bisschen«, sagte David im gleichen Moment. »Wir haben keinen blassen Schimmer von Musik.«

Begierig riss Dickie die Unterhaltung wieder an sich. »Jimmie war drauf und dran, ein gefeierter Komponist zu werden, brauchte allerdings immer nach sechzehn Takten

Kontrapunkt einen Drink, um den Schwung des Stücks aufrechtzuerhalten, und das war zu viel für seine Blase.«

»Jedenfalls könnte ich mich nicht wie gewisse andere Leute dem Erfolg opfern«, bemerkte Hastings missmutig, als wollte er darauf anspielen, dass David sich irgendwie für irgendwas verkauft hatte.

»Natürlich nicht. Aber dich kennt ohnehin jeder – als Mann ohne Blase.«

Alabama fühlte sich ausgeschlossen, sie hatte keinerlei Erfolge zu bieten. Als sie sich Miss Axtons Eleganz vor Augen hielt, hasste sie plötzlich die schweigsame Unverwüstlichkeit, die primitive, anspruchslose Effizienz ihres eigenen Körpers. Ihre Arme erinnerten an Nebenstrecken der sibirischen Eisenbahn. Im Vergleich mit Miss Douglas' stilvoller Transparenz kam es ihr vor, als spannte ihr eigenes Kleid von Patou an den Nähten. In Miss Douglas' Gegenwart hatte man das Gefühl, einen Rest Cold Cream am Hals vergessen zu haben. Sie griff in die Schale mit gesalzenen Nüssen und wandte sich missmutig an den Barkeeper. »Leute in Ihrem Beruf trinken sich doch bestimmt zu Tode.«

»*Non*, Madame. Früher trank ich gern mal einen guten Sidecar, aber damals war ich noch nicht so bekannt.«

Die Gruppe ergoss sich in die Pariser Nacht wie Würfel, die aus einem Becher rollen. Im rosafarbenen Licht der Straßenlaternen erschienen die halbrunden Baumkronen über ihnen wie flüssige Bronze. Nicht zuletzt wegen dieser Straßenlaternen schlagen die Herzen der Amerikaner höher, wenn von Frankreich die Rede ist: Sie erinnern an die Zirkuslichter unserer Kindheit.

Das Taxi raste den Boulevard an der Seine entlang. Schlingernd und schaukelnd fuhren sie an den zarten Umrissen von Notre Dame vorbei, an Brücken, die den Fluss umarmten, an dem durchdringenden Duft schwüler Parks, den normannischen Türmen des Außenministeriums, dem durchdringenden Duft schwüler Parks, den Brücken, die den Fluss umarmten, den zarten Umrissen von Notre-Dame. Hin und her ging es wie in einer Wochenschau, die ständig vor- und zurückgespult wird.

Die Île St. Louis ist in viele modrige Höfe eingeschachtelt. Dort gibt es Sprossenfenster, und die Zugangswege sind mit dem schwarzweißen Rautenmuster der Finsteren Könige gepflastert. Bedienstete aus Ostindien und Georgien hielten die weitläufigen, auf den Fluss hinausgehenden Wohnungen in Ordnung.

Es war schon spät, als sie bei Dickie ankamen.

»Da Ihr Mann Maler ist, wollte ich ihn mit Gabrielle Gibbs bekannt machen«, sagte Dickie, als sie die Tür aufschloss. »Irgendwann musste es ja dazu kommen, wenn Sie so viel ausgehen.«

»Gabrielle Gibbs«, wiederholte Alabama, »natürlich; ich habe von ihr gehört.«

»Gabrielle hat sie nicht alle«, fuhr Dickie ruhig fort, »aber sie ist sehr attraktiv, falls man keine Lust zum Reden hat.«

»Sie hat eine wunderbare Figur«, gab Hastings seinen Senf dazu. »Wie aus weißem Marmor.«

Die Wohnung war leer; ein Teller mit kaltem Rührei stand auf dem Tisch; ein korallenfarbiges Cape war achtlos über einen Stuhl geworfen.

»*Qu'est-ce que tu fais ici?*«, fragte Miss Gibbs matt vom

Boden des Badezimmers aus, als Alabama und Dickie das Allerheiligste betraten.

»Ich spreche kein Französisch«, gab Alabama zurück.

Das lange blonde Haar der jungen Frau umfloss das Gesicht wie fein ziselierte Wellen, eine platinblonde Locke schwamm in der Kloschüssel. Ihr Ausdruck war so unschuldig, als wäre sie gerade erst vom Präparator geliefert worden.

»*Quel dommage*«, sagte sie lakonisch. Zwanzig Diamantenarmbänder klimperten gegen die Klobrille.

»Ach, wissen Sie«, meinte Dickie gelassen, »wenn sie betrunken ist, vergisst Gabrielle ihr ganzes Englisch. Der Alkohol macht sie hochnäsig.«

Alabama musterte die junge Frau. Sie sah aus, als sei sie aus vielen verschiedenen Bühnenbildern zusammengesetzt.

»*Christ était né en quatre cents Anno Domini*«, murmelte die Betrunkene missmutig. »*C'était vraiment très dommage.*« Dann rappelte sie sich mit der lässigen Sorgfalt eines Kulissenschiebers auf und starrte Alabama skeptisch ins Gesicht. Ihr Blick war so undurchdringlich wie der Hintergrund eines allegorischen Gemäldes.

»Ich muss wieder nüchtern werden.« Das Gesicht erwachte vorübergehend zum Leben und wirkte überrascht.

»Allerdings«, ordnete Dickie an. »Draußen wartet ein Mann, wie du noch nie einen gesehen hast. Nur mit der Aussicht, dich kennenzulernen, konnten wir ihn hierher locken.«

In einem Badezimmer lässt sich alles regeln, dachte Alabama insgeheim. Seit dem Krieg ist es das weibliche Gegenstück zu einem Herrenclub in der Stadt. Vielleicht würde sie das bei Tisch zum Besten geben.

»Wenn ihr mich jetzt bitte allein lassen könntet, ich möchte mich rasch frisch machen«, erklärte Miss Gibbs majestätisch.

Dickie scheuchte Alabama hinaus wie ein Hausmädchen, das mit einem Staubwedel im Wohnzimmer herumfuchtelt.

»Wir sind der Meinung, dass es keinen Sinn hat, an menschlichen Beziehungen zu arbeiten«, meinte Hastings.

Dann wandte er sich vorwurfsvoll an Alabama. »Aber wen meint dieses hypothetische *wir*?«

Alabama hatte keinerlei Erklärung anzubieten. Gerade, als sie sich fragte, ob dies der richtige Zeitpunkt war, die Bemerkung mit dem Badezimmer zu machen, erschien Miss Gibbs in der Tür.

»Lauter Engel!«, rief sie und sah sich verwundert im Zimmer um.

Sie war so zierlich und wohlgeformt wie eine Porzellanfigur; sie machte Männchen, spielte toter Hund und zog alles bewusst ins Lächerliche, als wäre jede Geste eine Figur in einem improvisierten Tanz, den sie erst später vervollkommnen würde. Ganz offensichtlich war sie Tänzerin – solch schlanken Körpern sind und bleiben Kleider fremd. Miss Gibbs hätte man mit einen einzigen Ruck am entscheidenden Faden entkleiden können.

»Miss Gibbs!«, sagte David rasch. »Erinnern Sie sich noch an den Mann, der Ihnen 1920 so viele bewundernde Briefe geschrieben hat?«

Ihr flatternder Blick schweifte völlig arglos über die Szene. »Sie sind also der, den ich kennenlernen soll«, sagte sie. »Aber man sagt, dass Sie in Ihre Frau verliebt sind.«

David lachte. »Reine Verleumdung. Haben Sie etwas dagegen?«

Miss Gibbs zog sich hinter den Duft von Elizabeth Arden und das Perlen eines gepflegten internationalen Kicherns zurück. »Es wirkt heutzutage fast kannibalisch.« Der Ton schlug in übertriebene Ernsthaftigkeit um. Ihr Temperament war so lebhaft wie ein flatternder rosa Chiffonschal im Wind.

»Ich tanze um elf, und wir sollten jetzt essen, falls Sie die Absicht hatten. Paris!« Sie seufzte. »Seit letzter Woche halb fünf habe ich nur im Taxi gesessen.«

Hundert silberne Messer und Gabeln auf dem langen Ausziehtisch kündeten wie verkürzte kubistische Symbole von ebenso vielen Millionen Dollar. Der groteske Anblick modisch zerzauster Frisuren und scharlachroter Frauenmünder, die sich öffneten und das Kerzenlicht verschlangen wie Bauchrednerpuppen, sorgte für das Flair eines Banketts bei einem wahnsinnigen Monarchen aus dem Mittelalter. Die amerikanischen Stimmen peitschten sich in immer größere Erregung, die hin und wieder von Querschlägern einer fremden Sprache zerfetzt wurde.

David beugte sich zu Gabrielle hinüber.

»Wissen Sie was, ich glaube, der Suppe fehlt ein Schuss Eau de Cologne«, hörte Alabama sie sagen.

Dass sie während des gesamten Dinners Miss Gibbs' Sprüche ertragen musste, hemmte sie erheblich bei ihren eigenen.

»Nun«, setzte sie tapfer an, »das Badezimmer ist für Frauen –«

»Eine Unverschämtheit, eine Verschwörung, man will

uns reinlegen«, sagte Miss Gibbs. »Ich wünschte, man hätte mehr Aphrodisiaka benutzt.«

»Du hast ja keine Ahnung, wie teuer die nach dem Krieg geworden sind, Gabrielle«, rief Dickie ihr zu.

Mittlerweile herrschte am Tisch ein munteres Hin und Her, so dass man den Eindruck hatte, die Welt mitsamt gewaltigen Tabletts voller kunstvoll arrangierter Speisen flöge unter ihren ungläubigen, verwirrten Augen am Fenster eines dahinrasenden Zugs vorbei.

»Das Essen sieht aus, als hätte Dickie es bei einer geologischen Grabung gefunden«, nörgelte Hastings.

Alabama beschloss, im richtigen Moment auf ihn zu bauen; offenbar war er der geborene Quengler. Ihr lag schon eine Bemerkung auf der Zunge, als Davids Stimme sich emporschwang wie ein Stück Treibholz auf einer gewaltigen Welle.

»Jemand hat mir erzählt, dass Ihre Haut von den wundervollsten blauen Adern durchzogen ist, die er je gesehen hat«, sagte er zu Gabrielle.

»Ich dachte gerade, dass ich mir gern einen geistigen Keuschheitsgürtel anlegen ließe, Mr. Hastings«, sagte Alabama stur.

Da er in England aufgewachsen war, konzentrierte sich Hastings ganz aufs Essen.

»Blaue Eiscreme!«, schnaubte er verächtlich. »Wahrscheinlich gefrorenes Blut von Neu-Engländern, das man ihnen mit dem Druck der modernen Zivilisation auf überlieferte Konzepte und erworbene Traditionen ausgepresst hat.«

Alabama kehrte zu ihrer ursprünglichen Vermutung zurück, dass Hastings einfach nur hoffnungslos berechnend war.

»Ich wünschte, die Leute würden sich nicht mit dem Essen geißeln, wenn sie bei mir zu Gast sind!«, sagte Dickie ungehalten.

»Ich habe keinen Sinn für Geschichte! Ich bin ein Ungläubiger!«, rief Hastings. »Keine Ahnung, wovon du redest!«

»Als Vater in Afrika war, sind sie ins Innere eines Elefanten gestiegen und haben mit bloßen Händen die Eingeweide gegessen, zumindest die Pygmäen«, mischte sich Miss Douglas ein. »Vater hat es fotografiert.«

»Und außerdem«, warf David erregt ein, »hat er gesagt, Ihre Brüste seien wie ein Dessert aus Marmor – eine Art Blanc manger, nehme ich an.«

»Das wäre ja mal was ganz Neues«, gähnte Miss Axton gelangweilt. »Stimulierung in der Kirche und Askese beim Sex zu suchen.«

Nach dem Dinner in dem großen Wohnzimmer verflog die Geschlossenheit der Party. Auf sich selbst zurückgeworfen, bewegten sich die Gäste hinter ihren Masken wie das diensthabende medizinische Personal in einem OP. Der umbrafarbene Schein der Lampen zeugte von intuitiver Weiblichkeit.

Draußen vor den Fensterscheiben funkelten die nächtlichen Lichter klein und präzise wie geschliffene Sterne auf einer saphirfarbenen Flasche. Gedämpfte Straßengeräusche übertönten die Stille der Party. David ging von einer Gruppe zur anderen, als stickte er ein hauchdünnes Spitzenmuster in den Raum und legte es Gabrielle über die Schultern.

Alabama konnte den Blick nicht von ihnen abwenden. Gabrielle stand im Mittelpunkt; sie strahlte jene Losgelöstheit aus, die nur einem Zentrum innewohnen kann. Jetzt gerade hob sie den Blick und blinzelte David an wie eine selbstgefällige weiße Perserkatze.

»Bestimmt tragen Sie aufregend knabenhafte Unterwäsche«, hörte sie Davids Stimme, »BVDs oder so was.«

Jetzt flammte Zorn in Alabama auf. Diese Idee hatte er von ihr. Sie selbst hatte den ganzen letzten Sommer seidene BVD-Unterwäsche getragen.

»Ihr Mann ist einfach zu attraktiv, um auch noch so berühmt zu sein«, sagte Miss Axton. »Das ist unlauterer Wettbewerb.«

Alabama wurde übel – sie konnte sich noch zusammennehmen, aber nicht darauf antworten. Champagner ist heimtückisch.

David öffnete und schloss sich vor Miss Gibbs wie eine fleischfressende Meerespflanze. Dickie und Miss Douglas lehnten am Kamin und erinnerten an die seltsame, arktische Einsamkeit von Totempfählen. Hastings hieb viel zu laut in die Tasten des Klaviers. Der Lärm isolierte sie voneinander.

Draußen klingelte es Sturm.

»Das müssen die Taxis sein, die uns zum Ballett bringen sollen«, seufzte Dickie erleichtert.

»Strawinsky dirigiert«, bemerkte Hastings und setzte dann düster hinzu: »Ein Plagiator!«

»Kannst du mir den Schlüssel dalassen, Dickie?«, fragte Miss Gibbs selbstbewusst. »Mr. Knight bringt mich ins Acacias – das heißt, falls Sie nichts dagegen haben.« Damit strahlte sie Alabama an.

»Dagegen? Warum sollte ich?«, gab Alabama unfreundlich zurück. Sie hätte nichts dagegen gehabt, wenn Gabrielle weniger attraktiv gewesen wäre.

»Ich weiß auch nicht. Ich habe mich in Ihren Mann verliebt. Ich dachte, ich könnte versuchen, ihn ins Bett zu kriegen, wenn es Ihnen nichts ausmacht – aber selbstverständlich würde ich es auch ohne Ihre Zustimmung probieren. Er ist bezaubernd.« Sie kicherte. Es war ein mitfühlendes Kichern, das gleichzeitig jedes unerwartete Scheitern mit einer vorweggenommenen Entschuldigung ausschloss.

Hastings half Alabama in den Mantel. Sie war wütend auf Gabrielle. In ihrer Gegenwart fühlte sie sich unbeholfen. Alle schlüpften in ihre diversen Umhänge.

Die Laternen am Fluss tanzten wie die Bänder eines Maibaums im Wind, und an jeder Straßenecke lachte sich der Frühling ins Fäustchen.

»Hach, was für eine herrliche Nacht!«, mokierte sich Hastings.

»Wetter – das ist doch Kinderkram.«

Irgendwer erwähnte den Mond.

»Ach, der Mond«, meinte Alabama wegwerfend. »Monde gibt es wie Sand am Meer, egal, ob halb oder voll.«

»Aber der hier ist ganz besonders schön, Madame. Er hat so eine moderne Art, die Dinge zu betrachten!«

Wenn sie besonders missgestimmt war, empfand Alabama diese hektische Zeit im Nachhinein als so zerrissen und schrill wie den Versuch, ein Stück aus *La Chatte* zu summen. Später blieb nur der undeutliche Eindruck zurück, dass sie alle Nebendarsteller waren, und ihre Bestürzung über Davids wiederholt geäußerte Ansicht, Frauen seien wie Blumen – Blumen und Desserts, Liebe und Erregung, Leidenschaft und Ruhm! Seit St-Raphaël hatte sie keinen un-angefochtenen Dreh- und Angelpunkt mehr, um den sie ihr fragwürdiges Universum hätte kreisen lassen können. Sie schob ihre Anschauungen hin und her wie ein Ingenieur, der sich den wachsenden Anforderungen seiner Baustelle anpassen muss.

Die Gruppe traf im letzten Augenblick am Théâtre du Châtelet ein. Dickie scheuchte sie die Marmortreppe hin-auf, als führte sie eine Prozession dem Moloch entgegen.

Die Ausstattung war mit Saturnringen überladen. Makel-lose nackte Beine und eine Andeutung von Rippen unter dem Trikot, die bebende Anspannung schlanker Körper, die sich im Takt rhythmischer Schläge bewegten, die Hysterie der Violine – all das erweckte den Eindruck einer quälen-den Abstraktion von Sex. Alabamas Erregung steigerte sich angesichts der Intensität dieser vollkommenen Körper, die sich dem menschlichen Willen unterwarfen, bis daraus eine Art Glaubensbekenntnis wurde. Ihre Hände waren feucht und zitterten im Tremolo der Musik. Ihr Herz schlug wie die flatternden Flügel eines zornigen Vogels.

Langsam versank das Theater in einer samtenen Noc-turne. Die letzten Töne des Orchesters trugen sie in einem Rausch der Verzückung von der Erde hinweg – so wie Da-vids Lachen, wenn er glücklich war.

Am Fuß der Treppe blieben viele junge Frauen vor der Marmorbrüstung stehen und schauten sich nach bedeuten-den Männern mit silberfuchsgrauen Schläfen um; einfluss-reiche Männer wandten sich nach rechts und nach links, wäh-rend sie mit Privatleben und Schlüsseln in ihren Taschen klimperten.

»Da ist die Prinzessin«, sagte Dickie. »Sollen wir sie mitnehmen? Sie war einmal sehr berühmt.«

Eine Frau mit geschorenem Schädel und den riesigen Ohren eines Wasserspeiers spazierte mit einem haarlosen mexikanischen Hund an der Leine durchs Foyer.

»Madame hat getanzt, bis ihr Mann ihr die Knie ruiniert hatte, so dass es nicht mehr ging«, fuhr Dickie fort, als sie ihr die Dame vorstellte.

»Meine Knie sind schon seit vielen Jahren so steif«, jammerte die Frau.

»Wie haben Sie das angestellt?«, fragte Alabama atemlos. »Wie sind Sie zum Ballett gekommen? Und so bedeutend geworden?«

Die Frau betrachtete sie mit dem schmelzenden Blick eines Schuhputzers, als wollte sie die Welt bitten, sie nicht zu vergessen, damit sie selbst nicht genötigt wäre, sie wahrzunehmen.

»Ich kam sozusagen im Ballett zur Welt.« Alabama nahm diese Bemerkung hin, als wäre es eine Erklärung für den Sinn des Lebens an sich.

Jeder hatte eine andere Meinung darüber, wohin man gehen sollte. Als Gäste der Prinzessin gegenüber entschied man sich für eine russische *boîte*. Eine heruntergekommene Aristokratie verschmolz ihre Klage mit den schmeichelnden Klängen von Zigeunergitarren, das leise Klirren der Flaschen im Sektkübel erinnerte an gespenstische Ketten und erzeugte einen Misston in diesem Vergnügungstempel. Das ektoplasmische Licht wurde von gepflegten Dekolletés und Kehlen durchbohrt wie von den Giftzähnen einer Schlange; zerzaustes Haar wirbelte durch die Untiefen der Nacht.

»Bitte, Madame«, bohrte Alabama weiter, »könnten Sie mir ein Empfehlungsschreiben für den Ballettmeister ausstellen? Ich würde alles in der Welt darum geben, um so tanzen zu können.«

Der geschorene Schädel musterte Alabama mit einem undurchsichtigen Ausdruck.

»Wozu?«, sagte sie. »Es ist ein hartes Leben. Man leidet. Ihr Mann könnte doch sicher dafür sorgen –«

»Aber warum muss es ausgerechnet *das* sein?«, fiel Hastings ihr ins Wort. »Ich gebe Ihnen die Adresse eines Black-Bottom-Lehrers – es ist natürlich ein Farbiger, aber daran stört sich ja heute niemand mehr.«

»Doch, ich«, sagte Miss Douglas. »Als ich das letzte Mal mit Negern unterwegs war, musste ich mir beim Oberkellner Geld leihen, damit ich die Rechnung bezahlen konnte. Seitdem ist für mich bei den Chinesen Schluss.«

»Halten Sie mich für zu alt, Madame?« Alabama ließ nicht locker.

»Ja«, antwortete die Prinzessin knapp.

»Sie leben sowieso nur von Kokain«, sagte Miss Douglas.

»Und beten russische Teufel an«, setzte Hastings hinzu.

»Aber manche führen auch ein ganz normales Leben, glaube ich«, meinte Dickie.

»Sex ist ein armseliger Ersatz«, seufzte Miss Douglas.

»Wofür?«

»Für Sex, Sie Trottel.«

»Ich finde, das wäre genau das Richtige für Alabama«, erklärte Dickie zur allgemeinen Überraschung. »Ich habe immer gehört, dass sie ein bisschen sonderbar ist – ich meine nicht plemplem, nur etwas schwierig. Eine künstlerische Ader würde vieles erklären. Ja, ich glaube, Sie sollten es versuchen«, sagte sie entschieden. »Es wäre fast so exotisch, wie mit einem Maler verheiratet zu sein.«

»Was meinen Sie mit ›exotisch‹?«

»Na, herumlaufen und sich für alles Mögliche interessieren. Natürlich kenne ich Sie kaum, aber ich glaube, Tanzen wäre von Vorteil, wenn Sie sich unbedingt beschäftigen wollen. Falls die Party langweilig wird, könnten Sie ein paar Pirouetten drehen.« Dickie illustrierte ihren Standpunkt, indem sie mit der Gabel ein Loch ins Tischtuch bohrte. »Etwa so!«, schloss sie enthusiastisch. »Ich sehe es förmlich vor mir.«

Alabama stellte sich vor, wie sie sanft zur Spitze eines Violinenbogens schwebte und auf seiner silbernen Spule die klaren Enttäuschungen der Vergangenheit zu vagen Hoffnungen für die Zukunft spann. Sie sah sich als gestaltlose Wolke im Spiegel einer Garderobe, dessen Rahmen mit Karten und Zeitungsausschnitten, Telegrammen und Fotos gespickt war. Sie folgte sich selbst durch einen langen Gang voller Elektroschalter und Rauchverboten an den unverputzten Steinwänden, vorbei an einem Wasserspender, einem Stapel Pappbecher und einem Mann auf einem schiefen Stuhl bis zu einer grauen Tür mit einem aufgemalten Stern.

Dickie war die geborene Förderin. »Ich bin sicher, dass Sie das können – auf alle Fälle haben Sie die richtige Figur!«

Alabama überprüfte verstohlen ihren Körper. Unnachgiebig wie ein Leuchtturm. »Vielleicht«, murmelte sie, und die Worte stiegen durch ihre Hochstimmung wie ein Taucher, der aus großer Tiefe wieder an die Oberfläche kommt.

»Vielleicht?«, wiederholte Dickie im Brustton der Überzeugung. »Cartier würde Ihnen ein Netzhemd aus purem Gold dafür geben.«

»Und wer kann mir die entsprechenden Schreiben für die zuständigen Leute verschaffen?«

»Ich, meine Liebe – ich habe Zugang zu sämtlichen verschlossenen Türen in Paris. Aber der Fairness halber will ich Sie darauf aufmerksam machen, dass die goldene Straße zum Himmel ein hartes Pflaster ist. Besorgen Sie sich lieber ein Paar Kreppsohlen, wenn Sie wirklich diesen Weg einschlagen wollen.«

»Ja«, sagte Alabama, ohne zu zögern. »Braun, nehme ich an, wegen der Gosse – ich habe immer gehört, dass man Sternenstaub auf Weiß zu deutlich sieht.«

»Das ist eine völlig verrückte Idee«, warf Hastings plötzlich ein. »Ihr Mann behauptet, sie könne keinen Ton halten.«

Irgendetwas musste passiert sein, dass er so griesgrämig war – vielleicht lag es aber auch gerade daran, dass gar nichts passierte. Sie waren alle griesgrämig, fast so sehr wie Alabama selbst. Vermutlich waren es die Nerven und dass man nichts tun konnte, als nach Hause zu schreiben und sich Geld schicken zu lassen. Es gab ja nicht einmal ein anständiges türkisches Bad in Paris.

»Was haben Sie eigentlich gemacht, für sich, meine ich?«, fragte sie.

»Meine Tapferkeitsmedaillen als Zielscheiben für Schießübungen benutzt«, antwortete er bissig.

Hastings war so glatt und braun wie ein Karamellbonbon, ein ziemlich übler Bursche, der seinen Mitmenschen den Mut nahm und sich als Moralpirat durchs Leben schlug.

Viele Generationen schöner Mütter hatten ihn mit unerschöpflicher Launenhaftigkeit ausgestattet. In seiner Gegenwart machte alles nur halb so viel Spaß wie mit David.

»Verstehe«, sagte Alabama. »Die Arena ist heute geschlossen, weil der Matador zu Hause bleiben musste, um seine Memoiren zu schreiben. Die dreitausend Zuschauer können stattdessen ins Kino gehen.«

Hastings ärgerte sich über ihren scharfen Ton.

»Machen Sie nicht mich dafür verantwortlich, dass Gabrielle sich Ihren David ausborgt«, erklärte er. Doch als er ihr ernstes Gesicht sah, fuhr er hilfsbereit fort: »Ich nehme an, dass Sie keinen Wert darauf legen, mit mir ins Bett zu gehen, oder?«

»Nein, nein, schon gut, ich liebe es, die Märtyrerin zu spielen.«

Der kleine Raum erstickte im Qualm. Eine mächtige Trommel kämpfte gegen die verschlafene Morgendämmerung an; Türsteher aus anderen Cabarets fanden sich nach und nach ein, um hier zu frühstücken.

Alabama saß da und summte leise »*Horses, Horses, Horses*« vor sich hin. Ihre Stimme klang wie das Tuten von Schiffen, wenn sie bei Nebel auslaufen.

»Das ist meine Party«, sagte sie, als die Rechnung kam. »Ich gebe sie schon seit Jahren.«

»Warum haben Sie denn Ihren Mann nicht eingeladen?«, fragte Hastings boshaft.

»Hab ich ja, verdammt noch mal«, sagte Alabama hitzig. »Aber es ist schon so lange her, dass er vergessen hat zu kommen.«

»Sie brauchen jemanden, der sich um Sie kümmert«,

sagte er in vollem Ernst. »Sie sind die Frau eines Mannes und müssen herumkommandiert werden. Nein, das meine ich ernst«, sagte er, als Alabama losprustete.

Obwohl er sich von den aberwitzigen Erwartungen älterer Damen nährte, die er weidlich auszunutzen verstand, war er alles andere als ein Märchenprinz, fand Alabama.

»Das wollte ich gerade selbst in die Hand nehmen«, kicherte sie. »Ich habe mich mit der Prinzessin und Dickie verabredet, um für meine Zukunft alles in die Wege zu leiten. Allerdings ist es schrecklich schwierig, ein Leben zu führen, das keine Richtung hat.«

»Sie haben doch ein Kind, nicht wahr?«, meinte er.

»Ja«, nickte sie. »Aber das Leben geht weiter.«

»Diese Party ist schon seit Ewigkeiten in Gang«, sagte Dickie. »Die Unterschriften auf den allerersten Rechnungen werden bereits für das Kriegsministerium gesammelt.«

»Wir brauchen allmählich frisches Blut.«

»Was wir brauchen«, fiel ihm Alabama ungeduldig ins Wort, »ist ein anständiges…«

Mit der silbernen Eleganz eines am Boden vertäuten Luftschiffs schwebte die Dämmerung träge über die Place Vendôme. Alabama und Hastings schneiten ins morgengraue Apartment der Knights wie eine Konfettiwolke der vergangenen Nacht, die man aus den Falten eines Mantels schüttelt.

»Ich dachte eigentlich, dass David schon zu Hause wäre«, sagte sie nach einem Blick ins Schlafzimmer.

»Ich nicht«, spottete Hastings. »Denn ich, dein Gott, bin ein jüdischer Gott, ein baptistischer Gott, ein katholischer Gott…«

Plötzlich merkte sie, dass sie schon seit geraumer Zeit hatte weinen wollen. In der abgestandenen Luft des Salons brach sie zusammen. Schluchzend und zitternd hob sie nicht einmal das Gesicht, als David endlich in das verstaubte, heiße Zimmer trat. Sie lag da wie ein feuchtes, ausgewrungenes Tuch auf dem Fenstersims oder wie die durchsichtige, abgelegte Hülle eines glänzenden Insekts.

»Du bist wahrscheinlich schrecklich sauer«, sagte er.

Alabama blieb stumm.

»Ich war die ganze Nacht unterwegs«, erklärte David fröhlich. »Auf einer Party.«

Sie wünschte, sie könnte David helfen, glaubwürdiger zu lügen. Sie wünschte, ihr fiele etwas ein, damit nicht alles so gewöhnlich wurde. Das Leben erschien ihr so sinnlos extravagant.

»Ach, David«, schluchzte sie, »ich bin viel zu stolz, als dass es mir etwas ausmachen könnte. Mein Stolz hält mich davon ab, auch nur annähernd so zu empfinden, wie ich müsste.«

»Was sollte dir denn etwas ausmachen? Hast du dich nicht amüsiert?«, fragte David beschwichtigend.

»Vielleicht ärgert sich Alabama, dass ich nicht genug mit ihr geflirtet habe«, sagte Hastings und zog sich hastig aus der Affäre. »Jedenfalls muss ich jetzt los, wenn Sie gestatten. Ich bin schon viel zu spät dran.«

Die erste Morgensonne fiel durchs Fenster.

Lange Zeit lag sie nur da und schluchzte. David zog sie an sich. In seiner Achselhöhle roch es warm und sauber, wie der Rauch eines ruhigen Feuers in der Hütte eines Bergbauern.

»Es hat keinen Zweck, etwas erklären zu wollen«, sagte er.

»Überhaupt keinen.«

Sie versuchte, ihn im Licht des frühen Morgens anzusehen.

»Ich wünschte, ich könnte in deiner Hosentasche leben«, sagte sie.

»Dann hätte sie bestimmt ein Loch, das du vergessen hast zu stopfen, Darling, und du würdest hinausrutschen und vom Dorfbarbier nach Hause gebracht werden müssen«, antwortete David schläfrig. »Zumindest ist das meine Erfahrung mit jungen Damen, die ich in der Hosentasche mit mir herumtrage.«

Alabama überlegte, ob sie David ein Kissen unter den Kopf schieben sollte, damit er nicht schnarchte. Sie fand, dass er aussah wie ein kleiner Junge, der von seinem Kindermädchen frisch gebadet und gekämmt worden war. Im Gegensatz zu Frauen scheinen sich Männer nie mit ihrem Handeln zu identifizieren, dachte sie, sie basteln sich lediglich ihre jeweiligen philosophischen Interpretationen dazu.

Es macht mir nichts aus, sagte sie sich in dem Versuch, sich selbst zu überzeugen. Es war wie ein sauberer Schnitt im Gewebe des Lebens, der nur einem sehr geschickten Chirurgen im Fall eines entzündeten Blinddarms gelingt. Sie hakte ihre Eindrücke ab, als wäre sie dabei, ein Testament zu verfassen, und ordnete jede an ihr vorbeiziehende Empfindung in diese momentane Bestandsaufnahme ein – einer Gegenwart, die sich erst füllt, dann überfließt und wieder leert.

Es ist zu spät für kleine Sünden; die Morgensonne badet

bereits mit den Kadavern der Nacht im typhusverseuchten Wasser der Seine; die Marktkarren sind längst wieder nach Fontainebleau und Saint-Cloud zurückgerumpelt; die Frühschicht in den Operationssälen der Krankenhäuser ist beendet; die Bewohner der Île de la Cité haben ihre Schale *café au lait* und die nächtlichen Taxifahrer *un verre* getrunken. Die Pariser Köche schaffen ihre Abfälle auf die Straßen und schleppen Kohle herauf, und viele Leute mit Tuberkulose warten in den feuchten Eingeweiden der Erde auf die Métro. Rings um den Eiffelturm spielen Kinder im Gras; die aufgebauschten weißen Schleier englischer Nannys und die blauen Schleier französischer Nounous verkünden flatternd, dass hier an den Champs-Élysées alles in bester Ordnung ist. Modisch gekleidete Frauen sitzen unter den Bäumen des Pavillon Dauphine, der für knarzende Reitstiefel aus russischem Leder soeben seine Tore öffnet, und pudern sich über ihren Portweingläsern die Nase. Die *femme de chambre* der Knights hat Anweisung, ihre Herrschaft rechtzeitig zum Lunch im Bois de Boulogne zu wecken.

Als Alabama versuchte aufzustehen, fühlte sie sich unförmig und war nervös, gereizt.

»Ich halte das nicht länger aus«, schrie sie den dösenden David an. »Ich will weder mit Männern schlafen noch die Frauen nachäffen, und überhaupt – ich ertrage das nicht mehr.«

»Hör auf, Alabama, ich habe Kopfschmerzen«, protestierte David.

»Ich höre nicht auf! Und ich gehe auch nicht zum Lunch! Ich werde so lange schlafen, bis es Zeit wird, ins Studio zu gehen.«

In ihren Augen glühte das gefährliche Feuer fanatischer Entschlossenheit. Unter ihren Wangenknochen zeichneten sich weiße Dreiecke und am Hals blaue Streifen ab. Ihre Haut roch nach dem getrockneten, schmutzigen Puder der vergangenen Nacht.

»Nun, jedenfalls kannst du nicht im Sitzen schlafen!«, meinte er schließlich.

»Ich kann tun, was ich will«, gab sie zurück. »Alles! Ich kann sogar im Wachen schlafen, wenn mir danach ist.«

Davids Hang zur Einfachheit war etwas sehr Komplexes, das ein normaler Mensch nie verstanden hätte. Er bewahrte ihn vor vielen Problemen.

»Na schön«, sagte er. »Dann leiste ich dir Gesellschaft.«

Die makabren Gespenster, die den Krieg überlebt hatten, kannten eine Geschichte, die sie danach voller Begeisterung erzählten. Es ging um die Soldaten der Fremdenlegion, die in der Gegend um Verdun herum einen Ball veranstaltet und mit den Toten getanzt hatten. Ähnlich unheimlich war Alabamas Angewohnheit, sich ständig ein Gift für ihr Unterbewusstsein zusammenzubrauen, zähes Beharren auf der Magie und dem Glanz des Lebens, obwohl sich dessen Puls bereits anfühlte wie das Pochen in einem amputierten Bein.

Offenbar ist manchen Frauen ein stiller, unablässiger Durchhaltewille zu eigen, der selbst den Kultiviertesten unter ihnen die stumme Härte einer Bauersfrau verleiht. Im Gegensatz zu Alabama verfügte David über eine nüchterne Weisheit, die so tief wurzelte, dass sie trotz aller Wirren der Zeit stark und harmonisch wirkte.

»Mein armes Kleines«, sagte er. »Ich kann dich verstehen.

Es muss wirklich schrecklich sein, ewig dazusitzen und zu warten.«

»Ach halt den Mund«, erwiderte sie undankbar. Dann lag sie eine ganze Weile stumm da. »David«, sagte sie schließlich heftig.

»Ja.«

»Ich werde eine berühmte Tänzerin, das schwöre ich bei den blauen Adern im weißen Marmor von Miss Gibbs.«

»Ist gut, Liebling«, nickte David unverbindlich.

Teil III

Schumanns hohe Läufe fielen durch den schmalen Hof und zerschellten in einem lauten Crescendo an den roten Backsteinmauern. Alabama lief durch den dämmrigen Gang hinter der Bühne der Olympia Music Hall. Im grauen Zwielicht verblasste der Name Raquel Meller auf einer Tür, die mit einem abblätternden goldenen Stern gekennzeichnet war. Die Utensilien einer Akrobatentruppe versperrten das Treppenhaus. Das Holz der Stufen hinauf in die siebte Etage war von den leichtfüßigen Schritten vieler Tänzergenerationen ausgetreten und brüchig geworden. Oben angekommen öffnete sie die Tür zum Studio. Die hortensienblauen Wände und der blank polierte Fußboden hingen unter dem Oberlicht wie der schwebende Korb eines Fesselballons. Fleiß und Ehrgeiz, Begeisterung, Disziplin und eine überwältigende Ernsthaftigkeit durchfluteten die weite Leere des Raums. Eine sportliche junge Frau stand im Zentrum dieser Atmosphäre und spulte die Enden des Kosmos um ihre straffen, angespannten Schenkel. Immer wieder wirbelte sie um ihre eigene Achse, bis die Spannung der Spirale im leisen, präzisen Rhythmus eines Schlaflieds ausklang und sie sich eine atemlose Pause gestattete. Dann stakste sie ungelenk auf Alabama zu.

»Ich habe um drei eine Stunde bei Madame«, erklärte

diese auf Französisch. »Eine Freundin von mir hat es arrangiert.«

»Madame wird gleich hier sein«, sagte die Tänzerin mit einem Anflug von Spott. »Wollen Sie sich vielleicht schon einmal umziehen?«

Alabama wusste nicht, ob die junge Frau sich über die Welt an sich, über sie – Alabama – im Besonderen oder gar über sich selbst lustig machte.

»Tanzen Sie schon lange?«, fragte die Tänzerin als Nächstes.

»Nein. Es ist meine erste Lektion.«

»Nun ja, irgendwann fängt jeder mal an«, meinte die junge Frau großzügig.

Dann drehte sie drei oder vier atemberaubende Pirouetten, um das Gespräch zu beenden.

»Hier entlang«, sagte sie, ohne ihr Desinteresse an einer Anfängerin zu verbergen, und führte Alabama in einen Vorraum.

An den Wänden der Garderobe hingen die langen Beine und reglosen Füße der schweißgetränkten, fleischfarbenen und schwarzen Strumpfhosen, die ein anschauliches Bild der alles bestimmenden Tempi von Prokofjew und Sauguet, Poulenc und de Falla vermittelten. Wie eine leuchtende, explosive Nelkenblüte lugte ein Tutu unter einem Handtuch hervor. In einer Ecke hingen die weiße Bluse und ein Faltenrock von Madame hinter einem verblichenen grauen Vorhang. Es roch nach harter Arbeit.

Eine junge Polin mit Haar, das an einen Putzschwamm aus Kupferdraht erinnerte, und einem roten Zwergengesicht stand über eine Korbtruhe gebeugt, sortierte zerrissene Notenblätter und stapelte ausrangierte Kostüme aufeinander. Einzelne Spitzenschuhe baumelten vom Oberlicht. Die Polin blätterte in einem zerfledderten Beethoven-Album und stieß auf eine verblasste Fotografie.

»Ich glaube, das ist ihre Mutter«, sagte sie zu der Tänzerin.

Besitzergreifend inspizierte diese das Bild; sie war die Ballerina.

»Ich glaube, das war Madame selbst in jungen Jahren, *ma chère* Stella. Ich werde es behalten.« Sie lachte frech und anmaßend – schließlich drehte sich hier alles um sie.

»O nein, Arienne Jeanneret. Ich werde es nämlich selbst behalten.«

»Darf ich auch mal sehen?«, fragte Alabama.

»Es ist ganz sicher Madame selbst.«

Arienne zuckte gleichgültig die Achseln und reichte Alabama das Bild. Ihre Bewegungen wirkten abgehackt; zwischen den unregelmäßigen Energiestößen, die ihren Körper von einer Position in die nächste versetzten, war sie vollkommen starr.

Die Augen auf dem Foto waren rund, traurig und russisch. Ein träumerisches Bewusstsein der eigenen dramatischen Schönheit verlieh dem blassen Gesicht Bedeutung und Gewicht, als würden seine Züge von einem inneren Willen zusammengehalten. Die Stirn schmückte ein breiter metallischer Ring nach Art römischer Wagenlenker. Die Hände ruhten in experimenteller Pose auf den Schultern.

»Ist sie nicht schön?«, fragte Stella.

»Jedenfalls nicht unamerikanisch«, antwortete Alabama.

Die Frau erinnerte sie dunkel an Joan; ihre Schwester besaß dieselbe Transparenz, die das Gesicht auf dem Foto verklärte wie der blendende Glanz eines russischen Winters. Vielleicht verdankte Joan dieses feine, strahlende Äußere einer ähnlichen Intensität von Leidenschaft.

Plötzlich wandte sich die junge Frau um und horchte auf die müden Schritte, die zögernd das Studio durchquerten.

»Wo habt ihr dieses alte Foto her?« Madames zarte, brüchige Stimme erweckte fast den Eindruck, als wollte sie sich entschuldigen. Madame lächelte. Sie besaß durchaus Sinn für Humor, doch die bleiche, kontrollierte Unergründlichkeit ihres Ausdrucks wurde von keiner Gemütsbewegung getrübt.

»Im Beethoven.«

»Früher löschte ich die Lichter im Haus und spielte Beethoven«, erzählte Madame knapp. »Mein Salon in Petrograd war gelb und immer voller Blumen. Damals sagte ich mir: ›Ich bin zu glücklich. Das kann nicht ewig so weitergehen.‹« Sie wedelte resigniert mit der Hand und blickte herausfordernd zu Alabama auf.

»Meine Freundin hat gesagt, Sie wollen tanzen lernen? Warum? Sie haben doch bereits Freunde und Geld.« Mit kindlich unverhohlener Neugier betrachteten die schwarzen Augen Alabamas Figur, die so schlaksig und eckig wie silberne Triangeln in einem Orchester war, von den breiten Schulterblättern bis hin zu der leichten Krümmung ihrer langen Beine, alles zusammengehalten und beherrscht von der elastischen Spannung des kräftigen Nackens. Alabamas Körper war wie ein Federkiel.

»Ich war im Russischen Ballett«, versuchte Alabama sich zu erklären, »und ich hatte den Eindruck – ach, ich weiß auch nicht! Als wäre alles darin enthalten, was ich schon immer woanders gesucht hatte.«

»Was haben Sie gesehen?«

»*La Chatte,* Madame, das muss ich unbedingt eines Tages tanzen!«, antwortete Alabama impulsiv.

Ein schwacher Schimmer neugieriger Anteilnahme flackerte in der Tiefe der Augen auf. Dann zog sich alles Persönliche wieder aus dem Gesicht zurück. Dieser Frau in die Augen zu sehen war wie durch einen langen Tunnel zu gehen, an dessen Ende ein fahles Licht glomm, auf einem nassen, unebenen Boden blind durch tropfendes, kaltes Gestein zu tappen.

»Dafür sind Sie schon zu alt. Es ist ein herrliches Ballett. Warum sind Sie so spät zu mir gekommen?«

»Ich habe vorher nicht daran gedacht. Ich war zu sehr mit meinem Leben beschäftigt.«

»Und jetzt haben Sie alles hinter sich?«

»Genug, um genug davon zu haben«, lachte Alabama.

Die Frau bewegte sich ruhig zwischen den Tanzutensilien hin und her.

»Wir werden sehen«, sagte sie. »Machen Sie sich bereit.«

Alabama zog sich hastig um. Stella zeigte ihr, wie man die Spitzenschuhe hinter den Knöcheln verschnürt, damit der Knoten in der Mulde verschwindet.

»Was allerdings *La Chatte* betrifft –«, sagte die Russin.

»Ja?«

»Das werden Sie nicht schaffen. Sie dürfen Ihre Erwartungen nicht so hoch schrauben.«

Ein Schild über dem Kopf der Russin verkündete »Spiegel berühren verboten!« auf Französisch, Englisch, Italienisch und Russisch. Madame stand mit dem Rücken zu dem riesigen Spiegel und starrte ans andere Ende des Raums. Sie begannen ohne Musikbegleitung.

»Das Klavier kommt erst dazu, wenn Sie gelernt haben, Ihre Muskeln zu beherrschen«, erklärte sie. »Da Sie so spät anfangen, bleibt Ihnen nichts anderes übrig, als sich immer wieder bewusst zu machen, wie Sie Ihre Füße setzen. Sie müssen immer so stehen.« Madame drehte ihre zerschlissenen Satinschuhe zur Seite, bis sie eine waagerechte Linie bildeten. »Und jeden Abend müssen Sie fünfzig Mal die Beine strecken – *so!*«

Sie streckte und bog Alabamas lange Beine parallel zur Stange. Alabamas Gesicht lief rot an vor Anstrengung. Die Frau verdrehte ihr buchstäblich die Beinmuskeln. Beinahe hätte sie vor Schmerz aufgeschrien. Als sie Madames dunkel geschminkte Augen und die rote Wunde ihres Mundes betrachtete, glaubte sie Boshaftigkeit in ihrem Gesicht zu erkennen. Madame war grausam. Madame war abscheulich und niederträchtig.

»Nicht ausruhen«, sagte Madame. »Machen Sie weiter.«

Alabama zerrte an ihren schmerzenden Gliedmaßen. Die Russin ließ sie allein mit dieser höllischen Übung fortfahren. Als sie nach einiger Zeit wieder auftauchte, stellte sie sich vor den Spiegel und besprühte sich ungerührt mit einem Zerstäuber.

»*Fatiguée?*«, rief sie lässig über die Schulter.

»Ja«, gab Alabama zurück.

»Aber Sie dürfen nicht aufhören.«

Nach einer Weile trat die Russin zu ihr an die Stange.

»Als kleines Mädchen in Russland habe ich diese Übung

jeden Abend vierhundert Mal gemacht«, sagte sie gleich-
mütig.

Wut stieg in Alabama auf wie blubberndes Benzin in einer gläsernen Zapfsäule. Hoffentlich merkte dieses Unge-
heuer wenigstens, wie sehr sie es hasste. »Dann mache ich
auch vierhundert.«

»Zum Glück sind Amerikanerinnen sportlich. Sie haben
mehr natürliches Talent als Russinnen«, bemerkte Madame.
»Aber sie sind auch verwöhnt, sie haben viel Muße, Geld
und jede Menge Ehemänner. Für heute ist es genug. Haben
Sie etwas Eau de Cologne bei sich?«

Alabama rieb sich mit der dunstigen Flüssigkeit aus Madames Flakon ein. Unter den verwirrten, erstaunten Blicken und nackten Körpern einer Klasse, die mittlerweile
hereinströmte, zog sie sich wieder an. Die Mädchen plap-
perten ungeniert auf Russisch durcheinander. Madame lud
Alabama ein, zu bleiben und ihnen bei der Arbeit zuzusehen.

Ein Mann saß mit einem Skizzenblock auf einem kaputten Eisenstuhl. Zwei vollbärtige Darsteller aus dem Theater
zeigten mit dem Finger erst auf ein, dann ein anderes junges
Mädchen; ein junger Mann mit schwarzem Trikot, einem
Stirnband und einem Gesicht wie ein mythischer Seeräuber
zerstäubte die Luft mit *battements*.

Auf geheimnisvolle Weise verteilte sich das Ballett in
Gruppen. Schweigend entfaltete es ein stummes Durcheinander in einer hinreißend kecken Folge von *jetés en arrière,*
sorglosen *pas de chats* und einer Fülle von Pirouetten, tobte
sich in den gestreckten Sprüngen des russischen *stschay* aus
und versank schließlich in einem Strom wogender *chassés*.

Niemand sprach. Im Raum war es so still wie im Auge eines Wirbelsturms.

»Gefällt es Ihnen?«, fragte Madame unerbittlich.

Alabama spürte, wie ihr Gesicht vor Verlegenheit glühte. Die Lektion hatte sie sehr erschöpft. Ihr Körper schmerzte und zitterte. Dieser erste flüchtige Blick auf den Tanz als Kunst hatte ihr eine neue Welt eröffnet. »Was für ein Sakrileg!«, hätte sie am liebsten gerufen, als sie an die schmachvolle Hampelei zurückdachte, mit der sie vor zehn Jahren das *Stundenballett* bestritten hatte. Plötzlich erinnerte sie sich an den Übermut, mit dem sie als Kind über die Gehsteige gehüpft und die Fersen in der Luft zusammengeschlagen hatte. Und gleich danach an das alte, halb vergessene Gefühl, es keine Minute länger auf der Welt auszuhalten.

»Wunderschön. Was ist es?«

Die Frau wandte sich ab. »Es ist ein Ballettstück von mir und handelt von einem Amateur, der sich einem Zirkus anschließen will.« Alabama fragte sich, wie sie diese verschleierten bernsteinfarbenen Augen für sanft hatte halten können; sie schienen sich auf teuflische Art über sie lustig zu machen. Madame fuhr fort: »Morgen um drei machen Sie weiter.«

Abend für Abend rieb Alabama ihre Beine mit Muskelöl von Elizabeth Arden ein. An den Innenseiten der Oberschenkel tauchten blaue Flecken auf, wo einzelne Muskelfasern gerissen waren. Ihr Hals war so ausgetrocknet, dass sie zuerst glaubte, Fieber zu haben, und enttäuscht war, als das Thermometer keine erhöhte Temperatur anzeigte. Im Badeanzug versuchte sie, an der hohen Rückenlehne eines Louis-quatorze-Sofas zu üben. Sie war ständig steif und umklammerte vor Schmerz die vergoldeten Blumen des Rahmens. Sie steckte die Füße durch die Stangen des eisernen Bettgestells und schlief wochenlang mit nach außen geklebten Zehen. Ihre Lektionen waren eine einzige Quälerei.

Am Ende des Monats konnte Alabama sich aufrecht in einer Ballett-Position halten. Sie balancierte ihr Gewicht genau über den Fußballen, hielt die Krümmung des Rückgrats im Zaum, als zügelte sie ein Rennpferd, und rammte die Schulterblätter nach unten, bis sie das Gefühl hatte, sie drückten auf die Hüften. Die Zeit verging so sprunghaft wie auf einer Schuluhr. David war froh über ihr Engagement im Studio. Sie vertaten ihre freie Zeit nicht länger auf Partys. Alabamas freie Zeit bestand aus endlosen Attacken von Muskelkater, so dass sie lieber zu Hause blieb. Und David konnte ungehinderter arbeiten, wenn sie beschäftigt war und weniger Ansprüche an ihn stellte.

Abends saß sie am Fenster und war zu müde, um sich zu rühren. Sie sehnte sich inbrünstig danach, als Tänzerin Erfolg zu haben. Alabama hoffte, mit Erreichen dieses Ziels die Dämonen vertreiben zu können, die sie verfolgt hatten. Wenn sie sich auf diese Art bewährt hätte, würde sie jenen inneren Frieden finden, den man nur erreichte, wenn man mit sich im Reinen war. Davon war sie überzeugt. Das Medium Tanz würde ihr helfen, ihre Gefühle in den Griff zu bekommen und nach Belieben Liebe, Mitleid oder Glück zu empfinden, da sie nun über einen Kanal verfügte, durch den all das strömen konnte. Deshalb trieb sie sich unerbittlich an, und der Sommer zog sich in die Länge.

Die Julihitze lag auf dem Oberlicht im Studio. Madame versprühte Desinfektionsmittel. Die Stärke aus den Organdy-Röcken klebte an Alabamas Händen, und der Schweiß rann ihr in die Augen, bis sie nichts mehr sah. Erstickende Staubwolken erhoben sich vom Fußboden; in dem grellen Licht wurde ihr schwarz vor Augen. Es war erniedrigend, dass Madame die Knöchel ihrer Schülerin berühren musste, wenn sie so verschwitzt waren. Der menschliche Körper besitzt einen eigenen Willen. Dass sie den ihren nicht besser unter Kontrolle hatte, trieb sie zum Wahnsinn. Zu lernen, wie sie mit ihm umgehen musste, kam ihr vor wie ein verzweifeltes Spiel mit sich selbst. Sie sagte: »Mein Körper und ich« und unterzog sich einer entsetzlichen Züchtigung: So musste es sein. Manche Tänzerinnen arbeiteten mit einem um den Hals geschlungenen Handtuch. Es war dermaßen heiß unter dem glühenden Dach, dass sie den Schweiß auffangen mussten. Manchmal schwamm der Spiegel in roten Hitzewellen, wenn Alabamas Stunden in die Zeit fielen, da die Sonne senkrecht über dem Dachfenster stand. Sie hatte es satt, ihre Füße ohne Musik in endlosen *battements* zu bewegen. Sie fragte sich, warum sie überhaupt noch zum Unterricht kam. David hatte vorgeschlagen, nachmittags zum Schwimmen ins kühlere Corne-Biche zu fahren. Sie war gereizt, weil sie nicht mitgefahren war, und insgeheim machte sie Madame dafür verantwortlich. Zwar glaubte sie nicht, dass sich die unbekümmerten, glücklichen Zeiten ihrer ersten Ehejahre wiederholen oder – falls doch – genießen ließen, wenn sie erst einmal nüchtern betrachtet wurden, doch wenn Alabama an Glück dachte, hatte sie diese Erinnerungen vor Augen. Sie waren der Inbegriff des Glücks, so wie sie es sich vorstellte.

»Darf ich um Aufmerksamkeit bitten?«, sagte Madame.

»Das ist für Sie.« Dann schwebte sie über den Boden und zeichnete das Muster eines einfachen Adagio vor.

»Das schaffe ich nicht«, sagte Alabama. Achtlos fing sie an, den vorgezeichneten Schritten der Russin zu folgen. Plötzlich hielt sie inne.

»Wie schön!«, sagte sie entzückt.

Die Ballettlehrerin wandte sich nicht einmal um. »Es gibt viele schöne Dinge im Tanz«, sagte sie lakonisch, »aber die sind nichts für Sie – noch nicht.«

Nach der Stunde stopfte Alabama ihre schweißgetränkten Kleider in ihr Köfferchen. Arienne wrang ihre Trikots aus, bis der Schweiß kleine Pfützen auf dem Fußboden bildete. Alabama hielt sie an einem Ende fest, während sie den Stoff drehte und ausdrückte. Es kostete eine Menge Schweiß, tanzen zu lernen.

Eines Samstags erklärte Madame: »Ich werde für einen Monat verreisen. Sie können Ihre Stunden bei Mlle. Jeanneret fortsetzen. Vielleicht sind Sie, wenn ich zurückkomme, so weit, dass wir mit Musikbegleitung proben können.«

»Dann fällt meine Stunde am Montag aus?« Alabama hatte so viel von ihrer Zeit dem Studio geopfert, dass sie bei dem Gedanken an ein Leben ohne Tanz das Gefühl hatte, in ein Vakuum zu stürzen.

»Mlle. Jeanneret wird sie übernehmen.«

Alabama spürte, wie ihr unerklärlicherweise große heiße Tränen über das Gesicht rollten, als sie sah, wie die müde Gestalt ihrer Lehrerin im staubigen Dunst verschwand. Dabei hätte sie doch eigentlich froh sein können über die Atempause.

»Nicht weinen«, sagte Arienne sanft. »Madame muss wegen ihres Herzens nach Royat.« Sie lächelte Alabama zu. »Wir werden Stella bitten, sofort mit der Musik für deine Lektionen anzufangen«, sagte sie verschwörerisch.

Den ganzen heißen August hindurch übten sie. Die Blätter wurden trocken und welkten im Brunnen von Saint-Sulpice; über den Champs-Élysées waberten Abgase. Kein Mensch war in Paris, das sagten alle. Die Springbrunnen im Jardin des Tuileries versprühten warme Dampfschwaden, und die *midinettes* verzichteten auf lange Ärmel. Alabama ging jetzt zwei Mal pro Tag ins Studio. Bonny war bei Freunden von Nanny in der Bretagne zu Besuch. David betrank sich mit Unmengen von Leuten in der Bar des Ritz, wo sie zusammen die Leere der Stadt feierten.

»Warum gehst du nie mit mir aus?«

»Weil ich dann am nächsten Tag nicht arbeiten kann.«

»Bildest du dir etwa ein, dass du es damit zu etwas bringen wirst?«

»Vermutlich nicht, aber es gibt bloß eine Möglichkeit, es herauszufinden.«

»Wir haben überhaupt kein Familienleben mehr.«

»Du bist doch ohnehin nicht da – irgendetwas muss ich mit meiner Zeit schließlich anfangen.«

»Typisch Frau, dieser Vorwurf – ich muss arbeiten.«

»Ich tue alles, was du willst.«

»Dann kommst du heute Nachmittag mit?«

Sie fuhren nach Le Bourget und charterten ein Flugzeug. Vor dem Start trank David so viel Brandy, dass er noch über der Porte Saint-Denis versuchte, den Piloten zu überreden, sie nach Marseilles zu bringen. Zurück in Paris drängte er Alabama, mit ihm in die Closerie des Lilas zu gehen. »Da ist bestimmt jemand, mit dem wir zu Abend essen können«, sagte er.

»David, ich kann nicht, wirklich. Mir wird schlecht, wenn ich trinke. Dann muss ich wieder Morphium nehmen, so wie letztes Mal.«

»Wo willst du hin?«

»Ins Studio.«

»Aber für mich hast du keine Zeit! Wozu hat man denn eine Frau? Wenn es nur ums Bett ginge, gäbe es reichlich Alternativen –«

»Und wozu hat man schon einen Mann oder überhaupt jemanden? Plötzlich merkt man, dass sie ständig um einen herum sind, und das hat man nun davon.«

Das Taxi schwirrte durch die Rue Cambon. Unglücklich stieg sie die Treppen hinauf. Arienne wartete schon.

»Was für ein trauriges Gesicht!«, sagte sie.

»Das Leben ist eine traurige Angelegenheit, stimmt's, meine arme Alabama?«, sagte Stella.

Als die Aufwärmübungen an der Stange beendet waren, traten Arienne und Alabama in die Mitte des Studios.

»*Bien*, Stella.«

Die sentimentale Koketterie einer Mazurka von Chopin verpuffte in der staubtrockenen Luft. Alabama sah, wie Arienne versuchte, Madame nachzueifern. Sie wirkte sehr kompakt und schäbig. Aber sie war *la première danseuse* der Pariser Opéra, fast ganz oben angekommen. Alabama brach in lautloses Schluchzen aus.

»Dieser Beruf ist noch schwerer als das Leben«, japste sie.

»Nun ja, das hier ist ja auch keine *pension des jeunes*

filles!«, brauste Arienne auf. »Möchtest du den Schritt auf deine Art versuchen, wenn dir meine nicht passt?« Sie stemmte die Hände in die Hüften, gebieterisch und kalt, als wollte sie andeuten, dass Alabama nun, da sie von der Existenz des Schrittes wusste, nichts anderes übrigblieb, als ihn auch auszuführen. Irgendwer musste die Sache beherrschen; sie war zum Greifen nahe. Arienne hatte sie aufs Tapet gebracht, sollte Arienne sie zu Ende bringen.

»Wir arbeiten hier nur deinetwegen, verstehst du?«, fuhr Arienne sie an.

»Mein Fuß schmerzt«, sagte Alabama schmollend. »Ich habe einen Nagel verloren.«

»Dann musst du dir einen härteren wachsen lassen. Können wir jetzt? *Dva,* Stella!«

Endlose Meilen von *pas de bourrée,* bei dem ihre Zehen auf den Fußboden pickten wie die Schnäbel von Hühnern auf der Suche nach Futter, und nach zehntausend Meilen musste man weitermachen, ohne mit den Brüsten zu wackeln. Arienne roch nach feuchter Wolle. Alabama versuchte es immer wieder. Ihre Gelenke knickten um; ihr Verstand war schneller als ihre Füße und brachte sie aus dem Gleichgewicht. Sie erfand einen Trick: Man musste mit dem Geist gegen die Vorwärtsbewegung des Körpers ankämpfen, das verlieh einem die düstere Würde und scheinbare Mühelosigkeit, die man als Stil bezeichnet.

»Ach, du bist *bête,* einfach *impossible*«, kreischte Arienne. »Du willst es immer erst verstehen, bevor du es tanzen kannst.«

Am Ende hatte Alabama sich beigebracht, wie man den oberen Teil des Körpers bewegt, als wäre es eine Büste auf

Rädern. Mit ihrem *pas de bourrée* machte sie Fortschritte – wie ein Vogel, der fliegen lernt. Unwillkürlich hielt sie den Atem an, wenn sie ihn übte.

Als David sich nach dem Tanzen erkundigte, gab sie sich überheblich. Sie hatte das Gefühl, dass er es nicht verstehen würde, wenn sie ihm die Sache mit dem *pas de bourrée* erklärte. Einmal hatte sie es tatsächlich versucht. Ihre Erläuterung war gespickt mit lauter »Du-weißt-schon-was-ich-meine« und »Verstehst-du-das-denn-nicht?« gewesen, so dass David am Ende ärgerlich geworden war und sie als Spinnerin beschimpft hatte.

»Es gibt nichts auf dieser Welt, das sich nicht ausdrücken ließe«, regte er sich auf.

»Du bist einfach zu dämlich dafür! Dabei ist es sonnenklar.«

David fragte sich, ob Alabama jemals wirklich eins seiner Bilder verstanden hatte. War nicht alle Kunst der Ausdruck des Unbeschreiblichen? Und ist das Unbeschreibliche nicht immer dasselbe, wenn auch in abgewandelter Form – so wie die Variable x in der Physik? Es kann alles Mögliche bezeichnen, aber gleichzeitig ist es immer auch x.

In der Dürre des Septembers kehrte Madame zurück.

»Sie haben große Fortschritte gemacht«, sagte sie. »Aber Sie müssen Ihre vulgären amerikanischen Gewohnheiten ablegen. Bestimmt schlafen Sie zu viel. Vier Stunden sind genug.«

»Hat Ihnen die Behandlung gut getan?«

»Man hat mich zu einer Schwitzkur gezwungen«, lachte sie. »Ich ertrug es nur, wenn mir jemand die Hand hielt. Ausruhen ist nicht *commode* für müde Menschen. Und für Künstler schon gar nicht.«

»Hier war es den ganzen Sommer lang wie in einer Schwitzkur«, sagte Alabama schroff.

»Und Sie Ärmste wollen immer noch *La Chatte* tanzen?«

Alabama lachte. »Sie werden mir doch sagen, wenn ich gut genug bin, um ein Tutu zu kaufen, oder?«

Madame zuckte die Achseln. »Warum nicht gleich?«

»Ich möchte erst eine gute Tänzerin sein.«

»Dann müssen Sie üben.«

»Ich übe vier Stunden am Tag.«

»Das ist zu viel.«

»Wie soll ich dann eine Tänzerin werden?«

»Ich weiß auch nicht, wie man etwas werden kann«, antwortete die Russin.

»Dann werde ich dem heiligen Josef ein paar Kerzen opfern.«

»Das könnte vielleicht helfen, aber ein russischer Heiliger wäre noch besser.«

In den letzten heißen Tagen zogen David und Alabama ans linke Seine-Ufer. Ihre Wohnung war mit brüchiger gelber Brokatseide tapeziert, und man hatte einen schönen Blick auf die Kuppel von Saint-Sulpice. Alte Frauen hockten in den schattigen Winkeln der Kathedrale, deren Glocken ohne Unterlass zu Beerdigungen läuteten. Die Tauben, die sich Futter auf dem Vorplatz suchten, plusterten sich auf ihrem Fenstersims auf. Alabama saß in der nächtlichen Brise, hielt ihr Gesicht dem frischen Himmel entgegen und grübelte. Sie war so erschöpft, dass ihr Pulsschlag wieder so langsam wurde wie in ihrer Kindheit. Sie dachte an die Zeit, als sie klein war und bei ihrem Vater gelebt hatte – durch seine distanzierte Reserviertheit hatte er sich als unfehlbare Quelle der Weisheit, als Inbegriff von Sicherheit dargestellt. Auf ihren Vater hatte sie bauen können. Davids Ruhelosigkeit war ihr mehr und mehr ein Greuel, weil sie Teile von sich selbst darin wiederfand, die sie hasste. Ihre Erfahrungen hatten sie zu einem unglücklichen Kompromiss gezwungen. Das war das Problem: Sie hatten nicht damit gerechnet, bei zunehmender Horizonterweiterung Korrekturen vornehmen zu müssen, daher akzeptierten sie die notwendigen Anpassungen nur zögernd und neigten eher zum Vergleich denn zur Veränderung. Sie hatten geglaubt, vollkommen zu sein, und ihre Herzen der Vielfalt geöffnet, nicht aber dem Wandel.

Mit dem herbstlichen Nebel wurde es feucht. Hier und da speisten sie zwischen juwelengeschmückten Frauen, die wie Fische mit leuchtenden Schuppen in einem Aquarium funkelten. Sie machten Spaziergänge und fuhren im Taxi durch die Stadt. Alabamas wachsende Sorge um ihre Beziehung war in eine feste Entschlossenheit übergegangen, mit ihrer Arbeit voranzukommen. Sie drapierte ihre Knochen auf einem Webstuhl voller *attidudes* und *arabesques* und versuchte, aus der Stärke ihres Vaters und der Schönheit ihrer jungen Liebe zu David, der seligen Selbstvergessenheit ihrer Pubertät und der warmen, beschützten Kindheit einen Zaubermantel zu weben. Sie war viel allein.

David aber liebte die Geselligkeit und ging häufig aus. Ihr Leben folgte einem zwanghaften Rhythmus; alles schien erlaubt, bis auf Mord. Davon ging sie jedenfalls aus – denn das würde lediglich die Behörden auf den Plan rufen. Alles andere waren belanglose Geschichten, so wie Jacques und

Gabrielle. Es war ihr egal – ganz ehrlich machte ihr die Einsamkeit nicht das Mindeste aus. Und Jahre später erinnerte sie sich verwundert, dass man tatsächlich so müde sein konnte, wie sie es damals gewesen war.

Bonnie hatte eine französische Gouvernante, die ihre Mahlzeiten mit *»N'est-ce pas, Monsieur?«* oder *»Du moins, j'aurais pensé«* vergiftete. Sie schmatzte, und beim Anblick der Sardinenreste zwischen den Goldfüllungen ihrer Zähne wurde Alabama übel. Daher starrte sie beim Essen auf den kahlen herbstlichen Hof hinaus. Sie hätte eine andere Gouvernante engagiert, aber bestimmt würde in dieser angespannten Situation etwas schiefgehen, und deshalb verschob sie es immer wieder.

Bonnie wurde rasch größer und steckte voller Geschichten über Josette und Claudine und die anderen Mädchen in der Schule. Sie hatte eine Kinderzeitschrift abonniert, zeigte kein Interesse mehr am Guignol und vergaß allmählich ihr Englisch. Im Umgang mit ihren Eltern zeigte sich eine gewisse Reserviertheit. Im Beisein ihrer alten, englischsprachigen Nanny, die sie an den Tagen ausführte, an denen Mademoiselle *sortie* hatte, gab sie sich sehr herablassend. Das waren aufregende Tage, in denen die ganze Wohnung nach L'Origan von Coty stank und Bonnie Ausschlag im Gesicht bekam, von dem vielen Teegebäck bei Rumpelmayer. Alabama konnte Nanny nie das Eingeständnis entlocken, dass Bonnie Süßigkeiten gegessen hatte. Die Kinderfrau beharrte darauf, dass man den Ausschlag im Blut habe und es besser sei, wenn er herauskam, wobei sie durchblicken ließ, dass es hier womöglich um eine Austreibung böser Geister ging, die das Kind von den Eltern übernommen hatte.

David schenkte Alabama einen Hund. Sie tauften ihn Adage. Die *femme de chambre* sprach ihn mit »Monsieur« an und weinte, wenn er bestraft wurde, so dass niemand im Haus das Tier zur Stubenreinheit erziehen konnte. Sie hielten ihn im Gästezimmer, wo die fotografischen Konterfeis der engeren Familienmitglieder des Wohnungsbesitzers durch den Gestank seiner *saleté* auf ihn herabschauten.

David tat Alabama sehr leid. Sie beide kamen ihr vor wie Leute, die in einem grausamen Winter alte Kleidungsstücke heraussuchen, welche aus einer Zeit des Wohlstands übriggeblieben waren. Sie wiederholten sich voreinander; sie kramte alte Ausdrücke hervor, obwohl sie wusste, dass er ihrer längst überdrüssig sein musste, und er wiederum gab sich keinerlei Mühe, ihrer kleinen Show mehr als nur zerstreute Aufmerksamkeit zu schenken. Sie tat sich selbst leid. Sie war immer so stolz auf ihre Fähigkeiten als Intendantin gewesen.

Der November filterte das Morgenlicht zu feinem Goldstaub, der über Paris hing und die Zeit anhielt, bis die Tage von früh bis spät auf morgens stehenblieben. Sie übte im grauen Zwielicht des Studios und fühlte sich in der Unannehmlichkeit des ungeheizten Raums sehr professionell. Die Mädchen zogen sich neben einem Ölofen um, den Alabama für Madame gekauft hatte. Die Garderobe stank nach Leim von den Spitzenschuhen, die über der kleinen Flamme aufgewärmt wurden, nach abgestandenem Eau de Cologne und nach Armut. Wenn Madame sich verspätete, wärmten sich die Tänzer mit hundert *relevés* auf, die sie zu laut vorgelesenen Versen von Verlaine ausführten. Die Fenster durften nicht geöffnet werden, wegen der Russen. Nancy und May, die mit der Pawlowa gearbeitet hatten, erklärten, von dem Gestank würde ihnen übel. May lebte im YWCA und wollte Alabama dorthin zum Tee einladen. Eines Tages, als sie zusammen die Treppe hinuntergingen, sagte sie zu Alabama, dass sie nicht mehr tanzen könne und es satt habe.

»Madames Ohren sind so dreckig, dass mir schlecht wird, weißt du«, sagte sie.

Madame hatte May in der hintersten Reihe tanzen lassen. Alabama lachte über die Schwindelei der jungen Frau.

Außer ihr gab es Marguerite, die immer ganz in Weiß kam; Fania mit ihrer schmuddligen, ausgeleierten Unterwäsche; Anise und Anna, die mit Millionären zusammenlebten und sich in Samtcapes hüllten; Céza in Grau und Scharlachrot – es hieß, sie sei Jüdin – und noch jemand in blauem Organdy, dünne Mädchen in aprikosenfarbenen Gewändern, die wie Hautfalten an ihnen herunterhingen; drei Tanyas, genau wie alle anderen Tanyas aus Russland; junge Frauen in schlichtem Weiß, die aussahen wie Jungs beim Schwimmen, und Mädchen in Schwarz, die aussahen wie alte Frauen; ein abergläubisches junges Ding in Zartviolett, und eins, das von seiner Mutter in Kirschrot ausstaffiert worden war, um alle anderen bei diesem pulsierenden Ringelspiel zu blenden. Und es gab die durchscheinende, rührend weibliche Marte, die in der Opéra Comique tanzte und nach dem Unterricht streitlustig mit ihrem Ehemann abrauschte.

Arienne Jeanneret aber war die Königin der Garderobe. Sie zog sich mit dem Gesicht zur Wand um und hatte Unmengen von Mixturen, mit denen sie sich einrieb. Sie kaufte fünfzig Paar Spitzenschuhe auf einmal und reichte sie an Stella weiter, nachdem sie sie eine Woche getragen hatte. Sie sorgte für Ruhe unter den Mädchen, wenn Madame eine

Stunde gab. Ihre ordinären Hüften stießen Alabama nach wie vor ab, trotzdem waren sie gute Freundinnen geworden. Mit Arienne setzte sie sich nach dem Unterricht in das Café unter dem Olympia und trank ihr tägliches Glas Cap Corse mit Selterswasser. Arienne nahm sie nach der Oper mit hinter die Kulissen, wo die Tänzerin sehr gut angesehen war, und Arienne begleitete Alabama zum Lunch. David konnte sie nicht ausstehen, weil sie sich erdreistete, ihm Moralpredigten über seine Ansichten und seine Trinkerei zu halten, aber sie war nicht spießig. Im Gegenteil, als echte *gamine* riss sie scharfe Witze über Feuerwehrmänner und Soldaten oder sang Montmartre-Schlager von Priestern, Bauern und betrogenen Ehemännern. Sie hatte etwas von einem Kobold, doch ihre Strümpfe warfen immer Falten, und sie neigte dazu, lange Sermone zu halten.

Sie nahm Alabama mit zu Pawlowas letztem Auftritt. Zwei Männer, die an Karikaturen von Beerbohm erinnerten, wollten sie nach Hause bringen. Arienne lehnte ab.

»Wer ist das?«, fragte Alabama.

»Keine Ahnung – Stammgäste in der Oper.«

»Aber warum redest du mit ihnen, wenn du sie gar nicht kennst?«

»Mit den Abonnenten in den ersten drei Reihen der Nationaloper verabredet man sich nicht; die Plätze sind ausschließlich für Männer reserviert«, sagte Arienne. Sie selbst lebte mit ihrem Bruder unweit des Bois. Manchmal brach sie in der Garderobe in Tränen aus.

»Zambelli tanzt immer noch die *Coppélia!*«, sagte sie dann. »Du hast keine Ahnung, wie schwer das Leben ist, Alabama, du mit deinem Mann und deinem Kind.« Wenn sie weinte, zerfloss die Tusche auf ihren Wimpern und bildete kleine Klümpchen wie nasse Wasserfarbe. Zwischen ihren grauen Augen befand sich ein geistiger Raum, der so unberührt war wie eine Wiese voller Gänseblümchen.

»Ach, Arienne!«, seufzte Madame entzückt. »Was für eine Tänzerin! Wenn sie weint, dann hat sie bestimmt einen Grund dazu.« Alabamas Gesicht wurde vor lauter Müdigkeit immer farbloser, und die Augen versanken tief in ihren Höhlen, schwelenden Herbstfeuern gleich.

Arienne half ihr bei den *entrechats*.

»Du darfst nicht innehalten, wenn du nach dem Sprung wieder aufsetzt«, sagte sie. »Nein, du musst sofort wieder springen, damit der Schwung des ersten Satzes dich durch die anderen trägt wie ein hüpfender Ball.«

»*Da!*«, sagte Madame, »*da! da!* – aber das reicht noch nicht.« Es reichte nie, um Madames Beifall zu finden.

Sonntags schliefen David und sie aus und gingen dann bei Foyot oder irgendwo in der Nähe ihrer Wohnung essen.

»Wir haben deiner Mutter versprochen, Weihnachten nach Hause zu kommen«, sagte er bei Tisch.

»Ja, aber ich weiß nicht, wie wir das schaffen sollen. Es ist schrecklich teuer, und du bist noch nicht fertig mit deinen Pariser Gemälden.«

»Ein Glück, dass du nicht allzu enttäuscht bist, denn ich hatte schon beschlossen, noch bis zum Frühjahr zu warten.«

»Außerdem muss Bonnie in die Schule. Es wäre eine Schande, sie gerade jetzt wieder abzumelden.«

»Dann fahren wir eben zu Ostern.«

»Ja.«

Alabama wollte Paris nicht verlassen, wo sie so unglücklich waren. Je mehr sich ihre Seele in *stschay* und Pirouetten verlor, umso ferner rückte ihre Familie.

Stella brachte einen Weihnachtskuchen mit ins Studio und zwei Hähnchen für Madame, die sie von ihrem Onkel aus der Normandie bekommen hatte. Ihr Onkel hatte geschrieben, dass er ihr kein Geld schicken könne: Der Franc war auf vierzig gefallen. Stella verdiente ihren Lebensunterhalt damit, Noten zu kopieren, womit sie sich die Augen verdarb, trotzdem litt sie Hunger. Sie lebte in einer Mansarde und hatte Probleme mit den Nebenhöhlen, weil es ständig zog, aber auf keinen Fall wollte sie aufhören, ihre Zeit im Studio zu verplempern.

»Was kann man als Polin in Paris schon machen?«, meinte sie zu Alabama. Was konnte man überhaupt in Paris machen? Wenn es ums nackte Überleben geht, spielen Nationalitäten keine Rolle.

Madame besorgte Stella einen Job, bei dem sie auf Konzerten die Notenblätter für die Musiker umblätterte, und Alabama bezahlte ihr zehn Franc für jedes Paar Spitzenschuhe, die sie für sie ausbesserte.

Madame küsste zu Weihnachten alle Schülerinnen auf beide Wangen, und dann aßen sie Stellas Kuchen. Es ist genauso weihnachtlich, wie es bei uns zu Hause sein wird, dachte Alabama gleichgültig – schon als Kind hatte ihr dieses Fest nicht viel bedeutet.

Arienne schickte Bonnie eine teure Küchenschürze als Geschenk. Alabama war gerührt, denn sie wusste, wie gut ihre Freundin das Geld dafür selbst hätte gebrauchen können. Niemand hatte Geld.

»Ich muss meinen Unterricht aufgeben«, sagte Arienne. »Die Schweine in der Opéra bezahlen uns tausend Franc im Monat. Davon kann ich nicht leben.«

Alabama lud Madame zum Abendessen und zu einer Ballettaufführung ein. Madame wirkte in ihrem blassgrünen Abendkleid sehr bleich und zerbrechlich. Ihre Augen waren nur auf die Bühne gerichtet. Eine ihrer Schülerinnen tanzte in *Schwanensee*. Alabama fragte sich, was wohl hinter ihren gelblichen Konfuzius-Augen vorgehen mochte, während sie den weißen Strudel des Balletts an sich vorbeischweben sah.

»Heutzutage ist alles viel zu klein«, sagte sie schließlich. »Zu meiner Zeit hatten die Dinge eine andere Dimension.«

Alabama sah sie ungläubig an. »Sie hat vierundzwanzig *fouettés* geschafft«, sagte sie. »Mehr ist doch gar nicht möglich.« Es hatte sie beinahe körperlich verletzt, zu sehen, wie der schmale, stählerne Körper der Tänzerin sich durch die irrsinnigen Figuren peitschte.

»Ich weiß nicht, was für andere möglich ist. Ich weiß nur, dass ich etwas anderes getan habe«, antwortete die Künstlerin. »Und es war besser.«

Sie ging nach der Vorstellung nicht in die Garderobe, um der jungen Tänzerin zu gratulieren. Stattdessen begleitete sie Alabama und David in ein russisches Kabarett. Am Nebentisch saß Hernandara und versuchte, eine Pyramide von Champagnergläsern zu füllen, indem er lediglich ins oberste Glas einschenkte. David trat zu ihm, und dann fingen die beiden Männer an zu singen und auf der Tanzfläche schattenzuboxen. Alabama schämte sich und hatte Angst, dass Madame pikiert sein könnte.

Doch Madame war eine russische Prinzessin in Russland gewesen und kannte sich aus.

»Sie sind wie spielende Hunde«, sagte sie. »Lassen Sie sie. Es ist schön.«

»Arbeit ist das Einzige, was schön ist«, sagte Alabama. »Ich zumindest habe alles andere vergessen.«

»Es tut gut, sich zu amüsieren, wenn man es sich leisten kann«, sagte Madame in Erinnerungen versunken. »In Spanien trank ich nach dem Ballett Rotwein. In Russland war es immer Champagner.«

In der blauen Beleuchtung des Kabaretts und im Schein der roten Lämpchen hinter den Fenstergittern leuchtete Madames blasse Haut wie eine arktische Sonne in einem Eispalast. Sie trank nicht viel, bestellte jedoch Kaviar und rauchte viele Zigaretten. Ihr Kleid war schäbig, was Alabama traurig fand – sie war zu ihrer Zeit eine so große Tänzerin gewesen. Nach dem Krieg hatte sie aufhören wollen, besaß jedoch kein Geld und musste ihren Sohn unterstützen, der an der Sorbonne studierte. Ihr Mann nährte sich von Träumen an das Corps de Pages und stillte seinen Durst mit Erinnerungen, bis er nur noch ein verbittertes, aristokratisches Phantom war. Diese Russen! Gestillt mit galanter Großzügigkeit und entwöhnt mit dem Brot der Revolution, geistern sie durch Paris! Alles Mögliche geistert durch Paris. Paris ist voller Geister.

Nanny kam vorbei, um Bonnies Weihnachtsbaum zu bewundern, und auch ein paar Freunde von David erschienen. Alabama dachte gleichgültig an Weihnachten in Amerika. In Alabama verkaufte man keine kleinen, mit Reif bedeckten Häuser, die man in den Tannenbaum hängen konnte. In

Paris waren die Blumenhandlungen voller Weihnachtsflieder, und es regnete. Alabama brachte Blumen mit ins Studio. Madame war entzückt.

»Schon als Kind war ich verrückt nach Blumen«, sagte sie. »Ich liebte Feldblumen und band sie zu Bouquets und *boutonnières* für die Gäste, die ins Haus meines Vaters kamen.« Diese kleinen Details aus der Vergangenheit einer so großen Tänzerin erschienen Alabama glanzvoll und ergreifend.

Im Frühjahr war sie erfüllt von einem unbändigen, wilden Stolz auf ihre negroiden Hüften, die sich wie Bootsflanken in einer Holzschnitzarbeit wölbten. Die absolute Beherrschung ihres Körpers erlöste sie davon, ständig über seine penetrante Existenz nachdenken zu müssen.

Die Schülerinnen nahmen ihre schmutzigen Trikots mit nach Hause, um sie zu waschen. In der Rue des Capucines hielt wieder Wärme Einzug und im Olympia eine neue Truppe von Akrobaten. Die durchsichtige Sonne verteilte blasse Gedenktafeln auf dem Fußboden des Studios, und Alabama promovierte zu Beethoven. Arienne und sie alberten in den windigen Straßen herum und balgten sich im Studio. Alabama betäubte sich mit ihrer Arbeit. Das Leben draußen war wie der Versuch, sich beim Aufwachen an einen Traum der vergangenen Nacht zu erinnern.

2

Einundfünfzig, zweiundfünfzig, dreiundfünfzig – aber ich sage Ihnen doch, Monsieur, verraten Sie mir, was Sie hier wollen. Ich bin Madames Assistentin – vierundfünfzig, fünfundfünfzig …«

Gleichgültig betrachtete Hastings den keuchenden Körper. Stella nahm eine verführerische Position ein, wie sie es oft an Madame beobachtet hatte. Dabei blickte sie ihm ins Gesicht, als wäre sie im Besitz eines lebenswichtigen Geheimnisses und erwartete seine Bitte um Einführung in das Mysterium. Ihre *petits battements* waren ihr sehr gut gelungen, sie war schon *bien réchauffée* für so früh am Nachmittag.

»Ich möchte Mrs. David Knight sprechen, nicht Madame«, berichtigte Hastings.

»Alabama! Sie wird sicher gleich hier sein. Sie ist ein Engel, unsere Alabama«, gurrte Stella.

»Bei ihr zu Hause war sie nicht, daher riet man mir, mich hierher zu bemühen.« Hastings' Blick wanderte ungläubig hin und her, als müsse es sich um ein Missverständnis handeln.

»Ach, Alabama!«, sagte Stella. »Sie ist immer hier. Sie müssen nur einen Augenblick warten. Wenn Monsieur mich entschuldigen wollen …?«

Siebenundfünfzig, achtundfünfzig, neunundfünfzig. Bei dreihundertachtzig erhob sich Hastings, um zu gehen. Stella schwitzte und schnaubte wie ein Wal, um den Eindruck zu erwecken, dass sie die Schwierigkeiten der selbstauferlegten Übungen an der Stange hasste. Sie spielte die Rolle einer schönen Galeerensklavin, die Hastings möglicherweise kaufen wollte.

»Sagen Sie ihr einfach, dass ich da war, ja?«, sagte er.

»Aber sicher, und auch, dass Sie wieder gegangen sind. Es tut mir leid, dass ich nichts Aufregenderes für Monsieur zu bieten habe. Um fünf Uhr findet eine Unterrichtsstunde statt, falls Monsieur –«

»Ja, sagen Sie ihr, dass ich wieder gegangen bin.« Er blickte sich angewidert um. »Vermutlich hätte sie ohnehin keine Zeit für eine Party gehabt.«

Stella hatte so viel Zeit im Studio verbracht, dass sie in punkto Arbeit absolutes Selbstvertrauen ausstrahlte, wie alle Schülerinnen von Madame. Wenn Leute, die ihr zusahen, nicht fasziniert waren, musste es an deren mangelndem ästhetischen Verständnis liegen.

Madame erlaubte Stella, unentgeltlich zu proben, ebenso vielen anderen Tänzerinnen, die mittellos waren. Wenn sie irgendwoher etwas bekamen, zahlten sie – das war das russische System.

Das Poltern eines die Treppe heraufgeschleppten Koffers kündigte die Ankunft einer Schülerin an.

»Ein Freund von dir war hier«, berichtete Stella wichtigtuerisch. Für die einsame Stella war es undenkbar, dass ein solcher Besuch unwichtig sein konnte. Auch Alabama vergaß allmählich die alte lässige Lebenseinstellung. Gegen die heftigen Drehungen und Landungen des *tour jeté* kamen nur die brutalsten, misstönendsten Ereignisse an.

»Was wollte er?«

»Wie soll ich das wissen?«

Ein unbestimmtes, irrationales Gefühl von Bedrohung breitete sich in Alabama aus. Sie musste das Studio von ihrem Leben fernhalten, sonst würde das eine bald ebenso unbefriedigend werden wie das andere und in einem richtungslosen, undurchsichtigen Sog untergehen.

»Stella«, sagte sie, »sollte er noch mal wiederkommen – sollte überhaupt je irgendwer nach mir fragen, dann sag, dass du nichts über mich weißt und ich nicht da bin.«

»Aber warum? Deine Freunde werden sich freuen, wenn du tanzt.«

»Nein, nein!«, widersprach Alabama. »Ich kann nicht zwei Dinge auf einmal tun – ich würde ja auch nicht die Avenue de l'Opéra hinuntergehen und mit einem *pas de chat* den Verkehrspolizisten über den Haufen rennen. Genauso wenig will ich, dass meine Freunde in einer Ecke sitzen und sich über Bridge unterhalten, während ich tanze.«

Stella war froh, an einer Gefühlsregung im Leben der anderen teilzuhaben, denn diese Seite ihres eigenen Daseins war ein unbeschriebenes Blatt, verschlossen in Mansardenzimmern unter der Aufsicht von zeternden Vermieterinnen.

»Na schön! Was haben wir Künstler auch mit dem Leben zu schaffen?«, stimmte sie großspurig zu.

»Als mein Mann das letzte Mal hier war, hat er im Studio geraucht«, fuhr Alabama fort, in dem Versuch, die Heimlichtuerei zu rechtfertigen.

»Oh«, sagte Stella schockiert. »Verstehe. Wenn ich da gewesen wäre, hätte ich ihm gesagt, wie schrecklich dieser Gestank beim Proben stört.«

Stella trug die verschlissenen Ballettröckchen anderer Tänzerinnen und rosafarbene Gaze-Oberteile aus der Galerie Lafayette. Meistens befestigte sie das Oberteil mit großen Sicherheitsnadeln am Rockbund, so dass es ein Schößchen bildete. Tagsüber lebte sie im Studio und schnitt die Blumen an, die die Schülerinnen Madame mitgebracht hatten, polierte den großen Spiegel, besserte mit Klebestreifen die Notenhefte aus und übernahm die Begleitung für den Unterricht, wenn die Pianistin nicht da war. Sie hielt sich für eine Art Assistentin von Madame. Madame hielt sie für eine Nervensäge.

Stella achtete gewissenhaft darauf, sich ihre Stunden zu verdienen. Wenn jemand anders versuchte, auch nur das Geringste für Madame zu tun, provozierte er damit eine tränenreiche Szene. Stellas verträumte polnische Augen waren durch den Glanz von Hunger und Intensität so blass geworden wie der gelblich-grüne Schaum auf einem stehenden Wassertümpel. Die anderen Schülerinnen kauften ihr mittags Croissants und Milchkaffee und nannten sie »*ma chère*«. Alabama und Arienne steckten ihr unter dem einen oder anderen Vorwand Geld zu. Madame schenkte ihr alte Kleider und Kuchen. Zum Dank tuschelte sie jeder einzeln zu, Madame habe gesagt, dass sie bessere Fortschritte mache als die anderen, und trickste ihre Arbeitsstunden in Madames kleinem Notizheft so hin, dass ihr Achtstundentag manchmal auch neun oder zehn Stunden umfasste. Stella lebte in einer Welt voller Intrigen.

Madame war streng mit ihr. »Du weißt genau, dass du nie auf der Bühne stehen wirst. Warum suchst du dir nicht lieber eine Arbeit?«, hielt sie ihr vor. »Du wirst alt, ich werde alt – und was soll dann aus dir werden?«

»Nächste Woche habe ich ein Konzert. Man zahlt mir zwanzig Franc fürs Seitenumblättern. Ach, Madame, bitte.«

Kaum hatte Stella die zwanzig Franc in der Tasche, kam sie zu Alabama. »Wenn du den Rest dazutun würdest, könnten wir einen Erste-Hilfe-Schrank für das Studio kaufen«, bettelte sie. »Erst letzte Woche hat sich jemand den Knöchel verstaucht – wir müssten wenigstens imstande sein, eine Blase zu desinfizieren.« Stella redete so lange von dem Schrank, bis Alabama eines Morgens mit ihr loszog, um einen zu kaufen. Sie warteten im strahlenden Sonnenschein, der sich in der vergoldeten Fassade von Printemps spiegelte, bis das Kaufhaus öffnete. Das Ding kostete hundert Franc und sollte eine Überraschung für Madame sein.

»Du kannst ihn ihr überreichen, Stella«, sagte Alabama, »aber ich werde ihn bezahlen. Solche Extravaganzen kannst du dir gar nicht leisten.«

»Nein«, seufzte Stella. »Ich habe keinen Mann, der für mich sorgt. *Hélas!*«

»Dafür verzichte ich auf andere Dinge«, gab Alabama gereizt zurück. Aber sie konnte einfach nicht lange böse auf die missgestaltete, melancholische Polin sein.

Madame war ganz und gar nicht angetan.

»Lächerlich!«, sagte sie. »Wir haben doch gar keinen Platz in der Garderobe für ein so sperriges Ding.« Als sie Stellas verzweifelten Blick sah, in dem jetzt vor lauter Enttäuschung Tränen schimmerten, setzte sie hinzu: »Aber es ist bestimmt sehr praktisch. Lass ihn hier. Du sollst bloß kein Geld für mich ausgeben.«

Dann betraute sie Alabama mit der Aufgabe, dafür zu sorgen, dass Stella ihr keine Geschenke mehr machte.

Madame schimpfte über die Rosinen und Lakritzstangen, die Stella ihr auf den Tisch legte, oder das Russisch Brot, das sie in kleinen Packungen kaufte, Brot mit eingebackenem Käse oder Brot mit Zuckerstreuseln, Kümmelbrot und klebriges Schwarzbrot, Brot, das noch ofenwarm war und nach Unschuld schmeckte, oder angeschimmeltes Feinbrot aus jiddischen Bäckereien. Kaum hatte sie etwas Geld übrig, kaufte sie ein Geschenk für Madame.

Statt Stella zu bremsen, machte sich Alabama deren planlose Verschwendungssucht zu eigen. Neue Schuhe konnte sie ohnehin nicht tragen, so wund waren ihre Füße. Und neue Kleider zu haben, die mit Eau de Cologne besprüht den ganzen Tag an der Wand des Studios hingen, kam ihr vor wie ein Verbrechen. Sicher könnte sie besser arbeiten, wenn sie das Gefühl von Armut hätte. Unterdessen hatte sie so viele Gelegenheiten verstreichen lassen, sich persönliche Wünsche zu erfüllen, dass sie die Hundert-Franc-Scheine in ihrem Portemonnaie für Blumen ausgab und ihnen all jene Eigenschaften von Dingen andichtete, die sie sich unter anderen Umständen geleistet hätte: die Aufregung über einen neuen Hut oder die Selbstsicherheit, die man sich mit einem neuen Kleid kaufen kann.

Gelbe Rosen kaufte sie mit ihrem Geld: Seidenbrokat aus dem Empire; weißen Flieder und rosafarbene Tulpen: Zuckergussphantasien eines Konditors; dunkelrote Rosen: ein Gedicht von Villon, schwarz und samtig wie Schmetterlingsflügel; kalte blaue Hortensien, so rein wie eine frisch getünchte Wand; zarte Maiglöckchenblüten; eine Schale mit Kapuzinerkresse wie gehämmertes Messing; Anemonen, die aus Wäscheresten zusammengestückelt waren, boshafte

Papageientulpen, deren zerfranste Blütenränder die Luft zerkratzten, und die verschwenderischen Blüten der Parmaveilchen. Sie erstand zitronengelbe Nelken, die nach Kandis dufteten, Gartenrosen, rot wie Himbeerpudding, und alle Arten von weißen Blüten, die der Gärtner aufzubieten hatte. Sie schenkte Madame Gardenien wie Glacéhandschuhe und Vergissmeinnicht von den Ständen am Boulevard de La Madeleine, kriegerische Gladiolen und den leisen Wohlklang schwarzer Tulpen. Sie kaufte Blumen wie Salat und Blumen wie Früchte, Jonquillen und Narzissen, Mohn und Kuckuckslichtnelken, Blumen in den leuchtenden, fleischfressenden Farben eines van Gogh. Aus Schaufenstern voller Metallkugeln und Kakteengärten der Floristen unweit der Rue de la Paix wählte sie aus, kaufte bei Blumenhändlern im Stadtzentrum, die vor allem Topfpflanzen und zartviolette Iris anboten, anderen an der *Rive gauche,* deren Geschäfte mit kunstvoll arrangierten Drahtgestellen vollgestellt waren, und auf Märkten, wo die Bauern leuchtend aprikosenfarbene Rosen anboten oder Drähte durch die Köpfe von zartrosa Pfingstrosen steckten.

Geldausgeben hatte eine große Rolle in Alabamas Leben gespielt, bevor sie bei ihrer Arbeit das Bedürfnis nach materiellem Besitz verloren hatte.

Niemand im Studio war reich, außer Nordika. Sie kam im Rolls-Royce zum Unterricht und teilte sich die Stunden mit Alacia, die mit ihrer praktischen Veranlagung als Bryn-Mawr-Absolventin hätte durchgehen können. Alacia hatte Nordika Seine Hoheit ausgespannt, doch Nordika hing am Geld, und irgendwie hatten sie sich arrangiert. Nordika war die Hübschere, eine blonde Fontäne, und Alacia diejenige, die Mylords Mitleid erweckt hatte. Nordika bebte vor gläserner Erregung, die sie zu unterdrücken versuchte. Im Ballett sagten sie, dass Nordika sich mit ihrer Anspannung sämtliche Kostüme ruinierte. Aber sie konnte nicht immerzu zitternd in einem Vakuum leben, deshalb sorgte ihre Freundin dafür, dass sie mit den Füßen wenigstens so weit auf dem Boden blieb, dass sie den Wagen behielt. Nachdem Stella eine angebrochene Dose Shrimps hinter ihrem Spiegel versteckt hatte, wo sie langsam verschimmelt waren, drohten die beiden Madame damit, das Studio zu verlassen. Stella hatte behauptet, der Gestank stamme von verschwitzten Kostümen. Als sie der Wahrheit auf die Spur kamen, kannten sie keine Gnade gegenüber der armen Stella. Die wiederum hatte die elegante Nordika und ihre Freundin gern im Studio gehabt, weil sie beinahe so etwas wie ein Publikum darstellten.

»*Polissonne!*«, beschimpften sie sie. »Iss deine Shrimps zu Hause, das ist schlimm genug. Du brauchst sie nicht auch noch als Stinkbombe mit herzubringen.«

Stella hatte zu Hause so wenig Platz, dass sie ihren Koffer ins Fenster der Mansarde hatte klemmen müssen. Eine halbvolle Dose Krabben auf so kleinem Raum hätte sie erstickt.

»Mach dir nichts draus«, sagte Alabama. »Wenn du Shrimps essen willst, gehe ich mit dir zu Prunier.«

Madame erklärte, Alabama wäre nicht zu retten, wenn sie Stella zum Shrimpsessen ins Prunier einladen würde. Madame konnte sich an Zeiten erinnern, da sie mit ihrem Mann in den Duftschwaden der Rue Duphot Kaviar gegessen hatte. Für Madame war die heraufbeschworene Erinnerung an die Austernbar auf ewig mit der Vorahnung einer Katas-

238

trophe verbunden – auf die Prunier-Besuche folgten beinahe unweigerlich Revolutionen, Armut und schwere Zeiten. Madame war abergläubisch; sie lieh sich keine Nadeln
aus und hätte niemals in Violett getanzt, und nun war der
Kaviar, den sie einmal so geliebt hatte, als sie es sich noch
leisten konnte, irgendwie mit Unglück verbunden. Madame
fürchtete sich vor jeder Art von Luxus.

Der Safran in der Bouillabaisse sorgte dafür, dass Alabama der Schweiß im Gesicht ausbrach, und raubte dem
Barsac jeden Geschmack. Während des Mittagessens fuhr-
werkte Stella auf dem Tisch herum und versteckte etwas in
ihrer Serviette. Sie war nicht halb so beeindruckt von Prunier, wie Alabama es sich gewünscht hätte.

»Barsac ist ein Wein für Mönche«, sagte Alabama abwe-
send.

Diskret fischte Stella etwas aus der abgrundtiefen Sup-
penschüssel. Was immer es sein mochte, sie war zu beschäftigt, um zu antworten, dermaßen vertieft in ihre Aufgabe,
als wäre sie auf der Suche nach einer Leiche.

»Was um alles auf der Welt machst du da, *ma chère?*«
Es irritierte Alabama, dass Stella nicht mehr Begeisterung
an den Tag legte. Sie beschloss, nie wieder arme Leute in
teure Restaurants einzuladen; es war reine Geldverschwen-
dung.

»Pssst! Ich habe Perlen gefunden, *ma chère* Alabama –
drei Stück und ziemlich groß! Wenn die Ober es mitkriegen, werden sie im Namen des Hauses Anspruch darauf
erheben, deshalb habe ich sie in meiner Serviette versteckt.«

»Ach, wirklich?«, sagte Alabama. »Lass mal sehen!«

»Wenn wir draußen sind. Glaub mir, es ist wahr. Wir

werden reich, und du bekommst ein eigenes Ballett, in dem ich tanzen kann.«

Atemlos aßen die beiden Frauen zu Ende. Stella war zu aufgeregt, um wie üblich sinnlos dagegen zu protestieren, dass Alabama die Rechnung zahlte.

Im fahlen Licht der Straße schlugen sie vorsichtig die Serviette auseinander.

»Wir werden Madame ein Geschenk kaufen«, frohlockte Stella.

Alabama inspizierte die kugelförmigen gelben Klümpchen.

»Es sind nur Hummeraugen«, erklärte sie dann entschieden.

»Woher soll ich das wissen? Ich habe noch nie Hummer gegessen«, sagte Stella schicksalsergeben.

Was für ein Leben, dessen einzige Hoffnung darin bestand, Perlen, Schätze und allerlei Unerwartetes im Innern einer Bouillabaisse zu finden! Es war, als wäre man ein Kind und hielte den Blick ständig auf den Boden geheftet, auf der Suche nach einer Münze – bloß müssen Kinder mit den Münzen, die sie auf der Straße finden, kein Brot, Rosinen oder Erste-Hilfe-Schränke kaufen!

Alabamas Unterrichtsstunden läuteten den Tag im Studio ein.

Die Putzfrau in dem kalten Gebäude schrubbte den Boden. Mit gefühllosen Fingern griff sie in die Flamme des Ölofens und verkürzte den Docht.

»Arme Frau!«, sagte Stella. »Sie hat einen Mann, der sie schlägt, wenn sie nach Hause kommt – sie hat mir die Stellen gezeigt. Man hat ihm im Krieg den Kiefer weggeschossen. Können wir ihr nicht vielleicht irgendetwas geben?«

»Ich will nichts davon hören, Stella. Wir können uns nicht um jeden kümmern.«

Doch es war bereits zu spät. Unter den Fingernägeln, die von der harten Bürste und dem eiskalten Putzwasser im Eimer rissig waren, hatte Alabama das geronnene, dunkle Blut gesehen. Sie gab der Frau zehn Franc und hasste sie, weil sie ihr Mitgefühl erweckt hatte. Es war schon schlimm genug, in dem kalten Raum mit seinen erstickenden Staubwolken zu üben, auch ohne das Wissen um die Putzfrau.

Stella knipste die Dornen von den Rosenstielen und sammelte die verstreuten Blüten vom Boden auf. Alabama und sie zitterten vor Kälte und begannen rasch mit ihren Übungen, um warm zu werden.

»Zeig mir noch mal, was Madame dir in den Privatstunden beigebracht hat«, drängte Stella.

Ein ums andere Mal zeigte Alabama ihr das atemberaubende Anspannen und Lösen der Muskeln, mit dem sich der notwendige Grad an *élevation* erreichen lässt. Wenn man so etwas jahrelang geübt hatte, war man nach etwa drei Jahren so weit, sich ein oder zwei Zentimeter höher recken zu können – wenn überhaupt.

»Und wenn du es geschafft hast, deinen Körper in die Höhe zu bringen, musst du ihn mitten in der Bewegung wieder sinken lassen – ungefähr so.« Alabama schwang sich in einer verblüffenden Aufwärtsbewegung empor und sank dann schlaff wie ein Luftballon, aus dem die Luft abgelassen wurde, wieder zu Boden.

»Ach, eines Tages wirst du noch auf der Bühne stehen!«, seufzte Stella dankbar. »Ich weiß bloß nicht, warum, denn du hast doch schon einen Mann.«

»Wann begreifst du endlich, dass ich nicht darauf aus bin, etwas zu bekommen – zumindest glaube ich es nicht –, sondern im Gegenteil einen Teil von mir loszuwerden?«

»Warum denn dann?«

»Um hier zu sitzen, auf meine Stunde zu warten und das Gefühl zu haben, dass die für mich reservierte Stunde leer geblieben und auf mich gewartet hätte, wenn ich nicht rechtzeitig erschienen wäre.«

»Macht es deinem Mann nichts aus, dass du so viel von zu Hause weg bist?«

»Doch. Und wie. So dass ich noch länger wegbleiben muss, um Streit aus dem Weg zu gehen.«

»Mag er kein Ballett?«

»Niemand mag es, außer Tänzern und Sadisten.«

»Da hast du recht! Erklär mir noch mal das *jeté*.«

»Das kannst du nicht – du bist zu dick.«

»Zeig es mir, dann kann ich dich im Unterricht besser am Klavier begleiten.«

Wenn mit dem Adagio etwas schiefging, gab Alabama in stummer, unterdrückter Wut Stella die Schuld.

»Stell dir vor, du hörtest etwas in weiter Ferne«, schlug Madame vor.

Alabama schaffte es nicht, das Hören in ihren Tanz zu übersetzen. Sie fand es erniedrigend, dass sie mit den Hüften hören sollte.

»Ich höre nur Stellas Dissonanzen«, flüsterte sie zornig. »Sie kann den Takt nicht halten.«

Mit den Streitereien ihrer Schülerinnen wollte Madame nichts zu tun haben.

»Von einer Tänzerin wird erwartet, dass sie die Musik

führt«, antwortete sie knapp. »Im Ballett gibt es keine Melodie.«

Eines Nachmittags erschien David mit ein paar alten
Freunden.

Alabama war wütend auf Stella, als sie ihn entdeckte.

»Mein Unterricht ist keine Zirkusveranstaltung. Warum
hast du sie hereingelassen?«

»Es ist dein Mann! Ich kann doch nicht wie ein Drache
vor der Tür stehen.«

»*Failli, cabriole, cabriole, failli, soubresaut, failli, coupé,
ballonné, ballonné, ballonné, pas de basque, deux tours.*«

»Sind das nicht die *Geschichten aus dem Wienerwald*?«,
fragte die elegante Dickie und strich ihren Rock glatt.

»Ich verstehe nicht, warum Alabama nicht zu Ned Wey-
burn gegangen ist«, erklärte die mondäne Miss Douglas,
deren Haar an ein Grabmal aus Porphyr erinnerte.

Die gelbe Nachmittagssonne ergoss sich wie warme Va-
nillesauce durch das Fenster. »*Failli, cabriole.*« Alabama biss
sich auf die Zunge.

Als sie zum Fenster lief, um das Blut auszuspucken, war
sie sich der Präsenz der anderen Frau übermäßig stark bewusst. Das Blut rann ihr über das Kinn.

»Was ist los, *chérie?*«

»Nichts.«

»Ich finde es einfach absurd, sich so abzumühen. Was soll
denn daran Spaß machen, wenn einem so der Schaum vor
den Mund tritt«, sagte Miss Douglas peinlich berührt.

»Es ist abscheulich«, schloss Dickie sich an. »Sie wird nie
einen Salon betreten und eine *solche* Vorstellung geben können! Wozu das alles?«

Alabama hatte sich einem Ziel noch nie so nahe gefühlt wie in diesem Moment. »*Cabriole, failli*« – »Wozu« war etwas, das die Russin verstand und Alabama beinahe. Sie hatte das Gefühl, dass sie es endgültig begreifen würde, wenn sie mit den Armen hören und mit den Füßen sehen könnte. Wie konnten ihre Freunde das Bedürfnis haben, nur mit den Ohren zu hören? Darum ging es beim »Wozu«. Eine Woge von Loyalität gegenüber ihrer Arbeit überschwemmte sie. Wozu musste sie irgendetwas erklären?

»Wir erwarten dich im Bistro an der Ecke«, stand auf Davids Zettel.

»Treffen Sie sich anschließend mit Ihren Freunden?«, fragte Madame teilnahmslos, während Alabama die Nachricht las.

»Nein«, antwortete sie schroff.

Die Russin seufzte. »Warum nicht?«

»Weil das Leben zu traurig ist und ich nach dem Unterricht zu verschwitzt bin.«

»Was wollen Sie denn allein zu Hause machen?«

»Sechzig *fouettés* üben.«

»Vergessen Sie nicht den *pas de bourrée*.«

»Warum kann ich nicht die gleichen Figuren wie Arienne haben?«, platzte Alabama heraus. »Oder wenigstens Nordika? Stella sagt, dass ich fast so gut bin wie sie.«

Und so führte Madame sie durch die Feinheiten des Walzers aus *Pavillon d'Armide,* und Alabama begriff, dass sie sich anstellte wie ein Kind beim Seilspringen.

»Jetzt verstehen Sie«, sagte Madame. »Noch sind Sie nicht so weit. Es ist nicht leicht, für Djagilew zu tanzen.«

Bei ihm begannen die Proben morgens um acht. Erst um ein Uhr nachts verließen seine Tänzer das Theater. Nach der vorgeschriebenen Arbeit mit dem *maître de ballet* kamen sie direkt in Madames Studio. Djagilew bestand darauf, dass sie in größtmöglicher nervlicher Anspannung lebten. Nur so würde Bewegung, was in ihrem Fall gleichbedeutend mit Tanz war, zu einem Drang, zu einer Droge werden. Sie arbeiteten unaufhörlich.

Eines Tages gab es eine Hochzeit in seiner Truppe. Als sich die Tänzerinnen im Studio versammelten, war Alabama überrascht, sie in Straßenkleidung zu sehen, in Pelzen und dunkler Spitze. Sie wirkten älter, und sie strahlten eine Eleganz aus, die allein aus dem Bewusstsein ihrer schönen Körper rührte, trotz der schäbigen Kleider. Wenn sie mehr als fünfzig Kilo wogen, protestierte Djagilew mit schriller Stimme. »Du musst abnehmen. Ich kann meine Tänzer nicht in eine Sporthalle schicken, bis sie zum Adagio taugen!« Er nahm Frauen nie als Tänzerinnen wahr, abgesehen von den Stars. Dennoch hatte ihr Glaube an sein Genie fast kultische Züge und beeinflusste ihre gesamte Einstellung zur Welt. Die wichtigste Eigenschaft, die sie von anderen Tänzern abhob, war völlige Selbstaufgabe zugunsten seiner alles umfassenden Idee des Balletts. In seinen Produktionen gab es keine *petite marmite,* nicht einmal für die Komparsen, die er aus zerlumpten russischen Emigranten rekrutierte, zumindest einige von ihnen. Sie lebten ausschließlich für den Tanz und ihren Meister.

»Was machen Sie mit Ihrem Gesicht?«, fragte Madame mit schneidender Stimme. »Wir drehen doch keinen Film. Bitte achten Sie darauf, es so ausdruckslos wie möglich zu halten.«

»*Raz, dva, tri, raz, dva, tri –*«

»Zeig es mir, Alabama, bitte«, rief Stella verzweifelt.

»Wie soll ich es dir zeigen, ich kann es doch selbst nicht«, antwortete diese gereizt. Sie ärgerte sich, wenn Stella sich mit ihr auf eine Stufe stellte, und nahm sich vor, ihr kein Geld mehr zu geben, um sie auf ihren Platz zu verweisen. Doch dann kam Stella in Tränen aufgelöst zu ihr, roch nach Butter und anderen profanen Dingen des Lebens und schenkte ihr einen Apfel, den sie für sie gekauft hatte, oder eine Tüte Pfefferminzbonbons, und Alabama gab ihr doch wieder zehn Franc für den Apfel.

»Wie würde ich bloß ohne dich überleben?«, sagte Stella. »Mein Onkel kann mir kein Geld mehr schicken.«

»Und wie willst du leben, wenn ich eines Tages wieder in Amerika bin?«

»Ach, dann kommt schon jemand anders – vielleicht aus Amerika.« Stella lächelte sorglos. Obgleich sie häufig über ihre ungewisse Zukunft sprach, war es ihr unmöglich, mehr als einen Tag im Voraus zu planen.

Dann kam Maleena zu Stella. Sie wollte ein eigenes Studio eröffnen und bot ihr eine Stelle als Pianistin an, wenn sie Madame genügend Schülerinnen abspenstig machte. Eigentlich war es Maleenas Mutter, die sich diese Gemeinheit ausgedacht hatte. Sie war selbst einmal Tänzerin gewesen, allerdings keine besonders gute.

Ihre Mutter war so fett wie die Würstchen aus dem Delikatessengeschäft, die sie am Leben erhielten. Allerlei Schicksalsschläge hatten sie mehr oder weniger blind gemacht. Sie hielt ein Lorgnon in der schwabbeligen Hand und betrachtete ihre Tochter. »Siehst du«, sagte sie zu Stella. »Pawlowa kann die *sauts sur les pointes* höchstens halb so gut wie meine

Maleena. Willst du deine Freundinnen nicht überreden, in unser Studio zu wechseln?«

Maleena hatte eine Hühnerbrust, und wenn sie tanzte, sah es immer so aus, als ginge es um eine Auspeitschung.

»Maleena ist wie eine Blume«, sagte die alte Dame. Wenn Maleena schwitzte, roch sie nach Zwiebeln. Maleena tat so, als liebte sie Madame. Sie war schon lange bei ihr – ihre Mutter war der Ansicht, dass Madame ihr längst einen Job im Russischen Ballett hätte besorgen können.

Als Stella vor dem Unterricht den Fußboden putzen wollte, fiel ihr der Eimer aus der Hand und setzte das Parkett unter Wasser, ausgerechnet da, wo Maleena ihren Platz in der Reihe hatte. Diese wagte es nicht, sich zu beschweren, aus Angst, dass Madame ihre Ranküne bemerkte.

»*Failli, cabriole, cabriole, failli* –«

Maleena rutschte in der Pfütze aus und schrammte sich das Knie auf.

»Ich wusste doch, dass unser Erste-Hilfe-Schrank zu etwas nützlich ist«, bemerkte Stella. »Du hilfst mir beim Verbinden, Alabama.«

»– *raz, dva, tri!*«

»Die Rosen sind verwelkt«, erklärte Stella vorwurfsvoll, an Alabama gewandt. Sie bettelte um alte Organdyröcke, die ihr viel zu eng waren und hinten so skandalös auseinanderklafften, dass man ihr schmuddliges Trikot sah. Alabama hatte welche mit vier Lagen Rüschen auf einem breiten, hüfttief sitzenden Bund – fünf Franc kostete es, sie in einer französischen Wäscherei bügeln zu lassen. Es gab sie rotweiß kariert für ein Wetter wie in der Normandie, chartreuse-grün für dekadente Tage, pink für Unterrichtsstunden am Mittag und himmelblau für den späten Nachmittag. Am Morgen gefiel ihr gewöhnlich weiß am besten, weil es zu dem farblosen Licht passte, das durchs Oberlicht fiel.

Dazu kaufte sie leichte Radsporthemdchen und ließ sie in der Sonne ausbleichen: orange zu dem rosa Rock, dunkelgrün zu dem chartreuse-farbenen. Für Alabama war die Entdeckung neuer Kombinationen wie ein Spiel. Ihre Vorliebe für extravagante Kleidung konnte sich in dieser freizügigen Umgebung voll entfalten. Für jede Stimmung hatte sie ihre eigene Farbe.

David beschwerte sich über den Geruch nach Eau de Cologne in ihrem Zimmer. In irgendeiner Ecke lag immer ein Haufen schmutziger Wäsche aus dem Studio. Die üppigen Rüschen der Röcke widersetzten sich Schränken oder Schubladen. Sie arbeitete bis zur Erschöpfung und bemerkte die Unordnung gar nicht.

Eines Tages kam Bonnie herein, um ihr guten Morgen zu sagen. Alabama war spät dran; es war schon halb acht, und in der feuchten Nacht war der gestärkte Rock in sich zusammengefallen. Schlecht gelaunt drehte sie sich zu Bonnie um. »Du hast dir die Zähne nicht geputzt«, sagte sie gereizt.

»Hab ich wohl!«, sagte das kleine Mädchen trotzig, verärgert über den mütterlichen Tadel. »Du hast gesagt, das soll ich morgens immer als Allererstes tun.«

»Das habe ich zwar gesagt, aber du hast gedacht, heute Morgen könntest du es ausnahmsweise mal lassen. Die Briochekrümel kleben noch an deinen Zähnen.«

»Aber ich hab sie geputzt!«

»Lüg mich nicht an, Bonnie«, gab Alabama ärgerlich zurück.

»Du lügst doch selber!«, brauste Bonnie furchtlos auf.

»Untersteh dich, in diesem Ton mit mir zu reden!« Alabama packte sie an den Ärmchen und versetzte ihr einen festen Klaps auf das Hinterteil. Das Klatschen zeugte davon, dass sie stärker zugeschlagen hatte, als sie eigentlich wollte. Mutter und Tochter starrten einander mit erhitzten Gesichtern an.

»Es tut mir leid«, sagte Alabama verzweifelt. »Ich wollte dir nicht weh tun.«

»Warum hast du mich dann gehauen?«, protestierte das Kind aufgebracht.

»Ich wollte dir lediglich zeigen, dass man bestraft wird, wenn man sich falsch verhalten hat.« Sie glaubte selbst nicht, was sie da sagte, aber irgendeine Erklärung musste sie wohl abgeben.

Eilig verließ sie die Wohnung. Auf dem Weg durch den Flur blieb sie vor Bonnies Tür stehen.

»Mademoiselle?«

»*Oui,* Madame?«

»Hat Bonnie sich heute Morgen die Zähne geputzt?«

»Aber natürlich! Madame hat angeordnet, dass sie das morgens nach dem Aufstehen als Allererstes tun soll, obwohl ich persönlich glaube, dass es den Zahnschmelz ruiniert –«

Verdammt, fluchte Alabama in sich hinein. Trotzdem habe ich Krümel gesehen. Bonnie hat das Gefühl, ungerecht behandelt worden zu sein – wie soll ich das jetzt rückgängig machen?

Eines Nachmittags, als Mademoiselle frei hatte, kam Nanny mit Bonnie zum Studio. Die Tänzer verwöhnten sie nach Strich und Faden. Stella schenkte ihr Bonbons und Süßigkeiten, und plötzlich verschluckte sich Bonnie an der Schokolade. Alabama hatte ihr so streng verboten, auch nur einen Mucks von sich zu geben, dass die Kleine jetzt nicht einmal zu husten wagte. Stella führte das rot angelaufene, keuchende Kind hinaus in die Garderobe und klopfte ihm auf den Rücken.

»Willst du auch tanzen, wenn du größer bist?«, fragte sie.

»Nein«, erklärte Bonnie mit Nachdruck. »So wie Mami zu sein ist mir zu *sérieux*. Früher war sie viel netter.«

»Erstaunlich, wie gut Sie das machen, Madam«, sagte Nanny. »Ja, im Ernst. Sie sind fast genauso perfekt wie die anderen. Ich weiß nicht, ob es etwas für mich wäre – aber Ihnen tut es sicher sehr gut.«

»Lieber Himmel«, gab Alabama wütend zurück.

»Wir müssen schließlich irgendetwas zu tun haben, und Madam spielt ja nicht einmal Bridge«, legte Nanny nach. »Wir wollen etwas zu tun haben, und sobald wir etwas Tolles erwischt haben, erwischt es uns.«

Am liebsten hätte Alabama gesagt, dass sie den Mund halten solle.

»Ist es nicht so?«

Als David das nächste Mal im Studio vorbeikommen wollte, widersetzte sich Alabama.

»Warum nicht?«, sagte er. »Ich dachte, es gefällt dir vielleicht, wenn ich dir beim Üben zusehe.«

»Du würdest es einfach nicht verstehen«, sagte sie selbstsüchtig. »Du würdest sehen, dass ich nur Aufgaben erhalte, die ich nicht schaffe, und es mir dann ausreden wollen.«

Die Tänzerinnen arbeiteten stets bis zum Umfallen.

»Warum *déboulé?*«, rief Madame. »Das können Sie bereits – einigermaßen.«

»Du bist so dünn geworden«, meinte David gönnerhaft. »Es hat wirklich keinen Sinn, sich deswegen umzubringen. Hoffentlich siehst du eines Tages ein, dass es im Bereich der Kunst einen himmelweiten Unterschied zwischen einem Profi und einem Amateur gibt.«

»Du meinst zwischen dir und mir –«, sagte sie leise.

Er präsentierte sie seinen Freunden, als wäre sie eins seiner Bilder.

»Fühlt mal ihre Muskeln«, sagte er. Ihr Körper war beinahe ihr einziger Berührungspunkt.

Die hervorstehenden Knochen ihrer hageren Figur glühten in wachsender Verzweiflung und Erschöpfung, die sie von innen her erleuchteten.

David stand sein Erfolg zu, er hatte sich das Recht verdient, Kritik zu üben. Alabama fand, dass sie der Welt nichts anzubieten hatte, und sah auch keine Möglichkeit, das, was sie sich von ihr nahm, je wieder zurückzugeben.

Die Hoffnung, Mitglied von Djagilews Balletttruppe zu werden, stand vor ihr wie eine schützende Kathedrale.

»Du bist nicht die Erste, die Tänzerin werden will«, sagte David. »Kein Grund, sich so anzustellen.«

Niedergeschlagen nährte Alabama ihre Eitelkeit mit Stellas fragwürdigen Schmeicheleien.

Stella war der Sündenbock des Studios. Die Mädchen, alle böse und eifersüchtig aufeinander, ließen ihre Gehässigkeit und schlechte Laune an der unbeholfenen, stämmigen Polin aus. Sie gab sich derartige Mühe, jedermann zu gefallen, dass sie überall aneckte – und allen Honig um den Bart schmierte.

»Ich kann mein neues Trikot nicht finden – dabei hat es vierhundert Franc gekostet«, tobte Arienne. »Falls ihr es noch nicht wisst: Ich kann es mir nicht leisten, vierhundert Franc zum Fenster hinauszuwerfen! Früher wäre es undenkbar gewesen, dass in diesem Studio geklaut wird.« Sie funkelte die anderen Tänzerinnen an, vor allem aber Stella.

Madame wurde gerufen, um dem zunehmend lauteren Streit Einhalt zu gebieten. Stella hatte das Trikot versehentlich in Nordikas Truhe gelegt. Daraufhin schimpfte Nordika, dass sie nun ihre Kostüme in die Reinigung bringen müsse. Das war völlig unnötig, denn Arienne war makellos sauber.

Dann platzierte Stella Kira hinter Arienne, damit sie sich deren perfekte Technik zum Vorbild nahm. Kira war sehr schön, mit langem braunem Haar und üppigen Kurven. Sie wurde protegiert – niemand wusste, von wem, aber sie konnte keinen Schritt tun, ohne dass jemand auf sie aufpasste.

»Kira wird mir meinen Stil verderben!«, kreischte Arienne. »Sie schläft an der Stange, und sie schläft auf dem Parkett. Wir sind doch nicht zur Erholung hier!«

»Könntest du mir nicht bei der *batterie* helfen, Arienne?«, bat Kira mit erstickter Stimme.

»Du weißt doch gar nicht, was eine *batterie* ist!«, fauchte Arienne. »Abgesehen von einer Radiobatterie vielleicht. Im Übrigen könnte Stella wissen, dass ich mir meine Protegées lieber selber aussuche.«

Als Stella Kira sagen musste, dass sie etwas weiter nach

hinten rutschen solle, brach diese in Tränen aus und lief zu Madame.

»Was geht Stella mein Platz an?«

»Nichts«, antwortete Madame. »Aber da sie nun mal hier lebt, tu doch einfach so, als wäre sie Luft.«

Madame redete nicht viel. Offenbar hielt sie es für ausgemacht, dass sich die Mädchen stritten. Manchmal brachte sie die Vorzüge von Gelb, Kirschrot oder Mendelssohn zur Sprache. Unweigerlich ging die Bedeutung ihrer Worte an Alabama vorbei und trieb zurück ins dunkle, traurige Rauschen dieses Marmarameers der russischen Sprache.

Madames dunkle Augen waren wie leuchtende, bronzene Pfade durch den herbstlichen Buchenwald, wenn alles im Nebel versinkt und bei jedem Schritt Wasser aus der lehmigen Erde quillt. Die Schülerinnen wiegten sich zum Takt ihrer Arme wie fest verankerte Bojen in den Wellen. Zwar sagte sie kaum etwas in ihrer unheimlichen Sprache des Ostens, doch ihre Schülerinnen waren musikalisch genug, um zu verstehen, dass Madame von ihrer Selbstüberschätzung die Nase voll hatte, wenn die Pianistin mit einem herzergreifenden Wiegenlied aus dem Zwischenspiel von *Cleopatra* begann, oder dass die Stunde interessant und anstrengend würde, wenn sie Brahms spielte. Madame schien kein Leben außerhalb ihrer Arbeit zu haben und nur für die Kunst zu existieren.

»Wo wohnt Madame eigentlich, Stella?«, fragte Alabama neugierig.

»Ihr Zuhause ist das Studio, *ma chère*«, sagte Stella. »Für uns jedenfalls.«

Eines Tages wurde Alabamas Unterricht von Männern

mit Messlatten unterbrochen. Sie schritten den Fußboden ab und stellten komplizierte Schätzungen und Berechnungen an. Am Ende der Woche kamen sie wieder.

»Was ist denn los?«, fragte eine der Tänzerinnen.

»Wir werden umziehen müssen, *chéries*«, antwortete Madame traurig. »Sie bauen mein Studio zu einem Filmstudio um.«

Nach ihrer letzten Unterrichtsstunde suchte Alabama hinter den abmontierten Spiegeln nach verlorenen Pirouetten und den Enden unzähliger Arabesken.

Doch da war nichts, nur dicker Staub und die Spuren von Haarnadeln, die an der Wand, wo der riesige Spiegel gehangen hatte, rostige Flecken hinterlassen hatten.

»Ich dachte, vielleicht finde ich hier etwas«, erklärte sie schüchtern, als Madame ihr einen fragenden Blick zuwarf.

»Und jetzt sehen Sie, dass nichts dahinter ist!«, antwortete die Russin und breitete die Hände aus. »Aber in meinem neuen Studio dürfen Sie ein Tutu tragen«, setzte sie hinzu. »Sie haben mich gebeten, Ihnen Bescheid zu sagen, wenn es so weit ist. Wer weiß, was Sie im Tüll des Tutu finden.«

Der tapferen Frau fiel es schwer, die verblassten Wände verlassen zu müssen, die so von ihrer Arbeit durchdrungen waren.

Alabama hatte mit ihrem Schweiß den abgenutzten Parkettboden getränkt, trotz Fieber oder Bronchitis geübt, um dem ewigen Durchzug im Winter zu trotzen. In Saint-Sulpice brannten ihre Kerzen. Auch sie hasste den Gedanken, das Studio zu verlassen.

Zusammen mit Stella und Arienne half sie Madame, die Haufen von abgelegten Röcken, zerschlissenen Spitzenschuhen und die ausrangierten Truhen wegzuschaffen. Als sie zu dritt diese Dinge durchsahen, die von ihrem Kampf um die Schönheit des Ausdrucks zeugten, beobachtete Alabama die Russin.

»Nun?«, meinte Madame. »Ja, es ist sehr traurig«, schloss sie dann unversöhnlich.

3

Die hohen Fenster des neuen Studios im Russischen Konservatorium schliffen das Licht zu Facetten eines Diamanten.

Alabama stand allein mit ihrem Körper in eisigen Gefilden, allein mit sich und ihren greifbaren Gedanken, wie eine Witwe, umgeben von vielen Objekten, die der Vergangenheit angehören. Ihre langen Beine lugten unter dem Tutu hervor – eine Reiterstatue auf dem Rücken des Monds.

»Khorosho«, sagte die Ballettmeisterin, ein gutturaler Ausdruck, der den Klang von Donner und Blitz über der Steppe heraufbeschwor. Das russische Gesicht war ein bleiches Prisma, eine matte Sonne auf einem Eisblock. Auf der Stirn zeichneten sich blaue Adern ab wie bei einer Herzkranken, aber sie war nicht krank, abgesehen von einer gewissen geistigen Abwesenheit. Ihr Leben war hart. Das Mittagessen brachte sie in einem Köfferchen mit ins Studio: Käse und einen Apfel sowie eine Thermosflasche mit kaltem Tee. Dann saß sie auf den Stufen des Podiums und starrte durch die düsteren Takte eines Adagio ins Leere.

Alabama näherte sich der in ihrer Vision versunkenen Gestalt. Sie trug ihren Körper vor sich her und hatte ihn so ruhig und fest im Griff wie eine Lanze. Ein angestrengtes Lächeln huschte über ihr gequältes Gesicht – Lust muss beim

Tanzen schwer erkämpft werden. Hals und Brust waren rot-fleckig und erhitzt; die runden, kräftigen Schultern erhoben sich über den dünnen Armen wie ein schweres Joch. Sanft blickte sie auf die blasse Dame herab.

»Was sehen Sie da in der Luft?«

Eine Aura grenzenloser Zärtlichkeit und Entsagung um-gab die Russin.

»Formen, mein Kind, Umrisse von Dingen.«

»Sind sie schön?«

»Ja.«

»Dann will ich sie tanzen.«

»Einverstanden, aber achten Sie auf das Konzept. Die Schritte setzen Sie gut, aber Sie halten sich nie an die Cho-reographie. Ohne sie aber kann man nichts ausdrücken.«

»Sie werden schon sehen, dass ich es kann.«

»Dann los. Es ist meine erste Rolle, *chérie*.«

Alabama unterwarf sich der langsamen Würde dieses selbstlosen Rituals, der wollüstigen Geißelung der russischen Mollakkorde. Langsam bewegte sie sich zum Adagio aus *Schwanensee*.

»Halt, warten Sie!«

Ihr Blick blieb an dem bleichen, transparenten Gesicht im Spiegel hängen. Ein Lächeln traf auf das andere und zer-splitterte.

»Ich werde es schaffen, und wenn ich mir ein Bein bre-chen muss«, sagte sie und begann noch einmal von vorn.

Die Russin zog sich den Schal fester um die Schultern. Aus ihrer mystischen Versenkung heraus sagte sie zögernd, ohne rechte Überzeugung: »Das ist es nicht wert – dann könnten Sie nicht mehr tanzen.«

»Nein«, stimmte Alabama zu. »Das ist es nicht wert.«

»Sie werden es schon richtig machen, Kleines«, seufzte die greise Ballerina.

»Versuchen wir es.«

Das neue Studio war anders. Kleiner als das vorherige, und Madame gab weniger Lektionen umsonst. In der Garderobe hatte man keinen Platz, um *changements* zu üben. Die Kostüme waren sauberer, denn man konnte sie nicht einfach zum Trocknen hängen lassen. Die Klassen waren voller englischer Tänzerinnen, die noch glaubten, dass es möglich sei, zu leben und gleichzeitig zu tanzen. Sie erfüllten den Vorraum mit allerlei Geschichten von Bootsfahrten auf der Seine und Abendgesellschaften auf dem Montparnasse.

Im Nachmittagsunterricht war es grässlich. Dunkler Nebel vom Bahnhof hing schwer über dem Oberlicht des Studios, und außerdem kamen zu viele Männer. Ein schwarzer, klassischer Tänzer aus den Folies Bergère tauchte an der Stange auf. Er hatte eine fabelhafte Figur, aber die Mädchen lachten. Sie lachten auch über Alexandre mit dem intellektuellen Gesicht und der Brille. Als er noch beim Militär gewesen war, hatte er im Ballett von Moskau seine eigene Loge gehabt. Sie lachten über Boris, der im Café nebenan erst seine zehn Tropfen Laudanum einnehmen musste, bevor er zum Unterricht erschien, oder über Schiller, weil er schon alt und sein Gesicht von der vielen Schminke so aufgedunsen war wie das eines Barkeepers oder eines Clowns. Sie lachten über Danton, der auf Spitzen tanzen konnte, obgleich er versuchte, sich nicht anmerken zu lassen, wie großartig er aussah. Sie lachten über alle außer Lorenz – über ihn konnte man nicht lachen. Er hatte das Gesicht eines Fauns aus dem achtzehnten Jahrhundert, und seine Muskeln wölbten sich stolz und vollkommen. Man sah zu, wie sein gebräunter Körper die Takte einer Mazurka von Chopin ausschöpfte, und fühlte sich von der Essenz all dessen durchdrungen, was dem Leben einen Sinn gab. Er war schüchtern und liebenswürdig, obwohl er der hinreißendste Tänzer der Welt war, und manchmal setzte er sich nach dem Unterricht mit den Mädchen zusammen, trank Kaffee aus einem Glas und aß durchgeweichte russische Mohnbrötchen dazu. Er begriff die elegante geistige Unabhängigkeit eines Mozart ebenso wie den Wahn, gegen den das menschliche Bewusstsein schon früh diejenigen zu impfen weiß, die auf dem Boden der Realität bleiben müssen. Die *Bagatelle* eines Beethoven waren ein Kinderspiel für Lorenz; gleichzeitig hatte er es nicht nötig, die rasenden Drehungen moderner Komponisten mitzuzählen. Er behauptete, zu Schumann könne man nicht tanzen, und tatsächlich hinkte er dem Takt entweder hinterher oder war ihm voraus und zerschlug die romantischen Kadenzen bis zur Unkenntlichkeit. Für Alabama war er der Inbegriff der Vollkommenheit.

Arienne kaufte sich mit ihrer koboldhaften Boshaftigkeit und einer makellosen Technik von allem Gelächter frei.

Wenn jemand sagte: »Was für ein Wind!«, lautete die Antwort: »Das ist Arienne bei einer Pirouette.«

Ihr Lieblingsmusiker war Liszt. Sie spielte ihren Körper, als wäre er ein Xylophon. Außerdem hatte sie sich unentbehrlich gemacht. Wenn Madame zehn oder mehr aufeinanderfolgende Schritte verlangte, konnte nur Arienne sie vorführen. Ihr gestreckter Spann und die Spitzen ihrer Ballettschuhe zerhackten die Luft wie das Spitzeisen eines Bildhauers, doch für ihre stämmigen Arme war das Unendliche unerreichbar, sie waren geschrumpft unter der Last ihrer Kraft und zu vieler Muskeln. Gern erzählte sie, wie einmal bei einer Operation die Ärzte zusammengeströmt waren, um die Anatomie ihrer Rückenmuskulatur zu bestaunen.

»Du hast wirklich große Fortschritte gemacht«, sagten die anderen Tänzerinnen zu Alabama, wenn sie sich zu Beginn des Unterrichts vor ihr aufstellten.

»Macht einen Platz für Alabama frei«, ging Madame dazwischen.

Jeden Abend übte sie vierhundert *battements.*

Tag für Tag teilten sich Arienne und Alabama die Kosten für ein Taxi bis zur Place de la Concorde. Arienne bestand darauf, Alabama zum Mittagessen zu sich nach Hause einzuladen.

»Du nimmst mich so oft mit«, sagte sie. »Und ich mag nicht bei anderen in der Kreide stehen.«

Was die beiden zusammenhielt, war der Wunsch, herauszufinden, was sie so eifersüchtig aufeinander machte. Ihr untergründiger Widerwille gegen die Disziplin jedenfalls einte sie in ihrer ungestümen Komplizenschaft.

»Du musst unbedingt meine Hunde kennenlernen«, sagte Arienne. »Einer ist Dichter und der andere sehr gut erzogen.«

Auf kleinen Tischen standen Farne, die in der Sonne silbrig schimmerten, und viele gerahmte und mit Autogrammen versehene Fotos.

»Von Madame habe ich keins.«

»Vielleicht schenkt sie uns eins.«

»Wir könnten sie von dem Fotografen kaufen, der bei

ihrem letzten Auftritt im Ballett Aufnahmen gemacht hat«, schlug Arienne vor, obwohl das streng verboten war.

Madame war böse und geschmeichelt zugleich, als sie mit den Fotos im Studio auftauchten.

»Ich kann euch bessere geben«, sagte sie.

Alabama schenkte sie ein Bild von sich aus *Carnaval* in einem weiten getüpfelten Kleid, dessen Rock sie auseinanderhielt wie Schmetterlingsflügel. Madames Hände verblüfften Alabama immer wieder. Sie waren keineswegs lang und schmal, im Gegenteil: Sie hatten etwas Stummelartiges. Arienne bekam ihr Foto nie, missgönnte Alabama das ihre und wurde noch eifersüchtiger als zuvor.

Eines Tages veranstaltete Madame eine Einweihungsparty im Studio. Sie tranken viele Flaschen süßen Champagner, den die Russen mitgebracht hatten, und aßen klebrigen russischen Kuchen. Alabama stiftete zwei Magnumflaschen Pol Roger Brut, doch der Fürst, Madames Gatte, war in Paris erzogen worden und nahm sie mit nach Hause, um sie selbst zu trinken.

Alabama war übel von dem vielen süßen Zeug – und der Fürst bekam Befehl, sie im Taxi nach Hause zu bringen.

»Ich rieche überall Maiglöckchen«, sagte sie. Benebelt von Hitze und Wein klammerte sie sich an die Halteschlaufe und hoffte, sich nicht übergeben zu müssen.

»Sie arbeiten zu viel«, sagte der Prinz.

Sein Gesicht wirkte hager im vorbeihuschenden Licht der Straßenlaternen. Gerüchten zufolge unterhielt er mit dem Geld, das er von Madame bekam, eine Geliebte. Die Pianistin unterhielt ihren kranken Mann – fast jeder unterhielt irgendwen. Alabama konnte sich kaum noch an eine

Zeit erinnern, in der sie sich daran gestoßen hatte. Es gehörte einfach zu den Anforderungen des Lebens.

David behauptete, er werde ihr helfen, eine gute Tänzerin zu werden, glaubte aber nicht daran, dass sie es schaffen würde. Mittlerweile hatte er eine ganze Reihe Freunde in Paris. Wenn er aus dem Atelier nach Hause kam, brachte er fast immer jemanden mit. Sie gingen zum Essen aus und saßen zwischen den Radierungen von Montagné, umgeben von Leder und Buntglasfenstern im Foyot oder von Plüsch und Blumensträußen in den Restaurants rings um die Place de l'Opéra. Wenn sie David drängte, früh nach Hause zu gehen, wurde er böse.

»Mit welchem Recht beschwerst du dich? Du hast dich mit dem verdammten Ballett von all deinen Freunden zurückgezogen.«

Mit seinen Freunden tranken sie Chartreuse auf den Boulevards unter Rosenquarzlampen und unter Bäumen, die wie Federfächer ergebener Kurtisanen über den nächtlichen Straßen hin- und herschwangen.

Alabamas Arbeit wurde immer schwieriger. Im Gewirr des gebieterischen *fouetté* fühlten sich ihre Beine wie baumelnde Schinken an; im raschen Schwung des *entrechat cinq* sah sie ihre Brüste hängen wie leere Euter. Im Spiegel zeigte sich nichts davon. Sie bestand nur noch aus Sehnen. Erfolg zu haben wurde zu einer Obsession. Sie rackerte sich ab, bis sie sich vorkam wie ein aufgeschlitztes Pferd in der Stierkampfarena, das seine Eingeweide hinter sich herschleift.

Ohne eine ordnende Hand, die für einen harmonischen Ablauf sorgte, zerfiel der Haushalt in lauter frustrierende

Einzelteile. Ehe Alabama morgens das Haus verließ, gab sie der Köchin Anweisungen fürs Mittagessen, die diese allerdings vollkommen ignorierte. Sie bewahrte die Butter im Kohlenverschlag auf, kochte jeden Tag Kaninchen für Adage und setzte der Familie vor, was ihr gerade passte. Aber es hatte gar keinen Zweck, sich jemand anderes suchen zu wollen, und das Apartment taugte auch nichts. Das Familienleben beschränkte sich auf das Nebeneinander mehrerer Individuen unter einem Dach; es gab keinerlei gemeinsame Interessen.

Bonnie hielt ihre Eltern für so etwas Ähnliches wie den Weihnachtsmann: erfreulich, aber unberechenbar. Abgesehen davon, dass Mademoiselle über sie schimpfte, spielten sie keine Rolle in ihrem Leben.

Mademoiselle ging mit Bonnie in den Jardin du Luxembourg, wo die Kleine mit ihren kurzen weißen Handschuhen und dem Reifen, den sie zwischen Beeten voller goldener Zinnien und Geranien entlangtrieb, sehr französisch wirkte. Sie wurde rasch größer. Alabama hätte sie gern zum Ballettunterricht angemeldet, denn Madame hatte versprochen, sie am Anfang persönlich einzuführen, wenn sie die Zeit dafür fand. Doch Bonnie erklärte, sie wolle gar nicht tanzen, eine Aversion, die Alabama als völlig unverständlich bezeichnete. Bonnie erzählte, dass Mademoiselle in den Tuilerien mit einem Chauffeur spazieren ging. Mademoiselle machte klar, dass es unter ihrer Würde war, sich gegen eine solche Unterstellung zu verteidigen. Die Köchin behauptete, das Haar in der Suppe stammte von dem schwarzen Schnurrbart des Hausmädchens, Marguerite. Adages Futternapf stand auf einem mit Seide bezogenen Canapé. David fand die Wohnung unerträglich: Die Leute von oben spielten um neun Uhr morgens »Punchinello« auf ihrem Gramophon und rissen ihn aus dem Schlaf. Alabama verbrachte immer mehr Zeit im Studio.

Endlich nahm Madame Bonnie als Schülerin an. Für die Mutter war es sehr aufregend, zu sehen, wie Bonnies Ärmchen und Beinchen ernsthaft den schwungvollen Bewegungen der Tänzerin folgten. Die neue Mademoiselle war für einen englischen Herzog tätig gewesen. Sie gab zu bedenken, dass die Atmosphäre im Studio nicht das Richtige für die Kleine sei. Das lag vor allem daran, dass sie kein Russisch sprach. Sie hielt die Tänzerinnen für Teufelsweiber, die in einer fremdsprachigen Kakophonie durcheinanderplapperten und vor dem Spiegel obszöne Posen einübten. Die neue Mademoiselle hatte nicht gerade starke Nerven. Madame erklärte, Bonnie scheine kein großes Talent zu besitzen, allerdings sei es noch zu früh für ein abschließendes Urteil.

Eines Morgens kam Alabama besonders früh zum Unterricht. Vor neun Uhr morgens gleicht Paris einer Tuschezeichnung. Um dem starken Verkehr auf dem Boulevard des Batignolles auszuweichen, hatte sie an diesem Tag die Metro ausprobiert. Dort stank es nach Bratkartoffeln, und sie glitt auf einem Speichelklumpen auf der feuchten Treppe aus. Außerdem hatte sie Angst, dass man ihr im Gedränge auf die Füße trampeln würde. Stella erwartete sie tränenüberströmt im Vorraum.

»Du musst meine Rolle übernehmen«, sagte sie. »Arienne hat nichts anderes im Kopf, als mich zu schikanieren. Ich bessere ihre Schuhe aus und klebe ihre Notenblätter zusammen, und Madame hatte mir angeboten, ein bisschen Geld nebenher zu verdienen, indem ich während ihrer Stunden spiele, aber sie hat es abgelehnt.«

Arienne stand im Dunkeln über ihren Strohkoffer gebeugt und packte.

»Ich werde nicht mehr hier tanzen«, erklärte sie. »Madame hat Zeit für Kinder, Zeit für Amateure, Zeit für jedermann, aber Arienne Jeanneret darf erst üben, wenn keine anständige Pianistin mehr zur Verfügung steht.«

»Ich tue mein Bestes. Du brauchst es nur zu sagen«, schluchzte Stella.

»Genau das mache ich gerade. Du bist ein nettes Ding, aber du spielst Klavier wie ein *cochon!*«

»Wenn du doch nur erklären würdest, was du willst«, flehte Stella. Es war entsetzlich, ihr von Angst und Tränen gerötetes und aufgequollenes Zwergengesicht anzusehen.

»Das tue ich ja. Ich bin Künstlerin, nicht Klavierlehrerin. Arienne geht, damit Madame mit ihrem Kindergarten weitermachen kann.« Jetzt weinte auch sie, allerdings vor Zorn.

»Wenn hier überhaupt jemand geht, dann bin ich es, Arienne«, mischte sich Alabama ein. »Und du kannst deine gewohnte Stunde wiederhaben.«

Arienne wandte sich zu ihr um.

»Ich habe Madame erklärt, dass ich nicht abends nach den Proben arbeiten kann. Meine Stunden kosten eine Menge Geld; ich kann sie mir nur leisten, wenn ich hier auch Fortschritte mache. Ich zahle dasselbe wie du«, schluchzte sie und starrte Alabama herausfordernd an.

»*Ich* muss nämlich von meiner Arbeit leben«, sagte sie verächtlich.

»Jeder muss irgendwann anfangen, auch Kinder«, gab Alabama zurück. »Das hast du selbst gesagt – bei unserer allerersten Begegnung.«

»Richtig. Aber dann sollen sie anfangen wie alle anderen auch, bei weniger berühmten Lehrern.«

»Ich teile meine Stunden mit Bonnie«, sagte Alabama schließlich. »Du jedenfalls musst bleiben.«

»Das ist sehr nett von dir!« Jetzt lachte Arienne plötzlich wieder. »Madame ist eine schwache Frau – immer auf der Suche nach etwas Neuem«, sagte sie. »Also schön, dann bleibe ich, jedenfalls vorläufig.«

Damit gab sie Alabama impulsiv einen Kuss auf die Nasenspitze.

Bonnie protestierte gegen ihren Unterricht. Sie nahm drei Stunden von Madames Zeit pro Woche in Anspruch. Madame war ganz vernarrt in das Kind. Doch alle privaten Gefühlsregungen musste sie in die Pausen quetschen, denn ihre Unterrichtsstunden nahmen einfach kein Ende. Sie brachte Bonnie Obst oder Katzenzungen mit und gab sich große Mühe mit der korrekten Fußstellung. Ihre ganze Zuneigung konzentrierte sich jetzt auf Bonnie. Beim Tanz selbst aber ging es strenger zu, dort war kein Platz für sentimentale Anwandlungen. Das kleine Mädchen bewegte sich nur noch in Sprüngen und *pas de bourrée* durch die Wohnung.

»Mein Gott«, stöhnte David. »Eine in der Familie reicht. Ich halte das nicht aus.«

David und Alabama gingen auf dem muffigen Flur hastig aneinander vorbei und saßen sich beim Essen gegenüber wie zwei Widersacher, die auf irgendeine feindselige Geste der anderen Seite warteten.

»Wenn du nicht sofort mit dem Gesumme aufhörst, gehe ich die Wände hoch, Alabama.« Vermutlich konnte es einem tatsächlich auf die Nerven gehen, wie sich die Musik des Tages in ihrem Kopf festsetzte. Aber etwas anderes gab es für sie nicht. Madame hatte ihr gesagt, dass sie nicht musikalisch sei. Für Alabama war Musik etwas Bildhaftes, Plastisches – manchmal verwandelte der Klang sie in einen Faun in dämmrigen Gefilden, die noch keine lebende Seele betreten hatte, dann wieder in eine einsame Statue, die vergessenen Göttern geweiht und an einem verlassenen Strand von Wellen umspült wurde – eine Prometheusstatue.

Im Studio wimmelte es von aufstrebenden Stars. Arienne absolvierte die Abschlussprüfung an der Opéra als Erste aus der Klasse. Ihr Erfolg färbte auf das ganze Studio ab. Sie brachte eine kleine Gruppe von Französinnen in die Klasse, die wie von Degas gemalt aussahen – so kokett in ihren langen Ballettröcken und rückenfreien Oberteilen. Sie besprühten sich mit Parfum und behaupteten, vom Gestank der Russinnen würde ihnen schlecht. Die Russinnen beschwerten sich bei Madame, dass sie mit dem französischen Moschusgeruch in der Nase keine Luft bekämen. Madame besprenkelte den Fußboden mit Zitronenöl und Wasser, um alle zu besänftigen.

»Ich soll vor dem französischen Präsidenten tanzen!«, jubelte Arienne eines Tages. »Endlich fängt man an, La Jeanneret zur Kenntnis zu nehmen, Alabama.«

Diese konnte einen Stich von Eifersucht nicht unterdrücken. Sie freute sich für Arienne; die junge Frau hatte hart gearbeitet und lebte für nichts anderes als den Tanz. Trotzdem wünschte sie, an ihrer Stelle sein zu können.

»So muss ich also auf meine kleinen Kuchen und den Cap Corse verzichten und drei Wochen lang wie eine Heilige leben. Ehe ich damit anfange, möchte ich noch eine kleine Party geben, allerdings wird Madame nicht kommen. Mit dir geht sie essen, mit Arienne will sie nicht ausgehen. Wenn ich sie frage, warum, antwortet sie: ›Aber das ist doch etwas ganz anderes, du hast kein Geld.‹ Eines Tages werde ich Geld haben.«

Sie warf Alabama einen Blick zu, als erwartete sie Widerspruch. Doch Alabama hatte keine Meinung zu diesem Thema.

Eine Woche vor Ariennes Auftritt berief die Opéra eine Probe ein, die genau in die Zeit ihres Unterrichts bei Madame fiel.

»Dann tausche ich jetzt mit Alabama«, schlug sie vor.

»Wenn sie einverstanden ist«, nickte Madame. »Für eine Woche.«

Alabama aber konnte um sechs Uhr nachmittags nicht zum Unterricht kommen. Das hätte bedeutet, dass David allein aß und sie nicht vor acht Uhr zu Hause wäre. Ohnehin verbrachte sie den größten Teil des Tages im Studio.

»Dann geht es eben nicht«, erklärte Madame.

Arienne tobte. Sie stand unter einer schrecklichen Nervenanspannung und musste ihre Kräfte zwischen Oper und Studio einteilen.

»Dieses Mal gehe ich endgültig! Ich werde schon jemanden finden, der mich zu einer großen Tänzerin macht«, drohte sie.

Madame lächelte bloß.

Alabama wollte Arienne gegenüber nicht nachgeben. Sie

arbeiteten in einer Atmosphäre von gegenseitiger Hass-liebe.

Professionelle Freundschaft hielt einer eingehenden Prüfung nicht stand. Am besten blieb jede für sich und interpretierte die Dinge so, wie sie ihren persönlichen Vorlieben entsprachen; das war Alabamas Einstellung.

Arienne war störrisch. Was nichts mit ihrem eigenen Fach zu tun hatte, war in der Klasse für sie ab sofort tabu. Tränenüberströmt saß sie auf den Stufen des Podiums und starrte in den Spiegel. Tänzer sind sensible, fast primitive Geschöpfe, deshalb wirkte sich ihr Verhalten demoralisierend auf die anderen aus.

Mit der Zeit füllten sich die Klassen mit neuen Schülern. Das Rubinstein-Ballett probte, und die Mitwirkenden wurden so gut bezahlt, dass sie sich wieder Stunden bei Madame leisten konnten. Tänzerinnen aus der aufgelösten Pawlowa-Truppe, die in Südamerika gewesen war, landeten nach und nach wieder in Paris – doch ihr von Kraft und Technik geprägter Stil entsprach nicht unbedingt Ariennes Vorstellung. Sie hasste es, wenn die Choreographie den Körper einengte und Stück für Stück den fordernden Tenören von Schumann und Glinka auslieferte. Sie selbst vergaß sich nur im mitreißenden Gepolter eines Liszt oder dem Melodrama eines Leoncavallo.

»Ich werde dieses Studio verlassen«, sagte sie zu Alabama. »Nächste Woche.« Ariennes Mund bildete eine harte Linie. »Madame ist verrückt. Sie opfert meine Karriere, ohne dass sie etwas davon hätte, für nichts. Aber es gibt auch noch andere.«

»Auf diese Weise bringst du es nie zu einer der ganz Großen, Arienne«, mahnte Madame. »Du brauchst dringend Erholung.«

»Hier gibt es für mich nichts mehr zu tun; es ist besser, wenn ich gehe«, antwortete Arienne.

Vor dem frühmorgendlichen Unterricht aßen die Tänzerinnen höchstens eine Brezel – das Studio lag so weit weg von da, wo sie wohnten, dass sie keine Zeit zum Frühstücken hatten, und deshalb waren alle gereizt. Die Wintersonne brach in grünlich gelben Balken durch den Nebel, und die grauen Gebäude um die Place de la République umgaben sich mit der Aura einer ungeheizten Kaserne.

Madame forderte Alabama auf, mit Arienne eine sehr schwierige Schrittfolge zu üben, bevor die anderen eintrafen. Arienne war eine ausgebildete Ballerina. Alabama wusste, wie sehr es ihr an der geschliffenen Eleganz mangelte, die den Tanz der Französin auszeichnete. Wenn sie zusammen auf der Bühne standen, umfassten die Kombinationen eher Schrittfolgen für Arienne als jene lyrischen Figuren, in denen Alabama brillierte. Trotzdem beschwerte sich Arienne regelmäßig, dass sie nichts für sie wären. Anderen gegenüber bezeichnete sie Alabama als Eindringling.

Alabama kaufte Madame Blumen, die in der feuchten Luft des überhitzten Studios rasch welkten und verschrumpelten. Da die Räume einladender waren, kamen auch mehr Zuschauer. Eines Tages erschien ein Kritiker aus dem Kaiserlichen Ballett zu einer von Alabamas Unterrichtsstunden. Eindrucksvoll in seiner längst vergangenen Förmlichkeit verabschiedete er sich am Ende der Stunde mit einem Schwall antiquierter russischer Höflichkeitsfloskeln.

»Was hat er gesagt?«, fragte Alabama, als sie wieder allein

waren. »Ich habe gepatzt – jetzt hält er Sie bestimmt für eine schlechte Lehrerin.« Madames Mangel an Enthusiasmus deprimierte sie: Der Mann war der wichtigste Kritiker in ganz Europa.

Madame betrachtete sie verträumt. »Monsieur weiß ganz genau, was für eine Art von Lehrerin ich bin.« Mehr sagte sie nicht.

Nach ein paar Tagen kam folgende Nachricht:

Auf Anraten von Monsieur... mache ich Ihnen hiermit das Angebot eines Solo-Debüts am Teatro San Carlo von Neapel. Es handelt sich um eine kleine Rolle im Faust, aber weitere werden folgen. In Neapel gibt es Pensionen, in denen man für dreißig Lire die Wochen komfortabel unterkommen kann.

Alabama war klar, dass David, Bonnie und Mademoiselle nicht in einer Pension leben konnten, die dreißig Lire am Tag kostete. David konnte überhaupt nicht in Neapel leben – er hatte es einmal als Postkartenidylle bezeichnet. Für Bonnie fehlte eine französische Schule. In Neapel war nichts anderes zu erwarten als Korallenketten, Fieber, schmutzige Wohnungen und das Ballett.

Ich darf mich nicht aufregen, sagte sie sich. Ich muss arbeiten.

»Werden Sie annehmen?«, fragte Madame erwartungsvoll.

»Nein. Ich werde hierbleiben, und Sie müssen mir helfen, *La Chatte* zu tanzen.«

Madame ließ sich nichts anmerken. Als Alabama ihr auf

der Suche nach irgendeiner Reaktion in die abgrundtiefen Augen sah, war ihr, als ginge sie an einem heißen Augusttag über einen Streifen glühender Kieselsteine, ohne Schatten, ohne Bäume.

»Es ist sehr schwer, ein Debüt zu bekommen«, sagte Madame. »Ein solches Angebot darf man auf keinen Fall ablehnen.«

David fand, dass das Schreiben etwas allzu Beiläufiges hatte.

»Es geht nicht«, sagte er. »Wir müssen in diesem Frühjahr nach Hause zurückkehren. Unsere Eltern sind alt, und wir haben es letztes Jahr versprochen.«

»Ich bin auch alt.«

»Wir haben unsere Verpflichtungen«, beharrte er.

Alabama war das mittlerweile egal. David ist ein viel besserer Mensch als ich, wenn es darum geht, andere nicht zu verletzen, dachte sie.

»Ich will nicht nach Amerika zurück«, erklärte sie.

Arienne und Alabama zogen einander gnadenlos auf. Sie arbeiteten härter und konsequenter als die anderen. Wenn sie zu müde waren, um sich nach dem Unterricht noch umzuziehen, setzten sie sich auf den Boden der Garderobe, lachten hysterisch und schlugen mit in Eau de Cologne oder Madames Zitronenwasser getränkten Handtüchern nacheinander.

»Und im Übrigen denke ich –«, setzte Alabama an.

»*Tiens!*«, kreischte Arienne. »*Mon enfant* beginnt zu denken. Aaah! Aber es ist ein Fehler, *ma fille*, so viel zu denken. Geh lieber nach Hause und stopf deinem Mann die Socken.«

»*Méchante*«, gab Alabama zurück. »Ich werde dir beibringen, was es heißt, sich über andere lustig zu machen!« Damit ließ sie das nasse Handtuch auf Ariennes straffen Hintern klatschen.

»Mach mal Platz! Wie soll ich mich umziehen, so nahe an dieser *polissonne*«, gab Arienne zurück. Dann wandte sie sich ernst zu Alabama um und betrachtete sie zweifelnd. »Ich meine es ernst – ich habe überhaupt keinen Platz mehr, seit du die Garderobe mit deinen ausgefallenen Tutus vollgestopft hast. Ich kann ja nicht mal meine armseligen Wollsachen aufhängen.«

»Hier hast du ein neues Tutu! Ich schenke es dir.«

»Grün trage ich nicht. In Frankreich bringt es Unglück«, gab Arienne eingeschnappt zurück. »Wenn ich einen Mann hätte, der alles bezahlt, könnte ich mir selbst welche kaufen«, schob sie schlecht gelaunt hinterher.

»Was geht es dich an, wer sie bezahlt? Oder ist das alles, worüber die Mäzene aus den ersten drei Reihen mit dir reden können?«

Arienne schubste Alabama in eine Gruppe nackter Mädchen. Irgendwer stieß sie hastig wieder zurück gegen die herumwirbelnde Arienne. Das Eau de Cologne ergoss sich über den Fußboden und raubte ihnen den Atem. Ein nasser Handtuchzipfel landete in Alabamas Auge. Als sie unsicher die Hände ausstreckte, flog sie gegen Ariennes heißen, schweißnassen Körper.

»Das fehlte noch!«, kreischte Arienne los. »Sieh nur, was du angerichtet hast. Ich gehe auf der Stelle zur Polizei und lasse es dokumentieren.« Schluchzend überschüttete sie Alabama mit einer Flut von Schimpfworten. »Jetzt sieht man nichts, aber morgen kann es schon ganz anders sein. So etwas führt zu Krebs! Du hast mich aus reiner Gemeinheit in die Brust gestoßen! Wenn der Krebs ausbricht, musst du mir eine Menge Geld bezahlen, und wenn ich dich bis zum anderen Ende der Welt verfolgen muss! Das wirst du mir büßen!« Das ganze Studio hörte mit. Die Unterrichtsstunde, die Madame mittlerweile gab, musste unterbrochen werden, so laut war das Geschrei. Die Russinnen ergriffen Partei für Frankreich oder Amerika.

»*Sale race!*« Das galt für beide.

»Amerikanern kann man einfach nicht über den Weg trauen!«

»Franzosen auch nicht!«

»Sie sind hysterisch, die Franzosen genauso wie die Amerikaner!«

Sie lächelten ihr überlegenes russisches Lächeln, als hätten sie vor langer Zeit vergessen, warum sie lächelten: als wäre das Lächeln ein Markenzeichen für ihre Überlegenheit, ganz gleich, unter welchen Umständen. Der Lärm war ohren-betäubend, aber trotzdem irgendwie unterdrückt. Madame schimpfte. Sie war böse auf die beiden Schülerinnen.

Alabama zog sich an, so schnell sie konnte. Draußen in der frischen Luft zitterten ihre Beine, als sie auf ein Taxi wartete. Sie fragte sich, ob sie sich mit dem nassen Haar unter dem Hut eine Erkältung holen würde.

Der trocknende Schweiß auf ihrer Oberlippe schmeckte kalt und salzig. Sie hatte einen Strumpf erwischt, der nicht ihr gehörte. Was soll das eigentlich, fragte sie sich – warum zankten sie sich wie zwei Waschweiber, und warum über-forderten sie sich alle bis an die Grenzen ihrer körperlichen Kräfte?

Mein Gott!, dachte sie. Wie schäbig! Wie durch und durch schäbig!

In diesem Moment wünschte sie, sich an einem kühlen romantischen Ort auf einem kühlen Bett aus Farn ausruhen zu können.

Sie ging nicht zum Nachmittagsunterricht. Die Wohnung war verlassen. Sie konnte Adage an der Tür kratzen hören – er wollte raus. Die Leere summte in ihren Ohren. In Bonnies Zimmer fand sie ein Marmeladenglas mit einer halb verwelkten roten Nelke, wie man sie manchmal in Restaurants geschenkt bekommt.

»Warum kaufe ich nicht ein paar Blumen *für sie?*«, fragte sie sich.

Der stümperhafte Versuch eines Puppen-Tutus lag auf dem Kinderbett; die Schuhe neben der Tür waren an den Spitzen abgestoßen. Alabama nahm ein offenes Malbuch vom Tisch. Dort hatte Bonnie eine stämmige Kämpferin mit einem gelben Wuschelkopf gezeichnet. Darunter stand: »Meine Mutter ist die schönste Lady der Welt.« Auf der gegenüberliegenden Seite hielten zwei Figuren vorsichtig Händchen; hinter ihnen zockelte Bonnies Vorstellung von einem Hund. »Meine Mutter und mein Vater gehen spazieren«, hieß es darunter. *»C'est très chic, mes parents ensemble.«*

O Gott!, dachte Alabama. Sie hatte beinahe vergessen, dass sich auch Bonnies Bewusstsein weiterentwickelte und wuchs. Ihre Tochter war genauso stolz auf ihre Eltern, wie Alabama es als Kind gewesen war, und dichtete ihnen sämtliche Vorzüge an, die sie sich wünschte. Bonnie musste ein schreckliches Bedürfnis nach Schönheit und Stil haben, nach irgendeiner Art Lebensplan, in den sie hineinpasste. Anderen Kindern bedeuteten ihre Eltern mehr als nur ein distanziertes »*chic*«. Alabama machte sich bittere Vorwürfe.

Sie verschlief den ganzen Nachmittag. In ihrem Unterbewusstsein breitete sich das Gefühl eines verprügelten Kindes aus; die Knochen schmerzten im Schlaf, und ihre Kehle war ausgetrocknet wie gedörrtes Fleisch. Als sie aufwachte, hatte sie das Gefühl, stundenlang geweint zu haben.

Sie konnte sehen, dass die Sterne nur für sie ins Zimmer schienen. Sie hätte ewig so im Bett liegen und den Geräuschen von der Straße lauschen können.

Fortan erschien Alabama nur noch zu ihren Privatstunden, um Arienne aus dem Weg zu gehen. Während des Unterrichts konnte sie ihr gackerndes Lachen in der Garderobe hören, wo sie die eintrudelnden Schülerinnen auf Solidarität einschwor. Die Tänzerinnen warfen ihr neugierige Blicke zu. Madame sagte, sie solle Arienne einfach nicht beachten.

Während sie sich hastig umzog, beobachtete Alabama zwischen den verstaubten Vorhängen hindurch die Tänzerinnen. Stellas Unbeholfenheit, Ariennes Getue, die anbiedernden Schmeicheleien, das Gerangel in der ersten Reihe, all das erschien ihr in der blassen Sonne, die durch das Oberlicht fiel, wie das Kreuchen und Fleuchen von Insekten, die man durch eine Glasglocke beobachtet.

»Larven!«, sagte Alabama unglücklich und verächtlich zugleich.

Sie wünschte, auch sie wäre im Ballett zur Welt gekommen oder könnte sich dazu aufraffen, es endgültig aufzugeben.

Wenn sie daran dachte, aufzuhören, wurde ihr schlecht, und sie fühlte sich um mehrere Jahre gealtert. Irgendwohin mussten die endlosen Meilen von *pas de bourrée* doch geführt haben!

Dann starb Djagilew. Der Stoff, aus dem die große Bewegung des Russischen Balletts gemacht war, vermoderte in einem französischen Gericht – er war nie imstande gewesen, Geld zu verdienen.

Einige Tänzer gaben im Sommer Vorstellungen am Swimmingpool des Lido und unterhielten betrunkene Amerikaner; andere wechselten zu diversen Varietés, und die Engländer gingen nach England zurück. Das transparente Zelluloiddekor von *La Chatte,* das mit den silbernen Schwertern der Scheinwerfer von Paris und Monte Carlo, London und Berlin das Publikum geblendet hatte, lag unter einem Schild mit der Aufschrift »Rauchen verboten!« in einem feuchten, heruntergekommenen Lagerhaus an der Seine, verschlossen in einem Tunnel, wo das fahle Licht des Flusses über das tropfende, dunkle Gestein und den nassen, unebenen Boden fiel.

»Was soll es noch?«, fragte Alabama.

»Du hast so viel Zeit, Arbeit und Geld da hineingesteckt, das kannst du nicht einfach so aufgeben«, sagte David. »Wir werden versuchen, in Amerika etwas auf die Beine zu stellen.«

Das war nett gemeint von David. Aber sie wusste, dass sie in Amerika niemals tanzen würde.

Die wenigen Sonnenstrahlen, die im Lauf der letzten Unterrichtsstunde über das Oberlicht gehuscht waren, verschwanden.

»Sie werden Ihr Adagio nicht vergessen, abgemacht?«, sagte Madame. »Und mir neue Schüler senden, wenn Sie wieder in Amerika sind, nicht wahr?«

»Madame«, sagte Alabama plötzlich. »Glauben Sie, ich könnte immer noch nach Neapel gehen? Würden Sie den Mann gleich aufsuchen und ihm sagen, dass ich unverzüglich aufbreche?«

Als sie ihr in die Augen sah, kam es ihr vor, als betrachtete sie jene schwarzweißen Pyramiden, die aus sechs, je nach Blickwinkel auch sieben gewaltigen Quadern bestehen. Ihr in die Augen zu sehen war, wie eine optische Täuschung zu erleben.

»So, so!«, sagte sie. »Ich bin sicher, dass die Rolle noch nicht besetzt ist. Sie werden morgen aufbrechen? Sie haben keine Zeit mehr zu verlieren.«

»Ja«, sagte Alabama. »Ich fahre.«

Teil IV

Dahlien lugten aus grünen Blechdosen an den Blumenständen des Bahnhofs wie Papierfächer, die manchmal in Popcorn-Verpackungen versteckt sind. Neben den Zeitungsständen waren Orangen aufgestapelt wie Minié-Geschosse; in der Auslage des *buffet de la gare* lagen drei amerikanische Grapefruits wie die drei goldenen Kugeln eines gastronomischen Pfandhauses. Die rußige Luft legte sich schwer zwischen das Abteilfenster und Paris.

David und Alabama erfüllten den *wagon-lit* zweiter Klasse rücksichtslos mit ihrem Zigarettenrauch. Er klingelte und bat um ein zusätzliches Kopfkissen.

»Wenn du etwas brauchst – ich bin immer für dich da«, sagte er.

Alabama weinte und schluckte einen Löffel von dem gelben Beruhigungsmittel.

»Es wird dir schrecklich auf die Nerven gehen, allen Leuten zu erzählen, wie ich zurechtkomme –«

»Sobald wir die Wohnung aufgelöst haben, fahre ich in die Schweiz. Und wenn du so weit eingerichtet bist, dass Bonnie dich besuchen kann, schicke ich sie zu dir.«

Eine perlende Flasche Perrier Demi-Sec spiegelte sich in der Fensterscheibe. David bekam kaum Luft in dem feuchtkalten Mief.

»Es ist albern, zweiter Klasse zu fahren. Soll ich dich nicht doch noch in die erste umbuchen?«, fragte er.

»Nein, ich möchte von Anfang an das Gefühl haben, dass ich es mir selbst leisten kann.«

Die Last ihrer jeweiligen Gefühle stand zwischen ihnen wie ein Sperrfeuer. Dass beide unbewusst erleichtert waren, verwandelte ihren Abschied in eine traurige Farce. Zahllose ungewollte Assoziationen erstickten die Abschiedsworte in platonischer Verzweiflung.

»Ich schicke dir ein wenig Geld. Aber jetzt steige ich besser aus.«

»Wiedersehen – ach, noch was, David!«, rief sie, als der Zug sich in Bewegung setzte. »Achte darauf, dass Mademoiselle Bonnies Unterwäsche im Old England –«

»Ich sag es ihr – Wiedersehen, Liebling!«

Alabama zog den Kopf zurück ins Innere des Abteils, das matt erleuchtet war wie bei einer spiritistischen Séance. Im Spiegel wirkte ihr Gesicht flach wie gemeißelter Stein. Das Kostüm, das Yvonne Davidson einer Waffenstillstandsparade nachempfunden hatte, passte nicht in die zweite Klasse. Die Konturen des horizontblauen Helms und der elegante Schwung des Umhangs wirkten zu großzügig für die Beengtheit der kratzigen, mit Spitzendeckchen verzierten Sitzbänke. Zur Aufmunterung konzentrierte sich Alabama auf ihre Pläne, wie eine Mutter, die ihr unglückliches Kind tröstet. Die *maîtresse de ballet* würde sie erst am Tag nach ihrer Ankunft treffen können. Es war sehr nett von Mademoiselle gewesen, ihr zum Abschied einen Kaktus zu schenken; dummerweise hatte sie ihn auf dem Kaminsims zu Hause vergessen. Ein paar Kleidungsstücke hatte sie noch nicht aus der Wäscherei abgeholt; die konnte Mademoiselle mit der übrigen Wäsche zusammen verpacken, wenn sie umzogen. Sie vermutete, dass David sie beim American Express unterstellen würde. Das Packen an sich wäre nicht schwer; sie hatten so wenig Zeug: ein kaputtes Teeservice, Relikt einer Pilgerfahrt von St-Raphaël nach Valence, ein paar Fotos – schade, dass sie nicht das von David auf der Veranda in Connecticut mitgenommen hatte –, ein paar Bücher und Davids in Holzkisten verpackte Bilder.

In der Ferne hing der Abglanz der nächtlichen Beleuchtung über dem fernen Paris wie der Widerschein eines Brennofens. Ihre Hände schwitzten unter der rauhen roten Wolldecke. Das Abteil roch wie die Hosentasche eines kleinen Jungen. Unablässig produzierten ihre Gedanken irgendwelchen französischen Unsinn zum Rattern der Eisenbahnräder.

La belle main gauche l'éther compact,
S'étendre dans l'air qui fait le beau
Trouve là haut le rythm intact
Battre des ailes d'un triste oiseau.

Alabama stand auf, um einen Bleistift zu suchen.

»*Le bruit constant de mille moineaux*«, setzte sie hinzu. Dann fragte sie sich, ob sie den Brief verloren hatte – nein, hier war er, im Nagelnecessaire.

Sie musste wohl eingenickt sein – in einem fahrenden Zug war das schwer zu sagen. Lautes Getrampel im Gang weckte sie auf. Vielleicht hatten sie die Grenze erreicht. Sie läutete. Eine Ewigkeit lang erschien niemand, dann endlich tauchte ein Mann in der grünen Uniform eines Zirkusdompteurs auf.

»Wasser?«, fragte Alabama liebenswürdig.

Der Mann sah sich ausdruckslos im Abteil um. Sein glatter, rätselhafter Ausdruck zeigte keinerlei Reaktion.

»*Acqua, de l'eau, wataire*«, beharrte Alabama.

»Fräulein läuten«, äußerte der Mann.

»Warten Sie!« Sie bewegte die Arme wie eine australische Kraulerin und endete schließlich mit einem unsicheren Kompromiss zwischen übertriebenem Schlucken und Gurgeln. Dann wandte sie sich erwartungsvoll dem Zugbegleiter zu.

»Nein, nein, nein!«, rief er beunruhigt und verschwand aus dem Abteil.

Alabama kramte ihren italienischen Sprachführer heraus und läutete erneut.

»*Dó – veh pos' – so com – prar'- eh ben- zee' – no*«, hieß es im Buch. Der Mann prustete vor Lachen. Wahrscheinlich hatte sie die falsche Stelle erwischt.

»Schon gut«, sagte Alabama zögernd und wandte sich wieder ihren Versen zu. Der Mann hatte sie aus dem Rhythmus gebracht. Inzwischen waren sie bestimmt in der Schweiz. Sie konnte sich nicht erinnern, ob es Byron gewesen war, dessen Kutsche die Alpen mit zugezogenen Vorhängen passiert hatte, oder jemand anderes. Sie versuchte, aus dem Fenster zu sehen – ein paar Milchkannen schimmerten im Dunkeln. Sie sollte Bonnies Unterwäsche von einer Schneiderin anfertigen lassen, das wäre besser. Mademoiselle würde sich darum kümmern. Sie stand auf und streckte sich, wobei sie sich an der Schiebetür festhielt.

Der Zugbegleiter erklärte ihr herablassend, dass man in

der zweiten Klasse weder die Türen öffnen noch sich das Frühstück im Liegewagen servieren lassen konnte.

Am nächsten Morgen erstreckte sich das Land flach wie ein Stück Strand bei Ebbe vor den Fenstern des Speisewagens, und nur ein paar vereinzelte, staubwedelartige Bäume kitzelten den strahlenden Himmel. Kleine Wolken trieben ziellos über diese Idylle hinweg wie Schaum in einem Bierglas, etwas weiter südlich klammerten sich Burgen an runde Hügelkuppen und erinnerten an schiefsitzende Kronen. Nirgendwo erklang *O sole mio*.

Zum Frühstück gab es Honig und steinhartes Brot. Es machte ihr Angst, ohne David in Rom umsteigen zu müssen. Der römische Bahnhof Termini war von Palmen umgeben, und die Springbrunnen sprühten funkelnde Lichtbündel auf die Thermen von Diokletian gegenüber. In der offenen Herzlichkeit Italiens hob sich ihre Stimmung.

Ballonné, deux tours, sagte sie sich. Der neue Zug war schmutzig. Es gab keine Teppiche, und es stank nach Fascisti und Gewehren. Die Schilder bildeten eine Litanei für sich: *Asti Spumanti, Lagrima Christi, Spumoni, Tortoni.* Was war es bloß, was sie verloren hatte – der Brief steckte nach wie vor im Nagelnecessaire. Alabama versuchte sich selbst zu schützen, so wie ein kleiner Junge in einem Garten die Hand um ein Glühwürmchen schließt.

»*Cinque minuti mangiare*«, sagte der Zugbegleiter.

»In Ordnung«, antwortete sie und zählte an den Fingern ab: »*Una, due, tre* – ja gut.«

Der Zug schwankte von einer Seite zur anderen und versuchte, dem Chaos von Neapel auszuweichen. Die Kutscher hatten vergessen, ihre Droschken von den Gleisen zu fahren; schlaftrunkene Männer vergaßen mitten auf der Straße, wo sie eigentlich hinwollten, Kinder rissen ihren Mund und sanfte, verstörte Augen auf und vergaßen das Weinen. Weißer Staub wehte über der Stadt, Feinkostläden verkauften scharfe Gerüche, Würfel, Dreiecke und muffige runde Korbgebilde. Im Laternenlicht der öffentlichen Plätze schrumpfte Neapel zusammen, erdrückt von der Last großspurig vorgetäuschter Ordnung, gebändigt von seiner schwarzen steinernen Fassade.

»*Venti lire!*«, sagte der Droschkenkutscher herausfordernd.

»In meinem Brief stand, dass man in Neapel von dreißig Lire im Monat *leben* kann«, entgegnete Alabama überheblich.

»*Venti, venti, venti*«, trällerte der Italiener, ohne sich umzudrehen.

Das wird nicht einfach, wenn ich mich nicht verständigen kann, dachte Alabama.

Sie gab dem Kutscher die Adresse, die die *maîtresse* ihr geschickt hatte. Selbstherrlich schwang er seine Peitsche, bis sich die Pferdehufe in Bewegung setzten und sie durch die verschwenderische Nacht rollten. Als sie den Mann bezahlte, verhakten sich seine braunen Augen in den ihren. Sie musste an die Becher denken, die man an Bäumen befestigt, um das kostbare Harz zu gewinnen, und hatte Angst, dass dieser Blick sie nicht mehr loslassen würde.

»Neapel wird der Signorina gefallen«, sagte er zu ihrer Überraschung. »Die Stimme der Stadt ist so sanft wie die Einsamkeit.«

Dann holperte die Droschke durch die roten und grünen

Lichter davon, die den Rand der Bucht säumten wie Edelsteine im filigranen Muster eines Giftbechers aus der Renaissance. Eine Brise, die dem tiefen durchsichtigen Aquamarinblau jeden Anflug von Gefühlsduselei raubte, wehte den zähen Mief des fliegenverdreckten Südens davon.

Die Lichter im Eingang der Pension spiegelten sich als runde Tropfen auf Alabamas Fingernägeln. Als sie eintrat, wirbelten ihre Bewegungen Luft auf, ohne Spuren in der Stille draußen zu hinterlassen.

Tja, hier werde ich wohnen, dachte Alabama. Mehr ist dazu nicht zu sagen.

Die Wirtin erklärte, das Zimmer habe einen Balkon – und das stimmte sogar, allerdings hatte er keinen Boden. Nur die schmiedeeiserne Brüstung erhob sich noch aus der Außenmauer mit ihrer abblätternden rosa Farbe. Dafür gab es ein Waschbecken mit überdimensionalen Wasserhähnen, die über das Becken hinausragten und den Wachstuchstreifen darunter bespritzten. Die Mole schmiegte ihren Ausläufer um den runden Ausschnitt der blauen Nacht vor ihrem Fenster, und vom Hafen kam der Geruch nach Teer.

Für ihre dreißig Lire bekam Alabama ein weißes Eisenbett, das offensichtlich einmal grün gewesen war, einen Kleiderschrank aus Ahornholz mit einem facettierten Spiegel, der die italienische Sonne noch verstärkte, und einen Schaukelstuhl, der mit einem farbigen Wollteppich gepolstert war. Dreimal am Tag Kohl, ein Glas Wein aus Amalfi, sonntags Gnocchi und der abendliche »Donna«-Chor der Nichtstuer unter ihrem Balkon waren im Preis inbegriffen. Das Zimmer war groß und unübersichtlich, voller Nischen und Ecken, so dass man den Eindruck hatte, ein ganzes

Apartment zu bewohnen. In Neapel sieht alles aus, als wäre es vergoldet. Zwar konnte Alabama nichts dergleichen in ihrem Zimmer entdecken, trotzdem hatte sie irgendwie das Gefühl, dass die Decke mit Blattgold überzogen war. Vom Straßenpflaster drangen Schritte herauf wie kostbare, warme Erinnerungen. Die Sonnenuntergänge waren klassisch, Menschen glitten lediglich andeutungsweise durchs Blickfeld, phantastische Auswüchse eines glücklichen Daseins, Kakteen spießten den Sommer auf, und in den offenen Booten funkelten silberne Fischrücken wie Splitter von Glimmer.

Madame Sirgewa hielt ihren Unterricht auf der Bühne des Opernhauses ab. Sie jammerte unaufhörlich über die Kosten für die Beleuchtung, und die Klavierklänge verloren sich in den viktorianischen Abgründen. Die Dunkelheit aus den Kulissen und das matte Licht der drei Funzeln, die sie über ihnen brennen ließ, unterteilten die Bühne in kleine intime Bereiche. Wie ein Gespenst bewegte sich die Ballettmeisterin durch Wolken von Tüll, knarrende Spitzenschuhe und das mühsam unterdrückte Keuchen der Tänzerinnen.

»Leise, noch leiser«, schärfte sie ihnen immer wieder ein. Sie war blass, von Armut gezeichnet und verschrumpelt wie ein Stück Haut, das in einem Säurebad gelegen hat. Durch ihr schwarz gefärbtes Haar, steif wie Matratzenfüllung, schimmerte ein gelblicher Scheitel. Sie unterrichtete in Blusen mit Puffärmeln und Faltenröcken, die sie nachher unter dem Mantel auch auf der Straße trug.

Alabama drehte sich im Kreis, wieder und wieder, wie bei einer Schönschriftübung, und malte eine Linie zwischen die Lichtkegel.

»Aber Sie sind ja wie Madame!«, sagte die Sirgewa. »Wir waren in Russland zusammen auf der Kaiserlichen Ballettakademie. Ich war diejenige, die ihr die *entrechats* beibrachte, obgleich sie sie nie ganz sauber tanzte. *Mes enfants!* Ein *quatre-temps* hat vier Schläge, bitte, b-i-t-t-e!«

Stück für Stück ließ sich Alabama geräuschvoll in das Ballett fallen, wie Münzen in ein mechanisches Klavier.

Die hiesigen Tänzerinnen waren ganz anders als die Russinnen. Sie hatten ungewaschene Hälse und kamen mit Papiertüten voller belegter Brote ins Theater. Sie aßen Knoblauch, waren dicker als die Russinnen und hatten kürzere Beine. Sie schafften es nicht, die Knie ganz durchzustrecken; ihre Trikots aus italienischer Seide warfen Falten.

»Kruzitürken!«, kreischte die Sirgewa. »Moira tanzt immer noch aus der Reihe, und in drei Wochen ist Premiere.«

»*Oh, maestra!*«, protestierte Moira. »*Molto bella!*«

»Ach!«, stöhnte Madame und wandte sich zu Alabama um. »Sehen Sie? Ich besorge ihnen Schuhe mit Stahleinlagen, damit sie ihre faulen Füße aufrecht halten, und kaum drehe ich ihnen den Rücken zu, tanzen sie plattfüßig – und für all meine Mühen bekomme ich gerade mal sechzehnhundert Lire! Gott sei Dank habe ich wenigstens eine aus der Russischen Schule!« Und so ging es weiter, ohne Punkt und Komma. Madame saß in dem feuchten, stickigen Opernhaus, mit einem Seehundfell um die Schultern, das ebenso dünn und gefärbt war wie ihr Haar, und hustete in ihr Taschentuch.

»Heilige Muttergottes«, stöhnten die Tänzerinnen, »Jungfrau Maria!« Sie scharten sich in dem trüben Licht zu verängstigten Grüppchen zusammen. Alabama betrachteten sie mit Argwohn – wegen ihrer Kleider. Achtlos warf sie alles über die Lehnen der Klappstühle in der schäbigen Garderobe: einen Traum aus schwarzem Tüll, »Adieu Sagesse«, im Wert von zweihundert Dollar, Moosröschen, die sich durch einen Schleier zogen wie Samen im Erdbeereis – sündhaft teuer –, einen lustigen gelben Fransenschal, einen blassgrünen Kapuzenmantel, weiße Schuhe, blaue Schuhe, einen Hut, einen Stock, einen Regenschirm, silberne Schnallen, eiserne Schnallen und rote Sandalen, Schuhe mit Tierkreiszeichen, einen Umhang aus Samt, so weich und nachgiebig wie das Gebälk eines alten *château,* eine mit Fasanenfedern geschmückte Kopfbedeckung. In Paris war ihr gar nicht aufgefallen, dass sie so viele Kleider besaß. Jetzt, da sie von lediglich sechshundert Lire im Monat lebte, würde sie sie auftragen müssen. Sie war froh, dass David ihr so viele Kleider gekauft hatte. Nach dem Unterricht zog sie sich inmitten all dieser schönen Dinge um und strahlte dieselbe Entschlossenheit aus wie ein Vater, der ein Spielzeug seiner Kinder unter die Lupe nimmt.

»Heilige Madonna«, flüsterten die Schülerinnen scheu und betasteten Alabamas Dessous. Alabama konnte sehr böse werden, wenn sie sie dabei erwischte. Wurstflecken auf ihren Chiffonslips waren das Letzte.

Zweimal in der Woche schrieb sie David einen Brief. Ihr Zuhause erschien ihr weit weg und trist. Dann begannen die Proben – und im Vergleich dazu erschien ihr alles andere trostlos. Bonnie antwortete auf kleinen Briefbögen, die mit französischen Kinderreimen bedruckt waren.

Liebste Mami

ich habe eine Dame und einen Herrn empfangen,
weil Daddy erst noch seine Manschettenknöpfe anstecken
musste. Bei mir läuft alles ganz gut. Mademoiselle und
das Zimmermädchen haben gesagt, sie hätten noch nie
so schöne Buntstifte gesehen wie die in der Schachtel, die
Du mir geschickt hast. Ich habe mich schrecklich darüber
gefreut und ein paar Bilder von des gens à la mer, nous,
qui jouons au croquet, et une vase avec des fleurs dedans
d'après nature *gemalt. Wenn wir sonntags in Paris sind,*
gehe ich zum Katechismusunterricht und lerne alles über
die schrecklichen Leiden Jesu Christi.

Deine Dich liebende Tochter
Bonnie Knight

Jeden Abend nahm Alabama das gelbe Beruhigungsmittel,
um nicht an Bonnies Briefe denken zu müssen. Sie freun-
dete sich mit einer dunkelhaarigen Russin an, die durch das
Ballett fegte wie der Scirocco. Zusammen gingen sie zur
Galleria. In dem schlichten steinernen Innenhof, wo die
Schritte der Passanten widerhallten wie gleichmäßiger Regen, saßen sie vor ihrem Bier. Die Russin wollte nicht glauben, dass Alabama verheiratet war; sie hoffte inständig, eines
Tages den Mann kennenzulernen, der ihre Freundin mit so
viel Geld versorgte, um ihn ihr auszuspannen. Heerscharen
von Männern, die Arm in Arm vorbeischlenderten, beäugten
sie kalt und geringschätzig – so, als wollten sie sagen, dass
sie sich niemals mit Frauen einlassen würden, die nachts
allein in der Galleria saßen. Alabama zeigte ihrer Freundin
ein Bild von Bonnie.

»Du bist glücklich«, sagte die Russin. »Aber man ist glücklicher, wenn man nicht verheiratet ist.« Ihre Augen waren dunkelbraun und bekamen einen klaren rötlichen Schimmer, wie Kolophonium, wenn sie Alkohol getrunken hatte. Zu besonderen Anlässen trug sie schwarze Netzstrümpfe mit lavendelblauen Strapsen, die noch aus der Zeit vor Djagilews Tod stammten, als sie in der Truppe der *ballets russes* gearbeitet hatte.

Immer wieder probte das Ensemble in dem großen leeren Theater das *Faust*-Ballett. Der Maestro dirigierte das Orchester im Eiltempo durch Alabamas dreiminütiges Solo. Madame Sirgewa wagte nicht, ihn darauf anzusprechen. Schließlich aber unterbrach sie die Aufführung mit Tränen in den Augen.

»Sie bringen meine Mädchen noch um«, schluchzte sie. »Das ist einfach unmenschlich.«

Der Mann warf seinen Taktstock auf das Klavier. Das Haar stand wirr von seinem Kopf ab, wie Grasbüschel, die aus einer kahlen Lehmkuppel sprießen.

»Sapperlot!«, tobte er. »So hat der Komponist es aber geschrieben!«

Verärgert rauschte er aus dem Opernhaus, und sie mussten die Probe ohne Musik beenden. Am folgenden Nachmittag war er wieder da und dirigierte entschlossener und schneller als je zuvor. Er hatte eine Kopie der Originalpartitur zu Rate gezogen; nein, er hatte sich keineswegs geirrt. Die Arme der Violinisten erhoben sich vor der Bühne, schwarz und gekrümmt wie die Beine von Grashüpfern. Der Maestro aber ließ sein Rückgrat vor- und zurückschnappen, als wäre es eine Gummizwille, und schleuderte die schnellen Akkorde mit rasender Geschwindigkeit über die Rampenlichter.

Alabama hatte noch nie auf einer schrägen Bühne gearbeitet. Um sich daran zu gewöhnen, probte sie nach dem morgendlichen Unterricht allein weiter und drehte eine Pirouette nach der anderen. Die Schräge brachte sie aus dem Gleichgewicht. Sie arbeitete so hart, dass sie sich anschließend, wenn sie auf dem Fußboden saß, um sich anzuziehen, wie eine alte Frau aus einem fernen Land im Norden neben ihrem Kamin vorkam. Das Ferienblau und das darin aufgehende, noch strahlendere Blau der Bucht von Neapel blendeten sie, wenn sie nachmittags nach Hause zurückstolperte. Mit blutenden Füßen fiel Alabama ins Bett.

Als die Premiere endlich vorbei war, saß sie am Fuß einer Statue der Venus von Milo vor den gepolsterten Türen der Garderoben. Pallas Athene starrte sie quer durch die muffige Halle hinweg an. Ihre Augen hämmerten im Takt ihres Herzschlags, das Haar klebte wie Knetmasse um ihren Kopf, *brava* und *bravissima* für ihre Darbietung hallten in ihren Ohren wider wie das Sirren einer hartnäckigen Mücke. »Das wäre geschafft«, sagte sie.

Sie traute sich nicht, die anderen Tänzerinnen in der Garderobe anzuschauen, sondern versuchte, diesen magischen Augenblick so lange wie möglich festzuhalten. Sie wusste, dass ihr Blick auf hängende Brüste fallen würde, die an vertrocknete Flaschenkürbisse erinnerten, oder auf ausladende Hinterbacken, die den schaurigen Früchten auf Georgia O'Keeffes Gemälden ähnelten.

David hatte ihr telegraphisch einen Korb mit Calla geschickt. »Von deinen beiden Sweethearts«, hätte auf der Karte stehen sollen, doch der neapolitanische Blumenhändler hatte »Sweathearts« daraus gemacht. Ihr war nicht nach Lachen zumute. Seit drei Wochen hatte sie nicht mehr geschrieben. Sie schmierte sich Cold Cream ins Gesicht und lutschte an einer halben Zitrone, die sie in ihrem Köfferchen mitgebracht hatte. Ihre russische Freundin umarmte sie. Die Tänzerinnen saßen herum, als hofften sie, dass noch irgendetwas passierte, doch in den Schatten neben dem Eingang zur Oper warteten keine Männer. Die Tänzerinnen waren überwiegend hässlich, manche sogar alt. Sie hatten leere, schlaffe Gesichter, die von Erschöpfung gezeichnet waren. Man hatte den Eindruck, ohne die kräftigen Muskeln, die auf das jahrelange schwere Atmen zurückgingen, wären sie einfach auseinandergefallen. Die Dünnen hatten hagere Hälse mit Sehnen wie schmutziges Stopfgarn; bei den Dicken quoll das Fleisch über die Knochen wie frischer Kuchenteig über einen Tortenring. Ihr Haar war unweigerlich schwarz, ohne Abstufungen, die die müden Sinne hätten beleben können.

»Lieber Himmel!«, riefen sie unisono, als sie die Lilien sahen. »Was die wohl gekostet haben? Sie sehen aus, als wären sie für eine Kathedrale gemacht!«

Die Sirgewa küsste Alabama dankbar auf die Wangen.

»Sie waren gut! Wenn wir das Ballettprogramm für nächstes Jahr aufstellen, bekommen Sie die Starrolle – die anderen sind einfach zu hässlich. Ich kann mit ihnen nichts anfangen. Bislang gab es hier kein großes Interesse für das Ballett, aber jetzt wird sich das ändern. Machen Sie sich keine Sorgen, ich werde an Madame schreiben! Die Blumen sind wundervoll, *piccola ballerina*«, schloss sie leise.

Alabama saß an ihrem Fenster und lauschte dem all-abendlichen »Donna«-Chor.

»Ach ja«, seufzte sie. »Nach so einem Erfolg müsste man eigentlich feiern.«

Sie hängte ihre Kleider in den Schrank und dachte an ihre Freunde in Paris. Sonntagsfreunde mit ihren in Satin ge-hüllten Frauen, die sich an fremden *plages* die perfekte Son-nenbräune zulegten; ausgelassene Freunde, die Chopin in modernem Jazz und erlesenen Jahrgangsweinen ertränkten; kultivierte Freunde, die sich um David scharten wie Fami-lienangehörige um ein Erstgeborenes. Sie alle hätten sie heute Abend irgendwohin ausgeführt. Und in Paris wären Calla niemals mit einer weißen Tüllschleife geliefert worden.

Sie schickte David die Zeitungsausschnitte mit den Kri-tiken. Ausnahmslos erklärten sie die Aufführung zum Erfolg und bestätigten, dass die Neue in Madame Sirgewas Truppe ein echtes Talent sei. Man betrachtete sie als vielverspre-chend und fand, sie müsse unbedingt eine größere Rolle erhalten. Die Italiener liebten Blondinen und behaupteten, Alabama sei so ätherisch wie ein Engel von Fra Angelico, weil sie schmaler war als die anderen.

Madame Sirgewa war stolz auf die Kritiken. Für Alabama war es wichtiger, dass sie einen neuen Hersteller von Spit-zenschuhen in Mailand entdeckt hatte; seine Schuhe waren hauchdünn. Sie bestellte einhundert Paar – David schickte das Geld. Er lebte jetzt mit Bonnie in der Schweiz. Sie hoffte, dass er Bonnie wollene Unterhosen gekauft hatte – bis sie zehn sind, müssen kleine Mädchen ihren Unterleib besonders warm halten. Zu Weihnachten schrieb er, dass er Bonnie einen blauen Skianzug gekauft habe, und schickte

ihr Kodak-Aufnahmen vom Schnee und wie sie beide zusammen die Berge hinunterpurzelten.

Asthmatische Weihnachtsglocken läuteten über Neapel;
flache Klangfolien wie übereinanderfallende blecherne Dach-
schindeln. Die Treppen an den öffentlichen Plätzen waren
mit Narzissen und orange gefärbten Rosen geschmückt,
aus denen rotes Wasser tropfte. Nach dem feierlichen Segen
sah sich Alabama die Krippe mit den Wachsfiguren an. Überall gab es Calla, Kerzen und erschöpfte, ausdruckslose Gesichter, die wegen der Feiertage zu einem krampfhaften
Lächeln verzogen waren. Aus dem Widerschein der fla-
ckernden Kerzen vor goldenem Hintergrund, aus den Ge-
sängen, die sich hoben und senkten wie das Rauschen der
Wellen an unberührten Meeresstränden vor der Geburt des
Menschen, aus den trippelnden Schritten der Frauen, die
ihre Gesichter unter Spitzenschleiern verhüllten, schöpfte
Alabama ein solches Hochgefühl, dass es ihr vorkam, als
schritte sie zur erhebenden Musik einer spirituellen Sekte
einher. Die Chorhemden der Priester in Neapel waren aus
weißem Satin und verschwenderisch mit Passionsblumen
und Granatäpfeln geschmückt. Während der Messe dachte
Alabama an bourbonische Fürsten und Hämophilie, an
päpstliche Würdenträger und Maraschinokirschen. Der Glanz
des goldenen Damasts auf dem Altar war so warm und
prächtig wie das, was er repräsentierte. Ihre Gedanken schli-
chen bei dieser Selbstbeobachtung rastlos hin und her wie
Leoparden in einem Käfig. Durch die ständige Anspannung bei der Arbeit stand sie so unter Strom, dass eine klare
Verständigung mit ihrem Inneren nicht möglich war. Sie
sagte sich, dass der Mensch kein Recht habe, zu versagen. Sie

wusste nicht, was das ist: versagen. Sie dachte an Bonnies Weihnachtsbaum. Mademoiselle konnte ihn genauso schön schmücken wie sie.

Plötzlich lachte sie und erforschte zögernd ihre Gemütslage. Es klang wie ein Piano, das gestimmt wird.

»Die Religion hat eine Menge zu bieten«, sagte sie zu ihrer russischen Freundin, »aber man misst ihr zu viel Bedeutung bei.«

Die Russin erzählte Alabama von einem Priester, den sie gekannt hatte. Die Geschichten, die er im Beichtstuhl hörte, erregten ihn dermaßen, dass er sich am Messwein betrank. Während der Woche trank er so viel, dass er sonntags den reuigen Sündern keine Kommunion mehr spenden konnte. Diese hatten während der Woche ebenfalls getrunken und brauchten eine kleine Stärkung. Nach und nach bekam seine Kirche den Ruf eines Sündenpfuhls, der sich das Blut Christi von einer Synagoge ausgeliehen habe. Die Kirche verlor viele Gläubige, erzählte sie, darunter auch sie selbst.

»Früher war ich sehr religiös. Als ich noch in Russland lebte, sah ich einmal, dass meine Kutsche von einem Schimmel gezogen wurde. Ich stieg aus und ging die drei Meilen zum Theater zu Fuß. Am nächsten Tag hatte ich eine Lungenentzündung. Seitdem mache ich mir nicht mehr so viel aus Gott – wegen des Priesters und des Schimmels.«

Im Lauf des Winters hatte *Faust* drei Aufführungen, und Alabamas teerosenfarbenes Tutu, das zuerst steif wie ein zugefrorener Springbrunnen gewesen war, hing jetzt schlaff und zerknüllt herab. Sie liebte besonders die Unterrichtsstunden am Morgen nach einer Vorstellung – das Herunterkommen, die stille, süße Ruhe, wie in einem friedlichen Obstgarten, die auf die Anspannung folgte, ihr blasses Gesicht, in dem der Schweiß die letzten Spuren des Make-ups aus den Augenwinkeln schwemmte.

»Die reinsten Kreuzwegstationen!«, stöhnte eine der anderen. »Meine Beine schmerzen, und ich bin müde! Gestern Abend hat mich meine Mutter geschlagen, weil ich so spät nach Hause kam, und mein Vater erlaubt mir keinen Bel Paese, aber mit Ziegenkäse kann ich nicht üben.«

»Ach ja«, ließen sich die dicken Mütter der Tänzerinnen aus, »*belissima*, meine Tochter – wenn es mit rechten Dingen zuginge, müsste sie die Primaballerina sein, aber die Amerikaner reißen sich ja alles unter den Nagel. Mussolini wird es ihnen zeigen, Himmelherrgottsakrament!«

Zum Ende der Fastenzeit verlangte die Oper ein ganzes Programm vom Ballett, und Alabama sollte endlich die Primaballerina im *Schwanensee* sein.

Als die Proben dazu begannen, schrieb David und fragte, ob sie Bonnie zwei Wochen zu sich nehmen wolle. Alabama bekam die Erlaubnis, den Vormittagsunterricht ausfallen zu lassen, um ihr Kind am Bahnhof abzuholen. Ein schneidiger Armee-Offizier half Bonnie und Mademoiselle aus dem Zug und beförderte sie mitten hinein ins neapolitanische Gewusel von Klängen und Farben.

»Mami«, rief die Kleine aufgeregt. »Mami!« Hingebungsvoll umklammerte sie Alabamas Knie; weiche Windstöße wehten ihr die Ponyfransen aus dem Gesicht. Das runde Gesichtchen war genauso rosig und durchscheinend wie am Tag ihrer Geburt. Doch die Nasenknochen waren kräftiger geworden, und auch die Hände entwickelten ihre endgültige Form. Sie würde dieselben kräftigen Fingerkuppen einer urwüchsigen Spanierin haben wie David. Die Ähnlichkeit mit ihrem Vater war unübersehbar.

»Sie hat sich unterwegs tadellos benommen«, sagte Mademoiselle und strich ihr übers Haar.

Bonnie klammerte sich an ihre Mutter; offensichtlich hasste sie die bevormundende Art von Mademoiselle. Sie war jetzt sieben und fing gerade an, ihren Platz in der Welt zu entdecken. Noch war sie ganz erfüllt von den kindlichen Vorbehalten, die für die Bildung erster gesellschaftlicher Urteile bestimmend sind.

»Steht dein Wagen draußen?«, sprudelte sie los.

»Ich habe keinen Wagen, Schätzchen. Eine klapprige Pferdedroschke bringt uns zu meiner Pension, das ist viel schöner.«

Bonnies Gesicht spiegelte den festen Entschluss, sich ihre Enttäuschung nicht anmerken zu lassen.

»Daddy hat ein Auto«, bemerkte sie dann kritisch.

»Nun, hier fahren die Leute jedenfalls mit Kutschen.« Alabama setzte sie auf die zerknitterte Leinendecke des Pferdewagens.

»Daddy und du seid sehr *chic*«, fuhr Bonnie nachdenklich fort. »Du solltest einen Wagen haben –«

»Mademoiselle, haben Sie ihr das eingeredet?«

»Aber gewiss, Madame. Ich wäre gern an Mademoiselle Bonnies Stelle«, sagte Mademoiselle mit Nachdruck.

»Bestimmt werde ich mal sehr reich«, meinte Bonnie.

»Liebe Güte, nein! Treiben Sie ihr diese Flausen aus! Du wirst arbeiten müssen, wenn du etwas haben willst. Deshalb wollte ich ja, dass du tanzen lernst. Es ist sehr schade, dass du damit aufgehört hast.«

»Aber es hat mir keinen Spaß gemacht, bis auf die Geschenke. Am Schluss hat Madame mir eine silberne Abendtasche geschenkt. Mit einem Opernglas, einem Kamm und echtem Puder drin. Das fand ich schön. Willst du mal sehen?«

Aus einem kleinen Koffer nahm sie ein unvollständiges Kartenspiel, mehrere halb zerfledderte Ausschneidepuppen, eine leere Streichholzschachtel, eine kleine Flasche, zwei Souvenirfächer und ein Notizbuch.

»Ich habe dir beigebracht, deine Sachen in Ordnung zu halten«, sagte Alabama und betrachtete das Durcheinander.

Bonnie lachte. »Jetzt mache ich es eher so, wie es mir gefällt«, sagte sie. »Hier ist die Tasche.«

Als Alabama das silberne kleine Täschchen in die Hand nahm, hatte sie plötzlich einen Kloß im Hals. Ein schwacher Hauch von Eau de Cologne zauberte das Funkeln von Madames Glasperlen zurück, das Klimpern des Klaviers, das den Nachmittag zu einem Silbertablett hämmerte, David und Bonnie, die sie zum Abendessen erwarteten – all diese Bilder wirbelten ihr durch den Kopf wie Schneeflocken in einem gläsernen Briefbeschwerer.

»Es ist sehr hübsch«, sagte sie.

»Warum weinst du denn? Du kannst sie hin und wieder haben.«

»Es ist der Geruch, er brennt mir in den Augen. Was riecht denn so in deinem Koffer?«

»Aber Madame«, plusterte sich Mademoiselle auf. »Dieselbe Mixtur stellt man für den Prince of Wales her. Man nimmt einen Teil Zitrone, einen Teil Eau de Cologne, einen Teil Jasmin von Coty und –«

Alabama lachte: »– und dann schüttelt man kräftig, und heraus kommen zwei Teile Äther und eine halbe tote Katze!«

Bonnie sah sie aus großen Augen herablassend an.

»Man kann es im Zug benutzen, wenn man sich die Hände schmutzig gemacht hat«, erklärte sie. »Oder *vertige* hat.«

»Verstehe – oder wenn der Maschine das Öl ausgeht. Hier müssen wir aussteigen.«

Die Droschke kam mit unschlüssigem Ruckeln vor der rosafarbenen Pension zum Stehen. Bonnies Blick wanderte ungläubig über die abblätternde Farbe und den höhlenartigen Eingang. Die Türschwelle roch nach Feuchtigkeit und Urin; in den abgetretenen Stufen der Treppe wiegten sich Jahrhunderte.

»Madame haben sich auch bestimmt nicht geirrt?«, fragte Mademoiselle pikiert.

»Nein«, antwortete Alabama fröhlich. »Bonnie und Sie haben ein Doppelzimmer. Finden Sie Neapel nicht *hinrei-ßend?*«

»Ich hasse Italien«, erklärte Bonnie. »Mir gefällt Frankreich besser.«

»Woher willst du das wissen? Du bist doch gerade erst angekommen.«

»Die Italiener sind sehr schmutzig, nicht wahr?« Nur zögernd gab Mademoiselle ihren schwer definierbaren Gesichtsausdruck auf.

»Ah!«, rief die Wirtin und erstickte Bonnie in einer mächtigen, allumfassenden Umarmung. »Heilige Muttergottes, was für ein hübsches Kind!« Ihre Brüste hingen über dem sprachlosen kleinen Mädchen wie Sandsäcke.

»*Dieu!*«, seufzte Mademoiselle. »Was für ein gottesfürchtiges Volk!«

Der Ostertisch war mit dunklen Kreuzen aus trockenen Palmzweigen geschmückt. Es gab Gnocchi und Wein aus Capri zum Abendessen, und eine dunkelrote Karte mit Amoretten, die in goldenen Strahlenkränzen klebten. Sie sahen aus wie Verdienstmedaillen. Am Nachmittag schlenderten sie durch staubige weiße Straßen und steile Gässchen voller bunter Fetzen, die in der grellen Sonne zum Trocknen aufgehängt waren. Wenn Alabama sich auf die Probe vorbereitete, saß Bonnie im Schaukelstuhl ihrer Mutter und vertrieb sich die Zeit mit Zeichnen.

»Meine Bilder sehen nie so aus wie die Wirklichkeit«, erklärte sie. »Deshalb habe ich jetzt mit Karikaturen angefangen. Das ist Daddy, als er noch ein junger Mann war.«

»Dein Vater ist erst zweiunddreißig«, wandte Alabama ein.

»Na ja, ganz schön alt, findest du nicht?«

»Nicht so alt wie sieben, Schätzchen.«

»Nein, natürlich nicht – wenn man rückwärts zählt«, stimmte Bonnie zu.

»Und wenn man in der Mitte anfängt, sind wir im Großen und Ganzen eine ziemlich junge Familie.«

»Ich würde gern anfangen, wenn ich zwanzig bin, und sechs Kinder haben.«

»Wie viele Ehemänner?«

»Oh, gar keine. Sie sind dann vielleicht gerade nicht da«, sagte Bonnie vage. »Jedenfalls habe ich es so im Kino gesehen.«

»Was war denn das für ein bemerkenswerter Film?«

»Es war ein Tanzfilm, deshalb hat Daddy mich mitgenommen. Es ging um eine Dame in den *ballets russes*. Sie
hatte keine Kinder, aber einen Mann, und beide haben viel
geweint.«

»Das war bestimmt interessant.«

»Ja. Es war Gabrielle Gibbs. Wie findest du sie, Mami?«

»Ich habe sie nie gesehen, außer im wirklichen Leben,
deshalb kann ich es dir nicht sagen.«

»Sie ist meine Lieblingsschauspielerin. Eine sehr hübsche
Dame.«

»Den Film muss ich auch sehen.«

»Wenn wir in Paris wären, könnten wir reingehen. Ich
würde meine silberne Abendtasche mitnehmen.«

Tag für Tag saß Bonnie während der Proben in dem kalten Theatersaal, verloren unter den trostlosen Girlanden, die
aussahen wie rosa und goldene Zigarrenbanderolen, eingeschüchtert von der Ernsthaftigkeit, der Leere und Madame
Sirgewa. Unermüdlich übte Alabama das Adagio.

»Teufel auch!«, japste die *maîtresse*. »Das hat noch niemand mit zwei Drehungen versucht! *Ma chère Alabama!*
Wenn das Orchester dazukommt, werden Sie sehen, dass es
nicht geht!«

Auf dem Heimweg kamen sie an einem Mann vorbei, der
unter großem Getue Frösche verspeiste. Die Schenkel waren an einer Schnur aufgereiht, vier auf einmal, die er hintereinander wieder aus dem Magen zog. Bonnie schwelgte
in Abscheu und Entzücken. Allein vom Zusehen wurde ihr
übel, aber sie war fasziniert.

Von der ewigen Pasta in der Pension bekam Bonnie Ausschlag.

»Das ist bestimmt Ringelflechte, von all dem Dreck«, sagte Mademoiselle. »Wenn wir hierbleiben, kann sich daraus Wundrose entwickeln«, drohte sie. »Außerdem ist unser Bad schmutzig, Madame.«

»Das Wasser sieht aus wie Brühe, wie Fleischbrühe«, bestätigte Bonnie voller Ekel. »Bloß ohne Erbsen.«

»Ich wollte noch eine Party für Bonnie geben«, meinte Alabama.

»Könnte Madame mir vielleicht sagen, wo ich ein Thermometer kaufen kann?«, fiel Mademoiselle ihr schnell ins Wort.

Nadja, die Russin, lud einen kleinen Jungen für Bonnies Party ein. Madame Sirgewa steuerte einen Neffen bei, mit dem niemand gerechnet hatte. Obgleich ganz Neapel in Anemonen und nachtblühenden Levkojen, blassen Veilchen, die aussahen wie Anstecknadeln aus Emaille, Strohblumen, Kornblumen und der verführerischen Blütenpracht von Azaleen versank, bestand die Wirtin darauf, den Kindertisch mit knalligen rosa und gelben Papierblumen zu schmücken. Sie selbst besorgte ebenfalls zwei Kinder für die Party, eins mit einer wunden Nase, und eins, dem man vor kurzem erst den Kopf kahl geschoren hatte. Die Kinder kamen in Kordhosen, deren Hosenboden so blank wie Schädel von Strafgefangenen waren. Der Tisch bog sich unter Keksen, Honig und warmer, rosa Limonade.

Der russische Junge brachte ein Äffchen mit, das auf dem Tisch herumhüpfte, von allem naschte und rücksichtslos mit Löffeln um sich warf. Alabama beobachtete sie vom niedrigen Fenstersims ihres Zimmers unter den zerfransten Palmwedeln aus. Die französische Gouvernante rannte völlig unbeachtet um die Kinder und ihre Aktivitäten herum.

»*Tiens, Bonnie! Et toi, mon pauvre chouchou!*«, kreischte sie unablässig.

Es war die Beschwörung einer Hexe. Welchen Zaubertrank hatte sie wohl für die kommenden Jahre in petto? Alabama verlor sich in allerlei Träumereien, bis ein scharfer Aufschrei von Bonnie sie in die Wirklichkeit zurückholte.

»*Ah, quelle sale bête!*«

»Komm rauf, Schätzchen, wir betupfen es mit Jod«, rief Alabama von ihrem Fenster nach unten.

»Serge hat das Äffchen genommen«, stammelte Bonnie, »und – und – hat es auf mich drauf geworfen! Er ist ein abscheulicher Kerl, ich hasse die Kinder von Neapel.«

Alabama hielt ihre Tochter auf dem Schoß umarmt. Sie fühlte sich sehr klein und hilflos an.

»Äffchen müssen schließlich auch was zu fressen haben«, neckte Alabama sie.

»Du kannst von Glück reden, dass er dir nicht in die Nase gebissen hat«, setzte Serge noch eins drauf. Die beiden Italiener hatten nur Augen für das Tier, streichelten es zärtlich und lullten es mit verträumten italienischen Gebeten ein, die klangen wie Liebeslieder.

»Tschi-tschi-tschi«, machte der Wellensittich.

»Kommt, ich erzähle euch eine Geschichte«, sagte Alabama.

Die Kinderaugen hingen an ihr wie Regentropfen an einem Geländer, und ihre kleinen Gesichter folgten ihr wie blasse Wolkenfetzen dem Mond.

»Wenn ich gewusst hätte, dass es keinen Chianti gibt, wäre ich gar nicht erst gekommen«, erklärte Serge.

»Madonna, ich auch nicht«, echoten die anderen Italiener.

»Soll ich euch von den griechischen Tempeln erzählen, die leuchtend rot und blau waren?«, beharrte Alabama.

»*Sì, signora.*«

»Tja, also heute sind sie weiß, weil die Jahrhunderte ihre ursprünglichen, strahlenden…«

»Darf ich das Kompott haben, Mami?«

»Soll ich nun von den Tempeln erzählen oder nicht?«, fragte Alabama gereizt. Plötzlich herrschte tiefes, erwartungsvolles Schweigen am Tisch.

»Ja, also mehr weiß ich auch nicht«, schloss sie erschöpft.

»Darf ich dann bitte jetzt das Kompott haben?« Und schon prangte ein purpurroter Saftfleck auf den Plisseefalten von Bonnies Sonntagskleid.

»Finden Sie nicht, dass es für einen Nachmittag reicht, Madame?«, meinte Mademoiselle verzweifelt.

»Mir ist ein bisschen schlecht«, gestand Bonnie. Sie war gespenstisch blass.

Der Arzt schob es auf das Klima. Alabama vergaß, in der Apotheke das Brechmittel zu besorgen, das er ihr verschrieben hatte. So lag Bonnie eine Woche lang im Bett und ernährte sich von Zitronenwasser und Hammelbrühe, während ihre Mutter den Walzer probte. Alabama war zerstreut; Madame Sirgewa hatte recht gehabt – sie konnte unmöglich zwei Drehungen mit dem Orchester machen, es sei denn, es spielte langsamer. Der Maestro blieb unerbittlich.

»Heilige Jungfrau!«, hauchten die anderen Tänzerinnen aus ihren dunklen Ecken. »Sie wird sich noch den Hals brechen.«

Irgendwie kam Bonnie so weit auf die Beine, dass sie den Zug nehmen konnte. Alabama kaufte ihnen einen Spirituskocher für unterwegs.

»Was sollen wir denn damit?«, fragte Mademoiselle argwöhnisch.

»Die Engländer haben immer einen Spirituskocher dabei«, erklärte Alabama. »Wenn die Kinder Diphtherie bekommen, können sie wenigstens gleich etwas unternehmen. Wir denken nie an so etwas, und deshalb landen wir auch immer im Krankenhaus. Die Kinder sind zu Anfang alle gleich; erst später entscheiden sich einige für den Spirituskocher und andere fürs Krankenhaus.«

»Bonnie hat keine Diphtherie, Madame«, gab Mademoiselle pikiert zurück. »Ihre Krankheit ist einzig und allein auf unseren Besuch hier zurückzuführen.« Sie konnte es kaum erwarten, dass sich der Zug in Bewegung setzte und Bonnie und sie von dem neapolitanischen Chaos erlöste. Auch Alabama sehnte sich nach Erlösung.

»Wir hätten den Train de Luxe nehmen sollen«, erklärte Bonnie. »Ich habe es ziemlich eilig, nach Vevey zu kommen.«

»Das ist der Train de Luxe, du kleiner Snob!«

Bonnie warf ihrer Mutter ungerührt einen skeptischen Blick zu.

»Es gibt vieles auf der Welt, was du nicht weißt, Mami.«

»Das ist kaum vorstellbar.«

»Ah«, flatterte Mademoiselle zustimmend. »*Au 'voir, Madame, au 'voir!* Und viel Erfolg!«

»Wiedersehen, Mami. Und tanz nicht so viel«, rief Bonnie obenhin, als der Zug losfuhr.

Die Pappeln vor dem Bahnhof klimperten mit ihren Baumkronen, als wären es Taschen voller Silbermünzen. Der Zug stieß einen langen traurigen Pfiff aus, als er sich in die Kurve legte.

»Zum Opernhaus, fünf Lire müssen reichen«, sagte Alabama zu dem zerlumpten Droschkenkutscher.

An diesem Abend saß sie allein in ihrem Zimmer, ohne Bonnie. Sie hatte gar nicht gemerkt, wie viel reicher ihr Leben mit ihr gewesen war. Jetzt bedauerte sie, dass sie sich nicht mehr um ihr Kind gekümmert hatte, als es krank im Bett gelegen hatte. Vielleicht hätte sie die Proben ausfallen lassen sollen. Aber sie hatte sich so gewünscht, dass Bonnie sie in ihrer Rolle sehen könnte. Noch eine Woche Proben, und sie würde ihr Debüt als Primaballerina geben!

Den zerbrochenen Fächer und den Stapel Ansichtskarten, die Bonnie vergessen hatte, warf sie in den Papierkorb. Sie ihr in die Schweiz nachzuschicken lohnte die Mühe nicht. Dann setzte sie sich hin und stopfte ihr Mailänder Trikot. Die italienischen Spitzenschuhe waren gut, aber die italienischen Trikots viel zu schwer – bei der *arabesque croisée* schnitten sie ins Fleisch.

2

War es schön?«
Da, wo der Genfer See ein Netz unter dem wogenden Auf und Ab der Berge gespannt hatte und die Apfelbäume mit prallen rosa Knospen geschmückt waren, holte David sie ab. Gegenüber dem Bahnhof von Vevey führte eine wie mit Bleistift gestrichelte Brücke über den Fluss, und die Berge über dem Wasser lagen wuchtig hinter Rosenstielen und Ranken von violetter Klematis. Die Natur hatte jede Ritze und Spalte im Fels mit Blüten gepolstert. Narzissen überzogen die Hänge wie eine Milchstraße, die Häuser jedoch klammerten sich in einer Idylle von weidenden Kühen und Blumenkästen mit Geranien an die Erde. Damen in Spitze mit Sonnenschirmen, Damen in Leinen mit weißen Schuhen und Damen mit orangerot lächelnden Mündern beherrschten den Bahnhofsvorplatz mit gebührender Herablassung. Der Genfer See, der so viele Sommer mit erbarmungsloser Helligkeit geschlagen war, erhob die Faust gegen den hohen Himmel und verfluchte Gott aus der Sicherheit der Schweizer Eidgenossenschaft heraus.

»Reizend«, antwortete Bonnie knapp.

»Was macht Mami?«, bohrte David.

David sah aus, als wäre er einem sommerlichen Modejournal entsprungen. Selbst Bonnie fiel auf, dass die Wahl seiner Kleidung zwar ausgefallen, aber von ausgesuchter Eleganz war. Man hatte den Eindruck, als hätte er den perlgrauen Angorapullover mit passender Flanellhose so behutsam übergestreift, dass deren eigenständiger, dekorativer Zweck nicht im Geringsten gemindert wurde. Wäre er nicht so unglaublich attraktiv gewesen, hätte er eine solch unbeabsichtigt durchschlagende Wirkung nicht erzielt. Bonnie war stolz auf ihren Vater.

»Mami hat getanzt«, erzählte sie.

Dunkle Schatten lungerten in den Gassen von Vevey wie faule, sommerliche Trunkenbolde; pralle Regenwolken schwebten Seerosenblättern gleich auf dem blendenden Himmelsteich.

Sie stiegen in den Hotelbus.

»Die Zimmer kosten acht Dollar pro Tag wegen des Fests, *monsieur le prince*«, erklärte der aalglatte Portier im Hotel bekümmert.

Ein Kammerdiener schleppte ihr Gepäck in eine in Weiß und Gold gehaltene Suite.

»Oh, was für ein schöner Salon«, jubelte Bonnie. »Sogar mit Telefon. Wie *élégant!*«

Sie tanzte im Zimmer herum und schaltete die Stehlampen mit den rosafarbenen Schirmen an.

»Und ich habe ein Zimmer für mich und ein Bad für mich«, summte sie. »Es war sehr nett von dir, Mademoiselle *vacances* zu geben, Daddy.«

»Wie wünscht unsere königliche Besucherin ihr Bad?«, fragte David.

»Hmm – sauberer als in Neapel, bitte.«

»War das in Neapel etwa schmutzig?«

»Mami meinte nein«, antwortete Bonnie zögernd, »aber Mademoiselle sagte doch. Immerzu widersprechen sich die Leute«, vertraute sie ihm an.

»Alabama hätte darauf achten müssen, dass dein Bad sauber ist«, meinte David.

Später hörte er ihre feine, hohe Stimme, als sie in der Badewanne saß und vor sich hin sang. *»Savez-vous planter les choux...«* Vom Plätschern des Wassers war nichts zu vernehmen.

»Wäschst du dir auch die Knie?«

»Da bin ich noch nicht – *à la manière de chez nous, à la manière de chez nous...*«

»Mach schon, Bonnie!«

»Darf ich heute Abend bis zehn aufbleiben? – *on les plante avec le nez...*«

Kichernd tobte sie durch die Zimmer.

Die Sonne funkelte in den goldenen Borten, die Vorhänge bauschten sich leicht in einer unsichtbaren Brise, und die Lampen unter den rosafarbenen Schirmen glühten im Tageslicht wie verlassene Lagerfeuer. Die Blumen im Zimmer waren sehr hübsch. Irgendwo musste eine Uhr sein. Zufrieden drehten sich die Gedanken des Kindes im Kreis. Draußen glänzten blau die Wipfel der Bäume.

»Hat Mami denn gar nichts *gesagt?*«, wollte David wissen.

»O doch, sie hat eine Party für mich gegeben.«

»Das war doch bestimmt schön, erzähl mal.«

»Tja, also es gab einen Affen, und ich war krank, und Mademoiselle hat über die Saftflecken auf meinem Kleid geschimpft.«

»Verstehe – und was hat Mami gesagt?«

»Mami hat gesagt, wenn das Orchester nicht wäre, könnte sie zwei Drehungen hintereinander machen.«

»Scheint ja sehr interessant gewesen zu sein«, meinte David.

»O ja«, stimmte Bonnie zu. »Sehr. Daddy –«

»Ja, Schätzchen?«

»Ich hab dich lieb, Daddy.«

David lachte. Es kam stoßweise und klang wie das Geräusch, das beim Klöppeln entsteht.

»Das will ich hoffen.«

»Ja, ich auch. Darf ich heute Nacht bei dir im Bett schlafen?«

»Natürlich nicht!«

»Es wäre so gemütlich!«

»Dein eigenes ist genauso gemütlich.«

Der Ton des Kindes wurde plötzlich ganz sachlich. »Es wäre sicherer in deiner Nähe. Kein Wunder, dass Mami so gern in deinem Bett geschlafen hat.«

»Dummes Zeug!«

»Wenn ich mal heirate, soll die ganze Familie zusammen in einem großen Bett schlafen. Dann brauche ich mir keine Sorgen um sie zu machen, und niemand braucht Angst im Dunkeln zu haben«, fuhr das Kind fort. »Du warst doch bestimmt auch gern in der Nähe deiner Eltern, bis du Mami hattest, oder?«

»Wir hatten erst unsere Eltern – und dann hatten wir dich, Bonnie. Die mittlere Generation hat nie das Glück, sich auf andere stützen zu können.«

»Warum nicht?«

»Weil Trost etwas mit Rückblick auf die Vergangenheit und Erwartung an die Zukunft zu tun hat. Wenn du dich jetzt nicht beeilst, sind unsere Freunde da, bevor du angezogen bist.«

»Sind auch Kinder dabei?«

»Ja, ich habe die Familie eines Freundes eingeladen, damit du Gesellschaft hast. Wir fahren nach Montreux zum Ballett. Aber ausgerechnet jetzt zieht sich der Himmel zu. Sieht aus, als würde es bald regnen.«

»Hoffentlich nicht, Daddy.«

»Ja, hoffentlich nicht. Irgendwas verdirbt einem immer die Party, entweder die Affen oder der Regen. Da sind sie ja schon.«

Hinter ihrer Gouvernante schritten drei blonde Kinder im letzten Licht der Sonne, das die Stämme der Tannen schwach rosa färbte, über den Vorplatz des Hotels.

»*Bonjour*«, sagte Bonnie und streckte ihnen in jugendlicher Imitation einer *grande dame* lässig die Hand entgegen. Direkt danach stürzte sie sich allerdings gar nicht damenhaft auf das kleine Mädchen. »Dein Kleid sieht ja aus wie das von Alice im Wunderland!«, kreischte sie.

Die Kleine war mehrere Jahre älter als Bonnie.

»Grüß Gott«, antwortete sie sittsam. »Dein Kleid ist auch sehr hübsch.«

»*Bonjour, Mademoiselle!*« Die zwei kleinen Jungen waren jünger. Sie drückten sich mit der steifen, militärischen Höflichkeit von Schweizer Schulkindern an Bonnie vorbei.

Die Kinder wirkten sehr dekorativ vor dem Hintergrund der gestutzten Platanen. Grüne Hügel erstreckten sich wie ein Meer aus Segeltuch bis hin zu kaum erkennbaren, mythischen Tälern. Die alpine Vegetation rankte sich in dicken blauen und malvenfarbenen Trauben über die Hotelfassade und schwang sachte hin und her. Die Stimmen der Kinder, die sich in der Abgeschiedenheit der hoch über ihnen aufragenden Felshänge vertraulich unterhielten, schwirrten durch die klare Bergluft.

»Was ist eigentlich dieses ›es‹, von dem sie in der Zeitung schreiben?«, fragte die achtjährige Stimme.

»Was, das weißt du nicht? Es bedeutet Sexappeal«, antwortete die zehnjährige Stimme.

»Nur ganz besonders schöne Filmschauspielerinnen haben es«, erklärte Bonnie.

»Aber manchmal haben es doch auch Männer, oder?«, fragte der kleine Junge enttäuscht.

»Vater sagt, dass jeder es hat«, rief das ältere Mädchen.

»Aber Mutter meint, nur wenige. Was sagen denn deine Eltern, Bonnie?«

»Sie haben gar nichts gesagt, weil ich nichts davon in der Zeitung gelesen habe.«

»Wenn du älter bist, wirst du auch darauf stoßen – falls es das dann noch gibt«, sagte Genevra.

»Ich habe Vater schon mal beim Duschen gesehen«, warf der kleinste Junge erwartungsvoll ein.

»Das ist doch gar nichts«, schnaubte Bonnie verächtlich.

»Warum nicht?«, hakte die Stimme nach.

»Was soll denn daran sein?«, gab Bonnie zurück.

»Ich war nackt mit ihm schwimmen.«

»Kinder – Kinder!«, mahnte David.

Schwarze Schatten fielen auf das Wasser, gespenstische Echos glitten die Berghänge herab und verdunsteten über dem See. Es begann zu regnen, ein typischer Schweizer Wolkenbruch setzte die ganze Welt unter Wasser. Aus den flachgedrückten, knorrigen Ranken über den Fenstern des Hotels ergossen sich Sturzbäche über die Fenstersimse; die Köpfe der Dahlien bogen sich im Wind.

»Wie soll denn in dem Regen ein Ballett stattfinden?«, riefen die Kinder enttäuscht.

»Vielleicht tragen die Tänzer ihr *caoutchouc* so wie wir.«

»Ich würde sowieso lieber dressierte Seehunde sehen«, meinte der kleine Junge mit neuer Hoffnung.

Der Regen verwandelte sich in die trägen funkelnden Tränen einer rührseligen Sonne. Die hölzernen Bühnen rund um die Estrade waren feucht und durchtränkt von der Farbe der aufgeweichten Luftschlangen und Unmengen von Konfetti. Das frische nasse Licht zwischen den roten und orangegelben Pilzen der Schirme leuchtete wie die Auslage eines Lampengeschäfts; ein mondänes Publikum glänzte in bunten Regenmänteln aus Zellophan.

»Was passiert eigentlich, wenn es in die Trompete reinregnet?«, fragte Bonnie, als das Orchester unter der frisch gewaschenen Kulisse chinchillagrauer Berge auftauchte.

»Das wäre vielleicht gar nicht schlecht«, wandte der Junge ein. »Manchmal, wenn ich in der Badewanne liege, tauche ich unter und mache ganz tolle Geräusche.«

»Es ist großartig, wenn mein Bruder in der Badewanne trompetet«, bestätigte Genevra.

Die feuchte Luft saugte die Musik auf wie ein Schwamm. Die Frauen strichen den Regen von ihren Hüten, und als die geteerte Zeltplane zur Seite glitt, kamen gefährlich glitschige Bohlen zum Vorschein.

»Sie geben *Prometheus*«, sagte David nach einem Blick ins Programm. »Ich erzähle euch die Geschichte hinterher.«

Aus einem Wirbel von Pirouetten und Sprüngen entwickelte Lorenz seine faszinierende Kunst, streckte die Fäuste in die Luft und reckte das Kinn dem Mysterium des Berghimmels entgegen. Der bloße, vom Regen glänzende Körper vollführte die kompliziertesten Figuren, streckte sich immer wieder und sank dann träge wie ein fallendes Blatt Papier zu Boden.

»Schau mal, Bonnie«, rief David, »da ist eine alte Freundin von dir!«

Arienne spielte einen rosagewandeten Amor und kämpfte sich durch ein Labyrinth gewagter Pirouetten und schwieriger Sprünge. Sie konzentrierte sich eisern auf die übermenschlichen Anforderungen ihrer Rolle, und doch wirkte sie durchnässt und nicht besonders überzeugend. Trotz sauberer Technik blieb die Kunst bei dieser schwierigen Interpretation auf der Strecke.

Plötzlich empfand David überwältigendes Mitleid für die junge Frau, die all das auf sich nahm, während die Zuschauer lediglich daran dachten, dass sie nass wurden und wie ungemütlich es war. Auch die Tänzer dachten an den Regen und fröstelten ein wenig im aufbrandenden Crescendo des Finale.

»Am besten gefielen mir die ganz in Schwarz, die gegeneinander gekämpft haben«, sagte Bonnie.

»Ja«, antwortete der Junge. »Wo sie sich gegenseitig angerempelt haben, das war das Beste.«

»Wir bleiben zum Abendessen lieber in Montreux«, schlug David vor. »Es ist zu nass, um jetzt zurückzufahren.«

In der Lobby des Hotels saßen viele Grüppchen, die eine Stimmung professionellen Wartens verströmten; ein Duft nach Kaffee und französischem Gebäck durchdrang das Halbdunkel, und in der Garderobe hingen tropfende Regenmäntel.

»*Bonjour!*«, schrie Bonnie plötzlich. »Sie haben sehr gut getanzt, noch besser als in Paris.«

Schlank und elegant gekleidet kam Arienne quer durch den Raum. Sie machte eine halbe Drehung wie ein Mannequin und stellte sich in Pose. Doch auf der blanken Fläche zwischen ihren grauen Augen breitete sich jetzt leichte Verlegenheit aus.

»Tut mir leid, ich sehe bestimmt *dégoûtante* aus in diesem alten Ding von Patou«, sagte sie affektiert und schüttelte ihren Mantel aus. »Aber du bist ja groß geworden!« Sie strich ihr liebevoll über den Kopf. »Wie geht es deiner Mutter?«

»Sie tanzt auch«, sagte Bonnie.

»Ich weiß.«

Arienne verabschiedete sich von ihnen, so rasch es ging. Sie hatte ihre kleine Erfolgsnummer gespielt – Patou war der von den Stars des Balletts auserwählte Modeschöpfer und Kostümbildner; er verwendete bei seinen Entwürfen nur feinsten Zwirn. Arienne hatte Patou gesagt. »Patou«, laut und deutlich.

»Ich muss in mein Zimmer, unser *étoile* wartet dort auf mich. *Au 'voir, cher David! Au 'voir, ma petite Bonnie!*«

Die Kinder wirkten sehr manierlich am Tisch, kein bisschen fehl am Platz in diesem abendlichen Restaurant, wo man vor dem Krieg sogar getanzt hatte. Der Wein warf topazfarbene Lichtstreifen über den Tisch, das Bier schäumte in den kalten silbernen Krügen, und die Kinder kicherten trotz der elterlichen Strenge so übersprudelnd wie kochendes Wasser, das gegen den Topfdeckel rebelliert.

»Ich möchte das *hors d'œuvre*«, erklärte Bonnie.

»Das schlägt abends zu sehr auf den Magen, mein Kind.«

»Aber ich will es auch«, quengelte der Junge.

»Die Erwachsenen bestellen für die Kinder«, erklärte David, »und ich werde euch von Prometheus erzählen, damit ihr gar nicht erst dran denkt, dass ihr nicht das bekommt, was ihr wollt. Prometheus war an einen gewaltigen Felsen gekettet –«

»Kann ich das Aprikosenkompott haben?«, fiel ihm Genevra ins Wort.

»Wollt ihr nun die Geschichte von Prometheus hören oder nicht?«, fragte Bonnies Vater ungeduldig.

»Ja, Sir. Bitte.«

»Dort schmachtete er also Jahr um Jahr –«

»Das steht in meinem Mythologiebuch«, verkündete Bonnie stolz.

»Und weiter?«, fragte der kleine Junge. »Als er genug geschmachtet hatte, meine ich.«

»Weiter? Tja –« David strahlte in dem Bewusstsein, interessant zu sein, und führte den Kindern die Facetten seiner Persönlichkeit vor wie einer Schar bewundernder Kammerdiener einen Stapel teurer Hemden. »Kannst du dich noch erinnern, wie es weiterging?«, fragte er Bonnie.

»Nein. Hab ich längst vergessen.«

»Wenn das alles ist, darf ich dann bitte das Kompott haben?«, bat Genevra höflich.

Als sie durch die flimmernde Nacht nach Hause fuhren, flog das Land in aufblitzenden Bildern von blinkenden Dörfern und Bauerngärten mit hohen Sonnenblumenstengeln an ihnen vorbei. Geborgen in der hell schimmernden Rüstung von Davids Wagens dösten die Kinder in den Filzpolstern vor sich hin. Sie fühlten sich sicher in diesem Wagen, Geheimniskarosse, Radscha-Gefährt, Totenwagen, Hauptgewinn, der jederzeit verfügbar war und die Macht des Geldes in der Sommerluft verpuffen ließ wie ein Feudalherr, der Geschenke verteilt. Da, wo sich der Nachthimmel im See spiegelte, stiegen sie wie eine Blase durchs Innere der feurigen, zusammengeschweißten Erdkugel empor und fuhren durch undurchdringliche schwarze Schatten, die über der Straße hingen wie Dunstschwaden aus der Werkstatt eines Alchemisten, sowie durch den hellen Glanz offener Bergpässe.

»Ich möchte kein Künstler sein«, sagte der kleine Junge verträumt. »Höchstens, wenn ich als dressierter Seehund auftreten dürfte«, setzte er ergänzend hinzu.

»Ich schon«, meinte Bonnie. »Sie essen erst zu Abend, wenn wir schon schlafen.«

»Aber wir haben doch schon gegessen«, gab die vernünftige Genevra zu bedenken.

»Ja, stimmt«, sagte Bonnie. »Trotzdem ist Abendessen immer was Schönes.«

»Nicht, wenn man schon satt ist«, widersprach Genevra.

»Na gut, wenn man schon satt ist, wäre es einem ja auch egal, ob es schön ist oder nicht.«

»Warum musst du eigentlich immerzu Streit anfangen?« Genevra rückte gekränkt ans Fenster.

»Weil du mich unterbrochen hast, als ich darüber nach-dachte, was schön ist.«

»Wir fahren direkt zu eurem Hotel«, schlug David vor. »Ich glaube, ihr Kinder seid müde.«

»Vater sagt, Streit bildet den Charakter«, sagte der ältere Junge.

»Ich finde, er verdirbt einem den Abend«, meinte David.

»Und Mami sagt, er verdirbt die Stimmung«, gab Genevra ihren Senf dazu.

In der Hotelsuite fragte sie David um Rat.

»Wahrscheinlich hätte ich etwas netter zu ihnen sein sollen, nicht?«

»Ja. Eines Tages wirst du feststellen, dass Menschen sogar noch wichtiger sind als die Verdauung.«

»Sie hätten aber auch so nett zu mir sein können, dass ich selber nett sein wollte, findest du nicht? Schließlich haben wir sie mitgenommen.«

»Kinder werden immer mitgenommen«, sagte David. »Menschen sind wie ein Almanach, Bonnie – man findet nie auf Anhieb, was man sucht, aber es kann sich durchaus lohnen, ein wenig darin zu blättern.«

»Die Zimmer sind wirklich schön«, fuhr Bonnie fort. »Aber wozu ist eigentlich dieses Ding im Badezimmer, wo das Wasser rausspritzt wie aus einem Schlauch?«

»Ich habe dir schon hundert Mal gesagt, dass du diese Sachen nicht anrühren sollst! Es ist eine Art Feuerlöscher.«

»Wie soll denn ein Feuer im Bad ausbrechen?«

»Das passiert sehr selten.«

»Natürlich wäre es schlimm für die Leute, aber wäre es nicht auch lustig, so eine Aufregung mitzuerleben?«

»Bist du schon im Schlafanzug? Ich möchte, dass du noch deiner Mutter schreibst.«

»Ja, Daddy.«

Bonnie saß im stillen Salon mit den majestätisch hohen Fenstern, die auf den sepiafarbenen Vorhof hinausgingen, und schrieb ihren Brief.

Liebste Mami,
wie Du siehst, sind wir wieder in der Schweiz.

Der Salon war sehr groß und still.

Ich finde es interessant, die Schweizer zu beobachten! Der Mann im Hotel hat Daddy ›Prinz‹ genannt!

Der Vorhang bauschte sich sacht im Wind, dann hing er wieder still.

Figurez-vous, maman, *dann wäre ich eine Prinzessin. So komische Ideen haben die Leute hier.*

Es brannten genügend Lampen, selbst für einen so großen, eleganten Raum wie diesen.

Mademoiselle Arienne hatte ein Kleid von Patou an. Sie freut sich über Deinen Erfolg.

Man hatte sogar daran gedacht, das Zimmer mit Blumen zu schmücken, so kümmerte man sich um sie im Hotel ihres Vaters.

*Wenn ich Prinzessin wäre, würde alles nach meiner Pfeife
tanzen. Ich würde Dich in die Schweiz holen.*

Die Kissen waren hart, aber sehr hübsch, mit goldenen
Quasten, die an den Stuhlbeinen herunterhingen.

Ich war so froh, als Du noch zu Hause warst.

Die Schatten schienen sich zu bewegen. Nur Babys haben
Angst vor Schatten oder Sachen, die sich in der Nacht bewegen.

*Viel zu berichten habe ich nicht. Aber ich lasse mich nach
Strich und Faden verwöhnen.*

Unmöglich, dass sich da in den Schatten etwas versteckte.
Es sah nur so aus. Ging da etwa die Tür auf?

»Oh – oh – oh«, kreischte Bonnie in Panik.

»Psst, psst, psst«, machte David. In den Augen seiner
Tochter war er der Inbegriff von Wärme und Behaglichkeit.
»Habe ich dich erschreckt?«

»Nein – es waren die Schatten. Manchmal, wenn ich allein
bin, werde ich ganz kindisch.«

»Das kann ich verstehen«, sagte er beschwichtigend. »Erwachsenen geht es auch so, sehr oft sogar.«

Die Lichter aus dem Hotel fielen schläfrig auf den gegenüberliegenden Park. Eine Stimmung des Wartens hing
über den Straßen wie eine Flagge, die ohne Wind schlaff am
Mast hin und her schwingt.

»Daddy, ich möchte das Licht anlassen, wenn ich schlafe.«

»Unsinn! Du brauchst keine Angst zu haben – du hast Mami und mich.«

»Mami ist in Neapel«, sagte Bonnie, »und wenn ich eingeschlafen bin, gehst du bestimmt noch aus.«

»Na schön, aber es ist wirklich albern!«

Als David ein paar Stunden später auf Zehenspitzen zurückkam, war Bonnies Zimmer dunkel. Ihre Augen waren so fest zusammengekniffen, dass sie unmöglich schlafen konnte. Sie hatte einen Kompromiss gefunden und die Tür zum Salon einen winzigen Spalt offen stehen lassen.

»Warum bist du noch wach?«, fragte er.

»Ich habe nachgedacht«, murmelte sie. »Hier ist es besser als mit Mamis Erfolg in Italien.«

»Ich habe ja auch Erfolg«, sagte David. »Allerdings hatte ich ihn schon, bevor du zur Welt kamst, deshalb kommt er dir so selbstverständlich vor!«

In den Bäumen draußen vor dem stillen Zimmer zirpten die Grillen.

»Was ist denn so schrecklich an Neapel?«, hakte er nach.

»Na ja«, zögerte Bonnie, »ich weiß natürlich nicht, wie es für Mami war ...«

»Hat sie gar nichts über mich gesagt?«

»Sie sagte – warte mal – ich weiß nicht mehr, was Mami gesagt hat, Daddy, nur, dass sie mir den guten Rat gäbe, aufzupassen, dass ich keine Besserwisserin werde.«

»Hast du das verstanden?«

»Nein«, seufzte Bonnie dankbar und selbstgefällig zugleich.

Der Sommer flimmerte von Lausanne herunter bis nach Genf und dekorierte den See wie einen Porzellanteller mit einem feinen Blütenrand; die Felder färbten sich in der Hitze golden, und die Berge vor ihren Fenstern gaben selbst an den strahlendsten Tagen keine neuen Details preis.

Bonnie war in ein geheimnisvolles, einsames Spiel vertieft und beobachtete, wie die Hänge des Jura ihre tintenblauen Schatten zwischen die Binsen am Ufer des Sees trieben. Weiße Vögel flogen in einer gekrümmten Linie über den Himmel und betonten die zarte Andeutung einer begrenzten Unendlichkeit.

»Hat unser Kleines auch gut geschlafen?«, fragten die Hotelgäste, die sich von langen Krankheiten erholten, indem sie im Garten saßen und den Ausblick malten.

»Ja«, antwortete Bonnie höflich, »aber Sie dürfen mich nicht stören – ich bin der Ausguck, der die Ankunft des Feindes meldet.«

»Darf ich dann der Schlosskönig sein und dir den Kopf abschlagen, wenn du einen Fehler machst?«, rief David aus dem Fenster.

»Du bist mein Gefangener«, gab Bonnie zurück. »Ich habe dir die Zunge herausgerissen, damit du dich nicht beschweren kannst – aber ich bin trotzdem gut zu dir. Du brauchst nicht unglücklich zu sein, Daddy, es sei denn, du willst es! Allerdings wäre das ja vielleicht das Beste.«

»Na schön«, sagte David. »Ich bin einer der unglücklichsten Menschen auf der Welt! Die Wäscherei hat mein rosa Hemd verfärbt, und ich bin zu einer Hochzeit eingeladen.«

»Ausflüge sind nicht gestattet«, erklärte Bonnie streng.

»Oh, gut, dann bin ich bloß noch halb so unglücklich wie vorher.«

»Wenn du so weitermachst, lasse ich dich nicht mehr mit-spielen. Du musst traurig sein und nach deiner Frau schmach-ten.«

»Guck mal! Ich zerfließe in Tränen!« David sackte wie eine Marionette auf den feuchten Badeanzügen zusammen, die zum Trocknen auf dem Fenstersims lagen.

Der Hotelpage mit dem Telegramm wunderte sich, als er *Monsieur le prince américain* in dieser ungewöhnlichen Pose fand. David riss den Umschlag auf.

»*Vater schwer erkrankt*«, las er. »*Wenig Hoffnung auf Genesung. Kommt rasch. Bitte Alabama Schock erleichtern. Innigst. Millie Beggs.*«

David starrte wie in Trance auf die weißen Schmetter-linge unter einem Baum, dessen knorrige Äste gelassen den Boden berührten. Er registrierte, dass seine Gefühle an der Gegenwart vorbeiglitten, wie ein Brief, der durch einen Glasschacht rutscht. Das Telegramm hieb ihr Leben ent-zwei wie ein herabsausendes Fallbeil. Er begann ein Tele-gramm an Alabama, beschloss dann, sie lieber anzurufen, bis ihm einfiel, dass die Oper nachmittags geschlossen war. Schließlich schickte er das Telegramm an ihre Pension.

»Was ist los, Daddy, spielst du nicht mehr mit?«

»Nein, Schätzchen, und du kommst lieber rein. Ich habe schlechte Nachrichten.«

»Was ist passiert?«

»Dein Großvater liegt im Sterben, deshalb müssen wir nach Amerika. Ich werde Mademoiselle bitten, bei dir zu bleiben. Mami wird vermutlich direkt nach Paris fahren, um sich dort mit mir zu treffen – es sei denn, dass wir von Italien aus fahren.«

»Das würde ich lieber nicht tun«, riet Bonnie. »Ich würde unbedingt von Frankreich aus fahren.«

Unruhig warteten sie auf eine Reaktion aus Neapel.

Die Antwort fiel wie eine Sternschnuppe vom Himmel, wie ein kalter Klumpen Blei. Aus dem hysterisch überschwenglichen italienischen Kauderwelsch dekodierte David mühsam folgende Nachricht:

»Madame liegt seit zwei Tagen im Krankenhaus. Sie müssen herkommen, um sie zu retten. Es ist niemand da, der sich um sie kümmert, und sie hat sich geweigert, uns Ihre Adresse zu geben, in der Hoffnung, allein zurechtzukommen. Ihr Zustand ist ernst. Wir können auf niemanden zählen, abgesehen von Ihnen und dem Herrgott.«

»Wo um Himmels willen habe ich Mademoiselles Adresse, Bonnie?«, stöhnte David.

»Keine Ahnung.«

»Dann musst du deine Sachen selber packen – aber beeil dich.«

»Ach, Daddy«, heulte Bonnie, »ich bin doch gerade erst aus Neapel zurückgekommen. Ich will da nicht hin.«

»Deine Mutter braucht uns«, war Davids einzige Antwort. Sie erwischten den Mitternachtsexpress.

In dem italienischen Krankenhaus ging es zu wie bei der Inquisition – zusammen mit Alabamas Pensionswirtin und Madame Sirgewa mussten sie draußen warten, bis es um zwei Uhr seine Tore öffnete.

»Solch ein vielversprechendes Talent«, seufzte Madame. »Vielleicht wäre sie mit der Zeit eine große Tänzerin geworden.«

»Und so jung, Madonna!«, murmelte die Wirtin.

»Aber natürlich hätte sie diese Zeit nicht gehabt«, setzte die Sirgewa bekümmert hinzu. »Sie war zu alt!«

»Und immer allein, bei Gott«, seufzte die Italienerin ehrfürchtig.

Die Straßen schlängelten sich geometrisch exakt um kleine grasbewachsene Plätze – wie halb verwischte Diagramme eines gelehrten Doktors auf einer Schiefertafel. Eine Putzfrau öffnete die Pforte.

David machte der Geruch nach Äther nichts aus. Zwei Ärzte unterhielten sich im Vorraum über Golf. Es waren die Uniformen, die an die Inquisition gemahnten, und der Geruch nach grüner Seife.

David hatte Mitleid mit Bonnie.

Er glaubte keine Sekunde, dass der englische Stationsarzt wirklich mit einem einzigen Schlag das Loch getroffen hatte.

Die Ärzte berichteten, dass der Klebstoff in der steifen Kappe des Spitzenschuhs in eine offene Blase an Alabamas Fuß geraten war und zu einer Entzündung geführt hatte. Mehrmals wiederholten sie den Ausdruck »Schnitt«, als leierten sie ein »Gegrüßet seist du Maria« herunter.

»Man muss Geduld haben«, erklärte erst der eine, dann der andere.

»Ach, hätte sie es doch bloß desinfiziert«, sagte die Sirgewa. »Ich kümmere mich um Bonnie, gehen Sie nur hinein.«

In der verzweifelten Endgültigkeit des Raums starrte David an die Decke.

»Meinem Fuß fehlt gar nichts«, schrie Alabama. »Es ist mein Magen. Der bringt mich um!«

Wieso lebte der Arzt in einer so völlig anderen Welt als sie? Wieso hörte er nicht darauf, was sie sagte, statt dazustehen und von Eisbeuteln zu schwafeln?

»Wir werden sehen«, sagte der Arzt und starrte gleichgültig aus dem Fenster.

»Ich brauche Wasser! *Bitte,* geben Sie mir Wasser!«

Die Krankenschwester fuhr fort, methodisch das Verbandszeug auf dem Tischwägelchen zu ordnen.

»*Non c'è acqua*«, flüsterte sie.

Es gab überhaupt keinen Grund für dieses geheimnisvolle Getue.

Die Wände des Krankenhauses öffneten und schlossen sich. In Alabamas Zimmer stank es entsetzlich. Ihr Fuß hing aus dem Bett, in eine gelbe Flüssigkeit getaucht, die sich nach einer Weile weiß verfärbte. Sie hatte höllische Rückenschmerzen. Es war so, als hätte man sie mit einer schweren Holzkeule niedergeschlagen.

»Ich möchte Orangensaft«, glaubte sie gesagt zu haben. Nein, es war Bonnie, die es gesagt hatte. David wird mir Schokoladeneis mitbringen, und ich werde es wieder auskotzen; es stinkt wie in einer Bar, wie Erbrochenes, dachte sie. In ihrem Knöchel steckten Glasröhrchen wie Stäbchen im Haar einer chinesischen Kaiserin – *mein Fuß kriegt eine Dauerwelle,* schoss es ihr durch den Kopf.

Die Wände im Raum glitten lautlos vorbei, fielen aufeinander wie die Seiten eines schweren Buches, in sämtlichen Schattierungen von Grau, Rosa und Mauve, und machten beim Fallen nicht das kleinste Geräusch.

Zwei Ärzte kamen herein und unterhielten sich. Was hatte Thessaloniki mit ihrem Rücken zu tun?

»Ich brauche ein Kissen«, sagte sie schwach. »Irgendetwas hat mir das Genick gebrochen.«

Die Ärzte standen steif am Fußende ihres Bettes. Die Fenster öffneten sich wie blendende Höhlen, Eingänge zu dem weißen Trichter, der sich zeltartig über das Bett spannte. In dieser strahlenden Hülle atmete man allzu mühelos – sie spürte kaum ihren eigenen Körper, so leicht war die Luft.

»Heute Nachmittag also, um drei«, sagte einer der Männer und verließ das Zimmer. Der andere führte ein Selbstgespräch.

»Ich kann heute nicht operieren«, glaubte sie ihn sagen zu hören, »denn ich muss hier stehen und die weißen Schmetterlinge zählen.«

»Und so wurde die junge Frau mit einer Calla geschändet«, sagte er, »– oder, nein, ich glaube, es war der Wasserstrahl aus der Dusche, der es schließlich geschafft hat.« Seine Stimme klang triumphierend.

Dann lachte er teuflisch. Wie konnte man über *Pulcinella* nur so viel lachen? Obendrein wenn man so dünn wie ein Streichholz und so groß wie der Eiffelturm war! Die Krankenschwester lachte mit einer Kollegin.

»Es ist nicht *Pulcinella*«, glaubte Alabama der Krankenschwester gesagt zu haben. »Es ist *Apollon musagète*.«

»Sie haben ja keine Ahnung. Wie kann ich erwarten, dass Sie das verstehen?«, rief sie verächtlich.

Die beiden Krankenschwestern stießen ein hintergründiges Lachen aus und verließen das Zimmer. Erneut setzten sich die Wände in Bewegung. Sie lag da und dachte, dass sie die Wände enttäuschen würde, falls sie glaubten, sie könnten sie wie die Blüte aus einem Hochzeitsstrauß zwischen ihren

Seiten flachpressen. Wochenlang lag Alabama so da. Der Gestank von dem Zeug in der Schüssel brannte ihr in der Kehle, bis sie roten Schleim spuckte.

In diesen quälenden Wochen, in denen Alabama dem Tode nahe war, weinte David, wenn er durch die Straßen ging, und er weinte auch nachts. Das Leben erschien ihm sinnlos und vorbei. Er verzweifelte so sehr, dass Mordlust und Gewalt in sein Herz einzogen, bis er völlig zermürbt war.

Zweimal am Tag kam er ins Krankenhaus und hörte den Ärzten zu, wenn sie von Blutvergiftung faselten.

Schließlich durfte er zu ihr. Er vergrub den Kopf in ihrem Bettzeug, schob die Arme unter ihren geschundenen Körper und weinte wie ein Kind. Ihre Beine wurden von Flaschenzügen in der Schwebe gehalten, es sah aus wie beim Zahnarzt. Die Gewichte zogen und zerrten an ihrem Nacken und dem Rückgrat. Als läge sie auf einer mittelalterlichen Folterbank.

David hielt sie in den Armen und schluchzte und schluchzte. Sie hatte das Gefühl, in einer anderen Welt zu leben als er; seine Unrast unterschied sich von dem sterilen, gedämpften Rhythmus des Krankenhauses. Er kam ihr plump und schwielig vor, fast wie ein Arbeiter. Sie hatte das Gefühl, ihn kaum zu kennen.

Er hielt den Blick auf ihr Gesicht gerichtet. Zum Fußende des Bettes sah er lieber nicht.

»Es ist nichts Schlimmes, Schatz«, sagte er mit gespielter Unbeschwertheit. »Im Handumdrehen bist du wieder auf dem Damm.« Irgendwie beruhigte sie das nicht. Er schien ihr etwas zu verschweigen. Die Briefe ihrer Mutter gingen nicht auf den Fuß ein, und Bonnie kam nicht ins Krankenhaus.

Ich muss sehr dünn sein, dachte sie. Die Bettpfanne schnitt ihr in den Rücken, und ihre Hände sahen aus wie die Klauen eines Vogels. Sie krallten sich in die Luft und umklammerten das Firmament, als hätten auch sie ein Anrecht auf eine Sitzstange. Ihre Hände waren lang, zart und blau über den Knöcheln wie die eines gerupften Vogels.

Manchmal schmerzte der Fuß sehr, dann schloss sie die Augen und trieb auf den Wogen des Nachmittags davon. In ihrem Delirium endete sie immer wieder am gleichen Ort, einem See, der so klar war, dass man die Oberfläche nicht vom Grund unterscheiden konnte. Eine spitz zulaufende Insel lag schwer im Wasser wie ein vergessener Donnerkeil. Phallische Pappeln, Unmengen von rosa Geranien und ein Wald aus weißstämmigen Bäumen, deren Blattwerk vom Himmel fiel, bedeckten das Land. Wirres Seegras wiegte sich in der Strömung: dunkelrote Stengel mit saftigen, animalischen Blättern, lange blattlose jodhaltige Ranken und Knäuel und seltsame chemische Wucherungen aus stehenden Gewässern. Krähen schrien sich von einem dichten Nebelfeld zum anderen zu. Das Wort »krank« erlosch von selbst in der giftigen Luft, flatterte haltlos zwischen den Enden der Insel hin und her und landete auf einer weißen Straße, die schnurgerade über die Insel verlief. »Krank« drehte sich um das schmale Band der Straße wie ein Spanferkel um den Spieß und riss Alabama aus dem Schlaf, indem es ihr die Zinken seiner Buchstaben in die Augäpfel bohrte.

Manchmal schloss sie die Augen, und ihre Mutter brachte ihr eine kühle Limonade, doch das geschah nur, wenn sie keine Schmerzen hatte.

David kam immer, wenn irgendetwas Neues passierte,

wie ein Elternteil, das seinem Kind beim Laufenlernen hilft.

»Und so – musst du es eines Tages erfahren, Alabama«, sagte er endlich. Es fühlte sich an, als hätte man ihrem Magen den Boden ausgerissen. Sie konnte es spüren, alles fiel heraus.

»Ich weiß es schon seit einer Ewigkeit«, sagte sie mit krankhafter Ruhe.

»Armer Liebling – den Fuß hast du behalten. Das ist die gute Nachricht«, sagte er mitfühlend. »Aber du wirst nie wieder tanzen können. Ist das sehr schlimm?«

»Muss ich an Krücken gehen?«, fragte sie.

»Nein – das nicht. Die Sehnen sind durchtrennt, und man musste eine Arterie ausschaben, aber außer einem leichten Hinken bleibt nichts zurück. Versuch es nicht allzu schwer zu nehmen.«

»Ach, mein Körper«, sagte sie. »Und all die Arbeit umsonst!«

»Mein armes Kleines – aber wenigstens hat es uns wieder zusammengebracht. Wir haben einander wiedergefunden, Liebling.«

»Ja – was noch von uns übrig ist«, schluchzte sie.

Sie lag da und dachte daran, dass sie sich vom Leben hatte nehmen wollen, was ihr gefiel. Nun, das hier hatte sie jedenfalls nicht gewollt. Es war ein schwerverdaulicher Brocken.

Ihre Mutter hatte sicher auch nicht gewollt, dass ihr Sohn starb, und es musste Zeiten gegeben haben, in denen ihr Vater die Nase voll davon hatte, dass alle an ihm zerrten und ihm die Seele abzapften, als wäre es Bier.

Ihr Vater! Sie hoffte, dass sie nach Hause kamen, solange er noch lebte. Ohne ihren Vater würde die Welt ihre letzte Zuflucht verlieren.

»Wenn Vater stirbt, muss ich mir selbst die letzte Zuflucht sein«, ging ihr dann auf. Es war ein ernüchternder Schock.

3

Die Knights traten aus dem alten Backsteinbahnhof. Vor ihnen lag die Stadt im stillen Schlaf inmitten der weiten Palette von Baumwollfeldern. Alabamas Ohren waren wie betäubt von der intensiven Stille des Südens; es war, als hätte sie ein Vakuum betreten. Teilnahmslos und unbeweglich lagen einige Neger auf den Stufen des Depots wie Abbilder eines ermatteten Schöpfergottes. Der weite, in samtige Schatten und einschläfernde Ruhe versunkene Platz breitete sich wie weiches Löschpapier unter den Menschen und ihrem Erbe aus.

»Hier suchen wir uns also ein schönes Haus zum Wohnen?«, fragte Bonnie.

»*Que c'est drôle!*«, rief Mademoiselle. »So viele Neger! Gibt es Missionare hier, die ihnen etwas beibringen?«

»Was beibringen?«, fragte Alabama.

»Nun ja – Religion.«

»Ihre Religion ist sehr erfüllend – sie singen viel.«

»Das ist gut. Sie sehen sehr sympathisch aus.«

»Ob die mir was tun?«, fragte Bonnie.

»Natürlich nicht. Du bist hier sicherer als je zuvor in deinem Leben. Hier ist deine Mutter aufgewachsen.«

»Ich war einmal auf einer Negertaufe an diesem Fluss. Es war um fünf Uhr morgens an einem vierten Juli. Alle trugen weiße Gewänder, und die rote Sonne fiel schräg über das schlammige Ufer. Ich war so begeistert, dass ich am liebsten in ihre Kirche eingetreten wäre.«

»Darf ich da auch hin?«

»Mal sehen.«

Joan erwartete sie in dem kleinen braunen Ford.

Alabama kam sich vor wie ein kleines Mädchen, als sie nach so vielen Jahren ihre Schwester wiedersah. Die alte Stadt, in der ihr Vater sein Leben lang tätig gewesen war, breitete sich schützend vor ihr aus. In der Fremde sollte man leben, solange man tatendurstig und neugierig war, doch wenn man anfing, aus seinen Horizonten eine Art Zuflucht zu weben, tat es gut zu wissen, dass Hände, die man liebte, am Spinnen der Fäden beteiligt gewesen waren. Es gab einem das Gefühl, dass sie besser zusammenhielten.

»Ich bin schrecklich froh, dass ihr hier seid«, sagte Joan traurig.

»Ist Großpapa sehr krank?«, fragte Bonnie.

»Ja, Kleines. – Ich fand Bonnie schon immer besonders süß.«

»Wie geht es deinen Kindern, Joan?« Alabamas Schwester hatte sich kaum verändert. Sie war konventionell, mehr wie ihre Mutter.

»Gut. Ich konnte sie nicht mitbringen. Das alles ist sehr deprimierend für die Kinder.«

»Ja. Wir lassen Bonnie auch lieber im Hotel. Morgen früh kann sie mitkommen.«

»Lasst sie wenigstens guten Tag sagen. Mama betet sie an.« Joan drehte sich zu David um. »Sie hat Alabama schon immer lieber gehabt als uns.«

»Unsinn! Das liegt nur daran, dass ich die Kleinste war.«

Der Wagen raste durch die vertrauten Straßen. Der weiche, laue Abend, der Duft des leicht verschwitzten Landes, die Grillen im Gras, die schweren Bäume, die über dem heißen Straßenpflaster verschwörerisch die Köpfe zusammensteckten – all das lullte die nackte Angst in Alabamas Herz ein, bis nur noch ein Gefühl von Ohnmacht übrig war.

»Können wir denn gar nichts tun?«, fragte sie.

»Wir haben alles getan. Gegen das Alter ist kein Kraut gewachsen.«

»Wie geht es Mama?«

»Sie ist tapfer, wie immer – aber ich bin froh, dass ihr kommen konntet.«

Der Wagen bremste vor dem stillen Haus. Wie viele Abende waren sie nach einem Ball im Leerlauf bis vor die Einfahrt gerollt, um ihren Vater nicht mit quietschenden Bremsen zu wecken? Der süße Duft verwunschener Gärten hing in der Luft. In der Brise vom Golf schwankten die Pekannussbäume traurig hin und her. Nichts hatte sich verändert. Die Fenster leuchteten einladend, gesegnet vom Geist ihres Vaters, die Tür öffnete sich Anstand und Gerechtigkeit, so wie er es immer gewollt hatte. Dreißig Jahre lang hatte er in diesem Haus gewohnt und zugesehen, wie die wilden Narzissen blühten und die Trichterwinde sich in der Morgensonne schloss, hatte die vom Mehltau befallenen Blätter seiner Rosen abgeschnitten und Miss Millies Farne bewundert.

»Sind sie nicht schön?«, hatte er gesagt. Seine gemessene Ausdrucksweise zeigte nicht den Hauch eines Akzents und entsprach vollkommen seinem aristokratischen Geist.

Einmal hatte er einen purpurnen Nachtfalter in den Mondwinden gefunden und ihn auf den Kalender über dem Kamin festgesteckt. »Das ist ein sehr guter Platz für ihn«, hatte er gesagt und die zarten Flügel über eine Eisenbahnkarte des Südens gespannt. Der Richter hatte Sinn für Humor.

Wie unfehlbar er gewesen war! Und welch diebische Freude seine Kinder empfunden hatten, wenn ihm etwas danebenging! Einmal war es die misslungene Kropfoperation eines Huhns mit dem Taschenmesser und einer Nadel aus Millies Nähkorb gewesen, ein andermal fiel ihm am Sonntagstisch ein Glas Eistee um, oder er bekleckerte die frische Tischdecke zu Thanksgiving mit Truthahnsauce. Derartige Patzer hatten den Zerebralmechanismus dieses aufrechten Mannes etwas menschlicher erscheinen lassen.

Jähe, undefinierbare Angst überfiel Alabama jetzt: das überwältigende Gefühl eines bevorstehenden Verlusts. David und sie gingen die Stufen empor. Wie hoch sie ihr zwischen den Farnen erschienen waren, als sie noch ein Kind gewesen und von einer zur anderen gehüpft war. Und da war die Stelle, wo sie gesessen hatte, als ihr jemand die Wahrheit über den Weihnachtsmann erzählt hatte. Sie hatte sowohl den Aufklärer als auch ihre Eltern gehasst, weil der Mythos nicht wahr sein sollte und trotzdem existierte. »Ich will es aber glauben!«, hatte sie geschrien. Da drüben hatte das trockene Bermudagras zwischen den heißen Ziegelsteinen ihre nackten Beine gekitzelt, und da war auch der Ast des Baumes, an dem noch weiter zu schaukeln der Vater ihr eines Tages verboten hatte. Heute schien es unglaublich, dass dieser schmächtige Ast das Gewicht ihres Körpers je hatte tragen können. »Man darf die Dinge nicht misshandeln«, hatte ihr Vater erklärt.

»Es tut dem Baum ja nicht weh.«

»Ich finde doch. Wenn man etwas für sich in Anspruch nimmt, muss man dem auch Sorge tragen.«

Er, der selbst so wenig besessen hatte! Ein alter Stich von seinem Vater und eine Miniatur von Millie, drei Rosskastanien, die er von einem Ferienaufenthalt in Tennessee mitgebracht hatte, goldene Manschettenknöpfe, eine Versicherungspolice und einige Paar Sommersocken, das war in Alabamas Erinnerung alles, was er in der obersten Schublade seiner Kommode aufhob.

»Hallo, Liebling!« Ihre Mutter küsste sie sichtlich bewegt. »Und du, mein Herzchen!« Sie drückte Bonnie, die sich an sie klammerte, einen Kuss auf den Scheitel.

»Dürfen wir Großpapa sehen, Großmama?«

»Es würde dich bloß traurig machen, mein Kleines.«

Das Gesicht der alten Frau war blass und verschlossen. Langsam bewegte sie sich in dem alten Schaukelstuhl hin und her, als wiegte sie mit sanfter Anteilnahme ihrer aller geistigen Verlust.

»Milliiiie«, rief die Stimme des Richters matt.

Ein müder Arzt erschien auf der Veranda.

»Ich dachte, wenn die Kinder ihren Vater sehen wollen, Cousine Millie – er ist jetzt bei Bewusstsein.« Dann wandte er sich liebevoll an Alabama. »Ich bin froh, dass ihr gekommen seid.«

Zitternd folgte sie seinem schmalen, schützenden Rücken ins Krankenzimmer. Ihr Vater! Ihr Vater! Wie schwach und blass er war. Am liebsten hätte sie laut losgeschrien, weil sie diesen sinnlosen, unvermeidlichen Verfall nicht aufhalten konnte.

Still setzte sie sich neben das Bett. Ihr wunderbarer Vater!

»Hallo, mein Kind.« Sein Blick wanderte über ihr Gesicht. »Wirst du ein wenig bleiben?«

»Ja, es ist schön hier.«

»Das fand ich auch immer.«

Seine müden Augen glitten zur Tür. Bonnie wartete furchtsam im Gang.

»Ich möchte die Kleine sehen.« Ein sanftes, freundliches Lächeln erhellte sein Gesicht. Bonnie trat zaghaft ans Bett.

»Hallo, mein Schatz. Du bist ja ein kleines Vögelchen.« Der alte Mann lächelte. »Und hübsch wie zwei Vögelchen auf einmal.«

»Wann wirst du wieder gesund, Großpapa?«

»Bald. Aber jetzt bin ich sehr müde. Wir sehen uns morgen.« Er winkte ihr zum Abschied.

Als Alabama mit ihrem Vater allein war, verließ sie der Mut. Jetzt, da er so krank war und das Ende seines langen Lebens erreicht hatte, wirkte er klein und schmächtig. Kaum zu glauben, was er im Leben alles durchgemacht hatte. Sicher war es nicht leicht gewesen, für sie alle zu sorgen. Die erhabene Vollkommenheit des Lebens, das sich vor ihren Augen dem Ende zuneigte, verleitete sie zu allerlei guten Vorsätzen.

»Ach Vater, es gibt so vieles, was ich dich noch fragen wollte.«

»Mein Kind.« Der alte Mann tätschelte ihr die Hand. Seine Gelenke waren so zart wie die Knochen eines Vogels. Wie hatte er sie bloß alle ernähren können?

»Ich hätte nie gedacht, dass du die Antworten kennst – bis jetzt.«

Sie strich ihm über das Haar, von einem Grau wie das der Konföderierten.

»Ich muss jetzt schlafen, Kind.«

»Schlaf«, sagte sie. »Schlaf ein.«

Lange blieb sie neben ihm sitzen. Sie hasste die Krankenschwester, die sich im Zimmer bewegte, als wäre ihr Vater ein Kind. Ihr Vater wusste alles. Ihr Herz war so schwer, dass sie nur noch schluchzte.

Plötzlich schlug der alte Mann voller Stolz die Augen auf, so wie es seine Gewohnheit war.

»Hast du nicht gesagt, du wolltest mich etwas fragen?«

»Ich dachte, du könntest mir sagen, ob wir unseren Körper als Gegenmittel für die Seele bekommen haben. Vielleicht weißt du, warum der Körper versagt und zusammenbricht, statt Erleichterung von unseren geistigen Qualen zu bringen, und warum die Seele keinen Trost spendet, wenn uns der Körper peinigt.«

Der alte Mann lag schweigend da.

»Warum vergeudet unser Körper Jahre damit, den Geist mit Erfahrungen zu füttern, und muss dann plötzlich erkennen, dass dieser Geist bei unserem erschöpften Körper Trost sucht? Warum, Daddy?«

»Frag mich etwas Leichteres«, antwortete der alte Mann, schwach und aus weiter Ferne.

»Der Richter muss schlafen«, sagte die Schwester.

»Ich gehe schon.«

Alabama stand in der Diele. Da war die Lampe, die der Richter ausschaltete, wenn er zum Schlafen nach oben ging; da war der Haken, an dem sein Hut hing.

Wenn der Mensch nicht mehr Hüter seiner Eitelkeiten und

Überzeugungen ist, wird er zu einem Nichts, dachte sie. Nichts! Was da auf dem Bett liegt, ist nichts, und doch ist es mein Vater, den ich geliebt habe. Ohne sein Verlangen hätte ich niemals gelebt. Vielleicht sind wir alle nur Kräfte in einem sehr experimentellen Stadium des organischen freien Willens. Es kann nicht sein, dass ich der Sinn im Leben meines Vaters bin – aber es ist durchaus denkbar, dass das, was ich an seinem vornehmen Wesen so schätze, der Sinn meines eigenen Lebens ist.

Sie trat hinaus zu ihrer Mutter.

»Gestern hat der Richter gesagt, dass er gern eine Spazier-fahrt mit dem kleinen Auto machen würde, um zu sehen, wie die Leute auf der Veranda sitzen«, murmelte Millie in die Schatten hinein. »Den ganzen Sommer lang hat er versucht, fahren zu lernen, aber er war schon zu alt. ›Millie‹, meinte er, ›sag dem silberhaarigen Engel, dass er mich anziehen soll. Ich möchte ausgehen.‹ Er bezeichnete die Krankenschwester als seinen silberhaarigen Engel. Er hatte immer einen ziem-lich trockenen Sinn für Humor. Und er liebte sein kleines Auto.«

Da sie eine gute Mutter war, erzählte sie immer weiter – als könnte sie Austin dazu bringen, noch einmal zu leben, indem sie all diese Dinge wiederholte. Und sie erzählte Alabama von dem kranken Richter, ihrem Vater, wie eine Mutter, die über ihr kleines Kind spricht.

»Er hat gesagt, dass er sich ein paar neue Hemden aus Philadelphia bestellen will. Er hat gesagt, er hätte gern Speck zum Frühstück.«

»Er hat Mama einen Scheck über tausend Dollar für die Beerdigung gegeben«, setzte Joan hinzu.

»Ja«, lachte Millie, als wäre es ein Lausbubenstreich. »Und dann hat er gesagt: ›Aber wenn ich nicht sterbe, will ich ihn wiederhaben.‹«

Ach, meine arme Mutter, dachte Alabama, und die ganze Zeit liegt er im Sterben. Mama weiß es, aber sie kann es sich nicht eingestehen. Und ich auch nicht.

Ob krank oder gesund, Millie hatte ihn all die Jahre umsorgt. Als jungen Mann, als die Kollegen in der Anwaltskanzlei, die nicht älter als er waren, ihn schon mit »Mr. Beggs« ansprachen, in mittleren Jahren, als er nur mit Geldnöten und der Sorge um die Seinen beschäftigt war, und auch später, als er alt wurde und mehr Zeit hatte, sich ihr zu widmen.

»Arme Mutter«, sagte Alabama. »Du hast dein Leben für Vater geopfert.«

»Mein Vater hat seine Zustimmung zu unserer Ehe gegeben, als er erfuhr, dass ein Onkel deines Vaters seit zweiunddreißig Jahren im Senat der Vereinigten Staaten saß und dessen Bruder General bei den Konföderierten gewesen war. Dein Vater kam in die Kanzlei meines Vaters und hielt um meine Hand an. Mein Vater hatte selbst achtzehn Jahre lang dem Senat und dem Kongress der Konföderierten angehört.«

Sie sah ihre Mutter als das, was sie war: Teil einer männlichen Tradition. Millie schien sich keine Gedanken um ihr eigenes Leben zu machen und auch nicht darüber, dass nichts davon übrigbliebe, wenn ihr Mann starb. Er war der Vater ihrer Kinder, dreier Mädchen, die von ihr fortgezogen waren, um sich den Familien anderer Männer anzuschließen.

»Mein Vater war ein stolzer Mann«, sagte Millie stolz. »Als kleines Mädchen habe ich ihn über alles geliebt. Wir waren zwanzig zu Hause, und nur zwei Mädchen.«

»Was ist aus deinen Brüdern geworden?«, fragte David neugierig.

»Sie sind schon lange tot.«

»Es waren Halbbrüder«, sagte Joan.

»Im Frühjahr kam mein richtiger Bruder zu Besuch. Als er wieder abreiste, versprach er zu schreiben, aber das hat er nie getan.«

»Mamas Bruder war reizend«, sagte Joan. »Er hatte früher einen Drugstore in Chicago.«

»Dein Vater war sehr nett und fuhr mit ihm im Auto spazieren.«

»Warum hast du ihm nicht geschrieben, Mama?«

»Ich habe nicht daran gedacht, mir die Adresse zu notieren. Als ich in die Familie deines Vaters einheiratete, hatte ich so viel zu tun, dass ich meine eigene aus den Augen verlor.«

Bonnie war auf der harten Verandabank eingeschlafen. Wenn Alabama das als Kind passiert war, hatte der Richter sie die Treppe hinaufgetragen und ins Bett gebracht. David nahm das schlafende Kind auf den Arm.

»Wir sollten gehen«, sagte er.

»Daddy«, flüsterte Bonnie und kuschelte sich tiefer unter den Aufschlag seines Mantels. »Mein Daddy.«

»Kommt ihr morgen wieder?«

»Morgen früh«, antwortete Alabama. Das weiße Haar ihrer Mutter bildete einen Kranz um ihren Kopf, wie bei einer florentinischen Heiligen. Sie umarmte sie. Ach, sie wusste noch so gut, wie es sich anfühlte, ihrer Mutter ganz nah zu sein.

Jeden Tag ging Alabama zu dem alten Haus, das immer sauber und hell war. Sie brachte ihrem Vater kleine Leckereien und Blumen mit. Gelbe Blumen liebte er besonders.

»Als wir jung waren, haben wir immer gelbe Veilchen im Wald gesammelt«, sagte ihre Mutter.

Die Ärzte kamen und schüttelten den Kopf, und Freunde kamen, um ihnen Kuchen und Blumen zu bringen. Es waren so viele, dass man es kaum glauben mochte. Ehemalige Dienstboten kamen, um sich nach dem Richter zu erkundigen, der Milchmann stellte einen halben Liter zusätzlich vor die Tür, als Geschenk, um sein Mitgefühl zu zeigen, und die alten Richterkollegen kamen mit traurigen, vornehmen Gesichtern, die an die Köpfe auf Briefmarken und Kameen erinnerten. Der Richter lag im Bett und sorgte sich um die Finanzen.

»Wir können uns diese Krankheit nicht leisten«, sagte er immer wieder. »Ich muss wieder auf die Beine kommen. Das kostet nur Geld.«

Seine Kinder sprachen sich ab. Sie würden die Ausgaben untereinander aufteilen. Der Richter hätte ihnen nicht erlaubt, sein Gehalt vom Staat anzunehmen, wenn er gewusst hätte, dass er sich nicht mehr erholen würde. Sie alle konnten helfen.

Alabama und David mieteten ein Haus, um in der Nähe ihrer Eltern zu sein. Es war größer als das ihres Vaters, mit einem Garten voller Rosen, einer Ligusterhecke, Schwertlilien, die den Frühling verschlingen würden, und vielen Büschen und Sträuchern unter den Fenstern.

Alabama versuchte ihre Mutter zu einer Spazierfahrt zu überreden. Es war Monate her, dass sie zum letzten Mal das Haus verlassen hatte.

»Das geht nicht«, sagte Millie. »Es könnte sein, dass dein Vater mich braucht, wenn ich nicht da bin.« Geduldig wartete sie auf ein paar letzte klärende Worte des Richters, denn sie hatte das Gefühl, dass er ihr noch etwas zu sagen hatte, bevor er sie allein zurückließ.

»Aber nur eine halbe Stunde«, stimmte Millie schließlich zu.

Alabama fuhr mit ihrer Mutter am Capitol vorbei, wo ihr Vater so viele Jahre seines Lebens verbracht hatte. Die Kollegen schickten ihnen Rosen aus dem Beet unter seinem Bürofenster. Alabama fragte sich, ob seine Bücher schon verstaubt wären. Vielleicht hatte er dort, in einer seiner Schubladen, eine letzte Nachricht hinterlassen.

»Wie kam es eigentlich, dass du Daddy geheiratet hast?«

»Er wollte es unbedingt. Ich hatte viele Verehrer.«

Die alte Dame warf ihrer Tochter einen Blick zu, als erwartete sie Widerspruch. Sie war schöner als ihre Kinder. Ihr Gesicht strahlte absolute Geradlinigkeit aus. Bestimmt hatte sie viele Verehrer gehabt.

»Einer wollte mir einen Affen schenken. Später erzählte er meiner Mutter, alle Affen hätten Tuberkulose. Meine Großmutter warf ihm einen Blick zu und sagte: ›Aber Sie scheinen doch ganz gesund zu sein.‹ Sie war Französin, eine sehr schöne Frau. Ein anderer junger Mann schickte mir ein Ferkel von seiner Farm, und noch ein anderer einen Kojoten aus New Mexico. Einer trank, und einer heiratete meine Cousine Lil.«

»Wo sind sie denn alle?«

»Ach, längst gestorben. Ich würde sie auf der Straße nicht wiedererkennen. Sind diese Bäume nicht schön?«

Sie kamen an dem Haus vorbei, wo ihre Mutter und ihr Vater sich kennengelernt hatten. »Auf einem Silvesterball«, erzählte Millie. »Er war der attraktivste Mann an diesem Abend, und ich war zu Besuch bei deiner Cousine Mary.«

Cousine Mary war inzwischen alt, und ihre geröteten Augen tränten unaufhörlich unter ihrer Brille. Jetzt war sie nur noch ein Schatten ihrer selbst, trotzdem hatte sie damals diesen Silvesterball gegeben.

Alabama hatte sich ihren Vater noch nie beim Tanzen vorgestellt.

Als sie ihn am Ende im Sarg liegen sah, war sein Gesicht so jung, fein und humorvoll, dass ihr als Erstes dieser Silvesterball vor so vielen Jahren einfiel.

»Wahre Vornehmheit gibt es nur im Tod«, sagte sie sich. Sie hatte Angst gehabt, ihn anzusehen, Angst vor den möglichen Entdeckungen, die sie in dem verbrauchten, leblosen Gesicht machen könnte. Doch es gab nichts, vor dem man sich hätte ängstigen müssen, nur den stillen Ausdruck von Schönheit und Ruhe.

Seine Papiere in dem spartanisch eingerichteten Büro enthielten nichts und auch die Schachtel mit der Versicherungspolice nicht, bis auf eine winzige, halb vermoderte Geldbörse mit drei Fünfcentmünzen, die in altes Zeitungspapier eingewickelt waren.

»Vielleicht das erste Geld, das er sich verdient hatte.«

»Vielleicht hat seine Mutter es ihm gegeben, als er den Vorgarten angelegt hatte«, rätselten sie.

Auch zwischen seinen Kleidern oder in den Büchern verbarg sich nichts. »Er muss vergessen haben, uns eine letzte Nachricht zu hinterlassen«, sagte Alabama.

Die Regierung schickte einen Kranz zur Beerdigung und das Gericht ebenfalls. Alabama war sehr stolz auf ihren Vater.

Arme Miss Millie! Sie befestigte einen Trauerschleier an ihrem schwarzen Strohhut vom letzten Jahr. Den hatte sie gekauft, um mit dem Richter in die Berge zu fahren.

Joan weinte wegen der Trauerkleidung. »Ich kann sie mir nicht leisten«, sagte sie.

Also trug niemand Schwarz.

Musik gab es auch nicht. Der Richter hatte keine Lieder gemocht, bis auf das melodielose *Old Grimes*, das er seinen Kindern vorgesungen hatte. An seinem Grab rezitierten sie *Lead, Kindly Light*.

Der Richter ruhte am Hang unter den Hickorynussbäumen und der Eiche. Von seinem Grab aus konnte man sehen, wie die untergehende Sonne hinter der Kuppel des Capitols verschwand. Die Blumen welkten, und die Kinder pflanzten Jasmin und Hyazinthen. Es war friedlich auf dem alten Friedhof. Wildblumen wuchsen hier und Rosensträucher, die so alt waren, dass die Blüten mit den Jahren ihre Farbe verloren hatten. Kräuselmyrten und Libanon-Zedern warfen ihre Blätter und Nadeln über die Grabplatten, verrostete Kreuze aus der Konföderiertenzeit versanken in wuchernder Klematis und versengtem Gras. Wilde Narzissen und weiße Blüten bedeckten die ausgewaschenen Böschungen; Efeu rankte sich über die bröckelnden Mauern. Auf dem Grabstein des Richters stand:

Aber was hatte ihr Vater gesagt? Alabama stand allein auf dem Hügel und betrachtete den Horizont, in der Hoffnung, seine unwirkliche, gemessene Stimme wiederzuhören. Sie konnte sich nicht daran erinnern, dass er je etwas gesagt hatte. Das Letzte, woran sie sich erinnerte, war: »Ziemlich teuer, das Ganze«, und dann, als seine Gedanken abschweiften: »Tja, mein Sohn, ich habe es auch nie zu Geld gebracht.« Er hatte bemerkt, dass Bonnie so hübsch wie zwei Vögelchen sei, aber was hatte er zu ihr – Alabama – gesagt, als sie noch klein war? Sie wusste es nicht mehr. Die Schäfchenwolken am Himmel kündigten einen kalten Frühlingsregen an, sonst nichts.

Einmal hatte er gesagt: »Wenn du die Wahl haben willst, musst du eine Göttin sein.« Das war, als sie unbedingt ihren Kopf hatte durchsetzen wollen. Aber es war gar nicht so einfach, außerhalb des Olymp eine Göttin zu sein.

Als die ersten Tropfen des kalten Nieselregens fielen, suchte Alabama Schutz.

Sicher kann man uns für Eigenschaften anderer, die wir insgeheim auch besitzen, zur Rechenschaft ziehen. Mein Vater jedenfalls hat mir viele Zweifel hinterlassen.

Ein wenig atemlos legte sie den Gang ein und lenkte den Wagen den ohnehin rutschigen roten Lehmweg entlang. Nachts fühlte sie sich einsam ohne ihren Vater.

»Jeder Mensch glaubt an irgendetwas, wenn man ihn fragt«, sagte sie zu David. »Und nur ganz wenige Menschen haben mehr zu bieten als das, was man ohnehin glaubt oder woran man glauben könnte – sie lassen einen nicht hängen, das ist alles. Es ist so schwer, jemanden zu finden, der mehr Verantwortung übernimmt, als man verlangt.«

»Es ist leicht, geliebt zu werden – und schwer, selbst zu lieben«, antwortete David.

Nach einem Monat kam Dixie.

»Ich habe viel Platz, falls jemand bei mir wohnen will«, sagte Millie traurig.

Die Mädchen verbrachten die Zeit mit ihrer Mutter und versuchten sie abzulenken.

»Alabama, bitte, nimm die rote Geranie mit zu dir«, drängte ihre Mutter. »Ich kann sie hier nicht mehr brauchen.«

Joan nahm den alten Schreibtisch mit, ließ ihn verpacken und verschicken.

»Aber du musst darauf achten, dass sie nicht die Ecke ausbessern, wo die Yankee-Granate durchs Dach meines Vaters fiel – das würde ihn verderben.«

Dixie bat um die silberne Schale und schickte sie per Express nach New York.

»Pass auf, dass du sie nicht verbeulst«, sagte Millie. »Es ist Handarbeit, sie wurde aus Silberdollarmünzen gemacht, die die Sklaven nach ihrer Befreiung gesammelt hatten, um sie deinem Großvater zu schenken. Sucht euch aus, was ihr haben wollt, Kinder.«

Alabama wollte die Porträts, Dixie nahm das alte Bett, in dem ihre Mutter, sie selbst und auch ihr Sohn zur Welt gekommen waren.

Miss Millie suchte Trost in der Vergangenheit.

»Das Haus meines Vaters war quadratisch, mit Gängen, die sich kreuzten«, erzählte sie. »Vor den Doppelfenstern im Salon stand ein Fliederbusch, und weit unten am Fluss gab es einen Obstgarten mit Apfelbäumen. Als mein Vater starb, habe ich euch Kinder zu dem Garten getragen, um euch die Traurigkeit zu ersparen. Meine Mutter war immer sehr sanft gewesen, aber nach seinem Tod veränderte sie sich.«

»Ich hätte gern diese alte Daguerreotypie«, sagte Alabama. »Wer ist das?«

»Meine Mutter und meine kleine Schwester. Sie starb während des Krieges im Gefängnis. Mein Vater galt als Verräter. Kentucky hatte sich nicht abgespalten. Man wollte ihn hängen, weil er die Union nicht unterstützte.«

Schließlich willigte Millie ein, in ein kleineres Haus zu ziehen. Austin hätte es nie zugelassen. Die Mädchen überredeten sie. Sie stellten ihre Erinnerungen wie eine Sammlung von Antiquitäten auf den alten Kaminsims und schlossen die Klappläden von Austins Haus gegen das Licht und alles, was von ihm dort zurückblieb. Für Millie war es besser – so bleiben die Erinnerungen lebendig, wenn man nichts anderes mehr hat, wofür man lebt.

Sie alle hatten größere Häuser als Austin und erheblich größere als das, in dem Millie jetzt wohnte, trotzdem kamen sie zu ihr, um sich erzählen zu lassen, was sie noch von ihrem Vater wusste, und sich an ihr zu stärken, wie Konvertiten, die sich einen neuen Kult aneignen.

»Wenn ihr alt und krank seid, werdet ihr euch wünschen, euer Geld gespart zu haben«, hatte der Richter gesagt.

Eines Tages würden sie akzeptieren müssen, dass ihre

Welt kleiner wurde, und anfangen, ihre Horizonte enger zu stecken.

Alabama lag nachts wach und grübelte: Das Unausweichliche passiert, und man ist gewappnet. Das Kind vergibt seinen Eltern, wenn es die Zufälligkeit seines eigenen Daseins erkennt.

»Wir müssen noch einmal ganz von vorn anfangen«, sagte sie zu David, »mit neuen Assoziationsketten, mit neuen Erwartungen, die wir aus der Summe unserer Erfahrungen bezahlen, wie Kupons, die man von Pfandbriefen abtrennt.«

»Moralpredigten im mittleren Alter?«

»Ja, aber wir sind nun mal im mittleren Alter, oder?«

»Mein Gott! Daran hatte ich gar nicht gedacht. Glaubst du, meine Bilder sind es auch?«

»Sie sind genauso gut wie früher.«

»Ich muss arbeiten, Alabama. Warum haben wir die besten Jahre unseres Lebens praktisch zum Fenster hinausgeworfen?«

»Damit wir am Ende keine Zeit mehr haben.«

»Du bist eine unverbesserliche Sophistin.«

»Das sind wir alle – nur sind manche es in ihrem Privatleben, und andere machen eine Philosophie daraus.«

»Und?«

»Nun, der Sinn der Sache ist doch, alles so zusammenzufügen, dass Bonnie, wenn sie älter wird und unser Leben erforscht, das schöne, harmonische Mosaik zweier Götter am heimischen Herd entdeckt. Sie soll dieses Bild vermittelt bekommen und nicht an einem bestimmten Punkt ihres Lebens ihre Abenteuerlust aufgeben müssen, um zu beschützen, was sie für den von uns vererbten Schatz hält. Es wird sie versichern, dass auch sie eines Tages zur Ruhe kommt.«

Bonnies Stimme schwirrte aus der Einfahrt durch den erbaulichen Nachmittag. »Also, dann auf Wiedersehen, Mrs. Johnson. Meine Mutter und mein Vater werden sich sehr freuen, wenn ich ihnen erzähle, wie schön es war und wie reizend Sie sich um mich gekümmert haben!«

Zufrieden stieg sie die Vordertreppe hinauf. Alabama hörte sie im Gang vor sich hin summen.

»Muss ja fabelhaft gewesen sein –«

»Es war sterbenslangweilig!«

»Wozu dann diese Lobeshymne?«

»Als ich letztes Mal die Gastgeberin nicht leiden konnte, hast du gesagt, ich sei unhöflich gewesen!«, antwortete Bonnie und musterte ihre Mutter verächtlich. »Hoffentlich bist du jetzt mit meinem Benehmen zufrieden.«

»O ja, durchaus.«

In ihren Beziehungen lernen die Menschen einfach nicht dazu! Sobald sie verstehen, worum es geht, ist es vorbei. »Bewusstheit ist vermutlich der größte Betrug überhaupt«, murmelte Alabama bei sich. Sie hatte Bonnie lediglich gebeten, Rücksicht auf die Gefühle der alten Dame zu nehmen.

Das Kind spielte oft im Haus seiner Großmutter, am liebsten Mutter und Kind. Bonnie war das Familienoberhaupt, und ihre Großmutter war ein sehr nettes kleines Mädchen.

»Als meine Kinder klein waren, wurden sie nicht so streng erzogen«, sagte Millie. Es tat ihr leid, dass Bonnie so viel hatte lernen müssen, bevor ihr Leben richtig begann. Aber Alabama und David wollten es so.

»Als deine Mutter klein war, ließ sie so viele Bonbons in dem Krämerladen an der Ecke anschreiben, dass ich Mühe hatte, es vor ihrem Vater zu verstecken.«

»Dann will ich so wie Mami sein«, erklärte Bonnie.

»Mal sehen, wie weit du damit kommst«, kicherte ihre Großmutter. »Alles hat sich verändert. Als ich klein war, stritten sich Hausmädchen und Kutscher, ob ich sonntags eine Korbflasche mit in die Kirche nehmen durfte. Disziplin war eine Formsache und nicht etwa eine Frage persönlicher Entscheidung.«

Bonnie sah ihre Großmutter aufmerksam an.

»Erzähl mir noch mehr darüber, wie es war, als du klein warst, Großmama.«

»Nun ja, ich war sehr glücklich in Kentucky.«

»Und was noch?«

»Das weiß ich nicht mehr. Ich war genauso wie du.«

»Ich werde anders sein. Mami sagt, ich könnte Filmschauspielerin werden, wenn ich will, und in Europa zur Schule gehen.«

»Ich bin in Philadelphia zur Schule gegangen. Das galt damals als weit weg.«

»Und dann werde ich eine vornehme Dame sein und feine Kleider tragen.«

»Die Seidenkleider meiner Mutter kamen aus New Orleans.«

»Woran erinnerst du dich noch?«

»An meinen Vater. Er brachte mir Spielzeug aus Louisville mit und war der Meinung, dass Mädchen möglichst jung heiraten sollten.«

»Ja, Großmama.«

»Aber ich wollte nicht. Ich hatte viel zu viel Spaß.«

»Und als du verheiratet warst, hattest du keinen mehr?«

»O doch, Schätzchen, aber das war anders.«

»Wahrscheinlich kann nie alles so bleiben, wie es mal war.«

»Nein.«

Die alte Dame lachte. Sie war sehr stolz auf ihre Enkel. Es waren kluge, brave Kinder. Es war rührend, sie mit Bonnie zu sehen; beide taten so, als wären sie sehr weise, und ohnehin taten beide immer so als ob.

»Bald sind wir wieder weg«, seufzte das kleine Mädchen.

»Ja«, seufzte die Großmutter.

»Übermorgen reisen wir ab«, erklärte David.

Aus den Bäumen hinter dem knightschen Esszimmer stiegen Wolken von Pollen auf. Sie erinnerten an junge Hühnchen, die ihren ersten Flaum verlieren. Ein heller, gütiger Himmel schwebte an den Scheiben vorbei und bauschte die Vorhänge zu geblähten Segeln.

»Ihr beide haltet es ja nie lange an einem Ort aus«, sagte die junge Frau mit dem kahlen Kopf, »aber ich kann es verstehen.«

»Früher haben wir immer geglaubt, dass wir an einem Ort auf Dinge stoßen, die es woanders nicht gibt«, sagte Alabama.

»Meine Schwester war letztes Jahr in Paris. Sie erzählte, dass es dort – nun ja, Toiletten am Straßenrand geben soll. Also, das würde ich gern einmal sehen!«

Die Kakophonie am Tisch schwoll an und flaute dann wieder ab wie ein Scherzo von Prokofjew. Alabama presste das abgehackte Stakkato in die einzige Form, die sie kannte:

stschay, stschay, brisé, stschay; diese Phrase tanzte unablässig durch die Windungen ihres Gehirns. Vermutlich würde sie den Rest ihres Lebens so verbringen: eins ins andere einfügen und alles den Regeln anpassen.

»Woran denkst du, Alabama?«

»An Formen, an Umrisse von Dingen«, antwortete sie. Die Fetzen der Unterhaltung prasselten auf ihr Bewusstsein wie das Trappeln von Pferdehufen auf ein Kopfsteinpflaster.

»– angeblich hat er sie in die Brust getreten.«

»Die Nachbarn mussten die Türen schließen, um sich vor den Kugeln zu schützen.«

»Und vier im gleichen Bett. Stellt euch das vor!«

»Jay ist immer durch die Fenster gesprungen, bis man sie am Ende vor die Tür gesetzt hat.«

»Aber ich kann seine Frau verstehen, auch wenn er versprochen hat, auf dem Balkon zu schlafen.«

»Sie hat gesagt, in Birmingham könnte man am besten abtreiben, aber dann sind sie trotzdem nach New York gefahren.«

»Also war Mrs. James in Texas, als es passierte, und irgendwie hat James es geschafft, dass es im Polizeibericht nicht auftaucht.«

»Und der Polizeichef hat sie in einem Streifenwagen abgeholt.«

»Sie haben sich am Grab ihres Mannes kennengelernt. Angeblich hatte er seine Frau absichtlich gleich daneben bestatten lassen, und so fing es an.«

»Wie im griechischen Theater!«

»Es gibt doch Grenzen für menschliches Benehmen, meine Liebe.«

»Aber nicht für menschliche Triebe.«

»Pompeji.«

»Will denn niemand mehr selbstgemachten Wein? Ich habe ihn durch eine alte Unterhose gefiltert, aber er scheint immer noch ein wenig Bodensatz zu enthalten.« In St-Raphaël, dachte sie, war der Wein süß und warm. Er klebte wie Sirup an meinem Gaumen und hielt die Welt zusammen, gegen die drückende Hitze und die zersetzende Wirkung des Meeres.

»Wie läuft Ihre Ausstellung?«, fragten sie. »Wir haben die Reproduktionen gesehen.«

»Die letzten Bilder sind ganz wundervoll«, sagten sie. »Noch nie hat jemand das Ballett mit solcher Vitalität …«

»Meiner Ansicht nach ist der Rhythmus eine rein physische Übung des Augapfels. In meinem Walzergemälde lenkt er das Auge durch den bildlichen Aufbau und ruft hoffentlich dieselbe Empfindung hervor wie beim Tanzen der Takt.«

»Oh, was für ein fabelhafter Einfall, Mr. Knight«, sagten die Frauen.

Die Männer hingegen benutzten seit der großen Depression nur noch Ausdrücke wie *»Attaboy!«* oder *»Twenty-three skidoo!«,* wenn sie ihrer Bewunderung Ausdruck verleihen wollten.

Folgte man den Pfaden ihrer Gesichter, so spiegelte sich das schlafende Licht in ihren Augen wie die Segel von Kinderbooten in einem Teich. Man warf vom Wegesrand aus Steine hinein, und die Ringe dehnten sich zitternd aus, bis sie schließlich verschwanden und die Augen wieder tief und ruhig waren.

»Ach«, jammerten die Gäste, »die Welt ist grässlich und tragisch – wir können unseren Bedürfnissen einfach nicht entkommen.«

»Wir auch nicht – deshalb ist sie ja eine solche Herausforderung.«

»Darf man fragen, was damit gemeint sein soll?«, fragte man.

»Oh, nehmen wir nur die geheimen Wünsche von Mann und Frau – man träumt davon, wie viel besser es wäre, wenn man jemand anders wäre oder auch man selbst, aber unter anderen Bedingungen. Man hat das Gefühl, dass das eigene Potential noch nicht ausgeschöpft ist. Ich jedenfalls habe einen Punkt erreicht, an dem ich mich nur noch vage ausdrücken kann, das Essen keinen Geschmack mehr hat, Gerüche bloß an die Vergangenheit erinnern, einen Punkt, an dem ich mich mit Statistiken beschäftige und schlecht schlafe.«

Einen Augenblick zögerte David, dann fuhr er fort: »Wenn ich mich wieder der allegorischen Schule zuwende, wird mein Christus nur Hohn und Spott übrighaben für die dummen Menschen, denen seine missliche Lage egal ist. Man wird an seinem Gesicht ablesen, wie gern er ein Stück von ihrem Kuchen abhaben würde, wenn bloß jemand für einen Augenblick die Nägel lockerte ...«

»Wir kommen nach New York, um das Bild zu sehen«, sagten sie.

»Und die römischen Kriegsknechte, die ich im Vordergrund platzieren werde, möchten ebenfalls ein Stück abhaben, sind allerdings aufgrund der Würde ihres Amts zu hochnäsig, um darum zu bitten.«

»Wann wird es zu sehen sein?«

»Ach, das dauert noch Jahre. Erst muss ich tausend andere Bilder malen.«

Auf dem Cocktail-Tablett türmten sich Unmengen von Leckereien, die alle etwas darstellten, was sie nicht waren: Canapées, die aussahen wie Goldfische, Kugeln aus Kaviar, Butter mit Gesichtern und bereifte Gläser, die vor Anstrengung schwitzten, weil sie so viele Dinge reflektieren mussten. Alles nur, um den Appetit schon vor dem Essen bis zum Überdruss anzuregen.

»Sie beide sind Glückspilze«, sagten sie.

»Sie meinen, weil wir uns von Teilen unseres Ichs leichter verabschiedet haben als andere – wenn man davon ausgeht, dass wir einst ein intaktes Ganzes waren«, sagte Alabama.

»Sie haben es leicht«, meinten sie.

»Wir haben uns lediglich angewöhnt, aus unseren Erfahrungen logische Schlüsse zu ziehen«, antwortete Alabama. »Bis man alt genug ist, um sich für eine Richtung zu entscheiden, sind die Würfel schon gefallen, und der Moment, in dem sich unsere Zukunft entschieden hat, ist längst vorbei. Als wir aufwuchsen, basierten unsere Träume auf den grenzenlosen Versprechen der amerikanischen Werbung. Und ich glaube heute noch daran, dass man Piano per Post spielen lernen kann oder dass Schlammpackungen gut für die Haut sind.«

»Verglichen mit anderen sind Sie glücklich.«

»Ich sitze still, betrachte die Welt und sage mir: ›Oh, diese

Glückskinder, die bis heute das Wort *unwiderstehlich* benutzen können.‹«

»Man würde es doch gar nicht aushalten, immer nur euphorisch zu sein«, ergänzte David.

»Inneres Gleichgewicht«, sagten sie. »Man braucht nun einmal Ausgewogenheit. Haben Sie die in Europa gefunden?«

»Nehmen Sie doch noch einen Drink – deshalb sind Sie doch gekommen, oder nicht?«

Mrs. McGinty hatte kurzes weißes Haar und das Gesicht eines Satyrs, Janes Haar war wie ein Wasserfall im Gebirge und Fannies Haar wie eine dicke Staubschicht auf Mahagonimöbeln. Veronicas Haar war gefärbt, man sah den dunklen Ansatz am Scheitel; Marys Haar war ländlich, genau wie das von Maude, und Mildreds Haar war wie der flatternde Faltenwurf der Nike von Samothrake.

»Angeblich hatte er einen Magen aus Platin, meine Liebe, und alles, was er aß, fiel in eine Art Säckchen. Aber so hat er jahrelang gelebt.«

»Dieses Loch im Kopf hatte er, weil ihn mal jemand umlegen wollte, aber er hat immer behauptet, dass es eine Kriegsverletzung sei.«

»Sie hat sich nach dem ersten Maler das Haar kurz schneiden lassen und nach dem zweiten noch kürzer, bis sie bei den Kubisten landete und ihren kahlen Schädel verhüllen musste.«

»Ich habe Mary gleich gesagt, dass Haschisch nichts für sie wäre, aber sie meinte, sie müsste unbedingt etwas aus ihrer hart erarbeiteten Enttäuschung machen, und jetzt befindet sie sich in Dauertrance.«

»Aber es war nicht der Radscha, glauben Sie mir! Es war die Frau des Mannes, dem die Galeries Lafayette gehören«, erklärte Alabama der jungen Frau, die unbedingt über das Leben im Ausland reden wollte.

Irgendwann standen die Gäste auf, um ihr schönes Haus zu verlassen.

»Wir haben Sie bestimmt halbtot gequasselt!«

»Sie müssen ja völlig erschlagen sein vom Packen.«

»Für eine Party ist es tödlich, wenn die Gäste so lange bleiben, bis die Verdauung einsetzt.«

»Ich bin halb tot, meine Liebe. Aber es war wunderbar.«

»Also auf Wiedersehen! Und bitte kommt uns mal besuchen zwischen euren Reisen.«

»Wir kommen immer wieder, allein schon wegen der Familie.«

Denn immer wieder werden wir eine Perspektive für uns selbst suchen müssen, dachte Alabama, eine Verbindung zwischen uns und all den Werten, die bleibender sind als wir und die uns bewusst werden, wenn wir uns in die Welt unserer Väter versetzen.

»Wir kommen auf alle Fälle wieder.«

Die Wagen verließen die zementierte Auffahrt.

»Wiedersehen!«

»Wiedersehen!«

»Ich werde ein bisschen lüften«, sagte Alabama. »Dass die Leute aber auch immer ihre nassen Gläser auf den gemieteten Möbeln abstellen müssen.«

»Wenn du aufhören könntest, die Aschenbecher zu leeren, bevor die Gäste das Haus verlassen haben, wären wir alle glücklicher«, sagte David.

»Es ist nun mal meine Art, mich auszudrücken. Ich kippe einfach alles auf einen großen Haufen mit dem Schild ›Vergangenheit‹, und wenn ich auf diese Art das tiefe Reservoir geleert habe, das einmal mein Ich war, kann ich weitermachen.«

Sie saßen im angenehmen Halblicht des Spätnachmittags und sahen sich über die Reste der Party hinweg an: die silbernen Gläser, das silberne Tablett, die Spuren der Parfums. Sie saßen zusammen und sahen dem Zwielicht zu, das wie die kalte klare Strömung eines Forellenbachs durch den stillen Salon floss, den sie nun verlassen würden.

Neuedition
der Romane und Erzählungen
von F. Scott Fitzgerald

Er war Ernest Hemingways Vorbild. Dashiell Hammett, Raymond Chandler, Gertrude Stein und T.S. Eliot lasen ihn mit Begeisterung. Und heute ist er der Lieblingsautor so unterschiedlicher Persönlichkeiten wie Doris Dörrie, Joey Goebel und Haruki Murakami.

»Einen Unsterblichen gilt es wiederzuentdecken: F. Scott Fitzgerald, der Magier unter den amerikanischen Erzählern.« *Rheinische Post, Düsseldorf*

»Die Diogenes-Ausgabe setzt Maßstäbe. Der definitive deutsche Fitzgerald für lange Zeit.« *Die Welt, Berlin*

Die Romane:

(Fünf Bände in Kassette, auch als
Einzelausgaben sowie im Taschenbuch)

Diesseits vom Paradies

Aus dem Amerikanischen
von Martina Tichy und Bettina Blumenberg
Mit einem Nachwort von Manfred Papst

Amory Blaine ist begabt und privilegiert. Von der Mutter hat er die Überzeugung, zu Höherem geboren zu sein. Er studiert in Princeton, und nach etlichen Flirts begegnet er Rosalind, seiner ersten großen Liebe. Als sie ihn für einen anderen verlässt, zerschellen Amorys jugendliche Ideale. Was bleibt, ist der Alkohol – aber trotz aller Trauer und Enttäuschung auch die Erkenntnis, dass das Leben, so pathetisch und lächerlich es oft scheint, doch lebenswert ist: nicht jenseits, sondern diesseits vom Paradies.

»F. Scott Fitzgerald. Schade, dass er nicht weiß, wie gut er ist. Er ist der Beste.« *Dashiell Hammett*

Die Schönen und Verdammten

Deutsch von Hans-Christian Oeser
Mit einem Nachwort von Manfred Papst

Ihr Leben ist eine einzige Party, sie trinken und tanzen die Nächte durch. Gloria und Anthony sind ein Traumpaar – sie sind jung, schön, verschwenderisch… und verdammt. Bald schon müssen sie aus Geldnot New York verlassen. Unter dem weiten Himmel von Connecticut holt sie die Langeweile ein, und alles endet in einem fürchterlichen Kater. Gloria und Anthony – zwei Liebende, die »galant zur Hölle fahren«.

»Fitzgeralds oft unterschätzter zweiter Roman – die erschütternde Chronik eines Niedergangs.«
Manfred Papst in seinem Nachwort

Auch als Diogenes Hörbuch erschienen,
gelesen von Gert Heidenreich

Der große Gatsby

Deutsch von Bettina Abarbanell
Mit einem Nachwort von Paul Ingendaay

New York 1922. Auf seinem Anwesen in Long Island gibt Jay Gatsby sagenhafte Feste. Er hofft, mit seinem neuerworbenen Reichtum, mit Swing und Champagner seine verlorene Liebe zurückzugewinnen. Zu spät merkt er, dass er sich von einer romantischen Illusion hat verführen lassen.
Gatsby wurde zum Sinnbild des amerikanischen Traums und von dessen Scheitern, zum Inbegriff von Aufstieg und Fall.

»Ich glaube, damit hat die amerikanische Literatur den ersten Schritt über Henry James hinaus gemacht.«
T. S. Eliot

Auch als Diogenes Hörbuch erschienen,
gelesen von Gert Heidenreich

Zärtlich ist die Nacht

Deutsch von Renate Orth-Guttmann
Mit einem Nachwort von Heinrich Detering

Dick und Nicole Diver führen das Leben kultivierter Expatriates an der französischen Riviera. In ihrer Villa gehen Künstler und andere Exzentriker ein und aus, darunter auch die hübsche Schauspielerin Rosemary. Jung und ehrgeizig, hat sie sich in den Kopf gesetzt, den Herrn des Hauses zu verführen. Allerdings weiß sie nicht, worauf sie sich dabei einlässt – welche Geheimnisse der Psychiater und seine zarte Frau verbergen.

»Der schönste Roman über das Scheitern der Liebe.«
Die Zeit, Hamburg

Auch als Diogenes Hörbuch erschienen,
gelesen von Burghart Klaußner

Die Liebe des letzten Tycoon
Ein Western

Deutsch von Renate Orth-Guttmann
Mit einem Nachwort von Verena Lueken

Er ist der letzte Hollywood-Produzent, der Mittelmaß und Klischees nicht duldet: Monroe Stahr verbringt Tag und Nacht damit, die Arbeit an seinen Filmen zu überwachen. Als ein Gewitter nachts die Kulisse für eine Burma-Szene unter Wasser setzt, ist er sofort zur Stelle – und entdeckt dabei zwei Frauen, die sich unerlaubt auf das Gelände geschlichen haben. Eine davon ist Kathleen Moore – deren natürlicher Charme Monroe Stahr vom ersten Augenblick an in den Bann zieht.

»Der erste Roman, der das ›System Hollywood‹ erforschte und beschrieb. Inklusive einer schmetterlingszarten Liebesgeschichte von perfekter Schönheit.«
Barbara Rett / Die Presse, Wien

Auch als Diogenes Hörbuch erschienen,
gelesen von Anna Thalbach

Die Erzählungen:

(Vier Bände in Kassette, auch als
Einzelausgaben sowie im Taschenbuch)

Winterträume

Herausgegeben von Silvia Zanovello. Deutsch von Bettina Abarbanell,
Dirk van Gunsteren, Christa Hotz, Alexander Schmitz,
Christa Schuenke, Walter Schürenberg und Melanie Walz
Mit einem Nachwort von Manfred Papst

Geschichten aus der ersten Hälfte der Roaring Twenties (1920–1924) über Liebe, Geld und Erfolg – und über die Vergänglichkeit des Glücks.

»Fitzgerald ist ein Schriftsteller, wie er der Gegenwart fehlt. Seine Prosa trägt mit jedem Satz das Gewicht der Welt, und es wirkt wie die leichteste Übung überhaupt. Jetzt, spätestens, kann man ihn wiederentdecken, diesen Schreiber, der Buchstaben setzte wie Musiker Noten und mit seinen Figuren durch das Jazz Age tanzte, durch den Boom und den Crash, von den Weiten des Mittleren Westens bis an die Côte d'Azur und schließlich sogar bis an den Rand des Wahnsinns.« *Georg Diez / Die Zeit, Hamburg*

»F. Scott Fitzgerald unterhält uns mit leichter Hand und zeigt uns doch die Risse und Abgründe im American Way of Life.« *Manfred Papst im Nachwort*

Daraus die Erzählungen ›Winterträume‹ und
›Ein Diamant – so groß wie das Ritz‹
auch als Diogenes Hörbücher erschienen,
gelesen von Friedhelm Ptok resp. Gert Heidenreich

Die letzte Schöne des Südens

Herausgegeben von Silvia Zanovello
Deutsch von Bettina Abarbanell, Anna Cramer-Klett,
Dirk van Gunsteren, Christa Hotz,
Alexander Schmitz, Walter Schürenberg und Melanie Walz
Mit einem Nachwort von Paul Ingendaay

In den Jahren 1925–1929 verdiente Fitzgerald mit seinen Short Stories so viel wie kein Schriftsteller je zuvor

– bis der Börsencrash den goldenen Jahren ein Ende setzte. Was bleibt, ist die Erinnerung an glamouröse Zeiten und bittersüße Melancholie.

»Diese Erzählungen altern nicht, weil ihre Sprache nicht altert; und sie können nicht aus der Mode kommen, weil sie von der Macht der Erinnerung und der Sehnsucht nach Schönheit handeln.«
Paul Ingendaay in seinem Nachwort

Wiedersehen mit Babylon

Herausgegeben von Silvia Zanovello
Deutsch von Bettina Abarbanell, Christa Hotz,
Renate Orth-Guttmann, Alexander Schmitz, Christa Schuenke,
Walter Schürenberg und Melanie Walz
Mit einem Nachwort von Daniel Kampa

Geschichten aus den Jahren 1930–1934, über Gewinn und Verlust – über das Leben in Zeiten der Krise.

»Seine Stories sind ganz unmittelbar packend, rührend, bezaubernd, beunruhigend.«
Heinrich Vornweg / Tages-Anzeiger, Zürich

»Engel sind die eleganteren Menschen. Aber wer hoch steigt, wird tief fallen. Niemand zeigte das so schön wie F. Scott Fitzgerald.«
Peter Michalzik / Frankfurter Rundschau

Der letzte Kuss

Herausgegeben von Silvia Zanovello
Deutsch von Christa Hotz, Renate Orth-Guttmann, Harry Rowohlt,
Alexander Schmitz, Walter Schürenberg und Melanie Walz
Mit einem Nachwort von Verena Lueken

In den fünf Jahren vor seinem Tod 1940 geht dem einst so erfolgsverwöhnten Schriftsteller nichts mehr leicht von der Hand. Alkohol, Geld- und familiäre Probleme treiben Fitzgerald nach Hollywood. Dort lebt er als Außenseiter – und schafft doch noch einmal eine Reihe unvergesslicher Geschichten über die nicht mehr so glänzende Glanzzeit Hollywoods.

»Man wird über Fitzgerald noch reden, wenn die Namen der meisten seiner schreibenden Zeitgenossen verblichen sind.« *Gertrude Stein*

Außerdem lieferbar:

Der seltsame Fall des Benjamin Button
Erzählung. Deutsch von Christa Schuenke

Ein seltsames Baby ist zur Welt gekommen: kein süßer kleiner Fratz, der seine Eltern beglückt, sondern ein alter Mann mit Bart. Sein Name: Benjamin Button. Ein schweres Schicksal ist ihm vorherbestimmt: Er durchläuft das Leben rückwärts – und wird von Tag zu Tag jünger. Als Benjamin schließlich im Alter von fünfzig Jahren die zwanzig Jahre jüngere Hildegarde kennenlernt, steht für ihn, der sein Leben lang nie geliebt wurde, alles auf dem Spiel.

Verfilmt von David Fincher, Hauptdarsteller: Brad Pitt, Cate Blanchett, Tilda Swinton.

Auch als Diogenes Hörbuch erschienen,
gelesen von Gert Heidenreich

Drei Stunden zwischen zwei Flügen
und andere Meistererzählungen
Ausgewählt und mit einem Nachwort von Daniel Kampa
Deutsch von Bettina Abarbanell, Renate Orth-Guttmann,
Walter E. Richartz und Walter Schürenberg

Geschichten aus den Roaring Twenties, als das Trinken und Tanzen kein Ende hatte, skandalöse junge Frauen ihr Haar kurz trugen und nur eines im Sinn hatten: den Männern den Kopf zu verdrehen.

Acht Meistererzählungen
auch als Diogenes Hörbuch erschienen,
gelesen von Helene Grass, Volker Hanisch,
Hannelore Hoger, Dietmar Mues,
Friedhelm Ptok und Ernst Schröder

Junger Mann aus reichem Haus

Erzählungen
Deutsch von Bettina Abarbanell und Walter Schürenberg
Mit einem Vorwort von John Updike

John Updikes Lieblingsstories: *Junger Mann aus reichem Haus* spielt in New York, *Die Hochzeitsparty* in Paris, *Die letzte Schöne des Südens* in Tarleton, Texas, doch eines ist den drei hier versammelten Geschichten gemeinsam: Es geht darin um das Geld und die Liebe – und den Verlust von beidem.

»Fitzgerald erzählt von Moral, ohne moralisch zu sein. Er besingt die Liebe, ohne an sie zu glauben. Und er weiß, dass die Beschreibung eines glänzenden, schwarzen Kotflügels mehr über die sinnlose Schönheit des Lebens verraten kann als ein seitenlanger, halbgebildeter *Zauberberg*-Dialog.« *Maxim Biller*